三岛由纪夫

戏剧集

下

[日]三岛由纪夫 著

玖羽 译

中国友谊出版公司

萨德侯爵夫人

三幕

——根据涩泽龙彦所著《萨德侯爵的一生》创作

地　点

　　巴黎，蒙特勒伊夫人邸内客厅

时　间

　　第一幕　一七七二年秋
　　第二幕　一七七八年晚夏
　　第三幕　一七九〇年春

登场人物

　　勒内　萨德侯爵夫人
　　蒙特勒伊夫人　勒内之母
　　安娜　勒内之妹
　　锡米亚讷男爵夫人
　　圣丰伯爵夫人
　　夏洛特　蒙特勒伊夫人家女仆

第一幕

圣丰伯爵夫人　（身着骑马服，一只手握着马鞭，焦躁地走来走去）哪有这么待客的。是她拜托我，叫我上完马术课之后顺便过来一下，我才像这样，第一次到她家拜访；可她怎么让我等了这么久。

锡米亚讷男爵夫人　请您不要如此苛责蒙特勒伊夫人。她现在正为她女婿的事心烦意乱呢。

圣　丰　三个月前的事了，她还……？

锡米亚讷　恐怕就连时间也不能减轻她的烦忧。而且，自从"那件事"发生以来，我们一次也没见过蒙特勒伊夫人。

圣　丰　那件事，那件事。无论何时何地，我们一直都用"那件事"来指代，同时还使着眼色，意味深长地笑着；让我们坦诚一点吧。（唰地甩了一下马鞭。锡米亚讷捂住了脸）不就是这事儿嘛。

锡米亚讷　圣丰夫人，这太可怕了，请您不要这样！（说着，画了个十字）

圣　丰　是呀，大家都像您这样，画一个十字就了事了。可是，在我们每一个人的心里，都有关于"那件事"的充足知识。嗯？您也有那方面的知识吧，锡米亚讷夫人？

锡米亚讷　不，我什么都不知道。

圣　丰　您在撒谎！

锡米亚讷　不，我和阿尔丰斯自幼就是好友。对于那些讨厌
　　　　的事情，我只想塞住耳朵、捂上眼睛；我只想一心
　　　　一意地回忆幼时的他那头可爱的金发。

圣　丰　那就随您的便吧。但是，我现在要向您提供迄今为
　　　　止最正确、最丰富的知识，这是我花了三个月的时
　　　　间，用尽了各种手段才搜集到的。好了，请您捂住
　　　　耳朵吧。（锡米亚讷犹豫了一下）好了，怎么样啊？
　　　　请您把耳朵（甩了一下马鞭）捂上吧。（用马鞭的鞭
　　　　梢搔弄锡米亚讷的耳朵。锡米亚讷吓了一跳，捂上
　　　　耳朵）好，这就对了。在三个月之前的六月二十七
　　　　日，多纳西安·阿尔丰斯·弗朗索瓦·德·萨德侯
　　　　爵带着他的男仆拉图尔去了马赛。一天早上，在一
　　　　个名叫玛丽耶特·博雷利的女人的家里的四楼的一
　　　　个房间里，拉图尔召集了四个姑娘。第一个就是这
　　　　个玛丽耶特，二十三岁；第二个叫玛丽安，十八岁；
　　　　另外两个叫玛丽安内特和罗丝，都是二十岁……当
　　　　然，她们都是妓女。（锡米亚讷捂着耳朵，但是一
　　　　惊）哎呀，看来，您是在用眼睛听呢。

　　　　萨德侯爵穿着一件蓝色衬里的灰色燕尾服，一
　　　　件橙色的丝绸坎肩，以及同样颜色的五分外裤；他
　　　　的金发上顶着一顶饰有羽毛的帽子，腰间挂着一柄
　　　　长剑，手里握着一把手杖，手杖顶端有一个金色的
　　　　球形手柄。

　　　　他走进房间，四个姑娘正在那里等待。他从

口袋里掏出一把金币，对她们说，谁能猜到这把金币的数目，他就首先跟谁睡觉。玛丽安猜着了。然后，他把另外三个姑娘赶出房间，只有玛丽安和男仆留下。他让男仆和那姑娘一起躺在床上，然后用一只手鞭打那姑娘（甩了一下马鞭），而用另一只手，让男仆……没错，让男仆兴奋起来。一只手对姑娘（唰唰地甩了好几下马鞭，同时说道），另一只手让男仆……

锡米亚讷　啊，上帝呀！（画十字祈祷）

圣　丰　您想画十字就尽情地画吧。但是您画十字的时候，就不能捂住耳朵了。（锡米亚讷连忙捂住耳朵）您捂住耳朵，就不能祈祷了。（锡米亚讷赶紧画十字）归根结底，您老老实实地听我说话，才是上帝的旨意。（锡米亚讷认命地听着）……而且，阿尔丰斯还把自己当成男仆，管他的男仆叫"侯爵老爷"，让男仆管他叫"拉弗勒尔"①。

　　然后，他让仆人离开房间，拿出一个镶着金边的水晶糖果盒，里面盛着茴香味的夹心糖。"这是有利于放屁的药，你尽情地吃吧。"他对那姑娘说。

锡米亚讷　哎呀！

圣　丰　实际上，那糖果是春药，里面混进了将斑蝥晒干而

① 拉弗勒尔（La Fleur），法语"花"。

制成的"坎塔利兹"①。您是知道的吧？

锡米亚讷　哎呀，我怎么会知道……

圣　丰　您也可以偶尔尝尝这种糖。玛丽安吃了七八颗。等
　　　　她吃完之后，侯爵他……

锡米亚讷　之后，阿尔丰斯做了什么？

圣　丰　他答应给她一个金路易，条件是她要让他做某
　　　　件事。

锡米亚讷　"某件事"？

圣　丰　这是您喜欢的说法。隐约其词地暗指——"某件
　　　　事"。请您想象一尊伫立在宽广庭院中央的维纳斯
　　　　雕像，当朝阳照亮它的正面时，闪耀的光芒会从纯
　　　　白大理石的双腿之间射过；那么，等太阳花了半天
　　　　时间环绕庭院，即将在森林的彼方落下的时候，夕
　　　　阳的最后一缕光线会把维纳斯身上的哪一个地方
　　　　穿透？

锡米亚讷　（思考片刻）啊！啊！简直是恶魔的罪孽！多么可
　　　　怕的罪孽！即使被处以火刑，也是罪有应得……

圣　丰　事后，阿尔丰斯拿出一根装有钩针的鞭子——上面
　　　　沾满了血迹，肯定是用过很多次了——交给那个姑
　　　　娘，命令她用这鞭子抽他。

锡米亚讷　他应该还残留着一点良心，所以他才这么惩罚自

---

① 西班牙芫菁（学名：*Lytta vesicatoria*）的粉末。这种昆虫俗称为"西班
牙苍蝇"，富含斑蝥素，常被人和斑蝥混同。欧洲人自古以来视其为春药，
晒干后的粉末在法语中称为"cantharides"。

　　　　己，希望能赶走自己体内的恶魔。

圣　丰　不，那只是因为，对他来说，和他人的痛苦相比，他自己的痛苦更加确定。是啊，他对确定性有着一种非比寻常的渴望……接下来，轮到玛丽耶特了。他先是让她脱掉衣服，跪在床脚旁，用扫帚尽情地抽打她；然后，他又命令她反过来抽打自己。在她抽打他的时候，阿尔丰斯用小刀在壁炉上刻下了抽打的次数。每一次的数字分别是：二百一十五、一百七十九、二百二十五、二百四十，总共是……

锡米亚讷　（一直在掰着手指默算）八百五十九下！

圣　丰　他一直都非常喜欢数字。只有数字才是确定的；而且，只要把数字增加到难以置信的数目，就连堕落也会变成奇迹。

锡米亚讷　您怎么可以用"奇迹"形容这种事情呢……

圣　丰　只有将确定性累积起来，穷究了人类的五感所知的一切之后，萨德侯爵的奇迹才会显现出来。这种奇迹，和那些懒惰之辈一味地等待着的奇迹完全不同。而在马赛的他，比以往更加勤奋；玛丽耶特、他，以及男仆的交合，就犹如一艘划着三列船桨出海的桨帆船一般。天空中是如血的朝霞；要知道，当时还是早上。

锡米亚讷　正因为当时还是早上，欢愉才变得和劳作相仿，是这样吧？

圣　丰　不，当时正是人们去教堂的时候，所以欢愉变得和祈祷相仿。

锡米亚讷　说这种话，您恐怕也会下地狱的。

圣　丰　谢谢关心。在玛丽耶特之后，罗丝被叫了过来。还是鞭子，还是男仆，还是像打牌一样的各种组合。然后，玛丽安内特被叫进房间，还是鞭子，还是掺了"坎塔利兹"的糖果。早晨的祈祷在一片哭声和尖叫声中结束了，萨德侯爵给妓女们每人发了六利弗尔银币，打发她们回去。

锡米亚讷　啊，这样一来，就终于结束了吧？

圣　丰　不，还没结束。在那之后，萨德侯爵打了个盹，为下午的部分做准备。

锡米亚讷　下午的部分！

圣　丰　在拉下可以俯瞰大海的窗户上的百叶窗之后，他陷入了犹如孩子一般纯洁、深沉的睡眠。那是一种天真无邪、毫无污秽、完全不会做梦的睡眠。他就像把自己的身体埋进了海边的沙滩，在那片沙滩上，海里的漂流物干干净净地躺着，贝壳碎如粉末，海藻被晒干，就连死鱼也变得像是竹编的粗席一样……他雪白的胸膛裸露着，随着呼吸一起一伏；六月里马赛的太阳透过百叶窗的缝隙，将黄金洒到了他的胸口上。

锡米亚讷　那，下午的部分呢？

圣　丰　请您不要着急。那天傍晚，他的男仆拉图尔又给他物色到了一个叫玛格丽特的妓女，二十五岁。入夜之后，萨德侯爵拜访了她。这次，他叫男仆离开；拉图尔刚一离开，他就把他的水晶糖果盒递给了她。

锡米亚讷 就是那掺了毒的？

圣　丰 毒药和春药是不同的。那个姑娘吃了五六颗。侯爵执意要求她多吃一点；他用温柔的声音问她："你的肚子感觉怎么样了？"

锡米亚讷 啊，这只是他想玩扮演医生的游戏而已吧？

圣　丰 又是"那件事"。又是鞭子。第二天黎明时分，阿尔丰斯坐上三驾驿车，离开马赛，去了拉科斯特[①]。他做梦也想不到，这些姑娘会在两天之后向公诉人坦白一切，从而牵累到他。

　［女仆夏洛特登场。］

夏洛特 非常抱歉，让二位久等了。夫人马上就到。

圣　丰 请你告诉夫人，今天把我和锡米亚讷男爵夫人请到这里来，她安排的这个组合真是太妙了。

夏洛特 是……

圣　丰 一个堕落的女人和一个圣洁的女人——正好是她的女婿喜欢的组合。干得漂亮。

夏洛特 是……（尴尬起来，想要离开）

圣　丰 你别跑啊，夏洛特。过去，你在我家干活，可最后却逃了出去，来这座宅邸工作了。你对我的生活完

---

① 拉科斯特（La Coste），萨德家的领地，位于现在法国的沃克吕兹省。

全了解，无论是在人前的生活，还是在人后的生活。到处都有人私下里说我的坏话，说得我好像是什么恶魔的化身一样。我倒是没有像侯爵那样使用鞭子和糖果，但是，对于那些长在恋爱之岛上的杂草，我会把它们彻底割除。蒙特勒伊夫人请我过来，她的眼光的确不错。她肯定是这么想的——没有女人能比我更熟悉"那件事"了，也没有其他女人能比我更理解侯爵了。过去，惮于我的恶名，她一直和我保持距离，事到如今，她却不得不急忙请我过来……

锡米亚讷　请您不要说蒙特勒伊夫人的坏话。她已经走投无路了，正在请求我们向她伸出援手。请您从您堕落的立场出发，而我则从圣女的立场出发，竭尽所能地帮助她吧。

［蒙特勒伊夫人登场。］

蒙特勒伊夫人　真是不好意思，让二位等了这么久。圣丰伯爵夫人，锡米亚讷男爵夫人，感谢二位来访。（使了个眼色，让夏洛特退下）圣丰夫人，看样子，您今天是上了马术课啊。

圣　丰　今天，我的马挣得很厉害。它明明从来都不这样的。我用马刺和鞭子尽情地规诫它，却压不下燃烧在它体内的火焰。随着那匹马每一次步伐紊乱，装饰在我的横座马鞍上的金饰都会闪耀光芒，马夫对我说，这让我看起来就像是个亚马孙女战士。

蒙特勒伊　没有比您不屈不挠的品格更能鼓励我的了。为了我家的那匹疯马，我简直悲伤得死去活来。

圣　丰　您家的疯马难道不是一匹骏马吗，虽然它也是一匹面色苍白的马？我可太理解了。像那些车夫马倌之辈，只要怀里抱着他们的老婆，在床上稍一放松，就会淳朴天真地沉沉睡去；可是，更加高贵的人的消遣，却是精益求精的。至于侯爵，我想，由于他的出身家系带来的特权，他的消遣是不是有那么一点精致过头了？由于沾上了他的代代祖先的鲜血，他的甲胄和剑已经生锈了；他把甲胄和剑重新磨亮，透过上面残留的血锈的枝叶，望着女性们裸露的身姿——这就是他的消遣，仅此而已。

蒙特勒伊　您是说，道德是给车夫马倌之辈准备的，而不是给贵族准备的？最近，贵族的堕落行径很容易遭到世间的广泛批判，这是以前从未有过的。也许这是因为，人们觉得贵族本来就应该成为道德的榜样？

圣　丰　不，这只是因为，民众已经厌倦了道德，希望获得堕落——而堕落，一直都是贵族的特权。

锡米亚讷　如果您这么说的话，我们今天到这里来，就没有意义了。（对蒙特勒伊）蒙特勒伊夫人，我比任何人都更加清楚，您是一位品行方正、聪明智慧的人，您从未做过任何可以让世人在您背后指指点点的事情。我可以想象，对于他的堕落行径，您有多么心痛——出于上帝的意志，他成了您的女婿。不管您

有什么想法，都请您坦率地说出来吧。也许，仅仅
是说出口，就可以减轻您的负担，而且我们也绝对
不会把您的话透露给别人。

蒙特勒伊　您说得好，锡米亚讷夫人。

事到如今，我这么说可能有点奇怪，但当我
把女儿勒内嫁给阿尔丰斯的时候，我是真的对这个
女婿的人品感到非常满意。虽然还是多少有点轻浮
吧，但他是一个多么机智、多么风趣的人啊。他对
我女儿也很体贴。

圣　丰　此外，这场婚姻还能让您家和波旁王室建立关系。①

蒙特勒伊　先不说这个，一开始的时候，我的女婿对我也很
亲切。当时，他们刚刚结婚，我们一起在埃肖富
尔② 城堡；阿尔丰斯排演了一出他自己创作的戏剧，
还给我和勒内都安排了一个角色。我们排戏嬉耍的
那个时候，倒还真的是非常有趣的。

锡米亚讷　您说得是。他从小就是个又温柔又有趣的孩子。
我还记得，有一天，我们在玫瑰园里玩耍，玫瑰上
的一根刺扎在我的手指上，我哭了起来。他好心地
帮我把刺拔掉，甚至还吸吮了我的伤口。

圣　丰　从那时起，他就爱上了血的滋味。

---

① 萨德侯爵的父母均与波旁王室没有血缘关系。他的母亲玛丽–埃莉诺和
孔代亲王（波旁王室的旁系）路易四世的夫人卡罗琳有姻亲关系，并且曾担
任后者的随身侍女。

② 埃肖富尔（Échauffour），蒙特勒伊家的领地，位于现在法国的奥恩省。

锡米亚讷 （生气）瞧您说的，就好像阿尔丰斯是个吸血鬼！

圣　丰 吸血鬼都是又温柔又好心的。

蒙特勒伊 哎呀，二位，请不要吵。事到如今，不管我们怎么责备阿尔丰斯，都已经无法改变他的本性了。可是，就在新婚宴尔，我们排戏嬉耍的时候，阿尔丰斯时不时地会装作有事要办，前往巴黎。我们后来才知道，那个……怎么说呢，他去见了很多干那种营生的女人。

圣　丰 您就说"妓女"吧。

蒙特勒伊 您可真是勇敢，能说出这样的词来。总而言之，阿尔丰斯一直跟那种女人厮混。对此，我要进行双重保密：如果我知道了我的女婿行为放荡，我只需要担心世间的流言蜚语而已，但是，结婚才五个月，他就突然被投进了万塞讷城堡①的大牢——我现在可以对你们坦白，我直到那时才知道真相。啊，这是多么可怕！我用尽了各种手段，只求瞒着我女儿勒内一人。然后，我想方设法，让他只被拘留了十五天就获得释放；一方面是因为我心疼我女儿，另一方面是觉得，这只是我女婿由于年轻而一时误入歧途，指望他会真诚地悔改；当然，同时也是因为勒内打从心里爱着、敬重着她的丈夫。

可是啊，二位夫人，自那之后，我渐渐地明

---

① 万塞讷城堡（Château de Vincennes），巴黎附近的一座城堡，当时被作为监狱使用。

白了。那绝对不是——不是的，绝对不是——什么"由于年轻而一时误入歧途"。

锡米亚讷　我能理解。

蒙特勒伊　在接下来的九年里，我一直在进行毫无希望的战斗，试图维护我女婿家的名声，以及我女儿的名誉。我放弃了所有的快乐。我不惜举债，一次又一次地忙于为阿尔丰斯的丑闻善后。我为萨德家做了这么多，他们又是怎么对待我的？他的父亲萨德伯爵[①]震惊于他儿子的所作所为，只会一味地发火，终于在五年前撒手人世。在哀悼他的时候，阿尔丰斯显示出了世间无匹的悲伤，令我感动不已。时不时地，藏在他心底里的温柔和纯洁会像泉水一样涌出，谁见了都不得不信服。正是这种表现，给了别人稍纵即逝的希望。可是，他的下一次荒唐行径马上就会使这泉水蒙上阴霾，谁也不知道什么时候才会再次清澈起来。

至于阿尔丰斯的母亲[②]，她为他做了什么？什么也没有做。她是那么冷漠，没有一丝一毫母亲的情怀。她隐居到修道院里，已经十二年了。哪怕是在

---

① 萨德家的领地不是"附有头衔的领地"（fief de dignité），萨德侯爵的"侯爵"及其父亲让-巴蒂斯特的"伯爵"都是礼节性头衔。在他的父亲去世之后，多纳西安·德·萨德既可以被称为"侯爵"，也可以被称为"伯爵"，这两个头衔没有实际区别。

② 玛丽-埃莉诺是让-巴蒂斯特·德·萨德为了和孔代亲王夫人卡罗琳私通而娶的。

阿尔丰斯结婚的时候，她也没有卖掉哪怕一粒钻石来补贴婚礼的费用，尽管她有一大堆钻石。

就这样，他的双亲只把他视为包袱，而我简直变成了他的奶娘。当阿尔丰斯爱上了一个叫科莱特的女演员的时候，是我想方设法给他泼冷水，拆散了他们。四年前，当他在阿尔克伊村惹上案子的时候，是我想方设法为他争取到了国王陛下的赦免，让他仅仅被监禁了七个月就获得释放，我还花了一大笔钱来消弭世间的谣言。

锡米亚讷　那个"阿尔克伊村的案子"是什么？

[圣丰夸张地甩了一下马鞭。]

啊，果然……

蒙特勒伊　（痛苦地）我远远不及您啊，圣丰夫人。您简直能看穿一切。

四年前，在阿尔克伊，他对一个捡来的女乞丐施加了令人毛骨悚然的暴行。虽然远远比不上在马赛的这次，但在那次事件之后，我的女儿终于知晓了实情。她见到了阿尔丰斯那恐怖的真面目。然而，由于她的贞淑无与伦比，这反而让她更爱她的丈夫了。她没有因为这种事情而屈服，一直忍受到了今天。可是，这一次……啊，尽管我知道现在的情况已经绝望了，可是为了我的女儿，仅仅为了她一个人，我还是非得救出阿尔丰斯不可。可是，这一次……（说着，哭了起来）我已经刀折矢尽了。

圣　丰　如果我没记错的话，萨德家的纹章是一只双头鹰。萨德侯爵的雄鹰一直在高高地昂起它的两颗头颅，其中一颗头颅是自豪的头颅，它自豪于自己从十二世纪延续至今的家系；另一颗头颅则是堕落的头颅，它是从人类的根源挖掘而出的头颅。夫人，九年来，您一直为了杀死后者、救活前者而战斗，但这是一场无用的斗争，注定要以失败告终。您为什么不考虑同时救活两个头呢？毕竟，这两个头属于同一个身体。

蒙特勒伊　阿尔丰斯是一个病人。我们要一边安抚世间的舆论，一边耐心地治疗他的疾病。只要这样，总有一天，靠着上帝的力量，和平和幸福会重新回到我们身边。这是我的想法，也是勒内的想法。

圣　丰　可是，这是一种令患者感到愉悦的疾病。您要怎么说服患者，让他答应被您强行治疗这种病？愉悦，正是侯爵患上的疾病的特征。即便在旁人眼里，这样的疾病是可憎的，但在得上这种病的人看来，他自己的心里却盛开着玫瑰花丛。

蒙特勒伊　现在回想起来，他从很久以前就已经显露出了变成今天这样的征兆。今天这丰硕累累的果实——充满了有毒果汁的熟透的果实——当时还是发绿的小果子。为什么我当时没有把这些果子摘下来呢？

圣　丰　如果您把这些果子摘下来，侯爵就会死去。这些果实都是橙子，侯爵那鲜红的血液在果实的每一处流淌。请听我说，夫人，正是因为我以我的堕落恶名昭彰，我想请您细听我下面的话。

所谓的堕落，是一片只属于自己的领地，这片领地从一开始就万物俱备、无所匮乏，上面既有牧羊人的小屋，也有风车，既有小溪，也有湖泊。不，不光只有这些和平的景象；在这里，既有会喷出硫黄火焰的山谷，也有荒野，既有野兽出没的森林，也有古旧的水井……您明白吗？这片宽广的领地是上帝所赐的、与生俱来的领土。无论在这里见到什么出乎意料的事物，也都是这片领土上原本就有的，而不是自外而来的。

在童年时代，不，即使在稍微成长之后也是——这是我自己的经验，所以肯定不会错，——我们是倒拿着双亲和世间给我们的望远镜（用鞭子比画着）来观察世界的。在世间的那些值得称赞的道德和规矩的命令下，孩子倒拿着望远镜，看到的仅仅是自己所住的房屋周围的草坪和花朵，而且它们看起来比实际更小。于是，孩子就安下心来，安享起了这片小小的、无害的领土的美丽。最终，孩子长大了，产生了一种愿望——想要把草坪扩大一点，种上更多的花，像世间的所有人一样，在安乐中生活。

……然而，夫人啊，有一天，突然发生了一件事情。没有任何预感，没有任何征兆，那件事情突然就发生了。他发现，他一直用到现在的望远镜其实拿反了。实际上，应该像这样，把较小的一端摆到眼前才对。对他来说，这个发现是一个极大的转折点。

　　我不知道是什么时候，但萨德侯爵一定在某一天发现了这件事情。就在那时，迄今为止一直看不见的一切事物突然如实地呈现在他的眼前，他看见了从遥远的山谷中喷出的硫黄火焰，看见了森林中龇牙咧嘴的野兽的血盆大口。于是，他知道了，他的世界是广阔的，是万物俱备的。

　　我敢说，从那之后，就再也没有任何事物能让萨德侯爵感到意外了。在马赛发生的事情，对他来说是自然的——极其自然的，就像一个孩子把蝴蝶的翅膀揪下来那样自然。

蒙特勒伊　啊，该怎么说呢，您刚才说的话，我一点也没听懂。我在一无所知之中东走西顾，一直奋战到了今天。我唯一能理解的只有一样事物，那就是名誉。

　　可是，您也知道，我的奔走完全是徒劳。艾克斯 [①] 高等法院判决将阿尔丰斯斩首，由于不知道他逃到了什么地方，上个月十二日，在艾克斯的广场上，他们将阿尔丰斯的肖像作为替身烧掉了。啊，即使在这里，在巴黎，我仿佛也能听到贱民们

---

① 普罗旺斯地区艾克斯（Aix-en-Provence），位于现在法国的罗讷河口省。

当时的欢呼声，画着我女婿那满头金发和温柔微笑的肖像画被火焰一点点吞没的景象，仿佛就在我的眼前……

锡米亚讷　地狱的火焰开始在这个世界上显现。

圣　丰　"烧得再旺些！""让火再猛些！"——我敢说，民众一定会这样喊叫。这火刑不是别的，正是民众的嫉妒之火。这是他们对那些自己无法实现的堕落的嫉妒。

蒙特勒伊　"让火再猛些！"——如果这种喊叫逼近了这幢宅邸，我们该怎么办？据说，在那些贱民之中，有人在喊我女儿的名字，甚至是我的名字。

锡米亚讷　"让火再猛些！"——不，这是一场净化之火。也许，仅仅是烧毁侯爵的肖像，他就偿还了所有的罪孽。

圣　丰　"让火再猛些！"——火焰之鞭会粗暴地鞭打他丰盈雪白的脸颊，鞭打他的满头金发。二百一十五，一百七十九……我记得，他的肖像是在微笑着的。我相信，他那宛如寒冰般的快乐一定在渴求着火焰。

蒙特勒伊　请您二位一定要理解。我待在巴黎，听到的全都是不祥的消息。我的女婿失踪了。我的大女儿整天在拉科斯特哭泣。而我的小女儿——纯洁无邪的安娜-普罗斯佩雷·德·洛内……啊，在现在这个时候，我特别需要小女儿来扶助我这个母亲。可是她现在已经带着随从外出旅行，去寻找一片宁静而美丽的土地，在那里，她可以避开世间所有邪恶的阴影，尤其是那无比黑暗的、降临在萨德家的阴影，从那些阴影手中守护她自己一人的纯洁。而我却孑然一身，孤立无援；我的计划全成了一场空。我向天空呼喊、恳求，一直喊到喉咙嘶哑无声。（说着，哭了起来）

锡米亚讷　请您放心，夫人。我知道您对我这个虔信的女人有什么期望。现在，红衣主教菲利普碰巧就在巴黎，明天我就去找他，通过他向教皇争取赦免。

蒙特勒伊　太谢谢您了。我该怎么感谢您才好呢？这的确是我的心愿，但我实在不敢说出口……您真是太仁慈了，锡米亚讷夫人。

圣　丰　我不会在仁慈上和锡米亚讷夫人竞争。尽管我完全不想站在正义、名誉、美德的一边，但我依然会努力实现您的愿望。这不是为了您，而是为了萨德侯爵。我会使用我的床上伴侣们的门路，把关系一直托到那个所谓的耿介之士——莫普 ① 大法官那里，用那些妓女的手段去勾引他，最后诱使他推翻艾克斯高等法院的判决。今天您邀请我到您家里来，不就是为了这个吗？也就是说，您希望我……使用我的身体。

① 　勒内-尼古拉·德·莫普（René-Nicolas de Maupeou，1714—1792），路易十五统治时期的主要大臣之一，时任法国首席大法官。

蒙特勒伊　哎呀，夫人，我从来没有……

圣　丰　（大笑起来）行了。为了成就美德而利用恶行，您的
这份用心真是令人钦佩。在这个世界上，没有任何
东西是没有价值的，这您应该知道吧？说不定，就
连萨德侯爵也……

蒙特勒伊　这么说来，您会帮我？

圣　丰　当然。

蒙特勒伊　实在是太感谢您了。如果您不答应，我都想跪下
来，抓着您的裙边苦苦哀求了。这份感激，简直无
法言表。

圣　丰　我做这些，并不是为了从您这里得到感谢。

　　　　〔女仆夏洛特登场。〕

夏洛特　那个，夫人……

蒙特勒伊　怎么了？

夏洛特　那个……（犹豫）

蒙特勒伊　你就在这儿说吧。我们家里没有任何秘密需要向
两位夫人隐瞒……而且，我已经没有力气走到一
边，听你悄悄说话了。

夏洛特　是，夫人……

蒙特勒伊　说吧！

夏洛特　是……萨德侯爵夫人来了。就是现在。

蒙特勒伊　咦？（大吃一惊。两位女客面面相觑）……那孩子
怎么从拉科斯特城堡到这里来了……也不事先通知
一声……好吧，请她进来。

夏洛特　是，夫人。（退场）

　　　　　［萨德侯爵夫人登场。］

蒙特勒伊　勒内！

萨德侯爵夫人勒内　妈妈！

　　　　　［二人拥抱。］

蒙特勒伊　我太高兴了，勒内。我好想见你啊。

勒　内　我想见您，想见得不得了。仅仅是这个原因，就让我心烦意乱，不顾一切地动身启程了。我在拉科斯特城堡生活的每一天，屋外都下着普罗旺斯的秋雨，哪怕我踏出城堡一步，都会有村民在窃窃私语中向我投来目光，我无法忍受和他们对视。回到城堡之后，我从早到晚都是孤身一人；晚上，松明的火光在宽广的墙壁上摇曳，到处都能听到猫头鹰的啼叫……妈妈，我真的很想见您，哪怕只有一眼；我真的很想跟您推心置腹地谈一谈，哪怕只有一句。于是，我催着马车，来到了巴黎……

蒙特勒伊　我懂，我懂你的心情，勒内。欢迎你来看我。不是只有你孤身一人；正如你所见的，我也正孤身一人为我可怜的女儿而愁烦，简直都快疯了。啊，我介绍一下，这位是圣丰伯爵夫人，你们应该是第一次见面吧。这位是我的女儿，萨德侯爵夫人勒内。

勒　内　您好，初次见面。锡米亚讷阿姨，好久不见了。

锡米亚讷　您也辛苦了。

蒙特勒伊　二位夫人都愿意帮我们。多亏她们相助，我们简

　　　　　　直有了无穷无尽的后援。快点，向人家道谢。

勒　内　无比感谢。我已经无计可施，只能指靠二位了。

锡米亚讷　不用谢了。只要能帮到别人，我就很高兴了。我明天马上就开始办事。

圣　丰　那，我们差不多该告辞了……

锡米亚讷　是啊。

蒙特勒伊　今天的事情，真的是太感谢了。一切都托付给二位了。

勒　内　千万拜托了。

圣　丰　对了，在告辞之前，我可以向侯爵夫人问一个问题吗？第一次见面就问这种问题，可能有些唐突，但我就是这个性子，不能不问这个问题。

勒　内　问题？什么问题？

圣　丰　您母亲已经向我们介绍了侯爵的一切情况，我自己也搜集到了非常丰富的知识，这些知识远非那些市井八卦可比。如果能允许我这么形容的话，您家全家现在就如同穿着透明的衣服招摇过市一样。如今，已经没有任何事情能让您感到惊讶了。我说得对吧？

勒　内　是的。

圣　丰　以客厅里的标准来说，我要问的问题，可能会被认为是相当粗俗下流的。但您会毫无顾虑地回答我的问题，就好像我在问您葡萄树该怎么栽种、怎么施肥。没错吧？

勒　内　是的。

圣　丰　我觉得，对萨德侯爵而言，残忍才是温柔，如果不使用皮鞭和掺了春药的糖果，他就没有办法表达出心里那份真正的甜蜜和温情。（突然地）那么，他是怎么对您的呢？

勒　内　咦？

锡米亚讷　哎呀，圣丰夫人！

圣　丰　那么，他是怎么对您的呢？

勒　内　如果我仅仅回答他很温柔，想必您就会认为，这种温柔正是我丈夫的残忍。而如果我回答他很残忍……

圣　丰　您真是太聪明了。

勒　内　所以，我要这么回答：他是我的丈夫。他爱我，就像丈夫爱他的妻子。就算把我们俩共同的睡床展示给您，您也找不到任何见不得人的东西。

圣　丰　哎呀！（瞪大眼睛）太了不起了。对于您和您丈夫这样一对了不起的夫妇，甚至连温柔都不需要了，是吗？

勒　内　是的，残忍也是不需要的。

锡米亚讷　好了，咱们真的该告辞了。

圣　丰　是啊。今天叨扰了。

蒙特勒伊　您二位能来拜访，我就感激不尽了。真是不知道该怎么感谢才好……

　　　［圣丰和锡米亚讷退场。］

勒　内　啊呀。

蒙特勒伊　你应对得很好，堂堂正正地回答了她。我从来没有为我的女儿感到如此骄傲过。那条毒蛇！我竟然不得不寻求她的帮助！

勒　内　不要再说了，妈妈，这种程度的问题，我早就有了心理准备……话说回来，那两位夫人真的会帮助我们吗？她们真的会尽力救出我丈夫——救出阿尔丰斯吗？

蒙特勒伊　她们是这么保证的。

勒　内　太好了。能亲自确认这个好消息，就凭这一点，我来巴黎这一趟也值了。可怜的阿尔丰斯啊！

蒙特勒伊　你不是说，你来巴黎，是为了见我吗？（装作若无其事地）……对了，阿尔丰斯现在在哪里？

勒　内　（纯真无邪地）谁知道呢。

蒙特勒伊　你真的不知道吗？他甚至不告诉你——他的妻子——他去了哪里？

勒　内　如果我知道的话，在被人问起的时候，想装作一无所知可就太难了。所以，为了他的安全，我最好什么都不知道。对我来说，他的安全比一切都重要。

蒙特勒伊　你是一个多么贞淑的妻子啊。你正是在我的教育和理想之下开出的最完美的花朵。可是，你却对那样的丈夫……

勒　内　妻子的贞淑与她丈夫的品质无关，这不是妈妈您教给我的吗？

蒙特勒伊　这倒没错，但凡事都应该有个限度。

勒　内　如果我丈夫的罪孽已经超出了界限，那么，相应地，我的贞淑也必须超出界限。

蒙特勒伊　看到你如此坚强地忍耐着悲伤，我的心都要碎了。当我回想起你童年时幸福的样子，然后把那副样子和你现在的样子重合在一起的时候，就愈发地对你的不幸感到心痛。你爸爸毕竟是税务法院的名誉院长，虽然作为贵族的地位不高，但咱们家的财产，可是萨德家连脚后跟都摸不到的。我和你爸爸如此精心地养育着你，让你拥有了如此的优雅、美丽、教养，甚至配得上成为法国的王后。无论何等幸福的人生，你都是有资格去过的。

　　　可是——唉，我知道这原本是我的过错——你的婚姻却是我所能够想象得到的、这个世界上最为恐怖的婚姻。你就像珀耳塞福涅[①]那样，在摘花的时候被拐走，变成了冥王的王后。已经去世的你爸爸和我，一辈子都是这么正直，任何人都无法指摘。到底是什么样的魔鬼作祟，才让我可爱的女儿陷入如此可怕的不幸之中？

勒　内　请您不要再说什么不幸、不幸了。我不喜欢这个词。我不是在路边要饭的麻风病人。

蒙特勒伊　你说得对，我总是被你拖着走。我一心一意地关

---

①　珀耳塞福涅（Persephone），古希腊神话中农业女神墨忒尔的女儿，被冥王哈迪斯拐走，成为其妻子。

　　　　　心你的幸福，完全按照你的要求去做。因为你希望
　　　　　我救出你的丈夫，刚才你也看到了，我不惜忍辱负
　　　　　重，向别人乞求帮助……可是，可是……既然你出
　　　　　乎意料地来了，我就借这个机会，跟你开诚布公地
　　　　　说吧：我不在乎他跟波旁王室有什么关系。现在就
　　　　　跟阿尔丰斯分手。

勒　内　上帝不允许离婚。

蒙特勒伊　但是，你至少要跟他分开。什么形式并不重要，
　　　　　你必须分得干净利落。就算上帝真的禁止你在形式
　　　　　上离婚，那也只能说明，上帝的意志是让咱们家继
　　　　　续维持与波旁王室的关系，同时让你和他分居，用
　　　　　这种方式治疗你的不幸。

勒　内　（——停顿——）不，妈妈。不管以什么形式，我都
　　　　　不愿意和阿尔丰斯分开。

蒙特勒伊　这是为什么？你为什么这么顽固？你是要赌一口
　　　　　气吗？还是害怕世间的流言蜚语？……不会是因为
　　　　　爱吧？

勒　内　我不知道这能不能简单地称为"爱"。但是，妈
　　　　　妈，我这绝对不是赌气，也绝对不是害怕世间的流
　　　　　言……这个嘛，我觉得，不管我怎么解释，您都根
　　　　　本无法理解。妈妈，您也知道，在这次的事件中，
　　　　　阿尔丰斯想要什么、做了什么，导致世间是怎么说
　　　　　他的，这些我全都明白了。在拉科斯特城堡，我度
　　　　　过了许多不眠之夜；在熬过这些夜晚的同时，我一

直在思考我们结婚以来的事情。

　　现在，我全都清清楚楚地明白了。妈妈，我清清楚楚地明白了。迄今为止一直散乱地漂浮在我记忆里的东西，突然被完美地串了起来，汇聚成了一条项链——一条红宝石项链——一条像血一样鲜红的宝石项链。

　　比如，当我和阿尔丰斯在诺曼底进行新婚旅行的时候，阿尔丰斯让马车停在一片盛开着百合花的原野的中央，说是要让花喝醉，叫人把一桶红葡萄酒倒在洁白的百合花上，着迷地看着鲜红的酒滴从花瓣上滴下……还有，我们第一次在拉科斯特城堡里散步的时候，看见守门人的小屋里有一大堆用稻草捆绑的干柴；于是阿尔丰斯对我说："如果把白桦木棒用金线捆绑起来，代替这些丑陋的干柴，那该有多美啊。"……还是在拉科斯特，在一次打猎归来的时候，他当着我的面，从一只被他猎到的白兔的鲜血淋漓的胸口，徒手揪下一颗小小的心脏。"恋爱中的心脏的形状，即使在兔子身上也是一样的。"他高兴地笑着对我说……每一次，我都只把这当成他的任性怪癖、他的心血来潮。可是，现在，所有这些都被联系到了一起，每一个事件都拥有了它自己的意义。

　　最终，我产生了一种非理性的感情。散乱地零落在我记忆里的一粒粒红宝石，现在突然聚拢成了

> 一条项链；既然如此，我就必须珍重这条项链，必
> 须将它视为无价之宝。也许，这本来就是我的项
> 链，在记忆无法触及的遥远过去，串起它的丝线断
> 开了，红宝石散落得到处都是；如今，它终于变回
> 了原有的样子。

蒙特勒伊　你是说，这是你的宿命？

勒　内　不，这不是宿命。

蒙特勒伊　可是，你说的那一粒粒红宝石，并不是从你身
上，而是从阿尔丰斯身上掉下来的。

勒　内　他把这些宝石送给了我。

蒙特勒伊　因为你的傲慢和自恋，你想要让自己误入歧途。

勒　内　所以，就像我刚才说的，您根本没法理解我，对不
对？妈妈，我现在已经知道了真相。我的贞淑，是
建立在这种真相上的。您能明白吗？您能明白阿尔
丰斯的妻子在对您说什么吗？

蒙特勒伊　真相就是鞭子和掺了春药的糖，仅此而已。真相
就是不名誉和耻辱，仅此而已。

勒　内　您说的不是"真相"，而是"知识"，妈妈。世间的
所有人都是这样。如果发生了什么奇怪的事件，他
们就会像聚集在尸体上的苍蝇一样，从事件中竭尽
所能地吸取知识。当尸体被处理掉之后，他们就把
这件事写在日记里，为它赋予名字——不名誉、耻
辱，或者其他的什么名字。

　　我所拥有的，不是"知识"。我所直面的事

物，是无论如何也无法命名的。如果我仅仅把自己的丈夫当成怪物，的确可以轻而易举地摆脱这个问题——一个正经人就会这样做，一个和世人别无二致的人就会这样做，一个谁也不会在背后指指点点的人，就会这样做。

蒙特勒伊　无论如何，阿尔丰斯的确是个怪物。任何一个正常人都完全不能理解他的行为。硬是去理解他，只会让你被火烧到而已。

勒　内　如果我的丈夫真的是一个怪物的话，我也不可能是一个安全、正常的人。

蒙特勒伊　勒内！难道说，你也……

勒　内　请您放心。妈妈，您怎么也像圣丰夫人一样，沉溺在自己的想象之中了？我想，如果我的丈夫是一个堕落的怪物的话，我也不得不成为一个贞淑的怪物。

我已经直面了无法命名的东西。对世间来说，阿尔丰斯是一个犯了罪的人，但是对我来说，阿尔丰斯和他的罪行是不可分割的。他的微笑与愤怒是不可分割的，他的温柔与残酷是不可分割的，他那将丝质睡衣从我的肩膀褪下的手指，以及他鞭打马赛的娼妓的脊背时，握着鞭子的手指，这些都是不可分割的。从他那被娼妓鞭打而肿得通红的屁股，到他那高贵的嘴唇和散发清辉的金发，全都浑然一体地连接在一起，属于同一个身体。

蒙特勒伊　把神圣之物和污秽之物连接在一起，这只会贬低
　　　　　你自己。蒙特勒伊家的女儿，无论在任何一点上，
　　　　　都不像马赛的……呃……从事那种营生的女人。你
　　　　　想用这种说辞来让自己安心，作为母亲，我无论如
　　　　　何都不觉得有趣。

勒　内　您还是不明白。即使我们一直都在为了救出阿尔丰
　　　　　斯而齐心合力地操劳，妈妈，只有一点，您从来都
　　　　　不明白。

　　　　　　阿尔丰斯，对我来说，是一首只有一个主题的
　　　　　曲子，我已经发誓，要对这首曲子严守忠诚。这首
　　　　　曲子的同一个主题，有时听起来温柔体贴，有时听
　　　　　起来又像鲜血淋漓的鞭子的抽打声。阿尔丰斯绝对
　　　　　不会让我听到鞭子抽打的声音，我不知道这到底是
　　　　　对我的尊重还是对我的侮辱；但是，这一次，我痛
　　　　　切地体会到了，女人的贞淑，不是为了丈夫偶尔表
　　　　　现出的温柔言行而支付给他的报酬。不是的，女人
　　　　　的贞淑，必须和丈夫的本质直接连接在一起，成为
　　　　　它的组成部分，就好像被蛀虫蛀蚀的船和蛀蚀船的
　　　　　蛀虫必须分享大海的本质一样。

蒙特勒伊　你被骗了，我也被骗了。

勒　内　女人从来没有被男人欺骗过，一次也没有过。

蒙特勒伊　但是，你想一想，如果他不是普通的男人……

勒　内　但是，阿尔丰斯是男人！我知道他是……您说得没
　　　　　错，当我嫁给他的时候，我做梦也想不到他是这种

男人。我也是最近才发现的。但这不妨碍我产生这
样一种感觉——我从很久以前就已经认识阿尔丰
斯了。毕竟，他也不是突然长出恶魔的尾巴和犄角
的。也许，我是爱上了他的阴影——藏在他那阳光
开朗的额头和光辉闪耀的眼神后面的阴影。喜爱玫
瑰和喜爱玫瑰的香味，有什么区别吗？

蒙特勒伊　胡说八道。我们喜爱玫瑰，是因为玫瑰有着和玫
瑰相称的香味。

勒　内　阿尔丰斯想目睹鲜血的欲望，和他参加过十字军东
征的祖先的遥远光荣并非无关。

蒙特勒伊　可是，勒内……他想目睹的，是从事卑贱职业的
女人的血。

勒　内　妈妈，归根结底，自然界中的一切都是合适的。

蒙特勒伊　我觉得这好像是阿尔丰斯在通过你的嘴说话。

勒　内　拜托了，拜托了，妈妈，救救阿尔丰斯吧。求您
了。如果阿尔丰斯这次得到赦免，我一定会竭尽全
力融化他的心灵，抚慰他灵魂中的黑暗愤怒，叫世
间再也不会传出流言蜚语，让那些旧的流言逐渐被
新的善举抹去。这次一定，啊……（踉跄了一下，
仿佛要摔倒）

蒙特勒伊　（扶住勒内）你看，你太累了。去那边睡一会儿
吧。只要稍微休息一会儿，心情就会平静下来，然
后就会想出好主意的。好了，我扶你到卧室去吧。

〔蒙特勒伊扶着勒内走进卧室，退场。〕

[随即，在舞台的另一边，勒内的妹妹安娜-普罗斯佩雷·德·洛内和夏洛特一起登场。]

夏洛特　您怎么不跟您姐姐见一面呢?

安娜-普罗斯佩雷·德·洛内　因为我们只要一见面，就肯定会谈到不愉快的事情。我只是非常偶然地回一趟巴黎，看一看我妈妈，结果我姐姐也在。哎呀，这叫什么事儿啊……我不喜欢我姐姐的眼神，她的眼神似乎总是在说，她什么都知道；事实上，她可能真的什么都知道，只是故意视而不见而已。她太可怕了!

夏洛特　您怎么能这么说您的亲姐姐呢。

安　娜　你下去吧，夏洛特。我在这儿等我妈妈。

[夏洛特退场。随即，蒙特勒伊夫人返回舞台。]

蒙特勒伊　哎呀，安娜! 你回来啦。

安　娜　好久不见，妈妈。

[二人拥抱。]

蒙特勒伊　今天可真是个好日子。我的两个女儿竟然在同一天来看我了。

安　娜　夏洛特刚才跟我说了。我姐姐在哪儿?

蒙特勒伊　我叫她去卧室睡觉了。最好让她一个人静静地待一会儿，她积累的烦忧太重了……话说……你的旅行怎么样? 都去哪里了?

安　娜　意大利。

蒙特勒伊　去了意大利的哪里?

安　娜　主要是在威尼斯。

蒙特勒伊　那还真是挺远的。

安　娜　毕竟是一场避人耳目的旅行。

蒙特勒伊　你这个一清二白的蒙特勒伊家的女儿，为什么需要避人耳目呢？

安　娜　既然我的同伴要避人耳目，我也不得不避人耳目了。

蒙特勒伊　"同伴"？有朋友跟你一起旅行吗？

安　娜　不，是我姐夫。

蒙特勒伊　咦？

安　娜　就是阿尔丰斯啊。

蒙特勒伊　咦！（惊讶过度，几乎昏倒）那……就是说……你在旅行期间，一直和阿尔丰斯在一起？

安　娜　对，一直都和他在一起。

蒙特勒伊　哎呀，你怎么能……

安　娜　不，这不是我的错。我被邀请到拉科斯特城堡之后的第一个晚上，姐夫就进了我的卧室。他没有征求我的意见。很快，因为那件事，开始有人追捕他，于是姐夫要求我和他一起逃跑。就这样，我们去了意大利，辗转于一个又一个地方。

蒙特勒伊　哎呀，这可真是——真是太可怕了。那个贼子，那个恶魔。有一个还不够，他把我珍爱的两个女儿都夺走了……（过了一会儿，略微平静下来）可怜的勒内啊！她对她丈夫那么贞淑，结果却是这样……听我说，安娜，请你向我保证。只有这件事，请你一定要让它成为只属于我们两个人的秘密。绝对不能让勒内知道。你明白吗？要是她知道的话——啊，真是可怜，勒内她会死的。

安　娜　我姐姐知道。

蒙特勒伊　咦？

安　娜　她已经知道了。

蒙特勒伊　你是什么意思？她知道什么了？

安　娜　在拉科斯特城堡，我和阿尔丰斯之间发生的一切……

蒙特勒伊　哎呀，勒内她……

安　娜　然后，我们去了意大利，她也知道；阿尔丰斯现在藏在哪里，她也知道。

蒙特勒伊　勒内她知道？全都知道？她连我都瞒着，这叫什么事儿啊……（突然，想到了什么）告诉我，安娜。阿尔丰斯现在藏在哪里？你肯定是知道的吧？

安　娜　我知道。

蒙特勒伊　在哪里？

安　娜　在撒丁王国的尚贝里的郊区，他藏在那里的一间农舍里。

蒙特勒伊　在撒丁王国的……？

安　娜　尚贝里。

　　　　［蒙特勒伊夫人站住不动，陷入思考。］

蒙特勒伊　（突然地）夏洛特！夏洛特！

[夏洛特登场。]

蒙特勒伊　我现在要赶紧写三封信。请你把它们送到收信人手里。

夏洛特　是。(说罢，就要退下)

蒙特勒伊　你在这儿等着！我不想浪费一分一秒。

[夏洛特留在舞台上。蒙特勒伊夫人在翻盖式写字桌前坐下，拉出桌面，开始迅速写三封信，并将信封好。在此期间，安娜和夏洛特一直在交谈。]

夏洛特　您在威尼斯度夏时的感觉怎么样，小姐？

安　娜　太完美了。(陶醉地)危险；温柔；死亡；变得浑浊的运河；水面上涨之后，积满了水、没法通行的教堂前的广场……

夏洛特　我想，我这一生至少得去一次这种地方。

安　娜　每天晚上都有决斗的吵闹，晨雾中的小桥上还残留着血迹；还有那么多鸽子，满天都是鸽子……在没有什么事情打扰的时候，鸽子们会仿佛愤愤不平般地在整个圣马可广场上走来走去，但只要被什么事情惊动，它们就会一齐飞起，响亮地拍打翅膀……我听说，他的肖像已经在什么地方被烧掉了。

夏洛特　咦？您说谁的肖像？

安　娜　钟声，响彻积水之上的钟声……像鸽子一样多的桥梁……还有月亮。一轮红月从运河中升起，照耀着我们的睡床，睡床变成了鲜红的颜色，仿佛刚刚有一百个处女在床上度过春宵……一百个……

夏洛特　您一定好好地享受了一番贡多拉，还有威尼斯船歌。

安　娜　贡多拉？船歌？……是啊，这就是世间的普通人对威尼斯的印象。

［蒙特勒伊夫人拿着三封信，站起身来。］

蒙特勒伊　夏洛特！

夏洛特　是。

蒙特勒伊　一封信是给圣丰伯爵夫人的，另一封信是给锡米亚讷男爵夫人的。如果二位夫人不在家，你要告诉代收的人，信的内容，是请她们紧急取消刚才我拜托她们的事情。你明白吗？（说着，将两封信交给夏洛特）

夏洛特　明白。（说着，接过信）

蒙特勒伊　还有一封信，是给国王陛下的请愿书。（手里拿着最后一封信，思考着）这封信，我亲自送到宫里去。

——幕落——

第二幕

［一七七八年九月，亦即第一幕的六年后。］

［勒内从舞台右侧，安娜从舞台左侧同时登场。］

勒　内　安娜！

安　娜　姐姐！有好消息！

勒　内　哎呀，安娜，怎么这么突然……

安　娜　（把一个纸卷举过头顶）你想要，我才给你。

勒　内　别闹了，安娜！

安　娜　来呀，在这儿呢。

勒　内　你这姑娘！

　　　　［二人身着盛装互相追逐，又跑又跳。最后，勒内拿
　　　　到了纸卷。］

勒　内　这上面写的是什么？（镇静下来，开始大声朗读）

　　　　　“普罗旺斯地区艾克斯高等法院判决书。

　　　　　今年五月，国王陛下发来金印信件，要求重审
　　　　预先关押于万塞讷城堡之多纳西安·阿尔丰斯·弗
　　　　朗索瓦·德·萨德侯爵一案。本院认可信件内容，
　　　　废除一七七二年之判决，予以重审后，对同侯爵判
　　　　决如下：

　　　　　被告多纳西安·阿尔丰斯·弗朗索瓦·德·萨
　　　　德，因犯鸡奸及败坏风俗罪，判处训诫处分，并处
　　　　罚金五十利弗尔，自今日起三年内，禁止居留于马
　　　　赛。待支付罚金后，将其姓名从囚犯名单上抹消。”

　　　　　哎呀！（重重地松了一口气，以至于茫然了
　　　　片刻）

安　娜　的确是好消息吧，姐姐。

勒　内　我觉得我在做梦。

安　娜　不，你这是从噩梦里醒过来了。

勒　内　这样一来，阿尔丰斯就自由了。而我也自由了……
　　　　六年……你还记得吗，安娜？在六年前的一个秋
　　　　日，就在这所房子的这个客厅里，我们大家曾经一

　　　　　起思考关于阿尔丰斯的事情。当时，你刚从意大利
　　　　　回来，在马赛的那桩可怕事件之后，你陪他去了意
　　　　　大利，抚慰他的心灵。

安　娜　"抚慰他的心灵"……我们能不能不要兜这么大的
　　　　　圈子来表达意思？那已经是很久以前的事了。

勒　内　是啊，已经是很久以前的事了。从那之后，已经过
　　　　　去了六年，我争取阿尔丰斯自由的决心就像一根经
　　　　　线，各种纬线和它纠结在一起，织出了丰富多彩的
　　　　　图案。在这六年之中，我一直在猛敲一扇不可能打
　　　　　开的石头大门。我的指甲剥裂，我的拳头出血，但
　　　　　是，以我的力量，还是没法打开这扇门。

安　娜　但是，姐姐你真的尽力了。

勒　内　只凭我的力量已经无计可施了。在我和阿尔丰斯之
　　　　　间，那扇石头大门一直巍然紧闭；让它紧闭的，是
　　　　　妈妈的力量。可是这次，令我完全意想不到的是，
　　　　　也是妈妈的力量帮我打开了那扇门。

安　娜　你知道得很清楚嘛。

勒　内　这就是我现在来巴黎的时候，又回到妈妈家住的原
　　　　　因。在我和妈妈敌对的那段时间里，就算来巴黎，
　　　　　我也会住到旅馆去。

安　娜　如今，在我们母女三人之间，已经没有任何隔
　　　　　阂了。

勒　内　你也已经长大成人了……而我也……变老了。

安　娜　不，姐姐。你刚才看到这个好消息之后，一下子变

得比六年前年轻、漂亮多了。

勒　内　安娜，我明白了，所谓的幸福，就像泥土中的沙金那样，即使在地狱的最深之处也会灼灼闪耀。对我来说，幸福是什么？用世人的眼光来看，在所有不幸的女人中，我是最最不幸的。我被我的丈夫不断背叛，这个丈夫已经进了监狱，他的身边还环绕着各种可憎的流言。如果我的生活舒适富裕，那还多少说得过去；可是，我就连修缮拉科斯特城堡的钱都不够，就连冬天取暖的木柴都缺，只能窝在床上，尽可能地保持一点温暖。然而，正因如此，我迎来了一个有生以来最让我愉悦的春天。当城堡周围的草地重新变绿，太阳的温暖光芒从高高的圆窗上射下，和鸟儿的歌声一同出现在冰冷的地板上的时候，这道光芒看起来就像一把光辉闪耀的巨大的黄铜号角，让我感到了希望，觉得阿尔丰斯得救的日子就快来临了。在那一刻，阿尔丰斯的堕落和我的不幸成为了一体。安娜，你不觉得它们真的很像吗？堕落和不幸都像传染病一样使人害怕，人们小心翼翼地和它们保持距离，注意不要让自己染病，可是，它们却是人们最爱谈论、最不感到厌倦的话题。这六年来，我的不幸所达到的高度，已经和阿尔丰斯的堕落相等了。我是这么想的。阿尔丰斯那可怖的孤独，尽管是由于他置身于监狱里的缘故，但我现在已经能体会到那份孤独了。无论他做出多

　　　　　少那种令人厌恶的行为，他都只是为了寻求"不可能的事物"。无论有多少男人和女人参与他的放荡行为，也只有他一个人能与那种"不可能"邂逅相逢。阿尔丰斯从来没有爱过任何人，就连你也不例外……

安　娜　就连你也是吗，姐姐？

勒　内　我们俩能够和解，这也许就是最大的理由。

安　娜　但是，说实话，姐姐你依然认为，你是唯一一个被他爱着的人。

勒　内　空想是每个人的自由。我也是从阿尔丰斯那里学到了空想的力量。

安　娜　那，幸福呢？

勒　内　这是我自己的发明，同时，它也是阿尔丰斯绝不会教给我的事情。幸福，怎么说呢，就像刺绣一样，是一种会让肩膀酸痛的、女人的手工活。孤单、无聊、焦虑、枯寂、令人害怕的夜晚、令人畏怖的黎明——幸福就是花费时间和劳力，把这些一针一针地刺绣在一幅小挂毯上，绣成一朵平凡的玫瑰。即使是地狱的折磨，经过女人的手和女人的忍耐之后，也能变成一朵玫瑰。

安　娜　从明天开始，阿尔丰斯就会天天把你精心制作的玫瑰果酱抹在他早餐的吐司上了。

勒　内　你可真会讽刺，安娜。

　　　　　〔蒙特勒伊夫人从舞台右侧登场。〕

蒙特勒伊　勒内，太好了。祝贺你。我想给你一个惊喜，所以让安娜暗地里当了一回信使，把信送给你。

勒　内　非常感谢。这全都是您的功劳，妈妈。

　　　　　[勒内跪下，亲吻蒙特勒伊夫人的裙角。蒙特勒伊夫人有些尴尬，和安娜交换了一个眼神。]

蒙特勒伊　（扶起勒内）请不要这么夸张。虽然有点绕远，但最终还是你的真心打动了我，让我想要实现你的愿望。你可以这么想，这是将母亲和孩子相联结的自然纽带觉醒了过来，发挥了作用。从好几年前开始，你似乎就在怨恨我，可是……

勒　内　您的话让我脸红了。不过，现在一切都解决了；他可能已经在拉科斯特了。我必须赶紧收拾行李……

蒙特勒伊　（迅速和安娜交换了一个眼神）没必要这么着急，勒内。

安　娜　正因为是这种时候，你才应该让阿尔丰斯也急一急，不是吗？

蒙特勒伊　是啊，今天咱们就在这里待上一整天，还是像过去和睦相处的时候那样，谈一谈咱们长久以来的辛劳吧。现在，咱们可以笑着交谈了。咱们甚至可以谈一谈五年前的春天，当我得知阿尔丰斯在你的帮助下，巧妙地越狱的时候，我有多么震惊。当时我都快吓死了。

勒　内　我那时只是满心地恨您，妈妈。当时我的想法钻了牛角尖，我觉得，为了解救我的丈夫，我只能凭着自己的能力，干出一些无法无天的事来了。

蒙特勒伊　说实话，那件事让我对你刮目相看了。我以前一直觉得你是个胆小老实、畏首畏尾的孩子，但是通过你那精心细致、全无疏忽的筹划，通过你的决心，通过你的勇气，我发现，你果然不愧是我的女儿。但是，我必须得说，我们只能依靠法律和正义的力量拯救邪恶。你爸爸和我一辈子都在按照这个原则行事，正是因为我们遵守这个原则，所以才得到了报偿。阿尔丰斯的母亲和我们正好相反，她拿侍奉上帝做借口，远离尘世，直到去世为止，也没有为了阿尔丰斯的利益卖掉哪怕一粒钻石。

安　娜　尽管阿尔丰斯的妈妈对他很冷淡，但在她去世之后，阿尔丰斯不也是天天哭泣吗？

勒　内　没错，他好不容易才躲起来，但是为了参加他母亲的葬礼，他又去了巴黎，结果就被抓住了。

蒙特勒伊　他父亲去世的时候也是，他哭得那么伤心，我都为他感到难过。

勒　内　如果我死了，他是不是也会那么哭呢？

蒙特勒伊　这个嘛，如果你是他的母亲的话……不过，在他坐牢的这几年里，你对他的关心，在我看来，简直是母亲的关心。

安　娜　我从来没有在他面前扮演过母亲的角色。一次也没有。

勒　内　我也没有。我又不是因为喜欢，才表现得像个母亲的。

蒙特勒伊　哎呀哎呀，在你们的生身母亲面前，你们可真是毫不隐瞒对母亲这个角色的轻视啊。那我就跟你们一样坦率地说了。由于他如此可憎地对待我精心抚养的两个女儿，我对他的怨恨一直没有消除。勒内，我希望你至少能够理解这一点。

勒　内　他从来没有对我不好过。

安　娜　对我也是。

蒙特勒伊　（掩饰着自己的厌恶）这可真是有趣。可以请你们解释一下吗？

勒　内　他的欲望会被亵渎激起，就像一匹马用蹄子践踏纯洁无瑕的霜柱①时的兴奋那样。为了这个目的，他总是会扎扎实实地进行准备：让水沁入肮脏的泥土，然后让清晨的寒冷将它结晶成险峻而圣洁的霜柱。他唯一的目的，就是将这些霜柱踩在脚下，把它们踩碎。无论是妓女还是女乞丐，都会被他暂时提拔为圣女，目的仅仅是让他稍后鞭打她们。紧接着，他还会打破这个梦，把那些女乞丐和妓女一脚踹出房门……通过每一个快乐的瞬间，他在体内积攒了许多温柔之蜜，由于他找不到能够给予这些蜜的对象，最终，他回到了我的身边，把这些温柔尽情地倾泻在我的身上。他就是一只快乐的工蜂，在夏日

---

① 霜柱，又称"地冰花"，是在特定条件下从土壤中钻出的柱状冰晶。

刺眼的骄阳之下，他挥洒着汗水，辛勤工作，收集这些温柔之蜜，然后回到阴暗、凉爽的蜂巢，把这些蜜送给我。那些产蜜的血色花朵，绝不是他的恋人，她们被神圣化，然后被践踏，然后被采蜜……仅此而已。所以，难道不是可以这么说吗？他从来没有对我不好过。

安　娜　姐姐你总是这样，用你的理解和诗意的比喻来点缀阿尔丰斯。你是用诗来理解的。也许，这是接受过于神圣或者过于污秽的事物的唯一方法。但是，至少我可以说，这不是女人的方法。我甚至从来没有试图去理解他，所以他也会安下心来，以一个男人的方式爱抚我，而我则会以一个女人的方式回应他。

勒　内　既然你都说到这个份上了，我也就直说了。我一直把你当成一种工具。时不时地，阿尔丰斯会想成为凡人，而我却无法满足他的这个愿望，因为我已经知道了，他不是一个凡人。所以，我为他选择了你。

安　娜　姐姐，在你的记忆里，没有我的威尼斯。我真为你感到可怜！在你的记忆里，没有一轮像赤红肝脏一样的月亮从雾气蒙蒙的运河上升起；一个男人弹着曼陀林在桥上轻唱，他那甜美的歌声包裹着窗边凌乱的睡床。这睡床就宛如一片雪白的沙滩，上面布满了被海浪拍打上岸的，充盈着大海的潮湿与气息的海藻。阿尔丰斯从来没有把他那鲜血淋漓的记忆讲给我听，但那血腥的记忆却会从他的眼睛里浮现，这记忆正是我们取之不尽的温柔的源泉。

蒙特勒伊 太下流了！就此打住吧。在今天这个快乐的场合，你们姐妹俩就不要为六年前的事情争吵了。我也抑制一下我的怒火，尽可能温和有礼地谈论阿尔丰斯吧。现在，既然他的罪行已被昭雪，就让我们试着找一下他的优点吧。我听说，他回归了宗教信仰，这种传闻有多大的真实性？

勒　内 我偶尔能在他的信里发现一丝对信仰的期望，就像一线微弱的光。

蒙特勒伊 但在下一封信里，他却威胁要自杀，到了再下一封信，他又粗鄙地辱骂我，说我满心算计、老奸巨猾……我知道，我都知道。这恐怕就是他的优点——他对任何事物的热情都无法长久。他透过窗户瞥了一眼地狱，然后马上跑上了天堂；片刻之后，他又从天堂下到厨房里，像个车夫马倌一样破口大骂。除此之外，他不是还说要写什么书，要创作什么所谓的大作吗？啊，多可怕呀！我敢肯定，他要么会把我描写成一个魔女，要么会把他自己描写成地狱之王。不过，没有任何人会读他写的书就是了。

勒　内 他的感情的确很激烈，但他不是一个会忘记感激和恩情的人。如果他知道，他是靠着妈妈您的力量才重获自由的，我相信，他肯定一辈子都会感激您，不会忘记您的恩情。

蒙特勒伊　但愿如此吧。

［夏洛特登场。］

夏洛特　圣丰伯爵夫人来了。她说，她正在散步，顺路前来拜访。

蒙特勒伊　是吗。（思考片刻）算了，我们家的什么事情她都知道……请她进来吧。

夏洛特　是。

［夏洛特退场。与此同时，圣丰夫人登场。］

圣　丰　不用人迎接，我自己进来了。您不介意吧？毕竟，我又不是骑着扫帚从窗户进来的。

蒙特勒伊　您在说什么呀！（说着，画了个十字）

圣　丰　就算您这么做，画十字这个动作对您来说，也不会变得像对锡米亚讷夫人那样合适。在我看来，您是为了体面，才不情不愿地画了这个十字。

蒙特勒伊　您想说什么就说吧。

圣　丰　我今天来见您，是因为有一件事情我必须告诉您。昨天晚上，我扮演了路易太阳王[①]时代的蒙特斯庞夫人[②]的角色。

蒙特勒伊　您的意思是，您当了国王的情妇？可是，当今的

---

①　指法国国王路易十四（1638—1715）。

②　蒙特斯庞侯爵夫人（Marquise de Montespan，1640—1707），路易十四最著名的情妇。

陛下 ①……

圣　丰　不，不是的。让我按照事情的顺序讲吧。我需要一个像您这样优秀的听众，不像锡米亚讷夫人那个胆小鬼，您有勇气、有胆量，无论在哪里，都可以胜任美德的代表。

蒙特勒伊　您太抬举我了，圣丰夫人。

圣　丰　无论是恋爱的策略还是歹毒的阴谋，又或者是像玛戈王后 ② 那样，排演假面剧、去平民区微服私访，这些我都已经腻烦了。就连我自己的坏名声，我也已经腻烦了。我犯下的那些所谓的罪孽，终究不过是在闺房开始、在闺房结束；我进行的那些所谓的恋爱，终究不过是拌着蜜糖的灰烬的味道。所以我想，如果在这里再加上一点神圣的东西……

蒙特勒伊　难不成，您想要投身宗教……

圣　丰　这一点请您放心。夫人，当快乐需要加入愈来愈多的佐料的时候，人们就会想起受到惩罚的孩子的快乐，对于不再有人惩罚自己而感到失望。所以，我们使出浑身解数，向那位不可见的天主吐口水、挑衅，试图让他发怒。即便如此，所谓的"神性"依然是一条懒狗，它一直躺在太阳底下睡大觉，您

---

① 　当时的法国国王是路易十六。和他的许多前任不同，路易十六没有情妇。

② 　玛戈王后（la Reine Margot），即瓦卢瓦的玛格丽特（Marguerite de Valois，1553—1615），法国国王亨利四世的王后，在当时以放荡和堕落著称。

就算搋它的尾巴、揪它的胡须，它也不会向您看一
眼，更不用说向您吠叫了。

蒙特勒伊　您是说，上帝是一条懒狗？

圣　丰　是啊，而且还是一条老狗。

蒙特勒伊　幸好我的女儿们都已经成年了。如果您在十几岁
的姑娘面前说这种话……

圣　丰　可是，夫人，我还没有说到我想说的事情呢。我
想，我可能误会了萨德侯爵。我曾经以为，这个满
头金发、双手雪白的惩罚者，这个执鞭者、行刑
人，是上帝派来的代理人。现在我已经知道，这是
我的误解；侯爵只不过是我的朋友、我的同党罢了。
在那条晒着太阳、睡着大觉的懒狗周围，无论是鞭
打者还是被鞭打者，无论是惩罚者还是被惩罚者，
都是同等的存在，都只不过是可怜的挑衅者罢了。
一个人想用鞭打来挑衅，另一个人想用被鞭打来挑
衅；一个人想用让别人流血来挑衅，另一个人想用
让自己流血来挑衅……可是，无论如何，这条狗都
不愿意睁开眼睛。萨德侯爵和我，是处于同一个阵
营的同伙。

蒙特勒伊　您是怎么知道的？

圣　丰　我不是"知道"的，而是"感觉到"的……

蒙特勒伊　在什么时候？

圣　丰　您问我，是在什么时候感觉到的？是在我变成桌子
的时候。

蒙特勒伊　变成桌子？

　　〔勒内和安娜惊讶地窃窃私语。〕

圣　丰　当然。不过是桌子而已，人当然能变成桌子。但
　　　　是，我要说得更明确一些——我全裸着，让自己的
　　　　身体变成了弥撒的祭坛。

　　〔三位听众吓了一跳；勒内颤抖着，以非比寻常的激
　　情神态听她讲完下面的话。〕

　　　　我不能告诉各位具体的地点和其他参与者的名字。
　　　　太阳王时代的吉堡[①]早已过世，我也够不上蒙特斯
　　　　庞夫人的脚后跟。但是，我的确也和蒙特斯庞夫人
　　　　一样，让自己的身体成为了弥撒的祭坛；我白皙的
　　　　裸体仰面躺在黑色的蒙棺布上，闭上眼睛，感觉自
　　　　己的裸体正在放出极度雪白、美丽的光辉。只要
　　　　闭上眼睛，就能感受到自己裸露的肌肤，这是世界
　　　　上的每一个女人都能感受到的，所有女人的感受应
　　　　该没有任何不同。这时，一块小小的餐巾被放在我
　　　　的乳房和腹部之间，那感觉就像冰凉的、刚刚洗好
　　　　的床单。我的两个乳房之间被放下了一个银十字
　　　　架，就像一个喜欢恶作剧的男人在干完那件事之后
　　　　把梨放在那里一样。一个银圣杯恰好放在我的两腿

---

① 艾蒂安·吉堡（Étienne Guibourg, 1610—1686），法国天主教牧师、神
秘主义者，最著名的事迹是为蒙特斯庞夫人举行黑弥撒仪式。

之间，那冷飕飕的感觉让我想起了塞夫尔①烧制的瓷尿壶……每一件事、每一件事，都没有带给我那种令人浑身颤抖的渎神的喜悦。随着祝圣之时的临近，两座点燃的烛台被放在我的手中，它们的火焰远远地温暖着我，它们淌下的蜡滴几乎无法察觉。据说，在太阳王的时代，黑弥撒献祭的是真正的婴儿，可是如今，就连黑弥撒也堕落了，给我用的只是一只羊羔。我听到司铎吟诵耶稣基督的名字，当我头顶那只可怜羊羔的哀鸣变成奇怪的呻吟时——就是那个时候，就从那个时候开始，——比任何一个男人的汗水都更灼热，比任何一个男人的汗水都多上许多，我感觉到羊羔的血滴在我的胸口、我的腹部，滴进了我两腿之间的圣杯……直到那时为止，我都是怀着一半游戏、一半好奇的心情在做这件事，我的心一直都是冰冷的；可是，从那时开始，我突然感到心中点燃了一股犹如火焰的快乐。当时，我的双臂尽可能地张开，模仿一个淫秽的十字架的形状；在我的手中，蜡烛摇曳着火焰，滴下热蜡。于是，我真切地理解了这个秘密仪式的意义——我双手手心里的火焰，就是把我钉在十字架上的钉子。

请不要以为我是在得意扬扬地炫耀这件事情。

---

① 法国塞夫尔（Sèvres）国家制造厂烧制的瓷器，属于供王室和贵族使用的高档瓷器。

　　我只是想让各位明白，我站在与阿尔丰斯正好相反的一面，得到了和他一模一样的战栗。

　　　　阿尔丰斯只站在观看者的角度，而我只站在被观看者的角度，我们的体验各不相同。但当羊羔的血雨洒在我的裸体上的时候，我明白了阿尔丰斯到底是谁。

勒　内　他是谁？

圣　丰　阿尔丰斯，就是我。

蒙特勒伊　咦？

圣　丰　他曾经是我。他是沐浴在鲜血中的肉桌，是一个目盲的、手足萎缩的胎儿，是上帝仅仅怀胎三月就流产的产物。是啊，萨德侯爵是一个浑身沾满上帝鲜血的流产胎儿，他只有从自己身上离开，才能成为他自己。当阿尔丰斯做那些事的时候，在场的、除他以外的所有人——被阿尔丰斯凌虐的那些女人，正是阿尔丰斯；鞭打阿尔丰斯的那些女人，也是阿尔丰斯。而被各位叫作阿尔丰斯的那个人，仅仅是一个影子罢了。

蒙特勒伊　也就说，您的意思是，阿尔丰斯是无罪的。

圣　丰　用您的说法，可以这样表达。

安　娜　（突然笑了起来）哎呀，圣丰夫人，您的意见居然和艾克斯高等法院那些古板的法官一模一样呀。

勒　内　（突然，仿佛被鬼魂附体）他没有罪。他是无辜的。他是清白的、纯洁的。（展示那卷纸）请您也高兴一下吧，夫人。在我妈妈的努力下，就像这里面写的，阿尔丰斯终于自由了。

圣　丰　这可真有意思。六年前，我都准备尽一切努力废除对他的判决了，转眼之间，您母亲就坚决要求我撤回帮助。可是，这次她却主动给他争取到了赦免。顺便问一下，日期是哪一天？

勒　内　日期？

圣　丰　对，新判决的日期。

勒　内　我没有注意。我太高兴了，漏过了日期。（安娜和蒙特勒伊夫人退到了舞台深处）不过，日期到底写在哪儿呢？……怎么写得这么小，我都没有注意到。"一七七八年七月十四日"……七月十四日。今天是九月一日。这个判决是一个半月之前下的……我在巴黎度过了整个夏天，可是却对这件事一无所知……一无所知。（厉声问道）安娜！这是怎么回事？你为什么现在才告诉我？

安　娜　……

勒　内　妈妈，这是怎么回事？您为什么把这个好消息对我隐瞒了一个半月？

蒙特勒伊　……

勒　内　阿尔丰斯在拉科斯特城堡，该把我等得多苦啊……可是，这段时间，他为什么不写信过来呢？（突然担心起来）我得赶紧回拉科斯特去。

圣　丰　您回去也没有用。

勒　内　请问，这是为什么？

蒙特勒伊　夫人！

圣　丰　现在，萨德侯爵肯定又被关进了监狱，只不过被送进了不同的牢房。我想，您母亲是在等待时机，她想等您的心情更加平静一点，再告诉您这个消息。

勒　内　您在跟我说什么胡话？阿尔丰斯已经自由了。这不是胡说八道吗？不是吗，妈妈？

蒙特勒伊　夫人她跟你逗着玩儿呢。

圣　丰　蒙特勒伊夫人，今天是您后悔的日子——像您这样一位操守端正的体面妇人，竟然和我这样的女人结交，您就为此后悔吧。六年前，您想利用我，或者说，利用我的坏名声；然后您马上就改了主意，不再需要我的帮助。对此，我可是记得清清楚楚。即便我对您利用我的意图没有怨恨，我也不能原谅您拒绝我的帮助。您让我产生了一个和我的性格完全不符的、与人为善的记忆，这个记忆直到现在还在折磨着我。我并没有得到那次善举的喜悦，作为补偿，我必须再扮演一次和我的本性格格不入的角色。我不得不在这里揭示真相，这全部都是您的过错。不，也许我应该说，是一言一行永远守正不挠的您影响了我？

蒙特勒伊　夫人！请您不要插嘴别人的家事。

圣　丰　归根结底，当初是谁先求我张开我这张阴损刻毒的嘴的？

勒　　内　啊，夫人，说吧！您肯定是知道什么可怕的事情。

圣　　丰　可怜的勒内，阿尔丰斯掉进了您母亲设下的陷阱。艾克斯高等法院的重审决定，只不过是在善意的外表下诱捕他的诡计罢了。

勒　　内　哎呀……

圣　　丰　您知道，我搜集的知识一直都是准确无误的。勒内，直到昨天，我才知道事情的全部细节。去年，阿尔丰斯的母亲去世的时候，蒙特勒伊夫人立即向陛下申请了敕命逮捕令[①]，在阿尔丰斯的藏身之处再次将他逮捕。这件事情的经过，您是知道的吧？

勒　　内　这个嘛，我模模糊糊地知道……

蒙特勒伊　您说得够多了吧，夫人？

圣　　丰　（对蒙特勒伊）趁着那份敕命逮捕令依然有效，您要求重审阿尔丰斯的案件。这样一来，即使法院将他改判为轻罪，他也会立即在王室的审判权下遭到逮捕。于是，在七月十四日，根据高等法院的判决，阿尔丰斯获释，但马上又被王室的警官包围，被带回了万塞讷城堡的监牢。这一次，他被投进了比前一个牢房黑暗、寒冷、潮湿得多的牢房，从那里也看不到外面的景色。虽然在押送途中，他曾经逃走

---

① 敕命逮捕令（lettre de cachet），一种传递国王命令的信件，在程序上相当于"国王直接命令相关官员"，可以不经审判就监禁、流放或拘留某人。在十八世纪，这种逮捕令变得普遍化，个人亦可申请颁发，不一定真的出于国王的意志，仅仅相当于一种绕过司法系统的迅速干预。

过一次,[①] 但您现在可以放心了。您的女婿现在被关在双层铁门后面,即使是照明的光,也只能通过铁栅栏射进牢房。他就像被关进了井底一样。这次,他可没法轻易逃出来了。

[所有人沉默。]

安　娜　(突然站起)圣丰阿姨,您不是说您在散步,顺便路过我们家吗?

圣　丰　嗯,是的。

安　娜　我想陪您继续散步。

圣　丰　嗯,好啊。能带着你这样一个又可爱又漂亮的工具散步,我可太幸福了。过去,你是你姐姐的工具;现在,你是你母亲的工具;这回,安娜,就请你成为我的工具吧。

安　娜　(故意装出快活的样子)请您随便把我当成桌子、当成抽屉使用吧。

圣　丰　你可真是个懂事的姑娘。你长着一对平时折叠起来的翅膀,它可以让你逃出任何气氛窘迫的地方。只有这对翅膀,毫无疑问,是属于你自己的东西。告辞了,夫人。(说着,以目光致意,由安娜陪伴着,准备从舞台左侧退场)夏洛特!

[夏洛特登场。]

你好好地看看我的脸吧。我很可能不会再来这座宅

---

① 1778 年 7 月 16 日,萨德侯爵在被押往万塞讷城堡的途中逃走,8 月 26 日,在拉科斯特被重新逮捕。

邸造访了。而且，从今往后，在你的余生中，你只
会看到可敬而正直的人们的脸，你最好抓住这个机
会，好好看一看堕落放荡之人的脸的样子。

［圣丰夫人、安娜、夏洛特一起退场。］

［勒内和蒙特勒伊夫人沉默地对峙着。］

勒 内 我有一件事要问您，妈妈。您为什么要这么残酷地
对我隐瞒真相？

蒙特勒伊 这不是彼此彼此吗，勒内？六年前，你对我那么
哀求、央告，可是，与此同时，你却非常见外地向
我隐瞒了另一个真相——下流的真相……当我从安
娜口中得知真相之后，你觉得我怎么可能不改变态
度呢？我写信给陛下，请陛下指示驻撒丁王国大
使，将阿尔丰斯在尚贝里逮捕。归根结底，这不都
是你对我隐瞒真相导致的吗？

即使是这一次，我也站在母亲的立场上深思熟
虑过了。在那之后的六年里，我们的关系一直像敌
人一样；我认为，无论如何都应该把阿尔丰斯关起
来，而你认为，无论如何都应该让他获得自由。我
们两人满脑子想的都是怎么击败对方。然而，我渐
渐地上了年纪，我很累，也很孤独。虽然我依然没
有改变把我那个品性低劣的女婿关起来的决心，但
是，至少，我想停止和我女儿互相仇视的生活。这
也是——特别是——因为，我考虑到了你的幸福。

勒 内 （茫然地）我的幸福……

蒙特勒伊　实际上，当我终于行动起来，开始推动高等法院
　　　　　重审他的案子的时候，你有多么高兴，不用我说。
　　　　　从那一天开始，直到今天，咱们母女俩难道不是奇
　　　　　迹般地恢复了昔日的关系，又变得像过去一样和睦
　　　　　了吗？我不想看到你空欢喜一场的悲伤神情，因此
　　　　　才和安娜计划，尽可能地不让高等法院的新判决传
　　　　　进你的耳朵，这是出于母爱。当这个判决最终还是
　　　　　传进了你的耳朵的时候，看着你那喜不自胜的样
　　　　　子，我却感到心如刀割，这也是出于母爱。你可
　　　　　千万不要相信圣丰伯爵夫人那种放荡下流的女人的
　　　　　恶意诽谤。

勒　内　可是，阿尔丰斯又被扔进了黑暗的牢房。难道不
　　　　是吗？

蒙特勒伊　这个……

勒　内　这不是妈妈您干的吗？

蒙特勒伊　我又不是法国的国王。

勒　内　啊，这是多么残忍……

蒙特勒伊　我认为，为了让你醒悟，这种程度的残忍是必须
　　　　　的。请你理解，我又不是因为喜欢才这样做的。这
　　　　　次，我一定要让你清醒过来，彻彻底底地和阿尔丰
　　　　　斯分手。

勒　内　这不可能。

蒙特勒伊　这是为什么，勒内？你什么时候才能不把那个可
　　　　　怕的怪物当成自己的丈夫？他可曾有片刻对你忠诚

过吗？被孤身一人关在牢房里的时候，他尽可以在信里向你倾诉苦衷，写下一些可怜兮兮的示爱话语，发誓再过一千年也会对你保持忠诚。可是，那些终归不过是写在信里的虚假承诺。你很清楚，在他重获自由的当天，他会马上开始做什么——就算你再怎么盲目，你也应该清楚……跟他分手。只有这样，你才会获得幸福。

勒　内　（自言自语）获得幸福……

蒙特勒伊　跟他分手。

勒　内　这不可能。

蒙特勒伊　为什么？告诉我为什么，勒内。事到如今，你必须让我理解。还有五年前的那件事，你，税务法院院长的女儿，居然帮助犯人越狱，简直岂有此理！

勒　内　就在那个时候。我从来没有像那个时候一样强烈地感受到，不管是在监牢内还是在监牢外，阿尔丰斯的心就是我的心。在我的哀告被拒绝了一百次之后，我每夜、每夜都在拉科斯特城堡里，筹算着帮我丈夫越狱的计划。没有人可以同我商议，我只是自己一人在思忖。就像创造将棋 ① 的定式那样，我在头脑中绘出图纸，让象牙棋子以各种各样的方式互相碰撞，直到白色的象牙在我思想的火焰中变得宛如玛瑙一般赤红通透，直到我绞尽所有脑汁，再

---

① 日本将棋。这是一个明显的时代错误，可能是三岛故意为之的。

也想不出别的想法。就在那一刻，我觉得，我的心从来没有和我丈夫的心如此接近过。突然之间，我明白了。当我丈夫梦想着下一次犯罪的时候，他会让自己逐渐接近那不可能的界限；他会一边殚精竭虑地穷究邪恶的极致，一边步步为营、一丝不苟地订立计划。我觉得，应该就是这样——不，肯定就是这样。对其他所有人都保守秘密，孤身一人推敲犯罪计划的阿尔丰斯，是世界上最孤独的人。就连对注定绝望的恋爱寄予的希望，也不如他的这种行为空虚；他不是为了追求爱情，而仅仅是为了让他那不可自拔的梦境在这个世界上显现，把那梦境偷偷摸摸地搬到这个世界上的某个地点、某个时间。至于他的猎物，注定在一瞬之后就会从他的手里滑落。我的行为和他的行为没有丝毫不同；我明知道当他越狱之后，我必然会在世间抬不起头；这是我秘密的计划，没有人可以同我商议；就连对注定绝望的恋爱寄予的希望，也不如我的这种行为空虚……我甚至不指望自己能得到他的爱情。

蒙特勒伊　你的话并不令我感到惊讶，所有消极避世的人都是这么想的。只要滑出了正义和法律的网眼，任何人都会变得孤身一人——你爸爸在世的时候经常这么说。可是，你爸爸做梦也想象不到，有朝一日，他自己的女儿竟然也会尝到这种滋味。

勒　内　那个时候，我感觉到，在我和他之间，产生了一

　　　　　　　种人力所不能断绝的纽带。即使是被他抱在怀里，
　　　　　　　和他接吻的时候，我也从来没有感觉到这么强的
　　　　　　　联系。

蒙特勒伊　也就是说，是感情让你们无法分离，是这个意思
　　　　　　　吗？说到你所谓的爱情，我就纳闷了，他对你有没
　　　　　　　有爱情，是非常可疑的；而你对他的爱情呢，则是
　　　　　　　你自己想象出的一个幻影，然后把爱情都赌在了这
　　　　　　　个幻影上。我说得不对吗？你好好地想一想吧，勒
　　　　　　　内。你的丈夫（讽刺地）——这是咱们两个人的秘
　　　　　　　密——不是人类。

勒　内　就算他不是人类，他也是我的丈夫。

蒙特勒伊　当你对爱情失去信心的时候，你就开始拿贞淑打
　　　　　　　掩护了。

勒　内　可是，把这种贞淑教给我的，是您，妈妈。

蒙特勒伊　啊，真是奇怪。从很久以前开始，我就注意到
　　　　　　　了，当你说出"贞淑"这个词的时候，不知道为什
　　　　　　　么，听起来总是那么猥亵。它明明是这个世界上最
　　　　　　　最纯洁的词，可是，只要我一想到你的贞淑是为了
　　　　　　　阿尔丰斯，我就觉得它变成了一团黢黑。就像中国
　　　　　　　的漆器那么黑。

勒　内　既然您这么说的话，我的爱情……

蒙特勒伊　这个词听起来也很奇怪，也是显得过于猥亵了。

　　　　　　　〔二人沉默。〕

勒　内　无论如何，我会竭尽全力地追随他。如果您真的想

把我们强行分开，那么，把他关进监狱，反倒是您的错误。我会给他写信，寄去一封又一封的信；我一有机会就会去探监。您和我都明白，只要他在监狱里，我就是他在这个世界上唯一可以依靠的人。

蒙特勒伊　你说，这是我的错误，勒内。但我倒是觉得，也许，尽管我们的目标不同，但是在通往不同目标的途中，咱们还是可以分享喜悦的。有一点，你说对了：你是他在这个世界上唯一可以依靠的人。在你的内心深处，你其实是想把阿尔丰斯像笼子里的小鸟一样养着。只要他进了监狱，你就可以放心了。他孤身一人，被剥夺了一切自由，只能依靠你一个人，这样一来，你就可以免得嫉妒了。现在，倒是轮到他嫉妒你了；上次，他不是陷入妄想，给你写了一封可怕的信吗？而读着那封信的你，难道不是在愉快地窃笑吗？……你就老老实实地承认吧。虽然你嘴上反对我的做法，但你的内心深处其实是在感谢我的。把他永远地关进监狱，无论是对我来说，还是对你来说，利害都是一致的。

勒　内　不是，绝对不是。

蒙特勒伊　即使你明知道，只要他一出狱，你就会立即变得不幸？

勒　内　只要他能重获自由，我可以不惜一切代价。

蒙特勒伊　即使你明知道，这自由的含义，只不过是鞭子和糖果？

勒　内　即使这样也不要紧。求您了，妈妈，我可以无数次地亲吻您的裙角。如果您能做到的话，就请您现在马上让阿尔丰斯重获自由吧！

蒙特勒伊　真是奇怪！你想让他重获自由，但是你又不想和他分手，即使你明知道，这只会让你白白地遭受痛苦。难道你就这么喜欢受苦？

勒　内　对我来说，现在这个样子，就是最大的痛苦。

蒙特勒伊　你曾经经历了那么漫长的艰辛，所以你的这句话一定是正确的。那么，如果他真的重获自由，你会感到喜悦吗？会感到幸福吗？

勒　内　没错，这就是我现在梦寐以求的最大的喜悦、最大的幸福。

蒙特勒伊　（厉声问道）什么样的幸福？

勒　内　咦？

蒙特勒伊　这是一种什么性质的、什么种类的幸福？

勒　内　我不明白您的意思。如果非要回答的话，对一个贞淑的妻子来说，不会有比自己丈夫的自由更大的幸福了……

蒙特勒伊　你不要再说什么"贞淑"了！每当你的嘴吐出这个词，都只会使它变得更脏——我在问你，这是一种什么样的幸福？

勒　内　那我就告诉您吧。这是每一晚、每一晚都被我丈夫抛弃在家里的幸福。严寒的冬夜，我在拉科斯特城堡的睡床上冻得缩成一团，想象着一幅宛然在目的情景——与此同时，在某个暖烘烘的小房间里，一个女人被我丈夫捆了起来，她那裸露的脊背就靠在燃烧的柴堆旁边——就是这样的幸福。这是我丈夫日增月盛的血腥丑闻像加冕礼袍的猩红后摆一样扩散到整个世间的幸福；即使在领地上的村镇里，我这个领主的妻子也不得不低着头，偷偷摸摸地走在路边——就是这样的幸福——贫苦的幸福、耻辱的幸福……如果阿尔丰斯能够重获自由，我就会获得这些作为回报；这就是我的幸福。

蒙特勒伊　你在撒谎，撒谎。你想想看，一个一直折磨着、欺骗着她的母亲的女儿，怎么能算得上是一个老实的女儿呢？你依然在对我隐瞒着什么，但我知道你隐瞒的是什么。当我知道那件事情的时候，曾经庄严地发誓，一定要把我的女儿从那个男人身边拉开。

勒　内　您到底在说什么？

蒙特勒伊　那件事情，由于过于耻辱，我从未对任何人说过，就连安娜也不知道——你的贞淑，被你挂在嘴边的贞淑，其实是一颗腐烂的、生病的、被虫蛀了的果实。

勒　内　请您不要再卖关子了。

蒙特勒伊　那我就如你所愿吧。你猜猜看，在四年前的圣诞节，一个被我派出去的可靠的密探，透过拉科斯特城堡的窗户看到了什么？

勒　内　四年前的圣诞节……

蒙特勒伊　当然，想必你已经忘了。如果那是仅有一次的、非比寻常的一夜，它就会鲜明地留在你的记忆之中；但是，毫无疑问，你经历过太多那样的夜晚，不可能把每一件事情和每一夜对应得清清楚楚。

勒　内　四年前的圣诞节。那是我和阿尔丰斯一起度过的最后一个圣诞节。当时，他在我的帮助下越狱，经过到处辗转，混淆行踪之后，他秘密地回到了拉科斯特。那个冬天，普罗旺斯的北风吹得很猛，我不得不当掉祖传的银器来买木柴。至于庆祝圣诞节，那就更不要提……

蒙特勒伊　更不要提，你们的所作所为根本不像是在庆祝圣诞节。为了弥补木柴的缺乏，你们就用人体来取暖。尽管囊空如洗、诸物不足，你还是以招募女仆的名义，雇来了五个十五六岁的姑娘，又以招募秘书的名义，雇来了一个男孩。你从里昂雇来他们之后，把他们带到了拉科斯特……你看，我连这种事都知道得一清二楚，却还是装傻充愣，继续给你送零用钱。言归正传，当时，我的密探藏在一个被北风狂吹的阳台上，窥视你们那怪异的圣诞庆典。你的确当掉了银器，因为壁炉的火焰正烧得旺旺的，就连窗外光秃秃的树干都被映成了红色。

勒　内　妈妈!

蒙特勒伊　你听我说完。阿尔丰斯在肩上披着一袭黑天鹅绒斗篷，斗篷在前面敞开，露出白皙的胸膛。在他那

　　　　挥舞的鞭子之下，五个姑娘和那个男孩都全裸着，
　　　　拼命地来回奔逃，乞求他的宽恕。那长长的鞭子，
　　　　就像栖息在古老的城堡屋檐下的燕子那样，在房间
　　　　里到处飞舞。而你……

勒　内　啊！（用手遮住脸）

蒙特勒伊　你的双手被吊在天花板下的枝形吊灯上，一丝不
　　　　挂。由于疼痛，你迷迷糊糊地昏蒙着。犹如一株雨
　　　　中的金雀花，雨滴从它的树干流下；你的身体滴着
　　　　血滴，在暖炉火焰的照耀下闪闪发光。侯爵用鞭子
　　　　威胁那个男孩，叫他清洁侯爵夫人的裸体。这个还
　　　　没长高的男孩踏上椅子，紧紧地抓住你被吊在半空
　　　　中的身体……把你的每一寸肉体（伸出舌头）……
　　　　用舌头舔干净。他舔的不仅是血……（停顿）勒内。
　　　　（说着，走近勒内。勒内后退一步）……勒内。（说
　　　　着，走得更近。勒内又后退一步。蒙特勒伊抓住她
　　　　的衣领。勒内用双手反抗，蒙特勒伊突然放手）……
　　　　就这样吧。不用让你露出身上的标记了。你的脸苍
　　　　白着，失去了血气；没有比这更加确实的证据了。
　　　　这本身就能证实，我所说的全是实情。

勒　内　可是，妈妈……

蒙特勒伊　"可是"什么？

勒　内　只有过那一次，我是被迫的。我向您发誓，那一
　　　　次，是我的贞淑要求我服从他的意愿。这不是在您
　　　　能理解的世界里发生的事情。

蒙特勒伊　又是"贞淑"！如果你丈夫命令你当一条狗，你会当一条狗吗？如果他命令你变成一条蛆虫，你就变成一条蛆虫？你作为女人的自尊都到哪儿去了？（过于激动，哭了起来）我可从来不想养出一个这样的女儿。你被你丈夫的邪恶行为毒害了。

勒　内　如果一个人置身于耻辱的最深处，他身上就不会留下任何温柔的同情之心。同情就是水面的清澈，在心烦意乱的时候，底下的沉淀会翻涌上来，让这清澈消失……妈妈，您说得很好，您刚才说的全是实情。但是，您并不是一个可怜的母亲。如果您对某种事物一无所知的话，这种您一无所知的事物就不可能伤害到您。

蒙特勒伊　你说我一无所知？我对这种事情可是了解得很。

勒　内　您一无所知。如果一个女人在心底里决定保持贞淑，她就可以践踏世间的一切规则和体面。您对此一无所知。

蒙特勒伊　每一个被流氓勾引的女人都这么说。

勒　内　阿尔丰斯不是流氓。他是横在我和"不可能"之间的一道门槛，或许，也是横在我和上帝之间的一道门槛；他是一道被弄脏的门槛——把他弄脏的，是沾着泥的脚，以及被荆棘划得鲜血淋漓的脚底。

蒙特勒伊　你又做这种不切实际的比喻。就连安娜都笑话你的这种比喻。

勒　内　因为，阿尔丰斯就是一个只能用比喻来表达意思的人。他是鸽子，而不是狮子；他是一朵满头金发的小白花，而不是毒草。当我看到鸽子或花朵挥舞着鞭子的时候，我会觉得自己才是野兽……就在四年前的那个圣诞节，我下定了一个决心。过去，由于我的傲慢，我给自己制造了一个幻影，自认为是一个非常贞淑的妻子，甚至可以帮助自己的丈夫越狱——如果我仅仅作为他的理解者、保护者、拐杖而存在，那是不足以治疗这种傲慢的……妈妈，我满口"贞淑、贞淑"地说着，正是因为我想把自己从这个世界上的寻常"贞淑"的重轭之下解放出来。自从那个可怕的夜晚以来，我已经彻彻底底地洗清了随着贞淑而来的自命不凡的傲慢。

蒙特勒伊　所以，你就成了他的帮凶？

勒　内　是的，我成了鸽子的帮凶，成了满头金发的小白花的帮凶。如今，"女人"这只狂放不羁、难以驾驭的野兽已经明白，迄今为止，她都只不过是一只名为"贞淑"的野兽……妈妈，您也仅仅是一只野兽。

蒙特勒伊　在我这一辈子里，从来没有人对我说过这种话。

勒　内　从今往后，我会把这句话说上无数遍。您用您的利齿和獠牙把阿尔丰斯撕成了碎片。

蒙特勒伊　别开玩笑了，我才是那个被撕碎的人——被他那闪着白光的利齿和獠牙撕碎。

勒　内　他才没长獠牙呢。他所拥有的，只是鞭子、匕首、绳子——一些历史悠久的拷问工具，可以说，这些都是被人类发明出来的。它们和我们女人打扮自己的化妆用具没有什么不同，仅仅相当于镜子、粉盒、口红、香水瓶而已。但您和他不同，您天生就长着獠牙。您那圆圆的乳房是獠牙。您的大腿——尽管上了年纪，却依然保持光泽——是獠牙。可以说，您的整个身体，从头顶到指尖，都穿上了闪亮的铠甲——由伪善的棘刺编织而成的铠甲。对于靠近您的人，您既能把对方刺穿，也能让对方窒息。

蒙特勒伊　别忘了，是这乳房的乳汁养育了你。

勒　内　您说得对。我和您流着同样的血液，有着同样的女人的身体。但我的乳房和您的不同，我的乳房的材料，不是由陈规定例和世间的期望决定的，它们不是有着伪善形状的乳房。爸爸会因为您的乳房而喜悦，因为您和爸爸是一对喜欢陈规定例胜过喜欢爱情的夫妇。

蒙特勒伊　不许说你父亲的坏话！

勒　内　即使是在床上，您也不想忘记自己服从世间规则的快乐回忆，对吧？即使是行房时的呢喃，也是您和爸爸在相互诉说自己有多么正确，这会让您非常满足，您想珍惜这种满足。没错吧？您和爸爸是一对勾搭在一起的钥匙和钥匙孔，只要对着一插，快乐之门就会打开。

蒙特勒伊　多么粗俗的说法！

勒　内　而且，您和爸爸很喜欢把不合适的钥匙和钥匙孔当成奇谈怪论来聊，还会取笑它们。"我们可不想成为那种扭曲生锈的钥匙，或者那种每次被插进钥匙时都发出痛苦尖叫的钥匙孔。"您的乳房、腹部、大腿，就像章鱼一样，紧紧地粘在这个世界的惯例上。您和爸爸所做的事情很简单，仅仅是在所谓的"惯例""道德""常态"下同床共枕，发出欢喜的呻吟。这才称得上是怪物的生活。您会仇恨、鄙视那些哪怕只是略微偏离了法则的事物，您以这种仇恨和鄙视为食，每一顿都吃得饱饱的，照着一日三餐那么吃。您用钥匙打开门之后，只会发现卧室在这里，起居室在那里；浴室在这里，厨房在那里……您可以在这些房间之间自由地来回走动，闲聊一些诸如名誉、人品、体面之类的话题。即使是在您的梦中，您也从未想过用钥匙打开那扇奇妙的门——那扇门的后面，是一片广阔的星空。

蒙特勒伊　没错，关于那扇地狱之门的事情，我连想都没有想过。

勒　内　有一种力量——让人鄙视自己无法想象之物的力量——遍及世间，它就像是一个吊床，人们可以躺在吊床上尽情地睡午觉；然后，不知道从什么时候起，他们就长出了黄铜的喉咙、黄铜的乳房、黄铜的腹部，只要擦一擦就会闪闪发光……您和您的同类看到一朵玫瑰，会说："它多美啊!"看到一条蛇，会说："它多可厌啊!"可您却不知道，在这个世界上，玫瑰和蛇其实是一对亲密无间的朋友，它们会在夜里互换容貌，蛇的脸颊会变成红色，而玫瑰则会披上闪亮的鳞片。在一只兔子面前，您和您的同类会说："它多可爱！"而在一只狮子面前，则会说："它多可怕！"可您却不知道，在狂风骤雨之夜，它们会怎样地流淌着鲜血交欢。您不知道，在那样的夜晚，神圣和耻辱会轻易地变成对方的模样，正因如此，您才会用您那黄铜的大脑鄙视那样的夜晚，企图彻底根除那样的夜晚。然而，如果夜晚不复存在，您和您的同类也永不可能安稳地入眠。

蒙特勒伊　你居然敢用"您和您的同类"来称呼你的母亲？称呼你唯一的、不可替代的母亲？

勒　内　我唯一的、不可替代的母亲？让您最为自豪的，难道不正是您"可以替代"这一点吗？即使是现在，您也在要求我做一个"可以替代"的女人。您只不过是"您和您的同类"中的一员而已。

蒙特勒伊　听你的说法，就好像兔子的可爱、青蛙的讨厌、狮子的可怕、狐狸的聪明，这些全都是一模一样的，都会在电闪雷鸣之夜融为一体。诚然，这种想法并不是由你发明的。过去曾经有过很多产生了这种想法，然后被火刑烧死的女人。你只不过是打开了你所谓的那扇通往一片星空的门，然后踏出了门外而已。

勒　内　不，您把所有的东西都分门别类，放在各自不同的抽屉里。就像把手套放在一个抽屉里，把手帕放在另一个抽屉里一样，您把兔子放在可爱的抽屉里，把青蛙放在讨厌的抽屉里。您对人类也是这么分门别类的——把蒙特勒伊夫人放在美德的抽屉里，把阿尔丰斯放在堕落的抽屉里。

蒙特勒伊　所有的事物都要根据它的本性，分门别类地放进适当的抽屉，这是理所当然的。

勒　内　但是，地震却可能会弄乱这些抽屉。到时候，您可能会发现自己在堕落的抽屉里，而阿尔丰斯却在美德的抽屉里。

蒙特勒伊　我会极度小心地留意地震，并且给抽屉上锁。

勒　内　如果您能在镜子里看到自己的那副德行有多令人讨厌，您恐怕就不知道该把自己放在哪个抽屉里了。您被萨德家的声名和地位迷住了眼睛，把女儿嫁给了阿尔丰斯；现在，眼看着火马上就要烧到您自己的宅子了，您就赶紧拼了老命地想要赎回女儿。

蒙特勒伊　我花的钱应该已经足够赎回你了。

勒　内　您从来没有花钱买过人们的嘲笑和鄙视，就连一文小钱也没在这上面花过。

蒙特勒伊　谁会这么愚蠢，把钱花在这上面？

勒　内　就像妓女赎回她当掉的衣柜那样，您把我赎了回来；仅仅如此，您就满足了。自甘堕落的、快乐的生活，就是您的美梦！您不想看到在这个世界的尽头、在这个世界之外存在的东西，您用淡粉色的窗

帘遮住了窗户。然后，您死了，您这辈子唯一可以

自豪的是，您没有被您鄙视的人冒犯过。在人类所

有的自豪之中，这是最渺小、最卑贱的一种自豪。

蒙特勒伊　总有一天，你也会死的。

勒　内　但我不会像妈妈您一样死。

蒙特勒伊　那是自然。我可不打算被活活烧死。

勒　内　我也不打算活成一个老东西，攒一笔小钱，然后像

一个操守端正的妓女一样咽气。

蒙特勒伊　勒内！我真想给你一巴掌！

勒　内　来吧，请吧。可是，如果您抽了我一巴掌之后，我

开始愉悦地扭动身体，您要怎么办？

蒙特勒伊　啊，在你说这种话的时候，你的脸……

勒　内　（向前一步）您想说什么？

蒙特勒伊　（提高了嗓门）这么像阿尔丰斯，简直像得可怕。

勒　内　（微笑）刚才，圣丰夫人说了一句很正确的话——阿

尔丰斯，就是我。

——幕落——

第三幕

［一七九〇年四月，亦即第二幕的十三年后①，法国大

革命爆发九个月后。］

蒙特勒伊　（容貌变老了）勒内？

---

① 原文如此，应为十二年后。

勒　内　（正在刺绣；她的头发变得花白了）什么事？

蒙特勒伊　你不觉得无聊吗？

勒　内　不觉得……

蒙特勒伊　这十三年来，你经常提着装有果酱和其他食品的篮子，去探望监狱里的阿尔丰斯，却从不感到厌烦。终于，我也不得不认输了，至少承认了你的真心。可是，奇怪的是，这十三年来，我从来没有看到你表现出无聊的样子。你刚刚结束一次探监，就马上开始准备下一次探监要拿的东西，就像是在准备一场郊游。

勒　内　的确没错。这里面的原因之一是，我不想让我丈夫觉得我变老了。我想，如果他一个月能见上我两三次，他就不会注意到我在变老。

蒙特勒伊　可是，现在一切都结束了。上个月，随着制宪会议宣布废除敕命逮捕令，[①]我相信了一辈子的法律和正义死去了。也就是最近一两天吧，所有的罪犯、所有的疯子都会重见天日……从那一天起，你就再也没有去过阿尔丰斯那里。

勒　内　因为我已经不需要去了。我只要等着就可以了，他很快就会回来。

蒙特勒伊　道理是这个道理……但是，这段时间以来，我发现你的确变了。

---

① 被敕命逮捕令逮捕的囚犯没有经过审判，因此，敕命逮捕令被废除之后，这些囚犯很快就可以出狱。

勒　内　或许，这是因为我越来越累，越来越老了。此外，
　　　　世间的变化如此迅猛，人又怎么能不发生改变呢？

蒙特勒伊　不，当你不再操心装着果酱和其他食品的篮子，
　　　　而去做刺绣的时候，不知道为什么，在我看来，你
　　　　似乎感到无聊至极。

勒　内　这是春天的错，妈妈。这个过去我曾经如此期待的
　　　　巴黎的春天，这个像洪水一样一夜之间淹没一切的
　　　　春天，对我来说，已经完全是别人的春天了。无论
　　　　世间怎么喧嚣，由于我已经上了年纪，这个春天让
　　　　我感到不舒服，所以才宁可像这样躲在家里，把春
　　　　天绣在刺绣之中。

　　　　［安娜登场。］

安　娜　哎呀，夏洛特居然没来迎接我。难不成，她也觉得
　　　　自己是平民的一员，想要跟那些平民一起，喊着要
　　　　面包，往凡尔赛进军？

蒙特勒伊　哎呀，安娜！你怎么了，这么慌慌张张的？

安　娜　我是来告别的。不，与其说告别，不如说是来请妈
　　　　妈您和我们一起离开的。

蒙特勒伊　你在说什么呀，这么突然。告别？你要去哪儿？

安　娜　和我丈夫一起，去威尼斯。

勒　内　（这才抬起头来，低声自语）……威尼斯。

安　娜　不，姐姐。这跟我们过去的那个威尼斯没有任何关
　　　　系。我先生在威尼斯买了一座豪宅，我们决定抓紧
　　　　时间，搬到那里去住。

蒙特勒伊　抛弃那么漂亮的宅邸，丢下宫里的职务，甚至还要搬到外国去？这是为什么？

安　娜　要是再这么犹豫下去，就不知道会怎么样了。我先生是个有远见的人，他觉得宫里的那些人成天做着愚蠢的梦，只会苟且偷安、得过且过。现在情况已经非常危险，他不打算继续奉陪了。妈妈，您可能也知道，米拉波伯爵 ① 诚恳地希望国王去国外避难，但是由于普罗旺斯伯爵 ② 的反对，事情没成。我先生认为，现在还来得及，陛下应该立即逃到国外去。

蒙特勒伊　可是，陛下现在还留在宫里呢。

安　娜　在犹豫拖延这方面，他是法国历史上排名第一的国王。

蒙特勒伊　看你说的。不过，只要陛下还没走，我也会留在巴黎。

安　娜　您真是个极品保王派！妈妈，这真的不是开玩笑。现在，社会上看起来还很平静，但没有人知道明天会发生什么。有一天晚上，我先生做了个可怕的梦，这让他下定了逃往国外的决心——他梦见路易十五广场 ③ 变成了一个血湖。

① 米拉波伯爵（Comte de Mirabeau，1749—1791），法国大革命时期的政治家。
② 普罗旺斯伯爵，路易十六的弟弟，后来的路易十八（1755—1824）。
③ 现在的巴黎协和广场。

蒙特勒伊　　在这样的世道里，咱们必须冷静下来，仔细地左
　　　　　　观右望，然后再往前走。我的感觉和你正好相反，
　　　　　　我觉得我可以平静地度过晚年。如果你爸爸还活着
　　　　　　的话，咱们肯定要为他担心，但是，不管民众多么
　　　　　　缺乏头脑，我都不相信他们会盯上我这个老寡妇。
　　　　　　还有，现在整个社会都天翻地覆了，我再也不用担
　　　　　　心别人对我女婿的看法了，这样我就少了一件长久
　　　　　　以来的烦心事。在现在这个时代，最为有利的，正
　　　　　　是那些既不往右也不往左，不偏向任何一方，在各
　　　　　　派之间保持平衡的人。

安　　娜　　您要是说这种话，搞不好，圣丰阿姨的命运就会落
　　　　　　到您的头上。

蒙特勒伊　　（笑）圣丰夫人！我可不配和她相比。你觉得我
　　　　　　有本事死得那么光荣吗？

安　　娜　　今天正好是她的一周年忌日，不是吗？去年春天，
　　　　　　马赛发生了第一起暴乱。就在那个时候……

蒙特勒伊　　那个谣言说的都是真的？

安　　娜　　只要是关于她的谣言，不管听起来多么荒诞，都是
　　　　　　真的。当时，圣丰阿姨恰好在马赛，因为她已经厌
　　　　　　倦了巴黎。每天晚上，她都打扮成妓女，当街拉
　　　　　　客，卖身给水手。白天，回到她那座豪华的别墅之
　　　　　　后，她会用前一个晚上赚来的硬币摩擦脸颊，还会
　　　　　　叫来首饰工匠，命令他们在那些硬币上镶上宝石。
　　　　　　她想用这些镶有宝石的硬币缀成一件衣服，穿着这

件衣服返回巴黎。

蒙特勒伊　她已经不年轻了，没法穿裸露肌肤的衣服了。要想做一件能遮盖全身的衣服，她得搞来多少硬币啊！

安　娜　一天晚上，暴乱爆发了。当时，她正以妓女的打扮站在黑暗的街角，结果被卷进了暴乱，和民众们一起唱起了那首歌……

　　［此时，夏洛特身着丧服，从舞台左侧登场，站在一旁偷听。］

蒙特勒伊　我知道。就是那首《把贵族吊在路灯上》吧？

安　娜　"把贵族吊在路灯上！"民众一边前进，一边声嘶力竭地唱着那首歌。但是，警官队现身了，暴徒们像多米诺骨牌一样倒下，圣丰夫人被踩死了。然后，天亮了。暴徒们找回她的尸体，把尸体放在门板上，将她当成民众的女神、崇高的烈士，流着眼泪，抬着她在街上游行。无论在哪个城市，总有那么一些即兴创作的诗人，某个这种诗人就作了一首歌，名叫《光辉的妓女》，他们一齐唱起了这首歌。没有一个人知道她是谁。

　　在晨光中，圣丰夫人的尸体就像一只被宰杀的鸡，变成了三色——瘀伤的蓝色、皮肤的白色、血液的红色——三色旗的颜色。朝阳残忍地穿透了厚厚地搽在脸上的白粉，剥露出了她衰老而枯槁的肌肤。人们惊讶地发现，他们抬着的不是一个年轻姑娘的尸体，而是一个老妇人的尸体。

不过，这并没有妨碍她光辉闪耀。羽毛被拔光，大张着堆满皱纹的双腿，她的尸体穿过城市，来到了海边——地中海的海边。衰老让这片大海的蔚蓝更加深邃，灭亡又让它的波涛变得朝气蓬勃起来……正如您知道的，这就是革命的开端。

[——停顿。夏洛特退场。]

勒　内　然后，你要去威尼斯，去往那片死去的大海。

安　娜　（悚然）你的话听起来真不舒服。我们去那里，是为了活命。

勒　内　从很多年以前就是这样，你一直为了活下来而忙忙碌碌。可是，安娜，一直以来，都是别人帮你活下来的，仅此而已。你即将前往的威尼斯，也许的确和过去的威尼斯没有任何关系，因为你没有回忆，也没有那根把你所活过的人生碎片一片片连接在一起的丝线。

安　娜　姐姐，你的意思是，你想让我拥有回忆？只要有必要，我随时都可以拿出回忆，给你看看。我只是不想让这些回忆妨碍我的人生而已。不如说，姐姐你才没有回忆，不是吗？你从早晨到晚上，从出生到死亡，都只是面对着一堵一动不动的白墙。如果仔细观察，会发现这堵墙上有凝固发黑的鲜血的痕迹，也有和泪痕相仿的雨水的污痕。但是在你面前，终究只有一堵一动不动的墙。

勒　内　可以肯定的是，我一直面对着人类的底部之底部、深处之深处，面对着最为凝固不动的沉淀的聚积。这是我的命运。

安　娜　所以我说，在那里面并没有回忆。你只是在循环往复，仅此而已。

勒　内　我的记忆是包裹在琥珀里的昆虫。它们并不像你的记忆那样，是在水面上偶然出现的倒影。但是你说得也不错，我的记忆一直在妨碍着我。

安　娜　妨碍着你，然后变成了嫉妒的种子。你憎恨我，是因为你在我的脸上看到了两件事物、两个回忆。那是你永远无法拥有的两件事物——威尼斯，以及幸福。

勒　内　……威尼斯，还有幸福……这话也没错，但这两个事物绝对不是可以包裹在琥珀里的昆虫。说实话，我也从来没有渴望过它们。

安　娜　你这只是在嘴硬而已。

勒　内　不是的。随着年龄增长，我逐渐意识到了自己在渴望什么。也许，在我还很年轻的时候，我也和你一样，渴望过这两种回忆……威尼斯，还有幸福……然而，留在我的记忆中的、留在我的琥珀中的昆虫，既不是威尼斯，也不是幸福，而是可怕得多的、无法用语言形容的东西。年轻时的我，不要说渴望了，就连做梦都没梦到过那种东西。但是，现在我已经逐渐理解了。当你直面了这个世界上你最不愿意遇到的东西时，你会发现，它其实才是你在无意识中最为渴望的东西。只有它才有成为回忆的资格，只有它才能被包裹在琥珀之中。只有它，即使循环往复成千上万次，也不会让人厌倦；只有它，才是"回忆"这颗果实的果核。

蒙特勒伊　好了，好了，勒内，你不要这么固执。等你上了年纪之后，也会获得宁静的幸福。五六天前，阿尔丰斯寄来的那封信，真的把我感动了。就在他即将获得自由的时候，他宽恕了一切，甚至宽恕了我。在监狱里，他结识了很多革命党人，他说，如果我遇到了什么麻烦，他可以去找那些人，尽可能便宜行事。我们之间的角色完全颠倒了；不过，从很久以前我就注意到了，在他的心底里，存在着平时人眼所不可见的，宛如地下水一般的温柔。

勒　内　妈妈，您过去可是曾经用温柔的话语，给阿尔丰斯设下了陷阱。

蒙特勒伊　我不相信自己的温柔，但我会相信别人的温柔。归根结底，这样会使我自己获益。

安　娜　那么您就相信我的温柔吧。我不要求您今天决定，但是，在后天我们出发之前，我希望您能下定决心。如果您直到后天也没法下定决心，咱们以后在威尼斯会合就好。

蒙特勒伊　谢谢你。我不会忘记你的温柔。但是，还是请你让我再想想吧。上了年纪的人，要花很长时间才能下定决心。

安　娜　请您不要错过时机。

蒙特勒伊　我会在事态变得危险之前下定决心的。现在，让
　　　　　我先对你说一声"再见"吧。

安　娜　再见，妈妈。再见，姐姐。

勒　内　再见，安娜。

蒙特勒伊　祝你一路平安，也请你向伯爵带好。

安　娜　我会的。

蒙特勒伊　夏洛特！

　　　　　〔夏洛特登场，然后陪着安娜退场。——停顿。〕

蒙特勒伊　夏洛特！

　　　　　〔夏洛特返回舞台。〕

夏洛特　是，夫人。

蒙特勒伊　咱们家没有遭遇任何不幸，你为什么要服丧呢？

夏洛特　是……

蒙特勒伊　我知道原因。今天是圣丰夫人逝世一周年的忌
　　　　　日，你想凭吊你从前的女主人，向她表示忠诚。是
　　　　　这样吧？你的心意令我感动，但是，你能不能告诉
　　　　　我，你是讨厌你的前主人才离开她的，为什么现在
　　　　　却要对她表示忠诚，甚至做到这个地步？

夏洛特　是……

蒙特勒伊　你回答的"是"什么都没有说明。你的年纪也不
　　　　　小了，不应该像一个刚从乡下进城的小姑娘一样回
　　　　　答。自从巴士底狱被攻破以来，已经过去了九个
　　　　　月，随着世间逐渐变得喧骚，你也愈发地粗心、无

礼起来。在圣安托万区的穷人们向凡尔赛进军，高喊着要面包的时候，你似乎就已经开始表现出任性了。然而，你毕竟已经在我们家服务了二十多年，早就看样学样地学会了享受奢侈，还存了一笔小钱。事到如今，你已经不可能挤进那些妄自尊大地在街上游行的穷人们的队伍了。就算你能挤进去，圣丰夫人就是你的好榜样，你只会作为一个虚假的、赝造的平民而死……也就是说，你打扮成这个样子，是为了哀悼那个华丽夺目的赝品平民的死亡。

夏洛特　（确凿无疑地）是。

蒙特勒伊　（笑）那就好。你想做什么就去做吧，不管是丧服还是其他什么衣服，你爱穿就穿吧。只要你的丧服和哀悼是赝品，这就没有什么不吉利的。

夏洛特　是。承您的好意，夫人。

蒙特勒伊　我再问一句，你喜欢圣丰夫人吗？

夏洛特　是。

蒙特勒伊　甚至胜过喜欢现在的主人，也就是我？

夏洛特　是。

蒙特勒伊　哎呀哎呀，在革命爆发之前，这样的回答是根本不可能听到的。所有人现在都坦诚过头了……啊，有人来拜访了。

［夏洛特退场。勒内站起身来。然后，锡米亚讷男爵夫人由夏洛特陪伴着登场。她身穿修女服。］

　　　　　这不是锡米亚讷男爵夫人吗。真是好久不见了。

锡米亚讷 （容貌变老了）真的是好久不见了，夫人，勒内
　　　　　夫人。

蒙特勒伊 您今天来是……

锡米亚讷 今天，是勒内夫人邀请我来的。

蒙特勒伊 啊，是勒内……

勒　内 感谢您特意前来。

锡米亚讷 我刚才在门口碰到您妹妹了。她好像不顾一切地
　　　　　要去意大利……

蒙特勒伊 她已经告诉我们了。

锡米亚讷 勒内夫人，我祝贺您下定了决心。我满心期待您
　　　　　的这个决心，已经很久了。

蒙特勒伊 哎呀，到底是什么决心？

勒　内 妈妈，这件事我没有跟您谈过。这完全是出于我自
　　　　　己的意愿。我拜托锡米亚讷阿姨，让她帮我进她在
　　　　　修行的修道院。

蒙特勒伊 （惊愕）咦？你是说，你要放弃尘世？

勒　内 是的。

蒙特勒伊 这叫什么事啊……锡米亚讷夫人，请原谅。我很
　　　　　感谢您的好意，但这关系到我珍视的女儿的命运，
　　　　　请您容我仔细考虑一番。刚才是我第一次听说这件
　　　　　事，而且，我女婿最近几天就要回来了……

锡米亚讷 那就请您好好考虑吧。在您二位讨论的时候，我
　　　　　先到别的房间去等候。（说罢，就要从舞台右侧

退场）

勒　　内　请您留步。

蒙特勒伊　勒内……

勒　　内　最好请锡米亚讷阿姨留在这里，让她听一听我们的讨论，在这个基础上商量出结果。这二十年来，关于阿尔丰斯的事情，咱们和阿姨讨论过许多次，事到如今，已经没有什么可对阿姨隐瞒的了。

蒙特勒伊　这倒没错，可是……

勒　　内　阿姨，请您留步。

锡米亚讷　如果您这么坚持，我就恭敬不如从命了。

蒙特勒伊　既然您二位已经联起手来了，就请容我开诚布公地说吧。首先，锡米亚讷夫人，我女儿具体向您提出了什么请求？

锡米亚讷　具体的情况，我也不了解。但是，在过去的一个月里，勒内夫人来找过我好几次，我们谈了很多。我向她保证，如果她能下定决心，永远放弃尘世，我会帮她进入我现在所在的修道院。

蒙特勒伊　（对勒内）这么说来，在你不再去见阿尔丰斯，并且开始刺绣之后，在这么短的时间里，你就下定了这种决心？

勒　　内　不，应该说，是我长久以来一直在心里考虑的东西突然成形了。

蒙特勒伊　就在现在，在我们知道阿尔丰斯终于要回来的时候？

勒　内　这就是酿酒师在踩踏木桶里的葡萄时，踩下的最后一脚。我放弃尘世的愿望日渐增长，但是与此同时，和他相见的愿望也与日俱增。每次我去探监的时候，都向自己保证，下次探监一定是最后一次，然后我就会舍弃尘世；但是等到下一次去探监的时候，这份决心又会土崩瓦解……然而，这就好比一条河流的泄洪道的河床，溢出的洪水每次流过之后，干涸的河床总是会在不知不觉之间，变得愈发坚固。

锡米亚讷　上帝细致入微地关注着您，向您垂下了一根邀请的丝线。您是一条被上帝的渔线钓上来的鱼。尽管也曾有过许多次挣脱鱼钩逃走的经历，但您其实在心里知道，总有一天您会被钓出水面。上帝的眼睛是残酷的夕阳，在这夕阳之下，被钓上来的您苦闷地扭动着身体，让那身曾经在尘世之水中熠熠生辉的鳞片闪闪发光——这就是您真正的愿望。

　　上帝的一千只眼睛送出了一千个密探，这些密探远远胜过国王手下那些严苛的警察。他们会以王室警察望尘莫及的警惕，仔细搜查人类灵魂内外的每一个角落；他们会以无限的耐心，等待灵魂自然而然地落入网中。当灵魂落网的时候，他们会以极其干净利落的手法逮捕这些灵魂，把它们带进光明的牢房、欢乐的监狱。

　　说来可耻，但只有在我年老之后，在最近几

年，我才终于开始理解上帝意志的最微末的末端。过去，我曾经装出一副虔诚的样子，但这种自以为具备所有美德的自负，却使我的心灵变得狭隘。

啊，一想到那个时候，我就会脸红。（数着手指）是了，那是十九年前的一个秋日。就在这座宅邸的这个客厅里，我听圣丰夫人讲了萨德侯爵的事情。从那之后，已经过了十九年……漫长的十九年。蒙特勒伊夫人——当时您内心的煎熬却使您的美艳愈增，——您快步走进了这个客厅。然后，是勒内夫人。您来了您母亲这里，身上穿着旅行的服装，整个人在美丽清雅中透着悲伤……这一切，仿佛昨天刚刚发生，至今还历历在目。"时间"一瞬之间就把我们重新染色，让我们变成了现在的模样；"时间"难道不是正拎着它的裙角，走过这个房间吗？而我们的耳朵，难道不是连它裙边摩擦的声音都听不出来吗？

蒙特勒伊夫人，那一天——这说起来着实下流，在您走进这个客厅之前，圣丰夫人挥舞着马鞭，向我讲述了萨德侯爵在马赛的所作所为。（愿她的灵魂安息！）那可怕的故事放出五彩的光芒，以一种只有恶魔才会具备的诡异的诱惑力，让我神摇意夺。当时，我只能一心一意地画着十字，但我必须承认，这个故事让我从心底里意乱情迷。

我今天能像这样事不关己地忏悔，可能是因

为，和那时相比，现在的我多少有一点更接近上帝了。当时的我傲慢地认为只有自己纯洁正派，这正是我在那时感到迷惑的原因。现在我清楚地明白了，错不在萨德侯爵，也不在圣丰夫人，而在我自己的内心。只要我抛弃这种傲慢，将自己的纯洁和正派看作河边的石头，那么，即使其他的石头在夕阳的照耀下闪闪发亮，它们的亮光也不会惑乱我的心灵。据我揣度，勒内夫人，您已经和我一样，从这种迷惑中解放出来了。特别是，您所经历的考验比我的要难上百倍，您走到这一步所经历的痛苦，我也远远不能相比。

蒙特勒伊　您的想法是您的想法，我这样的世俗之人也有自己的想法。现在，我要作为一个母亲，对勒内说一下我的想法。我认为，在舍弃尘世之前，勒内应该先履行她在尘世的责任。不需要急于求成，等到她真正离开这个世界的时刻，为她举行临终之前的涂油礼就足够了。（锡米亚讷想说什么，但被蒙特勒伊制止）好了，请您让我把我的想法说完。

　　尽管阿尔丰斯是那样一个男人，但他现在随时有可能出狱。等他出狱之后，难道你要背弃你作为妻子的职责吗？

勒　内　可是，妈妈……

蒙特勒伊　好了，听我说。这十九年来，我一直要求你和他分手，而你总是一口咬定，你永远不会这样做。事到如今，为什么我们俩的立场完全颠倒过来了？现在，我已经不会强硬地反对了。如果你想履行妻子的职责，我没有任何异议。可是，为什么你却要在这个时候舍弃尘世呢？

此外，由于你和阿尔丰斯的婚姻，我们家和王室扯上了关系。在现在这个世道，这种关系已经变成了麻烦，如果有什么万一，甚至还可能带来危险。尽管如此，我还是准备接纳阿尔丰斯这个女婿，我也是做好了相应的心理准备的。

你看，从阿尔丰斯的角度来说，他已经开始时来运转了。迄今为止，你一直对他尽心竭力，接下来，就该轮到他回报你了。

勒　内　妈妈，您已经为他做了许多，他肯定会给您丰厚的回报。

蒙特勒伊　的确如此。他的本质并不邪恶。我相信，他再过不久就会明白，归根结底，我的所有计策都是为了保护他。

勒　内　不，是为了保护您自己。

蒙特勒伊　我什么时候考虑过自己？我所做的一切，都是为了维护萨德侯爵家的名誉，维护他的名誉，顺便也是维护你的名誉。如今，世间天翻地覆，家族的名誉已经不再重要，个人的体面也已经无足轻重。既然没有任何值得捍卫的东西了，阿尔丰斯重获自由，也就没有什么不妥了。这回，他可以恣意妄为，随便挥舞鞭子，随时给人糖果。既然放肆已经成了整个国家的法则，谁又能责怪阿尔丰斯的放肆呢？

　　勒内，你要知道，说实话，直到现在我依然觉得他是个无可救药的流氓。可是，现在整个社会正是疯子、罪犯、穷人的天下，而他一个人就把这三项全占了。正是因为如此，他说不定会成为我们家的宝贝。

勒　内　也就是说，妈妈您想要利用他。

蒙特勒伊　没错。所以，你也必须助我一臂之力。就算他是那种人，他的心地毕竟也是温柔的。

锡米亚讷　阿尔丰斯曾经是个十分温柔的孩子。他满头金发，有一双圆圆的大眼睛，虽然会搞恶作剧，但在搞完恶作剧之后，他却非常和善。现在，一闭上眼睛，我还能看到跟我从小相熟的那个小阿尔丰斯，他的眼睛滴溜溜地转着，就像春天里在原野上奔跑的绿色小蜥蜴一样。

蒙特勒伊　锡米亚讷夫人，您听我说。在这场革命的喧嚣旋涡之中，我觉得，人们反而可能会为阿尔丰斯的无耻行为喝彩，因为他的奇特而对他表示尊敬。他之前令世间皱眉的丑闻，反而会成为他清白的证据，他在王室监狱中被囚禁的经历，会给他带来宛如勋章的荣耀。在世间天翻地覆的转折点上，事情就会变成这样。如果黄金被禁止的话，不光是白银，就连铜和铅也会逞起威风。因为白银、铜、铅在一点上是相同的——它们都不是"黄金"……只要他为人处事机灵一点，他就可能成为唯一一个免于吊死在路灯上的贵族。也许，阿尔丰斯的堕落，不仅能成为他本人的，同时也能成为我们全家的免罪符。像我这种一辈子都不会被人从背后指指点点的人，在这种时候，反而是损失最为惨重的。我所说的这些，并不影响阿尔丰斯是一个人渣的事实，但是，在世间天翻地覆的时候，唯一能给自己找到借口的人，恰恰是那些完全放纵自身欲望的人。我觉得，这一点是确凿无疑的。

　　说起来也是奇怪，迄今为止，阿尔丰斯的堕落让我遭受了那么多的痛苦，可是，现在看来，那只不过是一些不值一提的细微琐事罢了。鞭打五六个从事下贱职业的女人……这有什么关系？洒那么一点血……这有什么关系呢？强迫女人们吃那种连毒药都不算的糖果……这有什么关系呢？（笑）哪怕他不小心杀了其中的一两个女人，又有什么关系呢？这二十年来，我竭尽全力与之战斗的，只不过是小孩子的恶作剧而已。

锡米亚讷　请您不要这么说，蒙特勒伊夫人。这和您用哪种方法战斗无关，您能投身于战斗，本身就已经足够值得赞扬。您所针对的不是阿尔丰斯本人，而是他的堕落，这已经足够令人钦佩。如果您拒绝承认这些，总有一天，您也会步阿尔丰斯的后尘，拒绝承认上帝的存在。无论世间如何变化，正确的事物和错误的事物永远黑白分明；就像小孩子用石笔在石板上画出的线一样，上帝画出的线把它们截然分开。

蒙特勒伊 这个嘛，我倒是想问问您，那条线难道不是如同海浪在海滩上画出的界线一般，会随着潮涨潮落不断变动吗？阿尔丰斯难道不是恰好站在滩头的界线上，一只脚踏在海里，正在寻找贝壳吗？他难道不是正在寻找血色的红贝、绳索形的海藻，以及长得像鞭子的软弱小鱼吗？

勒　内 妈妈，现在的您的想法，简直和阿尔丰斯的想法一模一样。我相信，等他回来之后，你们一定会有很多共同语言。

蒙特勒伊 勒内，我已经厌倦了。而且，我觉得你那离奇的想法，也是彻底厌倦的结果。

勒　内 您对谁感到厌倦？对阿尔丰斯，还是对您自己？

蒙特勒伊 勒内，不要用那种刁难的态度说话。你也厌倦了，我也厌倦了；现在，难道我们不应该携起手来，互相安慰吗？

锡米亚讷 在如今这个黑暗的时刻，您的母亲迷失了方向，忘记了这个世界与上帝之间的联系。勒内夫人，现在正是需要您拯救她的时候。

蒙特勒伊 （对勒内）我可不想被你拯救……我听说，阿尔丰

斯被关在万塞讷城堡的时候，曾经跟米拉波关系密

切，这是真的吗？米拉波如今正炙手可热着呢。

勒　内　不，我听说他们经常吵架。

蒙特勒伊　就是说，他们的关系密切到了经常吵架的地步，

就像我和阿尔丰斯一样？

勒　内　如果您还有那么一点自尊，您就不会向一个您曾经

迫害过的人乞求保护……

蒙特勒伊　我什么时候说过我要乞求保护？难道不是阿尔丰

斯主动写信给我，表达了这种意思吗？他在信里

说，今后，无论我有任何困难，他都会去跟新政府

交涉，想办法帮我解决。

锡米亚讷　阿尔丰斯给您写了这样的信？啊，他的心灵多么

美丽！他又变回了那个可爱的金发孩子，变回了那

个纯洁无垢的样子。萨德侯爵仁慈地对待他的敌

人，宽恕了一切。我想，他已经承认了他自己的罪

孽；鲜血淋漓的夜晚已经过去，神圣的曦光照进了

他的心房。勒内夫人，任何人都能清晰地看懂您的

思绪：您已经在阿尔丰斯身上看到了这种神圣之光

的最初迹象，因此，您决定自己首先抛弃尘世，往

那神圣之光的源头迈进一步，就这样一点点地把侯

爵引向光的方向。只要侯爵看到您那坚强的身姿，

他就一定不会马虎对待已经在他心中发芽的光的迹

象。为了不让那光消逝，他会精心培育它，最终跟

着他的夫人走到光的中心，那里是没有任何阴影的

地方。勒内夫人，对世界上的所有女人来说，您简直是贞淑的典范。您是世界上最为贞淑的妻子，简直配得上成为上帝的新娘。在我漫长的一生中，曾经见过许多女人，但我从未遇到比您更配得上"贞淑"这个词的女人。

勒　内　可是，锡米亚讷阿姨……

锡米亚讷　您想说什么？

勒　内　使我下定决心抛弃丈夫、抛弃尘世的，的确是光……可是，该怎么解释呢，我觉得，那光和阿姨您所说的光是不一样的。

锡米亚讷　咦？

勒　内　那的确是神圣之光，但是，在我看来，它的来源却是另一个地方。

锡米亚讷　您在说什么呀？神圣之光只有一个来源。

勒　内　这是当然。我想，光的来源大概是一样的。但这光在某个地方被反射了，从另外一个不同的角度射向了我……

锡米亚讷　（不安起来）那么，您说，那光是从哪个角度射过来的呢？

勒　内　我说不清楚，但是，当我阅读阿尔丰斯在监狱里交给我的一个可怕的故事时，隐隐约约地意识到，有一束光从另外一个角度射了过来。他写的那个可怕的故事的标题是《朱斯蒂娜》。我通常只是把他给我的手稿收藏起来，这个故事是我在无意之间看到的。这是我第一次阅读他写的故事。

这个故事讲述的是姐妹两人的人生经历。姐姐叫朱莉埃特，妹妹叫朱斯蒂娜，她们突然失去了父母，被扔到了外面的世界里。和世间寻常的小说不同，想要捍卫自己美德的妹妹遭到了各种各样的不幸，而日复一日堕落下去的姐姐却得到了各种幸福，富贵显荣。不止如此，上帝的愤怒不是落在姐姐身上，而是落在了妹妹身上。朱斯蒂娜的结局极度悲惨。虽然内心纯洁、操守正直，可她却接二连三地遭到了侮辱和折磨。她的脚趾被砍掉，牙齿被拔掉，身体被烙上烙印，被殴打，被掠夺。最后，在她蒙冤受屈，即将被处以死刑的时候，她和她的姐姐朱莉埃特重逢，被朱莉埃特所救。幸福终于降临，但只持续了很短的时间；雷霆从天上劈下，使她最终惨死。

阿尔丰斯在牢房里夜以继日地写完了这个故事。他的目的究竟是什么？锡米亚讷夫人，您难道不认为，这是一种心灵的罪恶吗？

锡米亚讷　这绝对是罪恶。污秽自己的心灵，毒害他人的心灵，这不可能不是罪恶。

勒　内　您觉得，是雇来妓女和女乞丐，让她们流血的罪恶更重，还是写这种书的罪恶更重？

锡米亚讷　它们的罪恶是同等的。在心灵上犯下的奸淫之罪，和用肉体犯下的奸淫之罪没有区别。

勒　内　　但是，如果他由于肉体上的奸淫之罪被世间定罪，
　　　　　在监狱里完全断绝了肉体之罪，将自己的整个人全
　　　　　部投向心灵之罪，持续不断地撰写小说，那么，在
　　　　　他身上，哪种罪恶更重呢？

锡米亚讷　　勒内夫人，修道院的法规比世间的法规更加严
　　　　　格。修道院是一个从根本上杜绝罪恶的地方，在修
　　　　　道院里，肉体和心灵都必须远离犯罪。在监狱里，
　　　　　阿尔丰斯被断绝了肉体上的罪恶，但他在心灵中依
　　　　　然紧紧地抓着罪恶那虬结的根源。

勒　内　　不，我不这么认为。在写书的时候，阿尔丰斯去了
　　　　　另外一个世界，那个世界并不是我亲眼见到的阿尔
　　　　　丰斯所置身的这个世界。

锡米亚讷　　您是说，他去了地狱？

蒙特勒伊　　他写了一些无聊的、骗小孩的小说，那又怎么样
　　　　　呢？过去，当我听到他打算出书的传闻时，曾经非
　　　　　常惊恐，比听到他的丑闻还要惊恐。因为丑闻只要
　　　　　想方设法地掩盖，还是能掩盖下去的，而书可以让
　　　　　世人全都读到。可是，现在我的想法已经变了。只
　　　　　要把书扔进火里烧掉，一切就都了结了。犯下的罪
　　　　　行会留下后果，而被写下的文字，只要不被人读
　　　　　到，就什么都留不下来。

勒　内　　只要不被人读到？……可是，我已经读到了。

蒙特勒伊　　只被一个人读到过，更何况，她是作者的妻子。

勒　内　　只被一个人读到过，但是，她是作者的妻子。

　　啊，故事里的那个可怜的女主角心地善良，情绪敏感，性格倾向于忧郁的孤寂。她的气质羞涩，正与她那搔首弄姿的姐姐形成鲜明对比；她有着处女的娴静，大大的眼睛里充满了体贴，肌肤莹润，腰身窈窕，声音惆怅忧伤……他简直是在描绘年轻时的我——对阿尔丰斯一无所知时的我。

　　于是，我察觉到了。这个由于自己贞淑的美德而不断遭遇不幸的女人的故事，也许是他为了我而写的。

　　妈妈，您还记得吗？十三年前，就在这个房间里，我跟您发生了可耻的争吵。当时，学着圣丰夫人的话，我曾经这么说过：

　　"阿尔丰斯，就是我。"

蒙特勒伊　我记得，那句话至今犹在耳畔。你曾经这么说过：

　　"阿尔丰斯，就是我。"

勒　内　这句话错了。大错特错了。我应当这么说：

　　"朱斯蒂娜，就是我。"

　　在牢房中想了又想，写了又写，阿尔丰斯最终把我关进了一个故事里。在他的牢房之外存在的我们，被他一个不留地关进了牢房之内。我们的一生、我们那无数的苦难，都因此化作了虚幻的徒劳。我们生活、行动、悲伤、喊叫，都只是为了给他提供素材，让他写成一个可怕的故事而已。

　　至于阿尔丰斯……啊，阅读这个故事的时候，我才明白，他在牢房里做的事情究竟是什么。巴士底狱是被人从外面攻破的，和这正好相反，他甚至连一把锉刀都没用，就从里面打破了牢房。他的力量不断增长，最终把牢房打得粉碎；在那之后，依然留在牢房里，只不过是出于他的自由选择罢了。我漫长的辛苦、我帮助他越狱的尝试、我为了他获得赦免而付出的努力、我给狱卒送去的贿赂、我向官员提出的恳求——所有这些，全都没有任何意义，全都只是枉费心机。

　　用肉体进行的行为，只能得到转瞬即逝的满足，阿尔丰斯不想追求那种空虚的结果。他想建造一座不朽的罪恶大教堂。他想在这个世界上建立的，不是星星点点的恶行，而是邪恶的律法；不是行为，而是法则；不是一夜的快乐，而是会延续到无尽的永夜；不是鞭子的奴隶，而是鞭子的王国。仅仅心醉于伤害事物的他，现在创造出了事物。某种无法形容的东西在他的体内产生，创造出了邪恶的水晶，在邪恶之中，这水晶会变得愈发清澈透明。而且，妈妈，我们所置身的这个世界，是一个由萨德侯爵创造的世界。

锡米亚讷　（画十字）哎呀，您说的这是什么话！

勒　内　我希望服从于他的心灵。我希望服从于他的肉体。就像这样，无论他去哪里，我都愿意跟随。可是，突然之间，他的手变成了铁，把我挥倒在地。他已经没有心了。能写出那种文字的心，已经不是人类的心，而是别的什么东西了。舍弃了心的人，已经把人类世界原封不动地锁进了铁牢，而他则把玩着钥匙，在铁牢周围走来走去。只有他拥有钥匙。我的手已经够不到他了。我甚至已经没有精力从铁牢的栅栏间徒劳地伸出手去乞求他的怜悯了。

在铁牢的栅栏之外，妈妈，阿姨，他散发着多么耀眼的光啊！他是这个世界上最自由的人。他的手可以一直伸到时间的尽头、万国的尽头，他把一切的邪恶堆积起来，爬到了顶端，就差一点点，他的手指马上就能摸到永恒了。阿尔丰斯建造了一道通往天国的后楼梯。

锡米亚讷　上帝会摧毁那道后楼梯的。

勒　内　不，也许，正是上帝选择了阿尔丰斯来建造它。所以，我打算进入修道院，用我的余生仔仔细细地向上帝询问这个问题。

蒙特勒伊　这么说来，你还是……

勒　内　我已经下定了决心。

蒙特勒伊　即使阿尔丰斯马上就回来了？即使你等了他十九年，他终于重获自由，马上就要回家来了？

勒　内　即使如此，我的决心也不会改变。阿尔丰斯。他是我在这个世界上认识的最不可思议的人。他从邪恶中纺织出光，聚集污浊，从中转化出神圣的精华。

他又一次披挂起了血脉纯正的侯爵家的甲胄，成为了一名虔诚的骑士。他给世界带来了紫罗兰色的光辉，在这光辉之中，他的甲胄朦胧地闪着微光。从他那沾满血锈的铁甲上浮现出来的，不是蔓藤，而是玫瑰；不是花环，而是绳索。他的盾牌是巨大的烙铁，映出了被他烙印的女人肌肤的赤红灼伤；人类的烦恼、痛苦和哀号，会挺立起他高贵银盔上的每一根尖角。他把鲜血淋漓的剑刃贴在唇上，述说英勇雄壮的誓愿。从他的头盔里溢出的金发，好似圆光一般，环绕着他苍白的脸。他那坚不可摧的铠甲，就像银色的镜子，在人们呼吸的熏染下蒙上了雾霭。当他脱下铠甲的手套之后，露出来的是女人般白皙而美丽的手，只要他用这只手触碰人们的头顶，即使是最被鄙视、最被摒弃的人也会找回勇气，无所畏惧地跟着他冲向晨光熹微的战场。他在飞翔，在天空中高高翱翔。在他那银色铠甲的胸膛之中，清楚地浮现出了宴会的光景——在鲜血横流的杀戮之后，这个世界上最为寂静的、横陈着百万具尸首的宴会的光景。他那冷冽的寒冰之力，会让血迹斑斑的百合花重新变得洁白；他胯下染满鲜血的白马，会像帆船的船头那样昂首挺胸，穿过晨曦的闪电，直奔天空。那时，苍穹撕裂，宛如洪水的神圣之光漫溢而出，凡是目睹这光的人都会眼盲。阿尔丰斯。也许，他就是这光的精灵。

[夏洛特登场。]

夏洛特　萨德侯爵现在就在门口。可以让他进来吗？

[所有人沉默。]

可以让他进来吗？

蒙特勒伊　勒内……

锡米亚讷　勒内夫人……

勒　内　（久久的停顿之后）夏洛特，侯爵看起来是什么样子？

夏洛特　他正在门口等着。可以让他进来吗？

勒　内　我在问你，他看起来是什么样子。

夏洛特　侯爵的变化很大，我差点没认出来。他穿着一件黑色的呢绒上衣，肘部打着补丁，衬衫的领子很脏。这么说很失礼，但我起初还以为他是个老乞丐。而且，他变得特别胖，可以说又胖又丑。他的脸圆乎乎的，苍白得像死人；他身上的衣服有点太小了，我都怀疑他能不能挤进咱们家的门。他惴惴不安地扫视着四周，下巴微微颤抖，含混不清地嘟哝着什么，我可以看到他的嘴里只剩几颗发黄的牙齿。然而，在自报名字的时候，他却表现得很有威严。他说："你不记得我了吗，夏洛特？"然后，一字一顿地说，"我是多纳西安·阿尔丰斯·弗朗索瓦·德·萨德侯爵。"

[所有人沉默。]

勒　内　你让他走吧。你这么对他说："侯爵夫人绝对不会再见你了。"

——幕落——

——1965.8.31——

朱雀家的灭亡

四幕

—— 根据欧里庇得斯的《疯狂的赫拉克勒斯》创作

时　间

　　一两年时间里的春、秋、夏、冬，中间隔着终战 [①]

地　点

　　朱雀侯爵邸

登场人物

　　朱雀经隆

　　朱雀经广

　　阿零

　　松永璃津子

　　宍户光康

[①]　指第二次世界大战结束之日，在日本指日本投降的 1945 年 8 月 15 日。

第一幕　春

[舞台左侧是朱雀邸的十九世纪风格温室的室内。舞台右侧深处的石阶顶端是辩才天①神社。位于这两座建筑之间的庭院小径一端通向辩才天神社，另一端通向温室的入口，此外又分出一条岔路，通向舞台深处能够将大海一览无余的山岗。

大幕拉开之后，阿零站在鸟居前拜神，在左侧温室里的椅子上，璃津子身着女子学习院②的制服，越过玻璃窥视阿零的举动。

阿零拜过之后，走上石阶，打开神社的大门，从中取出一个大纸包，捧着纸包，毕恭毕敬地离开神社。

阿零回到温室，把纸包放在璃津子面前的桌子上，打开纸包，在她面前展开里面的衣物。纸包里包着的是美丽的十二单以及桧扇③。]

璃津子　就是这件？我还是第一次看见。这就是显子阿姨在婚礼上穿过的十二单吧？这把桧扇也是……当时，阿姨她一定很漂亮。

阿　零　又美丽，又年轻，而且很快就去世了。就宛如娇

---

① 辩才天，系印度神话中的辩才天女（Sarasvati）传入日本之后的形象，为日本的"七福神"之一，主掌音乐、口才、财富、智慧。
② 女子学习院，1918 年从学习院划分出来的女子学校，目的是教育皇族及华族的女性后代。
③ 十二单，日本传统的贵族女性正装。这个名字只是俗称，并非一定指十二件衣服。桧扇是日本贵族使用的传统扇子，由桧木和和纸制成。

艳光鲜的春日里的一天，在匆忙的晚风中迎来了
薄暮。

璃津子　您看见了吗，显子阿姨在婚礼上绚烂华丽的样子？

阿　零　是的，我远远地望见了。

璃津子　我只看过照片而已。

阿　零　因为那是您出生的两年之前的事。

璃津子　嫁入这个朱雀家之后，她仅仅活了一年。阿姨生下
阿广之后，很快就……

阿　零　是的。朱雀家的家主，是不应该迎娶新娘的。

璃津子　哎呀。

阿　零　这件谁也没有对您说过的事，终于轮到我对您说
了。请您仔细地查看一下家谱：在朱雀家的三十七
代家主中，包括如今的侯爵大人在内，正式迎娶妻
子的只有五代。而且，这五代家主所迎娶的妻子，
全都在结婚不久之后去世了。对此，您怎么想？

璃津子　但是，在现在这个时代……

阿　零　现在和过去相比，没有任何改变。究其根本，一切
都是从那座供奉家族守护神的神社孕育出来的。朱
雀家原本是传承琵琶的家族，在京都的宅邸中奉祀
的那座神社，明治之后迁移到东京，① 神祇之名，乃

---

① 此处的意思是，朱雀家原本是公家出身的高级贵族。很多贵族家族都会
代代传承一两门学问或艺术，称为"家业"，朱雀家的家业是琵琶。明治维
新之后（1868年），天皇从京都迁到东京，世代侍奉天皇的朱雀家也跟着搬
到了东京。

是都久夫须麻媛命；而其本体，则是竹生岛上的辩才天女神[1]，她是一位怀抱琵琶的美丽女神。因为女神喜欢有水的地方，之前的老爷才通过占卜，选择了这块面朝大海的土地，将宅邸建在这座山岗之上。

璃津子　可是，这位辩才天女神，难道不是朱雀家的守护神吗？

阿　零　虽然是守护神，但也是女神啊。是一位美丽而年轻的女神啊。

璃津子　您为什么这么说？

阿　零　您不明白吗？女神是嫉妒深重的。

［在她们对话的时候，身着学习院高等科制服的经广从舞台右侧登场。他在辩才天神社前面稍微停步，敬拜，看到神社大门开启，有些吃惊，站在温室外听她们说话。］

经　广　（愉快地走进温室）阿零她终于开始讲这个啦。

璃津子　你好。你是从庭院进来的？

经　广　因为方便听你们说话嘛。她终于开始了。我一直在想，阿零她总有一天会这样吓唬璃津子你的。她会把妈妈的十二单和桧扇拿出来……然后，会以这样的话来收尾："朱雀家的每一代家主都不是和人类女性结婚，而是和辩才天女神结婚的。"

---

① 琵琶湖竹生岛上的都久夫须麻神社供奉的辩才天，被称为"日本三大辩才天"之一。

璃津子　（努力表现出愉快的样子）她还没说到那儿呢。

经　广　所以我才过来制止啊。你不要在意这种老妖婆的话。（对阿零）好了，你赶紧把十二单叠起来，放回神社里去。你把母亲重要的遗物随随便便地拿出来，要是让父亲看见了，该如何是好？

阿　零　侯爵大人前天就出门了，现在还没回来。

经　广　因为他前天晚上就去宫里当班了。不止如此，宫里不知道为什么，好像特别忙碌。话说回来，是谁允许你把遗物……

璃津子　（劝道）是我拜托阿零拿出来的。我非常憧憬阿广的妈妈在照片里美丽的身姿，实在是想亲眼看一看这件十二单，就拜托阿零拿出来看了。

　　　　〔阿零沉默地把十二单叠好，收进纸包，放回神社，敬拜，回到温室。在此期间，两个年轻人无视阿零，进行着下面的对话。〕

璃津子　学校现在怎么样了？

经　广　成天军训。就是那个骄傲自大的田渊首相①命令学校一天到晚军训的。我担任小队长，不用扛枪，倒也轻松。

璃津子　你一放学就回来了？

经　广　你没等太久吧？

璃津子　嗯……不说这个，关于辩才天女神，我想多了解一

---

① 田渊首相，影射东条英机的虚构人物。从 1944 年起，在军部的命令下，日本的学校开始大量增加军训时长。

点。她有着何等的美丽，有着怎样的身姿？

经　广　她的身上佩着各种各样的璎珞、环钏、耳珰，头戴一顶宝冠；我家的辩才天女神和常人一样长着两只手臂，[①] 微笑着，抱着饰以美丽螺钿的琵琶。她的脸庞好似湖面，她奏出的乐音宛如月影。这乐音倾注到她的脸庞之上，使那副脸庞现出微笑，就如同闪烁的涟漪。一切都是音乐那灵妙的作用；水就是音乐，所以她可以支配水。人类的身体也是由水组成的，所以她也可以支配人类的身体，使身体变成音乐；血也是由水组成的，所以她也可以支配血液，将血液变成音乐。

璃津子　朱雀家的血脉是音乐，而阿广你自己也是音乐，是这样吧？

经　广　朱雀侯爵家本身就是音乐。所以，总有一天，音乐会结束的。不存在不会结束的音乐。

璃津子　如果她是一个如此美丽、拥有如此强大的力量的女神的话，那么，无论是从神社那里可以一眼望到的大海，还是这片海湾所连接的太平洋的每一个角落，她把这些全部变成音乐不就好了？她把这片辽阔的、在痛苦和觳觫中狂野汹涌着的不祥的大海现在立刻变成音乐不就好了？在这片战斗着的大海上，日本的军舰一艘接一艘地沉没，南方的岛屿一

---

① 一部分辩才天女神的造型是八臂的。

个接一个地被鲜血染红，然后被放弃；就像这片战斗着的大海突然被冰封住一样，如果看到音乐封住了大海，那么，无论敌我双方，大概都只能微笑着停下脚步吧。

经　广　我不知道神希望什么。但是，现在是男人死去的时代。你别信阿零的恐吓。在这个时代，女人几乎是不会死的。

璃津子　（不安地）我不要你这么说。

　　　　〔阿零回到温室。〕

阿　零　我照您说的做了。

经　广　很好……来吧，在这个阳光明媚的春日午后，就别总闷在家里了。走到庭院里，望一望大海吧。

璃津子　嗯。（踌躇一下，突然说道）我学琵琶了。

经　广　真是让我吃惊。我就不行了，我从来没碰过家里的琵琶。

璃津子　叔叔呢？

经　广　他过去好像弹得很好，但是现在也不知道行不行了。首先，圣上①那里的公务那么忙，他是不会有时间教你琵琶的。

阿　零　少爷您也应该学琵琶。

经　广　你叫我一只手拿枪，一只手弹琵琶吗？

阿　零　但是，您必须得趁着现在，跟老爷学一学琵琶。无

① 对天皇的敬称。原文是"お上"，"上"读作"かみ"，与"神"同音。在本剧中，这是一个双关语。

论如何，朱雀家可是传承琵琶的家族啊。

经　广　父亲就是那样一个把圣上看得比什么都重要的人。如果现在是和平时期，也许圣上会说，想听听朱雀家代代相传的琵琶。那样一来，父亲一定会充满热情地教我，也许我们父子可以联手在御前演奏。但现在是战争时期，父亲舍弃了琵琶，拼尽全力，一心一意地想用自己的身体守护圣上——尤其是，在田渊首相专横的举动之前守护圣上。

阿　零　昨天也有一个我从未见过的小贩在后门附近徘徊。田渊先生派遣便衣宪兵，一个一个地调查来家里的客人。

经　广　我也被一个陌生的男人跟踪了。在电车里，还有人向我拉家常，想从我的嘴里打探出父亲的动向。咱们家的寄宿学生都被拉去当了兵，管家都那个年纪了，也被抓走，当了二等兵。[①]他是父亲那么信赖的人，可是，听说他立刻就被派到前线去了。田渊说，要把朱雀家的男人斩尽杀绝……也就是说，在田渊看来，父亲就是这样一个巨大的障碍，这样一个让他无法为所欲为的强敌。

璃津子　现在，咱们把讨厌的事情全部忘掉，去庭院里望一望大海吧。大海真宁静啊。

经　广　可是，在这片大海之上，在我们看不见的海域里，

---

① 田渊首相所影射的东条英机有一种臭名昭著的手段，将自己的反对者强制征兵，派到危险的前线去送死。

今天也有许许多多的鲜血在横流啊。

璃津子　就像鲜红的夕阳……

经　广　是啊。还要再等一会儿，太阳才会落下。

　　　　[二人走到庭院里。阿零在附近打扫。二人肩并肩地
　　　　坐在舞台深处的高台上。]

璃津子　日本的未来会变成什么样子呢?

经　广　你不问"我们的未来会变成什么样子"吗?

璃津子　这两件事是一样的。

经　广　是啊，是一样的。

璃津子　国家的右臂疼痛的话，

经　广　我们的右臂就会疼痛。国家那华美的衣摆，一直伸
　　　　展到这片大海的彼方;如果它被撕裂，

璃津子　我们也会被撕开的!

经　广　被撕开的丝帛的尖叫声，

璃津子　即使从大海的彼方传来，我们也能听见……说不
　　　　定，日本会输吧?

经　广　那样一来，世界就会进入黑夜。这个世界上最美
　　　　丽、最优雅的事物，会被人穿着鞋子踩踏。不能允
　　　　许那种事情发生。

璃津子　这么说来，你……

经　广　大海吸引着我。不知道为什么。在扑面而来的海风
　　　　之中，充满了绝望与光荣。像这样，被海风吹拂着
　　　　面庞，就好像一个袋子在抽打我的脸颊，袋子里装
　　　　满了绝望与光荣的金砂。为什么，再一次地，不知

从什么时候起，大海开始叱责我了呢？

　　我对你说过吧，直到我上中等科的时候为止，我都非常喜欢看着报纸上货船的广告，描绘心中的梦想。那些港口的名字都被训成了汉字：新加坡、波斯湾、亚历山大里亚……我很擅长读那些奇怪的汉字。货船、中东风情的月夜、波斯湾那宛如长绒地毯一样沉重的、风平浪静的傍晚，就是我对大海憧憬的全部。那么温柔的大海，是从什么时候开始抽我的耳光，开始叱责我的呢？

　　我知道。在铺设整齐的蓝色波浪的桌布上，大海摆满了死亡、绝望与光荣的黄金餐具。准备齐全之后，它从桌子的另一边庄重沉着地向我走来，等我入席。餐桌上堆满了刚从海潮中捞上来的珊瑚，装饰着热带的积雨云。在那饰有纹章的黄金果盘里，盛满了各种各样的热带水果。如果我拿起其中的一个，放进嘴里，我吃到的就会是"死"。尽管如此饥渴，我却没有坐到那餐桌之旁，因此，大海在叱责我。大海比任何人都更清楚我有多么饥渴，也许比你还要清楚。

璃津子　所有女人都清楚这一点——不管是怎样的女人，都无法安抚男人的这种饥渴。

经　广　也许，只有辩才天女神，只有都久夫须麻媛命才可以……

璃津子　我还没拜过辩才天女神呢。我去神社拜一下吧。我会祈祷，愿女神紧紧地抓着阿广——即使我的身上会发生什么事情。

[这时，舞台左侧响起了铃声，通知有客人来访。屋外的二人没有听见。阿零从舞台左侧离场，稍后，她跟在宍户光康后面再次登场。]

阿　零　哎呀，老爷没跟您一起回来吗？

光　康　我比大哥早一步从圣上面前退下，想尽可能早地把他老爹的功勋告诉经广。我想抢在报纸和收音机前面，让那孩子尽早知道这件事。他现在在哪儿？

阿　零　他在庭院里。需要我把他叫过来吗？璃津子正和他在一起。

光　康　让她一起知道也无所谓。她已经是等同于未婚妻一样的人了。另外，阿零，你也可以留在这里听我讲。现在，朱雀家的人已经减少到了这个地步，必须得把你算成家人才行了。

阿　零　您这么说，实在让我惶恐。

光　康　你在说什么呀。我不是从很久以前开始，就已经把你当成家人了吗？（阿零正要走出房间）啊，还有，你好好准备一下，等大哥回来之后，让他充分地消除疲劳。他已经不眠不休地工作了两天两夜了。

阿　零　遵命。（走出门外）宍户大人找你们有事。

经　广　叔叔……他有什么事？

阿　零　好像是急事。

[三人走进屋内。]

光　康　哟，你们俩先坐在这儿吧。大哥是个那样的老古
　　　　板，回家之后，从来不会得意扬扬地随口乱讲宫里
　　　　的事。正是因为知道这一点，我才早他一步过来，
　　　　想要抢在收音机之前，把这个消息告诉你们。

经　广　发生什么事了？

光　康　是个喜讯。田渊下台了。

经　广　咦？

光　康　是大哥独自一人，犹如三头六臂般地进行活动，才
　　　　把他逼得走投无路的。

经　广　这样一来，田渊内阁就倒台了吧？

光　康　是啊。现在在城里，号外的铃声大概正在响个不停
　　　　吧。接下来，不管是谁上台，都不会比田渊更差
　　　　了。借着这个机会，说不定，战事也能多少照到一
　　　　线希望之光啊。

经　广　可是，父亲怎么能做到这种事？

光　康　我只能认为，我那个无力而沉静的大哥，出于心中
　　　　对圣上的热爱，突然被赐予了千人的力量。大哥发
　　　　挥出犹如赫拉克勒斯一般的伟力，摧毁了僭主的
　　　　宫殿。①

　　　　　　遵照圣上默认的指示，大哥到处找人谈话；特
　　　　别是海军军令部总长，他在事情落定之后握着我的
　　　　手，流下了喜悦的眼泪。"也许，现在已经太迟了；

---

① 这里是在呼应欧里庇得斯的《疯狂的赫拉克勒斯》。

也许，这样一来日本就得救了。这都是多亏了朱雀
侍从长①啊。"那个外表严厉、内心温和的人流下了
眼泪。终于，在一个小时之前，那个傲慢的首相屈
服了，在圣上面前乞了骸骨。圣上准许了。大命②
应该会降在稳健派的上杉大将身上吧。我不过是在
式部职③从事形式上的工作，在看到乌云被一扫而
空的时候，我的任务，大概就是将这份喜悦藏于心
底，恭恭敬敬地一直侍立在旁。

经　广　　父亲居然做了这么多吗？他可是向来如同"谦恭"
　　　　　这个词本身一般，从来不主动做任何事的。

光　康　　是啊。接下来，他就该回家来了。关于你们从我这
　　　　　里听到的这件事情，我希望你们还是在他面前佯装
　　　　　不知为好。真的是很少见到像他那样讨厌逾矩、讨
　　　　　厌告密的人。你只要慰劳你父亲的奋斗，让他好好
　　　　　休息就可以了。

阿　零　　这样一来，宅邸周围也不会有便衣宪兵徘徊了吧？

光　康　　是啊。日本变得稍微光明一点了。国民一直尽力投
　　　　　身于战争，为战局感到焦躁；现在，国民的情感，
　　　　　肯定也能牢牢地凝聚起来了。

阿　零　　啊，如果战争能在少爷受到任何伤害之前就结束的

---

① 侍从长，侍从职的领导者，地位不亚于政府里的大臣。侍从职是宫内省
的一个部门，负责侍奉天皇、皇后及未婚的皇子、皇女。
② 大命，天皇的敕命。
③ 式部职，宫内省的一个部门，负责宫内礼仪。

话！如果少爷接下来能够升入大学，在战争平息的
世间找到一份悠闲自在的工作的话！（说着，哭了
起来）我只有这么一点愿望。

经　广　真是微小的、没骨气的、丢脸的愿望啊。阿零你根
本就不懂什么叫名誉和自豪。

光　康　哎呀，你别这么说。阿零想说什么就让她说吧。说
实在的，女人自顾自地唠叨的那些话，在有些时
代，是会被世间当成正义的。

　　　　　［铃声响起。所有人起身。阿零离场。稍后，她跟在
　　　　　经隆后面再次登场。］

经　隆　哦，所有人都在呀。从今往后，可以稍微放松一下
了。阿零，你去看看洗澡水的水温。

阿　零　遵命。

　　　　　［阿零退场。所有人落座。——停顿。——］

光　康　真是的，大哥你所谓的"放松"，就是这样坐在椅
子上挺直腰板，甚至也不翘个二郎腿。虽说早就司
空见惯了，但现在还是让我吃惊。毕竟，你刚刚奋
斗了两天两夜呀。

经　隆　你就别取笑我了，我可不想成为我之外的什么人。

　　　　　［阿零登场。］

阿　零　洗澡水的温度刚好。您随时都可以入浴。

经　隆　是吗。阿零，你也留在这里。我正好想找个大家都
在一起的机会，跟大家说一下。

光　康　关于这件事，我已经……

经　隆　把你过继给宍户家当养子，不是为了让你学习说
　　　　话的。上一代的宍户子爵，可是那样的一个演说
　　　　家呢。

光　康　大哥你竟然会讽刺我。

经　隆　现在，我连内心也能放松下来了。我要对大家说
　　　　的，不是别的，这两三天来，我身为侍从职的人
　　　　员，做出了实在难以辩解的行为，惊扰到了圣上。
　　　　我不能说我做了什么，但我该做的事情已经结束
　　　　了，已经告一段落了。于是，我向圣上提出了辞
　　　　呈。虽然没有被立即批准，但是，我做出了僭越的
　　　　举动，哪怕只是为了警醒后人，我也非辞职不可。
　　　　从今天之后，我就不再在侍从职担任职务了，希望
　　　　你们明白这一点。从明天开始，我也不会再去宫里
　　　　上班了。

经　广　父亲……

光　康　大哥，不管怎么说，这都是违背常理的。大哥你立
　　　　下了功勋，为什么却……

经　隆　光康，你不要再说了。从今往后，我会留在这座宅
　　　　邸里，从远方侍奉圣上。离开圣上的身边，对我来
　　　　说是切肤之痛，不过，至少我今后可以仰慕着远方
　　　　的菊香①，谨慎地度过余生。不管距离是多么遥远，
　　　　诚惶诚恐地说，圣上的心和我的心是相通的……好

———————

① 指日本皇室的菊花纹章。

　　　　　　了，阿零，从今往后，我会一直待在家里。现在，
　　　　　　我想马上洗一个澡。

阿　零　是，老爷。

　　　　　　［经隆退场。阿零也随着他退场。］

　　　　　　［所有人沉默。］

光　康　真让人震惊。大哥的心思和普通人的心思完全相
　　　　　　反，他总是朝着意想不到的方向下定决心。一般来
　　　　　　说，即使不指望圣上的奖赏，难道不也应该继续待
　　　　　　在愈发倚靠他的圣上身边，更加努力地侍奉圣上
　　　　　　吗？他没日没夜地完成这样一件重大的工作，不就
　　　　　　是为了这个吗？他突然离开圣上身边，感到困扰
　　　　　　的，反而是圣上啊。难道说，大哥正是因为下定了
　　　　　　辞职的决心，才想要投身到这个能够让他更加彻底
　　　　　　地发挥忠义的危险机会之中？这让我很担心。大哥
　　　　　　还是和以往一样，什么也不说。（看向钟表）哎呀，
　　　　　　可不得了。已经到了该回宫里的时候了。对了，如
　　　　　　果大哥出现了什么令人担心的兆头，就马上告诉
　　　　　　我。（三人一起站起）啊，这样就好。不用送了。

经　广　祝您健康，叔叔。

璃津子　祝您健康。

光　康　好，祝你们健康。

　　　　　　［说罢，匆匆离去。］

经　广　如果要真正地侍奉圣上，就必须远离圣上。必须从
　　　　　　远方侍奉圣上。这就是父亲的意思……璃津子，我

还没告诉你，今天，我在学校办理了成为海军后备学生① 的志愿手续。

璃津子　哎呀。

经　广　学校保证，我肯定会被选中。再过不久，我就是海军军官了。

璃津子　阿广！

经　广　你不要一副这么悲伤的表情。

璃津子　你要到很远的地方去了吧？

经　广　父亲就拜托你照顾了。只靠阿零一个人的话，肯定有很多照顾不到的地方。而且，父亲以后肯定会一直留在家里。他大概会有很多空闲来教你琵琶……对了，这座府邸也必须建一个起码像点样子的防空洞才行，（环顾四周的墙壁）在从今往后的空袭中，这个房间里的玻璃，大概一面也保不住吧。

璃津子　你要到很远的地方去了吧……对了，你得到你父亲的允许了吗？

经　广　不，还没有。

　　　　　〔经隆登场，阿零跟在他身后。〕

经　隆　洗得真舒服啊。在这样的世道里，预先准备好浴室，让主人一回家就能入浴，可不是一件容易的事。这多亏了你的苦心啊。

阿　零　您过奖了。

_____

① 后备学生，日本海军的一种制度，从大学生和高中生中招募志愿者，加以培养后，任命为后备军官。

璃津子　叔叔……

经　广　我来说吧。

经　隆　什么事？

经　广　今天，我提交了成为海军后备学生的志愿。您能允
　　　许吗？

　　　〔阿零一惊，停住脚步。〕

经　隆　是吗。（——停顿。坐到椅子上。极其安详地微笑
　　　着）……是吗。你去吧。

经　广　您允许了？

经　隆　是的。

璃津子　叔叔……

经　隆　（没有理睬璃津子）朱雀家的人用各自的方法侍奉圣
　　　上，这是理所当然的。朱雀家的男人投身于战斗，
　　　这也是一件好事。我们的祖先战斗得太少了。

　　　〔所有人沉默。终于，响起了号外的铃声。〕

阿　零　好像是号外。我先去……

　　　〔说着，就要离开。经隆制止了她。〕

经　隆　不用。我知道内容，就不用买号外了……怎么说
　　　呢，就这样，春色渐渐地晚了。看上去，春天似乎
　　　是平稳无事地走到了尽头。但是在春日里的一天之
　　　中，春天会准备许许多多的嫩叶，同时又会蓄积许
　　　许多多的凋敝。你们看一看庭院吧，樱花已落，杜
　　　鹃花和吊钟花正在盛放。季节顽固地遵循着自己的
　　　法则，就连面对海风，也毫不畏缩。

　　……在家里，我向来不谈这些说起来诚惶诚恐
的事情，不过，今天就破例向你们讲一下我辞职的
理由吧。这几天，我做了一件一生只有一次的重大
工作。我竭力苦战，战斗到底，没有哪个祖先曾经
像我这样战斗过。我认为，这是在遵照圣上的心意
行事，因此全心全意地去做了。事情结束了。被人
认为谁都无法做到的事情，我做到了。

　　……我去御前服侍，报告道，事情已定。我
希望听到这个消息之后，圣上的眼里现出喜色，这
也不奇怪吧；可是——圣上未发一言，只有我才懂
得，——那一瞬间，在圣上的眼里，显出的是一抹
悲伤之色。

　　……你们明白吗？这就是我提出辞呈的原因。
圣上在心里这样说道："什么都不要做。你应当什么
都不做。"……那是什么意思，我感到自己立即理
解了。是三十七代的朱雀家的血脉让我理解的。圣
上已经看穿了一切。我在心里坚定地下了决心，我
再也不会做任何事情。

经　广　那……

经　隆　不，你去战斗就好。你去为了圣上、为了朱雀家的
　　　　荣誉战斗就好。咱们家虽然不是武士的门第，但
　　　　也必须得有人去战斗才行。你又年轻，又有力量，
　　　　如果这样的你不去战斗，还像什么话？而我……
　　　　（——停顿）

阿　零　老爷？

经　隆　你能把那边的窗帘拉上吗？夕阳太刺眼了。

　　　　——幕落——

第二幕　秋

　　　　[场景与第一幕相同。玻璃上贴着十字形的纸条，①里
　　　　面拉着用于灯火管制的黑色窗帘。时间是夜晚，秋
　　　　虫在鸣叫着。幕布拉开之后，暂时空无一人。从舞
　　　　台左侧传来了热闹的笑声。]

经　隆　（只有声音）好了，各位，来这里坐坐，如何啊？
　　　　（登场）餐后的咖啡，就在这里一边听着虫鸣一边
　　　　享用，怎么样？

　　　　[簇拥在身着海军少尉制服的经广周围，璃津子、光
　　　　康、阿零登场。]

　　　　阿零，你也别顾虑，来吧。

阿　零　我还得收拾碗碟呢。

经　隆　碗碟什么时候都可以收拾。这是餐后难得的合家团
　　　　圆，阿零你也参加进来吧，坐在那儿。不要有什么
　　　　顾虑。

阿　零　十分感谢您。

　　　　[说罢，坐在舞台边缘的小椅子上。]

光　康　训练居然那么艰苦啊，我可是绝对受不了的。我听

––––––––––––
① 这是为了防止轰炸震碎玻璃后碎玻璃伤人。和黑色窗帘的用意相同，暗
示此时日本本土已经开始遭到轰炸了。

说，有"精神棒"① 这回事，你被它揍过屁股了吗？

经　广　疼得我啊，就连脑子里都嗡的一下子。不过，我现在已经被任命为军官了，可以说是大人物了。只要我前去赴任，虽然是新晋的，但正如您看到的，我也是堂堂正正的海军少尉了。无论到哪里都是。您看我摆出的这张脸，仿佛我一生下来就是海军军官似的。

光　康　然后，你今晚马上就要离开家，明天就前去赴任啊……还真忙啊。你要去哪儿赴任啊？

经　广　我可不会中您的计。您故意装作若无其事的样子，想从我这里问出任职地；刚才，您已经三次问过我同样的问题了，不是吗？我也是被您激起了警惕之心，在心里注意着不要上您的当呢。请您放心，任职的地方是内地② 的某处。首先，那里是个安全的地方；其次，如果有休假的话，我会回来探亲的。

经　隆　那样倒是也好……毕竟，战局已经这样了。

经　广　更让我担心的，是留在家里的人。您就能能把防空洞建得更结实一点吗？父亲您已经不工作了，明明是可以早早疏散的。

璃津子　你怎么劝都没用。我已经跟叔叔说过，我家疏散到

---

① 日本海军的一种恶习，用木棒殴打新兵，美其名曰"精神注入"。该木棒称为"精神棒"。

② 内地，指日本本土。

　　　　　　轻井泽^①了，我们很乐意招待叔叔到我家的宅邸去
　　　　　　住，可是……

光　康　这还真是让人头疼啊。趁着经广被任命为军官的机
　　　　会，就算是为了让儿子安心，大哥你也疏散吧，怎
　　　　么样？

经　隆　只要圣上还在东京，我就不能跑到比圣上更安全的
　　　　地方去。圣上的玉体所面临的危险，哪怕只有百分
　　　　之一，只要我每天都能在生活里感受着它，就是为
　　　　圣上效忠。什么都不做，一动不动地忍耐——我就
　　　　用这种方式侍奉着圣上。

光　康　既然你说了这么不可辩驳的话，也没办法了。至
　　　　少，就像经广说的，你得把防空洞……

经　隆　那个的话，在那儿，（用手指向舞台左侧）餐厅地板
　　　　下面的不就是嘛。那就足够了。

经　广　那可不够啊。要是餐厅着了火，就全完了。必须建
　　　　得更大，用混凝土来建……

经　隆　材料不够，拜托别人也很麻烦。人啊，如果真的能
　　　　得救，不管躲在哪里都会得救。到了现在，也不用
　　　　再手忙脚乱地着慌了。

璃津子　你说什么都没用的。阿广，现在我们能做的，只有
　　　　祈祷辩才天女神守护全家了。我一直想，等阿广你
　　　　回来之后，一定要和你一起去参拜，祈祷你父亲平

────────────

① 轻井泽，位于群马县和长野县交界处的避暑胜地。

安，也祈祷你自己平安。（站起身来）你要和我一起去吗？

经　广　你先去吧，我还有点话要跟父亲说，很快就过去找你。

阿　零　我陪您去吧。最近外面有些没人管的狗，在晚上，即使只是走到庭院里，也说不上很安全。

〔璃津子和阿零出门，进入庭院，向神社前走去。〕

经　广　（看着她们离开，然后才说）请你们不要告诉璃津。关于我真正的赴任地，我想只告诉父亲您一个人。可是，这是军事机密，我不能说出来。

〔说罢，用手在桌上写字。〕

光　康　那个岛！经广，那和去死是一样的啊。

经　广　请您不要告诉璃津。

〔经广说罢，一转身，出门进入庭院，在神社前和璃津子肩并肩地拜神。阿零一个人退开，回到屋内。响起了秋虫的声音。经隆和光康沉默不语。看到他们紧张得异常，阿零想说些什么，但按捺住了这个打算，从舞台左侧退场。在舞台右侧，神社前的两人拜礼已毕，手拉着手退场，往舞台右侧的庭院而去。〕

光　康　大哥。

经　隆　嗯。

光　康　必须得做点什么才行。如果置之不理的话，朱雀家就绝后了……现在，我有一个打算。大哥你摧毁田

渊内阁的时候，秋山握着我的手，喜极而泣；为了
报答这个恩情，他什么都愿意做，不管有什么事，
都可以去找他——他当时明确地这么说了。秋山是
那样一个耿直的人，他的承诺肯定是可以相信的。
当时，他是军令部总长，现在已经是内阁里的海
军大臣了……你听我说，我也听说过两三个这种例
子，我们并不是什么都做不了的。我们可以去求秋
山，让他把经广转调到内地任职。必须争分夺秒，
最好今晚就去他家。

经　隆　……

光　康　我知道大哥你很难亲自去求他。本来，这种事最好
是当父亲的直接去说，不过以大哥你的性子来说，
恐怕是做不到的吧。如果可以的话，我就替大哥
你去……

经　隆　……

光　康　现在可不是默不作声的时候啊。难道不是已经到了
最紧要的关头吗？能不能救你儿子的命，可是关系
到朱雀家的血脉会不会断绝的。大哥你的心情，我
懂，你是一个决不会屈膝恳求别人办事的人。这次
求人，与其说是为了大哥你，不如说是为了我可爱
的侄子，为了朱雀家。现在，只能靠我自己努力一
把了。本来，这件事情是很简单的。刚被任命的一
介少尉的赴任地，不管改到哪里，也不会使战局发
生半点变化。只要拜托一句，海军大臣就会明白一

切，马上把经广转调到安全的地方去。他肯定会这样做。

[这时，阿零端着茶进来，注意到对话的气氛，退到一旁，做出偷听的样子。二人并未察觉阿零进来。]

而且，必须赶在今晚，在明早之前把事情解决。只要经广前去赴任，那就一切都晚了。到那时再改赴任地，可能要花很多时间，再拖下去，那个岛就会落入敌人手中，这样一来，经广就死定了。

经　隆　……

光　康　大哥你要杀死经广吗？当他正在确确实实地走向死地的时候，如果做父亲的只是袖手旁观，那不就和杀了自己的孩子是一样的吗？你的精神还正常吧？

经　隆　……

光　康　你疯了。圣上明明是那样地困扰，那样地挽留你，你却强行提交了辞呈，隐退了；从那时起，我就感到，在大哥你的心里，有着什么令人毛骨悚然的东西。你把圣上甩在一边，自己隐退，这不就是所谓的“不忠”吗？在那之后，你身上像人的部分就越来越少了。你就像是一根白木的柱子，姿态一丝不乱地正襟危坐，只保持着自身一人的清澈无瑕。

经　隆　……

光　康　都被自己的亲弟弟叫成疯子了，你还是默不作声，你到底是怎么想的？你是一个安静的疯子。你就像一个小小的、澄明的疯狂之湖，位于渺无人迹的山

中。只有从湖面上飞过的鸟，才知道这个湖已经疯
了；然后，这飞鸟还知道，为什么在湖边的森林里，
所有的鸟都已经死绝了……对你来说，所有的活人
都很吵闹吧？就连你自己的儿子也是。特别是这个
正在如此喋喋不休地斥责着你的弟弟，你一定简直
想杀了他吧？对，就用你这双冰冷的、苍白的手杀
了他，怎么样啊！

经　隆　……

光　康　为什么你不允许我呢？为什么你不出声答应呢？我
明白了。你一直保持沉默，是在表达默许的意思，
我可以这样理解吧？那我就当成是得到了你的默
许，现在就去秋山那里了。（说罢，站起身来）

经　隆　等等。

光　康　怎么？

经　隆　不可以去。不可以做这种事。

光　康　可是，大哥……

经　隆　我并没有发怒。我很感激你的这种心情。好了，坐
下吧。

　　　［光康不情不愿地坐下。］

这回，是我要拜托你了。请你千万不要到大臣那里
去。如果你去了，那一切就全完了。不光是我的自
豪，就连经广的自豪，以及整个朱雀家的自豪都全
完了。也许你会说，可以保守这个秘密；的确，世
间可能不会知道这个秘密。但是，我知道。你知

道。海军大臣知道。这个"知道"就是小小的伤口，它会日渐扩大，最终变成巨大的、腐烂的伤口，放声高歌。和这种情况相比，经广的性命简直不算什么。圣上下了命令："去吧。"圣上下了命令："去死吧。"所以，只要前去，只要去死，就可以了。很明显，那孩子已经有了这样的心理准备。

光　　康　无论如何都不行吗，大哥？

经　　隆　只有这件事不可以，光康。

　　　　　〔二人沉默。阿零从舞台左侧跑过来，跪在地上。〕

阿　　零　求求您，求求您了。这是我一辈子最大的愿望。请您救少爷一命吧，老爷。我已经像这样，跪下求您了。我知道，我这么恳求是非常不合身份的，但我还是想求您。求求您，求求您，老爷，求您照着宍户大人所说的去做吧。我已经像这样，双手合十地求您了。

　　　　　〔说着，哭了出来。经隆和光康暂时沉默。〕

经　　隆　阿零，你必须分清楚，有能做到的事，也有不能做到的事。

阿　　零　（愤然地）所以，我才求您做这件能做到的事，难道不是吗？如果让宍户大人今晚当您的代理，老爷您不就可以佯作不知了吗？如果您这么讨厌向别人低头求情的话，您根本就不用求，秋山大人甚至不需要老爷您跟他道一句谢，难道不是吗？为了报答这个恩情，阿零我从今往后可以去秋山大人家里，不

　　　　　要钱，免费给他干一辈子活。老爷，就算您想保住
　　　　　您自己的清白无瑕，也不能连少爷都牺牲啊，难道
　　　　　不是吗？

光　康　阿零啊，你说得有点过了。

阿　零　老爷您怎么说？老爷？

经　隆　（——停顿）那是做不到的。

阿　零　是吗。那好吧。

　　　　　〔说罢，如癫似狂地跑到屋外，摸索着四周，朝舞台
　　　　　右侧跑走了。〕

经　隆　我还是第一次见到阿零这样慌张。

光　康　这也没有办法，这不是责骂一顿就能解决的事。

经　隆　月亮好像出来了。庭院中一片明亮。最近，全拜灯
　　　　　火管制之赐，月亮和星星都离我们更近了。同样
　　　　　地，对人们来说，命运也近在身旁了。

光　康　日本已经输了，大哥。

经　隆　你可不要在经广面前说这种话。

光　康　所有人都知道，只是没有人说出口而已。这和家庭
　　　　　里的秘密是一样的。

经　隆　我只是整日整夜地，想着那个时候的圣上。"什么
　　　　　都不要做。你应当什么都不做。"圣上用眼睛这样
　　　　　说了。就仿佛圣上一个字一个字地、鲜明地说出来
　　　　　一般，我用心灵这样听了。现在，就像在岩石之
　　　　　下潺潺流淌的清水那样，圣上的心和我的心是相通
　　　　　的。我用心灵的耳朵听到的言辞，是不会有错的。

因为，从那样稚嫩、那样可爱的年纪开始，我和圣上就是同学了……"什么都不要做。你应当什么都不做。"……换句话说，圣上的意思是"只是毁灭即可"。难道不是吗？

［光康惊讶地看向自己兄长的脸。与此同时，从舞台右侧，阿零拼命地把两个年轻人拉了过来，气喘吁吁地说道。］

阿　零　明白吗？少爷，"我愿意按照叔叔所说的去做"，您就说这么一句就可以了。别的什么都不要说，全部交给阿零我来办就好……阿零我把少爷您养育到现在的心意，全都在这一句话里，所以，请您千万不要问任何问题……请您可怜可怜阿零我，只说这一句话，然后就出发赴任，好吗？

［经广和璃津子困惑地面面相觑，然后，经广点了点头。阿零领着二人回到屋里。］

阿　零　（对经广）来吧，请说吧。

经　广　（笨拙地）我愿意按照叔叔所说的去做。

［经隆和光康想要说些什么，但阿零拼命地制止他们，同时还装出一副愉快的样子。］

阿　零　各位，这样就可以了吧？请不要再说了。这是少爷亲口说的，所以，事情就这样决定了。已经决定了，对吧？啊，请你们什么也不要说！求求你们了。真的拜托你们了。既然已经决定了，那么，直到少爷出发为止，就请你们一直这样保持，不要再

　　碰这个话题了。好了，让我把茶奉上来吧。

　　〔所有人都不知道该说什么，尴尬地陷入沉默。经隆
　　忽然站起，要从舞台左侧退场。〕

经　广　（一跃而起）父亲！

经　隆　怎么了……

经　广　到底是什么事？

经　隆　既然你说，愿意照你叔叔说的去做，你问你叔叔不
　　　　就行了。

阿　零　老爷！

经　广　（看到经隆又想离开，一边拦着经隆，一边向光康问
　　　　道）叔叔！什么事？到底是什么事？

阿　零　宍户大人！……宍户大人！

光　康　……

经　广　为什么您不回答？真过分啊，今晚是我出征的前
　　　　夜，可大家却跟我开起这种阴森森的玩笑来了！

璃津子　叔叔，请您回答阿广。

阿　零　璃津子小姐，不可以啊！

经　广　父亲，这演的到底是哪一出闹剧啊？

经　隆　（转了回来）这么说来，你……

阿　零　（战栗着）啊！老爷！

经　隆　你什么都不知道吗？

阿　零　不，他什么都知道。现在只是有点糊涂了。是吧，
　　　　少爷？我刚才不是对您说过了吗？请您可怜可怜
　　　　阿零……

经　隆　经广，像个男人一样回答我。

经　广　其实，我……

阿　零　您不可以说！

经　广　其实呢，阿零她刚才拜托我，叫我回到屋里之后，仅仅说一句话，就是"我愿意按照叔叔所说的去做"。也没有跟我解释为什么。(环顾众人的脸)……这到底是什么了不得的事情啊？

经　隆　你不知道的话，也怪不得你。阿零她听了你叔叔说的话之后，十分希望你照着你叔叔的提议去做。你叔叔他……

阿　零　啊！

经　广　叔叔他说了什么？您快点说。

经　隆　你叔叔提议，今晚去海军大臣那里求情，把你调离危险的赴任地，让你去内地任职。

经　广　怎么这么卑劣……叔叔，这是真的吗？

　　　　〔光康沉默地点了点头。阿零精疲力竭，面朝墙壁哭泣。〕

经　广　而父亲您……

经　隆　你是想问我同意没有，是吧？

经　广　是的。

经　隆　我没有同意。我说，不可以这样做。

经　广　谢谢您！您真的这么说了吧？

经　隆　是啊。所以，阿零就……

璃津子　(跑到光康身边)叔叔。叔叔您知道阿广的赴任地是哪里吧？是哪里？请告诉我。是哪里？

[光康在璃津子耳边低声说出了那个岛的名字。]

咦？那个岛！为什么一直都……（抱紧经广）为什么你不说呢？那是日本最危险的岛，是会被敌人最先攻击的岛，可你为什么骗我，说你要去内地赴任呢？

经　广　（没有回应她）父亲，阿零她怎么了？

经　隆　阿零会有这种心情，也怪不得她。刚才，她就跪在这里的地上，乞求我的同意。

经　广　为什么？为什么您说，阿零的心情，也怪不得她？她践踏了我在出征前夜的志气，伤害了朱雀家的自豪，想要用极度卑劣的骂名把我的未来包裹起来；像这种错误的爱，怎么能说"怪不得她"呢？

经　隆　我只是说，阿零的心情，也怪不得她，仅此而已。

经　广　为什么您要逃避，父亲？为什么我——您明天就要前往战地的儿子——如此认真的愤怒，您不把它认真地接受下来？像阿零那样下贱的心情，在我的身体里，就连一丁点也没有——我希望您这么说。

光　康　好了，好了，经广，不要这样泄愤了。在这里的每一个人，都是在以自己的方式，担心着你的安全啊。

经　广　请叔叔您住口。正是您，在最肮脏的意义上使用了"守护朱雀家"这句话；正是您，把世俗的泥巴抹到了即将奔赴死地的、年轻而纯洁的胸怀上。

经　隆　我理解你的愤怒。不过，我拒绝了你叔叔的提议，
　　　　因此，你也感谢了我。没有比这份默契更能让朱雀
　　　　家熠熠生辉的事物。你正是朱雀家第一个执剑侍
　　　　奉圣上的男人。我们这个家族延续至今，就像一条
　　　　长长的、柔软的绢带，但这绢带其实正是挂刀的
　　　　带子，它正系在黄金长刀的刀鞘上——你正是亲身
　　　　证明了这一点的男人。你正是朱雀家堂堂正正的嫡
　　　　子。你说，我逃避？我和你，都不会从"自豪"这
　　　　座高耸的塔楼上逃走，这一点，我们是相同的。无
　　　　论在敌人眼中再怎么显眼，无论会被射上多少箭，
　　　　我们都没有可逃之处。

经　广　我完全明白父亲您的想法了。我会安心地前往战
　　　　地，站在所有人前面，在最前线率先守护国家，心
　　　　怀投身于最为危险的战场的自豪。然后，阿零。

　　　　［阿零转过身去，直视经广。］

阿　零　您到底还是没有听从我的恳求啊，少爷。如果您仅
　　　　仅说出那一句话，然后立即出发……明明只要那样
　　　　的话，一切事情就都能顺利地解决了。

经　广　（走近一步）你给我设下了陷阱。

阿　零　您说，陷阱？

经　广　是卑劣的陷阱。你想让我陷入陷阱、遭受耻辱。这
　　　　件事，我很清楚。当我一无所知地说出你教给我的
　　　　那句话的时候，大家都沉默不语，而父亲一下子站
　　　　了起来。我想叫住他，他却这么说："既然你说，愿

意照你叔叔说的去做，你问你叔叔不就行了。"……
当父亲说出这句话的时候，我完全是一头雾水。虽
然这个误会很快就解开了，可在解开之后，却更是
留下了一个疙瘩。在明天就要前往战地的我的心灵
里，制造了这样一个疙瘩的，就是你啊。

阿　零　您在说什么呀，少爷，我只是一心一意地想救您的
命而已呀。

经　广　（严肃地）你不要这么说。在那短暂的一小会儿里，
直到父亲沉默地站起来，说出那句话为止，在他的
心中出现了什么，现在，我明明白白地懂得了。那
是极度丑陋、下贱、丢脸、胆小怯懦的我自身的样
子。即使只有一两秒钟时间，我也不能容忍那样的
我出现在父亲心中。制造出了我的那种样子的——
将它生下来的，就是你啊。

阿　零　（被恐惧攫住）是我？

经　广　所以我说，你给我设下了陷阱。不管你的动机是什
么，不管你的爱是什么，事实是，你用你的眼睛、
你的嘴、你的乳房、你的身体、你的血、你的肉，
制造了一个那样下贱的我的人偶。我忍受不了这一
点。实在是忍受不了这一点。如果说，我在这个世
界上还有什么留恋的话，那就只有这份悔恨了。

阿　零　少爷……

光　康　你不要这么欺负阿零。你现在的情绪很激动，在情
绪激动的时候顺势说出的话，日后，是会成为后悔

的种子的。我知道你想说什么，你不要再把话说到那个份上了。

经　广　我要说多少遍，您才能明白？拜托，请您住口……阿零，我要尽我最大的所能斥责你。凡是我能够留在这个世间的丑陋话语，我要把它们全部留给你。你企图把我从朱雀家那高耸的自豪之上拉扯下来。一样，是啊，就是一样，你图谋把我培育成一个和你一样，惜命、重情、脾气温和、不求有功但求无过、只知道胆怯懦弱地埋头苦干的青年。没错吧？今晚，你的图谋彻底败露了。更有甚者，你还用你的叹息、你的悲伤、你的全心全意的爱设下了陷阱。我这只年轻、杰出、充满自豪的野兽，虽然刚刚落入了陷阱，但是现在已经漂亮地从陷阱中挣脱出来了。情爱之泥所能做到的，只有弄脏被名誉和光荣擦亮的鞋子；你给我设下了卑劣的陷阱，将这陷阱巧妙地隐藏在情爱之泥和腐叶之土下面。可是，现在，我这只野兽已经从这陷阱中逃出来，跑走了。你听着，阿零，我再也不会和你见面了。我今晚所告别的人，并不是父亲；牢固的自豪之纽带联结着父亲和我，不管我去了哪里，这纽带也不会切断。我要切断联系的，是你。我要告别的，是你。是你对爱的狂妄自大、是你对名誉的侮辱、是你那令人难忍的卑贱。

　　[在他说这段台词的时候，阿零一直静静地哭泣着。]

阿　零　少爷……

经　广　不要再叫我了。你的声音太刺耳了。让你的声音留在耳朵里，更是会刺伤名誉，还会产生出疙瘩呢。

阿　零　（半独白地）这个世界上哪里有这样的人呢？哪里有被自己的孩子这样辱骂的母亲呢？

　　　　〔听到这句话，所有人都骇然地沉默无声。阿零回过神来，连忙把嘴闭上。漫长的停顿。〕

经　隆　（闭着眼睛说道）阿零，这不可以。不可以说这句话……在这个朱雀家，这是终生都不能说出的话。这句话，在这里的所有人都知道，但所有人都不会说出口。听到这句话之后，没有一个人会感到惊讶。可是，只要这句话被说出口，在那一瞬间，朱雀家的柱子上就会出现看不见的伤痕，朱雀家的镜子也会变得模糊不清……听好了，阿零，今晚是庆祝朱雀家的嫡子可喜可贺地出征的夜晚。不管别人说了什么话，你都要谨慎为是。

阿　零　（——停顿）实在非常抱歉。我以后会注意的。

经　隆　这样就好。经广，我明白你的心情，但你也不要再说了。本来，今天晚上就不应该是悲伤和泪水的夜晚，而应当是充满了荣耀之别离与勇壮之喜悦的一宵。刚才吃饭的时候，那愉快的对话和热闹的笑声，让我们把它找回来吧。在这里的所有人，我希望大家把心融合为一，再把这融合为一的心收进一个身体，好让经广能够启程。在静谧的秋

夜里沐浴着月光，这样的出征是多么纯洁——我知
道，我们的祖先会弹起琵琶，让这纯洁乘着音乐，
传承给后世。这样一来，朱雀家就有头有尾、始终
如一了。阿零，把我珍藏的白兰地拿来。大家都坐
到各自的位置上去吧，让我们为经广开启征途而
干杯。

[众人落座。阿零端来酒和玻璃杯。大家一同举起
酒杯。]

璃津子　叔叔。

经　隆　什么事，璃津子？

璃津子　让我们不仅为了出征而干杯，更是借助叔叔您的力
量，为另一件值得庆贺的事情干杯，如何？

经　隆　你是什么意思？

经　广　（突然一惊，仰起脸来）璃津。

璃津子　这种话本来不应该由女人来说，不过，您可以为了
经广和我的婚礼而祝酒吗？

阿　零　（惊讶地，带着恐惧）璃津子小姐！

光　康　啊，这个主意也不错。在这种不知道明天会怎么样
的世道里，我们虽然知道你们相互爱慕，却一直没
有把这件事提出来。不过，对于你们的关系，我们
大家都是在心里祝福着、认同着的。你的想法很不
错。来吧，就让我们举杯……

经　广　请等一等，叔叔，我还没有答应。您是一把年纪的
大人，请不要被璃津一时的兴奋带着，说出这种轻

率的话。我的确喜欢她，我也相信我们相互爱慕。但我已经是即将出征去那个岛的人了。正因如此，我作为当事人，才一直没有把这件事说出口；您怎么能不考虑这一点，也不考虑年轻女孩的未来，轻率地为婚礼祝酒呢？

经　隆　经广说得很对。对于他们两人的结合，我没有什么异议。无论是相貌、年纪还是家庭条件，他们都十分相称。没有比璃津子更适合做经广的新娘的人了，所以，我一直把她当成自己的女儿一样宠爱。但是，这和我们现在所说的，是不同的两回事。等到万事落定、世间的条件齐备的时候，再踏踏实实、堂堂正正地举行婚礼，这样不好吗？

璃津子　叔叔，您说的那个"万事落定、世间的条件齐备"的日子，您相信它会来吗？

经　隆　……

璃津子　您是不相信的。您明明知道，举行婚礼的机会，就只有现在而已。

经　广　璃津，请你仔细地看着我的眼睛。我们彼此爱着对方。刻骨铭心地爱着对方。你看着我的眼睛，大概就能明白了……但我并没有向你求婚。如果男人没有先行求婚，婚姻就是不成立的。你还记得《古事记》里伊弉诺尊和伊弉冉尊① 绕着天之御柱相互唱

---

① 伊弉诺尊和伊弉冉尊，又称伊邪那岐和伊邪那美，系神话中创造日本的男神和女神。

和的故事吧？首先，女神唱道"喜哉，遇可美少男焉"，然后，男神和道"喜哉，遇可美少女焉"；由于是女神先唱，因此就发生了不吉利的事情[1]……现在，我不能屈服于自己的心意，向你求婚，让你在余生中一直受到伤害。我不能容忍自己这样做。我觉得，如果那样，我就太自私了。

光　康　大家都不要这么固执，好不好？就像刚才大哥所说的那样，重要的是，大家要在喜悦和祝福之中，笑着把经广送走。现在……

璃津子　啊呀，这个"现在"可是正在飞速溜走呢。

光　康　所以呀，现在，你要珍重这个现在……

璃津子　叔叔您所说的"现在"，和我的"现在"不是一回事。

光　康　哎，你先听我说完。现在，我们好不容易一同举起了酒杯；只要把这当成临时婚礼[2]的祝酒，不就好了？怎么样，大哥，临时婚礼的话，总是可以的吧？经广，怎么样？

璃津子　您说，是"临时的"？

光　康　是啊。

璃津子　我不要"临时的"。如果不是正式的、不能反悔的婚礼，我就不要。

---

[1]　据《古事记》："（伊邪那岐）告其妹曰女人先言不良……生子水蛭子。此子者入苇船而流去。"

[2]　临时婚礼（仮祝言），只在亲朋好友面前私下举行的婚礼。和正式婚礼相比，不需要结婚会场，也没有众多来宾，但依然可以算作举行了婚礼。之后，可以在条件允许的情况下举行正式婚礼，也可以不举行。

经　广　璃津！

璃津子　我不要成为临时的新娘。现在，在这里，我必须成
　　　　为正式的、所有人都会认同的新娘。我必须现在、
　　　　当场，管阿广叫夫君、管叔叔叫父亲。我希望你们
　　　　为此而祝酒。

经　广　（强硬地）璃津，我不允许。

璃津子　就算你不允许，我也下定了这个决心。请举起祝酒
　　　　的酒杯吧，各位，请说“干杯”。请一齐说“祝贺
　　　　你们”……如果谁都不愿意的话，我就自己来。（说
　　　　罢，站起来，自己一个人举起酒杯）祝贺你们。今
　　　　晚，朱雀经广和松永璃津子缔结了婚姻。（自己一
　　　　个人将杯中的酒一饮而尽，笑道）我发誓，从今往
　　　　后，永永远远，经广会称璃津子为夫人，而璃津
　　　　子会称经广为夫君。我们会相扶和睦，相爱终生。
　　　　（笑）从结婚誓词到发表祝词，我一个人就能说。
　　　　我一个人就说完了。（说着，就要摔倒）

经　隆　（扶住璃津子）你站稳一点。好吗？站稳一点。因为
　　　　你喝下了喝不惯的酒。

璃津子　（抱住他的膝盖）父亲……

经　隆　说到底，璃津子，我们本来就是在幻象中生活的。
　　　　幻象已经逐渐沁入现实之中，我们就在这个连明天
　　　　都无法确定的世界里生活着。如果幻象离我们只有
　　　　一步之遥，那么，此刻所发生的一切，也可以称为
　　　　幻象。在幻象之中，你成为了正式的新娘。这样就

　　　　　可以了。这样的话，谁也不会责怪。来吧，为了璃
　　　　　津子的幻象，大家举杯祝酒吧。

璃津子　不，不是幻象。现在，非得在这里举行正式的婚礼
　　　　　不可。

经　隆　（温和地）你又说这种话……

璃津子　为了朱雀家，这是必须的。

经　隆　为了朱雀家？

璃津子　（冷静地）是啊。迄今为止，我每天、每天都去庭
　　　　　院里的神社参拜，您知道吗？我大多数时候都没有
　　　　　跟叔叔您打招呼，只是参拜，然后就回去了；所以，
　　　　　知道这件事的，可能只有阿零而已。自从阿广当了
　　　　　后备学生之后，我一天也没有停过……

经　隆　是吗，我还真不知道。

璃津子　无论何时，我祈祷的事情只有一件，那就是阿广的
　　　　　平安。祈祷的时候需要许愿，因此，我献上了最为
　　　　　痛苦的许愿。我许愿，只要阿广能够平安归来，只
　　　　　要阿广的身躯能被守护到底，我就一定会放弃婚
　　　　　姻……因为，神社里的那位年轻而美丽的女神期望
　　　　　着与阿广结婚；她坚信，只有她自己才是新娘。所
　　　　　以，我觉得她会很乐意接受这样的许愿，守护阿广
　　　　　的安全。

　　　　　　……可是，今天我明白了。我的日复一日的
　　　　　参拜、日复一日的许愿，全都是徒劳的。因为，我
　　　　　的那种祈祷，无论献上的许愿多么痛苦，其实都是

在祈祷两件事，那就是阿广的平安，以及我自己的平安。对于没有与当主结婚的女人，朱雀家的辩才天女神是不会作祟，致她死亡的。这样的女人，在每一代都会得享长寿，为朱雀家传承后代。（说着，看向阿零。阿零转开了脸）

今天我明白了。阿广即将踏上危险的战场。为了拯救这样的阿广，女神期望着牺牲。我明白了这一点，所以改变了迄今为止的许愿。无论如何，我都要在今夜成为正式的新娘，替代阿广而死。如果我不这样做的话，朱雀家的血脉就会断绝；如果我这样做了的话，总有一天，阿广会平安无事地归来，然后，他只要和另外一个不被称为妻子的女人生下后代就好。

［经隆畏畏缩缩地把璃津子拉开。］

就和叔叔所做的事情完全一样……是啊，女神应该是会放男人一条生路，守护他的安全的吧；毕竟，那是她自己的、值得珍重的丈夫啊。我只要成为年轻的、会在刹那之间死去的朱雀家的新娘就好。我只要像春日里的一天那样，在晚风的吹拂中结束短暂的一生，成为宛如蜉蝣一般衰灭的年轻的新娘就好。恰如叔叔的那位曾经美丽的夫人一样。如果要拯救阿广的性命，这是唯一的办法。

［所有人黯然。稍后。］

经　广　（看时钟）好了，我必须走了。

经　隆　要走了啊。

光　康　要注意身体呀，经广。

阿　零　请您一定要平安无事啊。

　　　　［经广佩好短剑，戴好军帽，敬礼。］

经　广　那，我走了。

经　隆　你要从庭院里走吗？璃津子，去把他送到门口吧。
　　　　现在露水很重，借你一件披肩吧？

璃津子　没关系。

经　隆　月光很明亮，你回去的时候也不用担心。

　　　　［经隆、光康、阿零目送他们走到庭院的出口。经广
　　　　和璃津子走向舞台右侧，在右侧的舞台尽头，经广
　　　　再次敬礼，然后催促着璃津子，和她一起从舞台右
　　　　侧退场。经隆、光康、阿零回到屋里，各自茫然地
　　　　坐下。响起了秋虫的鸣叫。］

经　隆　……他走了。

光　康　……大哥。

阿　零　他们沐浴着秋夜的月光，实在是一对美丽的新郎和
　　　　新娘。朱雀家崭新的新郎和新娘，

经　隆　（慢慢地抬起脸，脸上带着微笑）融入了月光。

　　　　——幕落——

第三幕　夏

　　　　［在舞台右侧的庭院中，经隆戴着草帽，穿着灯笼
　　　　裤，正在拔草。在舞台左侧的温室内，阿零穿着绢

　　　　　　质的劳动裤①，躺在藤编的躺椅上，散漫地伸着脚，

　　　　　　正在抽自制的纸卷烟（用的是配给的烟草）。温室的

　　　　　　玻璃上贴着斜十字形的纸条，②窗户大开，二人越过

　　　　　　窗户进行对话。]

经　隆　（暂停拔草）阿零，给我点烟草呗。

阿　零　您又要我帮您卷吗？

经　隆　是啊。你最好用糨糊来粘，用你的唾沫的话，很快

　　　　　就会散了。

阿　零　没有糨糊。您用您自己的唾沫不行吗？

经　隆　我现在手很脏，你不知道吗？

阿　零　手脏的话，您洗了不就行了？

　　　　　[沉默。]

经　隆　那好吧，把烟草和纸给我，我自己卷。

阿　零　我很懒。我懒极了，一动都不想动。您明白吗？您

　　　　　明明没吃什么像样的东西，为什么还这么精神呢？

　　　　　在这样的年纪，顶着这样的太阳，在薅什么草……

　　　　　挺不错的嘛，顽固执拗的人，不管身上发生什么

　　　　　事，都是这样精神……现在，我连动一下身体的余

　　　　　力都没有了。

经　隆　……你可以给我烟草吗？

阿　零　您自己过来拿不就行了？

_____

① 劳动裤（もんぺ），一种裤脚扎紧的女性工作裤。从1942年开始，日本
政府半强制地要求全国女性穿用。
② 暗示在上一幕之后，玻璃被轰炸震碎过至少一次。

经　隆　（低沉地）阿零！

阿　零　（极度缓慢地用报纸托着烟纸和烟草站起来，走近窗
　　　　边）我是出于什么理由、是为了什么原因，才不得
　　　　不对您这么好心呢？如果我是夫人的话，倒也可以
　　　　说，这是没有办法的；可我并不是夫人……在空袭
　　　　这么厉害的世道里，仆人什么的，早就不存在了。
　　　　我到底算什么人呢？明明不该在的人却在这里，我
　　　　多半是幽灵吧，是过去曾经存在于这里的仆人的
　　　　幽灵。

经　隆　（从窗外伸着手）快点……

阿　零　就算您说"快点"，我也快不起来。（在经隆伸出的
　　　　手前，故意不让他碰到报纸）如果您有拿来换的东
　　　　西，我可以跟您交换。

经　隆　什么东西？

阿　零　即使我不说，您也明白吧。您不是正藏着它吗？

经　隆　到底……是什么？

阿　零　电报。

　　　　［沉默。］

阿　零　请您拿出来。您把它塞在灯笼裤的口袋里了吧？

经　隆　你说电报，是有电报，哎呀，说的是无聊的事。是
　　　　从松永家在轻井泽的宅邸发过来的，催促我赶紧疏
　　　　散。他们已经催了好几次，但我完全不想听他们的
　　　　劝告，所以这次，他们就特别夸张地发了一封电报
　　　　过来。虽然他们关心我的安全，我很感激，但这也

　　　　　未免太多管闲事了吧。圣上还在东京，没有移驾，
　　　　　我怎么能跑到安全的地方去呢。

阿　零　　只要您还在撒谎，我就永远不会把烟草给您。

经　隆　　（佯作开朗）让我感到为难，你好像特别高兴啊。你
　　　　　是不是搞错了，觉得有哪个女人给我发电报来了？

阿　零　　电报和烟草，来交换。现在这个世道，无论想要什
　　　　　么，都得以物易物才行。

经　隆　　电报那种东西……从来就没送来过。你怕是有什么
　　　　　误会吧。

阿　零　　不，我听得很清楚。即使是一整天都睡在藤椅上，
　　　　　我也能清楚地听见所有的声音。在这座多年以来住
　　　　　惯了的宅邸里，不管是什么声音——刚才的声音是
　　　　　餐厅里的旧红木餐橱干燥开裂的声音，现在的声音
　　　　　是蒸汽流过二楼的蒸汽管道的声音；现在上楼梯的
　　　　　脚步声是少爷的脚步声，现在风正敲打着的是客
　　　　　厅的百叶窗……我都能一一地分辨出来。所以，我
　　　　　怎么会听不到电报送来的声音呢？您就别东拉西扯
　　　　　了，请赶紧给我看看电报。否则，您就永远抽不上
　　　　　烟了。

经　隆　　……

阿　零　　您看，被我说中了吧。还是说，您是这么讨厌以物
　　　　　易物，甚至连烟草都愿意放弃？即使是这种配给
　　　　　的、难抽的烟草……反正老爷您决不允许去黑市上
　　　　　搞来哪怕一点烟草……如果就连这种配给的烟草，

您都渴望得望眼欲穿的话，就赶紧把电报给我看
看吧。

经　隆　你不要再说那种孩子气的话了。我不想让你看，本
　　　　来就是为了你好。

阿　零　您还照顾我哪?!

经　隆　……我不要烟草了。

　　　　［经隆回去继续拔草。阿零依然伫立着。］

经　隆　（拔着草，仿佛独白般地说道）多么顽强的草啊。在
　　　　这个连糊口都困难的世道里，草木却孳生得这么繁
　　　　茂。常说"草木无情"。季节的更替，现在感觉起
　　　　来更加真切，这绿色比平时更加凶猛、浓郁。就连
　　　　蘼草，都觉得吃力。这绿色是在生机勃勃地反抗着
　　　　什么呢？为什么草木会像这样徒然地繁茂着呢？人
　　　　死了，房子烧了，繁荣昌盛的，只有残剩的草木的
　　　　绿色，以及那天空之中的晚霞。

阿　零　（凭窗而立，仿佛独白般地说道）还照顾我！现在
　　　　还照顾个什么劲儿呢？……已经一个月了。早在一
　　　　个月前，事情就已经决定了……一个月前，报纸和
　　　　收音机报道说，那个岛陷落了，岛上的人全都玉
　　　　碎了。从那之后，如果谁还抱有希望，那一定是疯
　　　　了。我明明对这一点心知肚明……啊，在得知那个
　　　　岛陷落的那一天，虽然从外面看不出来，但在我的
　　　　身体内部，就连骨头和骨髓都粉碎了。除了躺在那
　　　　把藤椅上，安抚我粉碎的身躯之外，我已经什么都

做不了了。我简直就像变了一个人似的，别人这么说，我也这么想；我只是终日慵懒地躺在那里，就连抬一抬手都嫌麻烦……这是因为我过度悲伤？别人是这么说的。就算悲伤能够慰藉，可是，对于已经去了比悲伤更为遥远的地方的人，人类的慰藉怎么能够追得上呢……怀抱希望，这只是疯狂而已……即便如此，他却依然想照顾我。他照顾我，大概是因为他想象着，至少在我的心中，可能还残留着希望；他想用我的希望，来拨亮他自己的希望的余烬。不过，那个人抱有希望，也没什么不可思议的。因为，那个人是个疯子……但是，即便是那个人，今天的电报也肯定让他的希望断绝了。疯子在薅草。他在薅自己脑袋里的草……只要不让我看到这份通知战死的电报，就可以当这件事从来没发生过，他这样深信着……这种事，我不能原谅……（从窗户里向舞台右侧说道）来吧，我给您烟草。

［说着，用报纸包起烟草，从窗户里扔了出去。经隆从口袋里取出电报，从窗户里递过去。阿零别着脸，接过电报。她展开电报阅读。］

阿　零　海军少尉朱雀经广，因光荣战死，特晋一级，升为中尉……什么呀！都这个时候了，还搞这么花里胡哨的电报！

［回到舞台左侧的藤椅旁，点火，将电报烧掉。然后坐在藤椅上，茫然若失地把玩着手里的灰烬。然后，

把灰烬送入口中，哭了出来。——经隆在舞台右侧抽着烟，突然听到了哭声。他认真地听着。哭声停止。阿零呆呆地躺在藤椅上，望着天空。——终于，经隆洗了手，回到屋内，俯视阿零。]

经　隆　电报怎么了？

阿　零　……

经　隆　电报，怎么了？

阿　零　（面无表情地）烧了。

经　隆　是吗……那也好。

[说完，就要慢慢地从舞台左侧离去。阿零以骇人的气势站起来，拽住他的衬衫。]

阿　零　是您杀了他！杀了他的人是您！杀了他的人是您！

经　隆　（挥开她的手，无可奈何地返回原处）这话我已经听你说过无数遍了。这一个月来，你难道不是每天都用同样的话斥责我吗……所以我才不想让你看电报啊。

阿　零　正式的电报不是今天才来吗？从今天开始，我可以正式地管您叫杀人凶手了。

经　隆　就算是来了电报，难道有什么新的事情吗？

阿　零　是啊，有新的事情啊。是迄今为止我一直都没说过的、新的事情啊。

经　隆　还有什么是你没说过的吗？你的舌头，每一天每一天都在喋喋不休；即便是在这执拗的空袭中，从天空袭来的火舌，也比不过你的舌头。难道你还有什么没有说完的话吗？

阿　零　是关于那孩子的事情。

经　隆　叫他"少爷"。

阿　零　不，在我今天要说的话里，他必须是"那孩子"，而不是"少爷"。

经　隆　阿零，你过于悲哀，所以忘记了礼仪，这可以；你逾越了规则，这也可以；我可以心甘情愿地当成没有看见、没有听见。可是，经广已经是英灵了。面对英灵，你如此逾矩，简直岂有此理。

阿　零　我不是要说英灵的事情，而是要说那孩子的事情。

经　隆　如果说话能让你的心情多少平复下来，那你就说吧。可是，你要注意自己的措辞。经广已经不是我的儿子了，由于把生命献给了圣上，他现在已经成神了。

阿　零　多亏您杀了他，那孩子才成了神，他可真是幸福啊。

经　隆　阿零！

阿　零　您用自己的手，就像放风筝那样，将那孩子推升到无垠的天际；然后，您切断了风筝的丝线。于是，那孩子就成神了。您了结了这件事，在那孩子和您自己之间造出了一道分隔神与人的界限。那孩子再也不会烦扰你、让你担心了，因为，他已经成为与苍穹浑然一色的远方的神了。但是，我却不一样。在他活着的时候，他是我的"少爷"，我赌上自己的一切卑微，把那孩子称为"少爷"……现在不一样了。那孩子在死去的同时，也从高高的苍穹上猛然坠落下来，到这里，（说着，拍着自己的腹部）到这里，再次回到了这个鲜血淋漓的子宫里。再一次被我卑贱的温暖血肉包裹，不再被痛苦的名誉和光荣困扰，为了享受安稳的睡眠，回到了这里。如今，我再一次感受到了那孩子的全部。那孩子的眼神，那孩子的微笑，那孩子的健壮的手脚——就在这里面。

经　隆　这种话我已经听过无数遍了，听过无数遍了，阿零。

阿　零　所以，您要听听关于"那孩子"的事情。

经　隆　我，在听着。

阿　零　您没有忘记吧，那个秋天的离别之夜。那真是个美丽的月夜。

经　隆　那一晚，凡是在这里的人，月光都射进了他们的心底。

阿　零　那孩子辱骂了我。在别人的面前，用最为不堪的言语辱骂了我。

经　隆　那是换了一种形式的告别，他是在向身为母亲的你告别……我很清楚这一点。他的辱骂，实际上是冲着我来的。那是无法用语言表达的感情。肯定是这样……你明白吗？那孩子没有对身为父亲的我吐露哪怕半个字的不满，就这样朝死亡而去了。可是，由于不能把自己的亲生母亲称为母亲，他心怀怨恨；在离别的最后关头，这种针对我的怨恨爆发出来了。在表面上，他的话语是对你的辱骂，但是在那背后，其实是对我的憎恨。我听着他的话，就明白了这一点。从他的口中发出的辱骂，全都是冲着我来的，而他说不出口的撒娇和悲伤，却全都是对着你去的。你必须体会到他的这种意思。你应当觉得，他那表里相反的离别赠言，其实十分可爱、可怜。

阿　零　只有这些吗？这就是您要说的话？

经　隆　只有这些。

阿　零　这是多么自我感觉良好、多么肤浅的想法啊。您说，那是您当时把握到的人类的真实？您一切都以自己为中心，让自己成为一个悲壮的父亲，随意揣测别人的心情，构建起一出以您自己为中心的崇高悲剧。您总是这样。您绝对无法走进别人的情感深处，总是透过一层绸巾去看这个世界的一切。您的人生，就像放在三宝①上的礼品——这礼品蒙着紫色的绸巾，被奉到圣上面前，圣上稍微看了一眼，就马上赏赐出去了。

经　隆　我已经听过这种话了。昨天，你用了同样的比喻。

阿　零　那我就说一点新的吧。那一晚，在大家面前，那孩子那样地辱骂了我；那是由于恐惧的缘故。

_____

① 三宝，用来放置供品的方盘。

经　隆　你说，那是恐惧？

阿　零　是的，那孩子在害怕。他从小就是个怯懦的孩子。

经　隆　那不可能。

阿　零　正是因为知道您不愿这么想，我和那孩子才一直在您的眼前隐瞒这件事。是的，这是我和那孩子心意相通的、秘密的阴谋。从他还小的时候起，哪怕还是一个小孩子，他也明白，您讨厌他的怯懦。要瞒过您的眼睛是很容易的，因为您的眼睛不分昼夜地都盯着圣上、圣上……他小时候，有一次在学校里，一个朋友抢走了他的文具盒，跑走了，把文具盒从三楼的窗户扔了出去。当时我正陪他去学校，目睹了事情的经过。文具盒摔在楼下的水泥地上，装在里面的、被那孩子十分珍视的万宝龙钢笔摔裂了。那是您亲自买给他的钢笔。

经　隆　嗯，我记得。

阿　零　那孩子非常悲伤，把摔裂的钢笔放在手心里，就那么盯着它。他那从短裤下面露出的白皙腿肉颤抖着。因为，对那孩子来说，这钢笔是他的宝物。然后，摔了他的文具盒的那个强有力的、淘气的孩子开始嘲笑他；他听到嘲笑，猛然站起，但并没有去揍那个孩子，甚至也没有看一看那个坏朋友的脸，而只是握紧他那小小的拳头——从摔裂的钢笔里沁出的蓝色墨水，把他的手掌染得惨蓝，——默默地离开了那里。"这件事就跟父亲保密吧"，我对他这么说了之后，那孩子才终于露出了微笑。回家之后，他对您说，他把文具盒掉在了车站的站台上，盒里的钢笔摔裂了。

经　隆　我记得。我马上就给他买了一支新的。

阿　零　这种事发生过不止一两次。他是个怯懦、胆小的孩子。他对自己的性格感到羞耻，一直在隐瞒。而我，一直在帮他隐瞒。

经　隆　但是，他成年之后就完全不同了。不是吗？

阿　零　人的变化是没有那么大的。一个人在童年时代是最诚实的，直到学会隐瞒，他才开始撒谎。但是，等他成年之后，是啊，那孩子渐渐学会了把他自己的耻辱推到我身上。他觉得，怯懦、胆小、卑怯等等他想要隐瞒的天性，全都来自我的血统；而勇敢、大胆、知耻等等令人自豪的天性，全部来自朱雀家的血统。他对此深信不疑。不，我觉得他是不顾一切地想要这么相信，强迫自己对此深信不疑。多亏了他那令人钦佩的父亲的教育，他才想要效仿这个勇敢、大胆无畏、正直坚定的父亲；他才想要效仿朱雀家的祖先——他们从来没有挥过一次剑，代代都穿着长袖的衣服，化着淡妆，只是在嘴上说着漂亮话。

经　隆　他如此深信不疑，这明明就有一半是你的错，因为你动不动就袒护他的软弱，对他溺爱娇纵。

阿　零　那孩子作为朱雀家的嫡子，为了逃避自己的软弱和怯懦，越来越深地强迫着自己。妾生子在上流社会并不罕见，可是，他对自己出身的自卑却比别人更强一倍；他有多么自卑，他和我的联结就有多么强固。那辱骂，是他在隐瞒自己的恐惧，在掩饰自己不想死的心情。如果他表现出哪怕一点留恋，那么，很明显，那卑贱的留恋肯定出自我这卑贱的血脉。所以，为了在离别的最后关头，将自己的身体从母亲的卑贱中斩断，为了强迫自己作为高贵而著名的朱雀家的后裔而死，他拼命地说服着自己；那说服的词句，就是他发出的辱骂。那孩子并不是拥有勇气，而是无论如何都需要证明自己的勇气；他不是被您的勇气所影响，而是和您一样，被证明自己勇气的"需要"所影响。

经　隆　为什么你这么理解那孩子的心情，理解得这么彻底？

阿　零　因为我是那孩子的母亲。那孩子其实是不想死的。这是您……

经　隆　我不希望任何人去死。

阿　零　对那孩子来说，另一种恐惧比对死亡的恐惧更强。如果自己表现得下贱、胆怯，就会被说成是"那个母亲的孩子"——这让他尤为恐惧。正是因为这种恐惧，那孩子才想投身到死亡之中；与此同时，您又帮了一把，真正地杀死了他。

经　隆　你是说，那孩子不幸福吗？

阿　零　在这个世界上，还有比这更不幸的吗？那样美丽的孩子，还是那样年轻，就在最为痛苦的战场上，以最为痛苦的方式死去了。

经　隆　可是，他应当是觉得自豪的。应当是获得了让他满足的名誉的。

阿　零　您说，"应当是"，就好像您亲眼看见了一样。

经　隆　圣上下了命令："去吧。"圣上下了命令："去死吧。"遵守了命令的他，应当是感到喜悦才对的。

阿　零　什么圣上的命令啊，只不过是把办公桌上的一份文件修改一下而已。这一点，那孩子当时应该也是明白的。

经　隆　经广大概明白，自己小小的死是没有意义的。就算将这样的死累积几万次，也不可能回狂澜于既倒。可是，与此同时，他大概也明白，只要像这样，在圣上的治世中生活、在圣上的治世中死去，就会被铸入一个业已闭合的、巨大的、金色的环中，成为环里的一个粒子，随着金环永远地在历史中辉耀着旋转；就会成为一个微小的粒子，融入那高悬于天空的悲伤之彩虹……无论战况多么艰苦，经广都应当是作为一个男人，满足地死去的。

阿　零　就好像您亲自在场一样。那孩子的肌肤被割裂时的疼痛，您就连万分之一都没感受过。

经　隆　因为我拥有能够超越痛苦的自豪。就像树木植根于大地一样，那大地就是痛苦、是疼痛；可是，树梢触及的白云却属于苍穹。我们总是能在同一幅画中看到美丽的云层和树木。难道不是吗?

阿　零　您总是在看。您总是在观赏。即便是自己儿子的临终之时,您也能把那当成一幅画来看,仅仅是在观赏。

经　隆　期望着融入一幅光荣的画作的人,正是经广自己。他知道,这正是自己在这个世界上生存的目的,除此无他。年纪轻轻地就明白这件事,他可真是个出色的家伙啊。在死亡的痛苦之后,浮现在他的眼睑后面的,就是那幅光荣的画作,画上装饰着皇室的菊花纹章。在某一个瞬间,痛苦消失了,他被请进了那幅绘画。

阿　零　您就像是为了失去自己的儿子而感到高兴一样。在这一个月里,我一直带着这种疑惑,读着您的表情。

经　隆　失去了自己的儿子之后,我觉得自己距离大御心①又近了一步。诚惶诚恐地说,我觉得,还差一点,我就能够分明地理解那悲伤了——那是我以前没有察觉到的、存在于圣上心底的、真正的悲伤。你说我高兴,我是为了这件事而高兴。

阿　零　可是,在圣上的那一边,他的儿子可没有死啊。

经　隆　闭嘴! 不敬!

_____

① 大御心,对天皇的意志的敬称。

阿　零　……

经　隆　你要是再说，我可饶不了你。

阿　零　您要杀了我吗？不光是儿子，连他的母亲也要……
　　　　您这，疯子。

经　隆　就算你被杀死，你也不要以为自己能去到儿子所在
　　　　的地方。阿零，由于你过度悲伤，虽然你还活着，
　　　　但是已经陷入了地狱。尊贵和卑贱，美丽和丑陋，
　　　　荣耀和耻辱——你已经分不清它们的区别了。

阿　零　没错，这里正是地狱。没有吃的、宅邸彻底荒废、
　　　　庭院里满是杂草；时不时地，还有火焰从天而降，
　　　　到处焚烧。更何况，这里还有您在呢。

经　隆　在你看来，这里也许是地狱吧。可是，我的心灵却
　　　　在愈发地接近圣上的身边，无论昼夜，都触碰着圣
　　　　上那决不会对臣民透露的、巨大的悲伤。与那悲
　　　　伤相比，失去了一个儿子的父亲的悲伤完全不算什
　　　　么……虽然不至于说是喜悦，但我十分幸福。圣上
　　　　的大御心以深沉的悲伤为翅膀，当它整理羽毛的时
　　　　候，会时不时地碰到我的脸颊；每一次，那鲜明的
　　　　感触，都让我十分幸福……可是，只要想到总有一
　　　　天会战败，到时候圣上会变成什么样子，我就……

阿　零　那样的话，您就回到宫里，做各种工作，想办法结
　　　　束战争，至少保证圣上平安无事，这样不行吗？就
　　　　用您以前赶走田渊首相的那种气势。

经　隆　我听人说，现在，宫里正在瞒着军部做工作，无论

　　　　如何都要平息战争。但是，我是什么也不会做的。

阿　零　就连日本毁灭也无所谓吗？

经　隆　我以前也说过吧，这是敕命。圣上不是用语言下达
　　　　的，而是用眼睛下达的。"什么都不要做。你应当
　　　　什么都不做。"……

　　　　［这时，响起了预先警报连续不断的警铃声。］

阿　零　是预先警报①。这样大白天的，还真是少见。

经　隆　只要还没拉空袭警报，就还不能肯定。最近，也不
　　　　是没有过误报。

阿　零　要我开收音机吗？

经　隆　用不着。

阿　零　真是不可思议呀，不管吵得怎样厉害，只要警报一
　　　　响，我们就全都被吸进那声音里去了，就像两只虫
　　　　子一齐被吸进一根大试管里一样。所有的争论都变
　　　　成徒劳了。

经　隆　现在，就算是拉了警报，你也不会把应该带走的行
　　　　李给包起来了。

阿　零　这个家里还剩什么宝贝啊？想要带到那个世界去的
　　　　东西，已经一件也不剩了。

经　隆　嘴上这么说，你不还是会立刻逃到防空洞里去吗？

阿　零　您说得没错。因为，我是那个怯懦的孩子的怯懦的
　　　　母亲啊。

---

① 预先警报，在空袭警报之前响起，提示空袭预兆的警报。

［沉默。］

阿　零　作为对那孩子晋升中尉的祝贺，咱们是不是得给他
　　　　送个礼物啊？

经　隆　送什么？

阿　零　刚才您是这么说的吧？在临别的那一晚，那孩子的
　　　　辱骂，其实是冲着您去的。由于不能把自己的亲生
　　　　母亲称为母亲，他心怀怨恨；在临别时，这种对您
　　　　的怨恨爆发出来了。

经　隆　我是这么说的。

阿　零　（愉快地）那么，至少，作为对那孩子的祭奠，今天
　　　　咱们就正式结婚，怎么样啊？

经　隆　阿零……你……

阿　零　怎么了？一脸被吓到的表情。有什么值得惊讶的
　　　　呢？同居的夫妇办理成为正式亲属的手续，这在社
　　　　会上不是很常见的吗？咱们家只是碰巧晚了一点
　　　　罢了。

经　隆　在这二十年里，你一次也没有这么无礼过。你怎么
　　　　敢对我说这种话？

阿　零　我只是请您和我结婚而已。

经　隆　你认清一下身份。

阿　零　身份？那么我问您，朱雀侯爵家现在还有什么身份
　　　　的标志？家里还有私家轿车、司机和管家吗？还有
　　　　众多的侍从和女仆吗？还有吃不尽的大米、喝不完
　　　　的葡萄酒吗？您看一看吧，什么也没有。只剩下您

　　　　和我了。而我是您事实上的妻子。现在，咱们俩忍饥挨饿，四处觅食，像乞丐一样在防空洞里互相搂抱着入眠。

经　隆　人的价值，更不用说名誉，不能用物质来衡量。

阿　零　那么，名誉的标志又在哪里呢？帝都的中心化作了火海，无论是怎样的豪宅，全都被烧成了灰，只剩烟囱还立在那里。勋章烧没了，大礼服烧光了，装饰在礼服胸前的金丝桐花刺绣也化成了灰烬。军帽上的羽毛、参谋的绶带，同样化成了灰烬……现在，世间已经没有闲工夫来嘲笑您和我的结婚了。

经　隆　别说傻话。归根结底，你这个女人不是为了被除辩才天女神带来的灾厄，才担任这个角色的吗？

阿　零　我苟延残喘了这么久，已经不怕辩才天女神了。如果是昔日还算有点姿色的我，可能还会以害怕辩才天女神为借口，甘于这种身份；从那之后，已经过了二十年，我一直等着自己逐渐变丑。现在已经没有问题了，我已经等得够久了。（把自己的脸凑过去）怎么样啊？这皱纹？为了享受今天，我年复一年地精心刻下的皱纹？怎么样？年老和丑陋可以驱除辩才天女神的嫉妒，已经没有办法再生孩子的女人，可以成为朱雀家第一个长寿的新娘，这会成为一个很吉利的前例啊。怎么样啊？这白发？我这在阳光下一闪一闪的、像海市蜃楼一样环绕在新娘脑袋上的白发？您的代代祖先，以及年轻而美丽的辩才天女神，在两千年间翘首以待的朱雀家的新娘，正是我啊。我这个新娘，就连辩才天女神也会赐下长寿和福德的恩惠；没有任何人会表示反对；又老又丑；走在路上，就连路人都会别过脸去；这样的新娘，正是对您，以及对您的家族来说最为合适的新娘。您现在明白了吧？我从一开始就明白，所以才在这二十年中忍耐又忍耐，一直等待自己的身心都变得丑陋不堪。您犯了一个错误：朱雀家寻求的新娘，并不是幸福、年轻、美丽，并且很快就会死去的纤弱女子。朱雀家的新娘，是已经生过孩子，并且失去了那个孩子，充满了悲伤，又老又强韧的女人……好了，请您现在就和我结婚吧。只是拉了预先警报而已，区政府应该还在办公。请您现在就跟我一起去办登记手续。宗秩寮①什么的，让他们事后批准就好。毕竟是这样的世道啊。

经　隆　你是认真的吗……在这个世界上，是有秩序这种东西的。

阿　零　请您走到庭院里，爬上假山，看一看周围吧。到处都化作了被烧尽的原野。那就是秩序吗？

经　隆　即使物质的形体被烧毁了，心也不会被烧毁。秩序是存在于心里的。经广就是为了那美丽的、看不见的秩序而死的。

---

① 宗秩寮，宫内省的一个部门，负责与皇族及华族有关的事务。

阿　零　是为了不能把母亲称为母亲的秩序而死的吗？

经　隆　说到底，那原本也是你一开始就认同，并且出力帮
　　　　助维护的秩序。同时，那是从那个庭院的神社里面
　　　　面，在两千年间终日守护着我们的美丽女神的秩
　　　　序。是琵琶的美妙声响的秩序。那是常常在朱雀
　　　　家所住的地方，在湖泊、河川、大海，在形态无
　　　　定的水面的摇荡上响起的琵琶的音调所制定的秩
　　　　序。即使整个日本变成了一片被焚烧的原野，那
　　　　静谧而冰冷的湖的音乐，依然会将我们紧紧地抱
　　　　在怀中。

阿　零　将我们抱紧，令我们窒息，然后，把我们杀死。而
　　　　您再一次地，成了那个杀人凶手的帮手。最开始是
　　　　年轻而美丽的夫人，第二个是年轻而健壮的儿子，
　　　　第三个是……

经　隆　谁会杀死你啊？你是一个会杀人的女人，而不是一
　　　　个会被杀掉的女人。

阿　零　难道您害怕结婚之后被我杀掉吗？您明明已经没有
　　　　什么像样的财产了。

经　隆　阿零，你就安静地服从秩序吧。你这个女人，难道
　　　　不是从很久以前就已经决心服从秩序了吗？正如圣
　　　　上的敕命所说的那样，什么都不做，什么都不做地
　　　　待着，静静地毁灭——除此之外，朱雀家的人没有
　　　　别的路可走。

阿　零　我现在还不是"朱雀家的人"。如果您想让我对您

言听计从的话，如果您无论如何都想让我服从那秩
序的话，就请立即和我办理登记手续。那孩子直到
离别的最后关头都背负着耻辱和屈辱，要想把他从
这耻辱和屈辱中拯救出来，这是唯一的一条路。为
了净化那孩子的灵魂，这是唯一的办法。

经　隆　你在说什么呀。他的灵魂已经被净化了。他的灵体
已经上升到了光耀夺目的天空。已经和你没有任何
关系了。

阿　零　为了那孩子，请您现在立即和我结婚。咱们大概都
活不久了。在那个世界，咱们三个亲人这次就没有
任何介怀地、和睦地、和平地过日子吧。

经　隆　直到现在为止，你都在介怀什么？这介怀是你编造
出来的。

阿　零　（伸出手）来吧，请和我结婚。

经　隆　那是，做不到的。

阿　零　您说，做不到？仅仅是办个登记手续而已啊。您到
底在守护什么？守护这满眼的被烧尽的原野吗？

经　隆　我所守护的事物只有一个。它是不可能和你这种人
有关的事物。

阿　零　我已经不能再忍耐了，我坚持不下去了。

经　隆　（温和地）你再忍耐一下，再坚持一下。不久之后，
死亡就会来拜访了。

阿　零　至少，也要在活着的时候……

经　隆　不能亵渎"活着"这件事。

阿　零　啊，哪怕仅仅一天……

经　隆　你不要说那种可鄙的话。在你的心里，你是认同这
　　　　个秩序的。与其说是认同，不如说是崇拜；正是因
　　　　为如此，你才希求那样的一天。

阿　零　反正我是个下贱的女人。就像那孩子一生都在受苦
　　　　一样。

经　隆　他没有受苦，他是朱雀家的自豪和光荣的化身。

阿　零　请您和我结婚。这也是那孩子的希望。

经　隆　那是不可以的。

阿　零　真的……真的……绝对地，一点都不可以吗？

经　隆　是的。

阿　零　您会像一直以来的那样，只说出一句话。您会面无
　　　　表情地，用您那端正有礼的口吻，只说出一句话：
　　　　"那是做不到的。"

经　隆　是的……那是做不到的。

　　　　〔二人相互瞪视。响起了空袭警报断断续续的声音。〕

阿　零　是空袭警报。果然来了。那种挖在餐厅地下的防空
　　　　洞，实在是叫人不安。可是，除了那里，也没有地
　　　　方可躲了。

经　隆　你抱怨也没有用啊。好了，快走吧。

阿　零　（正要从舞台左侧离开，注意到跟过来的经隆，大声
　　　　笑道）您也要来吗？啊呀，好奇怪呀。啊呀，好奇
　　　　怪呀。一个号称自己要静静地、什么都不做地毁灭
　　　　的人，居然要跟着一个连亲属都不是的可疑女人进

防空洞了。说到底，您还是爱惜自己的性命……您就待在那里，带着痴呆的、如同做梦一般的心情，把自己的身体托付给那个所谓的静谧的、像大湖一样的秩序好了。那样才是更安全的。不管怎么说，那秩序只会保护您，而绝不会保护我这个外人。您就那么去做吧。而您还要跟我一起进防空洞，（尖声大笑）您自己照照镜子吧。可笑啊。真是可笑啊……不要过来！不要跟着我！您就自己一个人彻彻底底地烧死好了！

〔阿零说罢，一转身，从舞台左侧退场。传来了防空洞的活板门关闭的声音，接着是远处轰炸机引擎的轰鸣声。经隆独自一人被留在当场，他坐到椅子上，又站起来。他走出门，来到庭院之中。在辩才天神社前，他背对观众伫立。轰鸣声逐渐接近。经隆抬头望向天空。他猛地趴在辩才天神社的台阶上。轰鸣声更加接近。随着炸弹落下时刺耳、尖厉的金属音，

　　　　　幕

瞬间落下。在幕布落下的同时，响起了炸弹的爆炸声。〕

第四幕　冬

〔舞台左侧的温室已经烧毁，只剩下一堆废墟。在烧焦的树木之间，只有舞台右侧的辩才天神社依然幸

存。在温室被烧毁的遗址上，盖了一个低矮的半地下防空洞，被熏黑的门是用镀锌铁皮做的，安得非常低，就像一扇活板门。现在，舞台深处的高台看起来十分显眼，在它上面铺展开来的，是冬季阴云密布的天空。

　　幕布拉开之后，舞台上暂时空无一人。随后，防空洞的盖板被掀开，经隆穿着破烂的外套，围着围巾，走了出来，开始捡拾木柴。他把收集起来的木柴堆成一堆，点起火，脱下手套，在火堆旁取暖。从舞台右侧，光康整整齐齐地穿着大衣，拿着一个大包裹登场。]

光　康　大哥……

经　隆　啊，是光康啊。

光　康　真是好久不见了。哎呀哎呀，你果然还在过这种生活啊。战争结束已经四个月了。

经　隆　……

光　康　马上就到圣诞节了，算是个礼物吧，我给你带了点吃的过来。

经　隆　那还真是谢谢你了。

光　康　要我帮你放进防空洞里去吗?

经　隆　你要是肯帮这个忙，那再好不过了。

光　康　（带着包裹进入防空洞，在里面说道）你外出的时候，可千万要把粮食藏在别人看不出来的地方啊。否则的话，不知道什么时候就被偷了。

经　隆　（向走出防空洞的光康说道）你说外出，我还有什么
　　　　需要外出去办的事呢？除了你之外，还有一些好心
　　　　人会偶尔送食物过来。过去，我多多少少向别人施
　　　　过一点人情，如今，在这样的世道里，这些人情回
　　　　报给我了……嗨，节省着吃的话，倒是也不至于饿
　　　　死。至于水，在那边，（指向舞台左侧）厨房的自来
　　　　水管一天到晚都在潺潺地漏水，在那里能漱口，也
　　　　能清洗从火灾中幸存的盘子。人啊，只要想着"无
　　　　论如何都要活下去"，就能活下去。

光　康　如果你有重要的东西，我可以帮你保管。

经　隆　所谓重要的东西，无非也就是御赐的西装，以及五
　　　　个牌位，只有这些了。其中的三个牌位是旧的：我
　　　　父亲、我母亲，以及显子的牌位，另外两个是新
　　　　的：经广的，以及……阿零的牌位。这些东西，全
　　　　被我收进神社里了。自古以来就是神佛混淆，神也
　　　　是不会怪罪的。①这座神社整天都在我眼皮底下，小
　　　　偷不会有跑进去的机会。像这样，作为琵琶女神的
　　　　守社人而死，大概就是和朱雀家最后的男人最为相
　　　　称的人生了。

光　康　（望向神社）真是不可思议啊，这座神社毫发无伤
　　　　地保存了下来……也不知是幸运还是不幸，防空

---

① 因为日本人认为牌位属于佛教信仰。神佛混淆，又称神佛习合，是将日
本的神道信仰和佛教融合为一的宗教理念，认为日本的传统神祇都是佛教中
的佛和菩萨在日本的化身。有一千余年历史，明治维新之后废止。

洞被炸弹直接命中，进入防空洞的阿零因此而去世了，而大哥你特地跑到防空洞外面，扒着这么容易着火的神社，反倒没有事。可是，我不明白，为什么大哥你不进防空洞，而是在那个时候，在轰炸最密集的时候，跑去祈祷了呢？你是有什么非常重要的事情需要祈祷吗？……实际上，我说这话你可能不高兴，但是很出人意料地，这种说法在熟人中间传播得还挺广的，不久之前我也听人这么说过："那个时候，侯爵的精神多少有些错乱了，所以他没进防空洞，跑到了外面，结果反而保住了一命。"

经　隆　你还真是个和过去一样，想说什么都直言不讳的家伙啊。的确，我可能是疯了；在我的疯狂中，儿子死了，妻子也死了。

光　康　你管阿零叫妻子……

经　隆　现在，在她死后，我可以称她为妻子了。她也是个可怜的女人……但是，如果我疯了的话，那是怎样的疯狂呢？那真的是我自己的疯狂吗？还是说，由于来自遥远彼方的意念①，我才得以享受这种疯狂？即使我疯了，在那疯狂的中心，也有着光耀夺目的、犹如神的灵验一般的东西。在疯狂的核心，有

---

① "意念"的原文为"思召し"，系对天皇的意志的敬称。

着如水晶般透明的"诚"①。由此，我得到了一种恩惠，它让我的丧失变得不再是丧失，虽然失去了独生子，但我却感觉自己得到了更大的收获。我的疯狂是一只鸟，即使被斩下羽翼，这疯狂依然能让我轻而易举地飞翔……现在又如何呢？也许你会说，我恢复正常了；我不知道。我不可能知道自己现在是疯狂还是正常。我只知道一点：在那正常的中心，绝对没有"诚"。即使它的身上生有双翼，那正常也绝不可能让我飞翔。那恰似一只丑陋的鸵鸟，我不知道我怎么样，但我知道，至少你们都变成了鸵鸟……我只能暂且保持原样，在肮脏至极的地窖里营巢，永远占卜着自己昔日的疯狂，仅仅是安静地铺下无所作为、无生无灭的永恒之褥垫，在那里等待疯狂再次降临……先不说这个，你最近去宫里了吗？

光　康　是的。圣上问过大哥你的事了。

经　隆　你为什么不先说这件事？

光　康　圣上只是问："朱雀他还好吗？"

经　隆　是吗。（说着，流下了眼泪）……圣上在悲伤着。圣上以一己之身，肩负着整个国家的悲伤。在这种时候，我想立即赶到他的身边，但反过来说，正是在这种时候，我才不得不离他越来越远，独自一人为

---

① 这里的"诚"（まこと）是皇国主义语境下的特殊用语，真正的意思是"赤诚忠君"。

　　　　　　　了圣上的安危而忧愁。

光　康　谈到这个是很惶恐的，皇室将来也不知会变成
　　　　怎样。

经　隆　从很久以前开始，圣上就对这一天的到来有了觉
　　　　悟。该来的事情现在来了。从离任的那一刻起，我
　　　　就明白了这一点。

光　康　（转换话题）大哥，其实我今天来，是要找你商量一
　　　　件事。醍醐宫①殿下现在新开了一家专门把古董卖
　　　　给西洋人的公司，他想请我来当常务董事，我答应
　　　　了。为了搜集各种有来头的古董，殿下希望董事全
　　　　部由华族出任。我向他提到了大哥你的名字，于是
　　　　殿下命令我，一定要来拜托你。他肯定会给你安排
　　　　一个重要的职位。

经　隆　你来这里，是为了拜托我这件事？

光　康　是啊，请你务必答应。夹在你和殿下之间，我也是
　　　　很为难的。如果大哥你被安排了重要的职位，住
　　　　房的问题也就能想办法解决了。要是你继续过这
　　　　种穷困的日子的话，作为弟弟，我实在是忍受不下
　　　　去了。

经　隆　也就是说，不体面，是这个意思吗？

光　康　不仅如此。

经　隆　多谢你的厚意，但我还是拒绝。请你告诉殿下，叫

_____

① 虚构的皇族。

他不要见怪。

光　康　为什么你要拒绝？

经　隆　因为我做不到。

光　康　为什么做不到？

经　隆　我自己也不明白我为什么做不到，可能是因为我的
　　　　疯狂还没有完全好转吧。算了，说个别的什么理由
　　　　也好。什么都不做，一直远远地侍奉圣上——除此
　　　　以外，我的人生中再也没有其他的工作了。在别人
　　　　看来，我可能只是一个懒鬼吧。可是，这项工作仍
　　　　然需要忍耐；需要巨大的力量；需要担心神前的火
　　　　焰有没有熄灭，甚至无法合眼；不分昼夜，每时每
　　　　刻，都需要严谨地履行看不见的手续。这实在是劳
　　　　神得可怕的工作。当然，我在暗地里也可以得到帮
　　　　助：已经死去的无数清澈澄明的人们在帮助着我。
　　　　可是，活着的人却只有我一个。一切只有活人才能
　　　　做的工作，全都背负在我一个人身上。也就是说，
　　　　我的工作是这样的——让还活着、还能动的手，为
　　　　了某些事物而一动不动。这项工作是很艰苦的。

光　康　你还是和以前一样顽固。时代已经变了，就像把手
　　　　套翻过来一样，一切都反过来了。

经　隆　也许，只是照片的负片变成了正片而已。本来就是
　　　　同一幅画。

光　康　你无论如何都不接受吗？

经　隆　做不到就是做不到。

光　康　还真是不讲情面的答复啊。你至少先考虑个一两
　　　　周吧？

经　隆　做不到。

光　康　那，我今天就先告辞了。我还要去拜托其他人当董
　　　　事呢。

经　隆　如果你乐意的话，可以再来聊天。

光　康　嗯，谢谢。（转身离去，向辩才天神社一拜，又转过
　　　　身来）大哥，你也有必要偶尔去一趟城里，长一长
　　　　见识了。现在，日本的女人挎着西洋士兵的手臂，
　　　　旁若无人地在大街上走着。黑市繁荣昌盛，东京的
　　　　市区充满了前所未见的粗俗活力。下次什么时候我
　　　　陪你一起去吧。

经　隆　是吗……那，祝你健康。

光　康　祝你健康。

　　　　［光康退场。经隆让火堆继续烧着，环绕被烧毁的遗
　　　　址走动。接下来，他爬到舞台深处可以俯瞰大海的
　　　　地方，坐下。］

经　隆　（独白）重重叠叠的云层覆盖在大海之上。似乎要下
　　　　雪了。

　　　　　　大海和云层融合在海天一色的、沉重的地狱苦
　　　　楚之中，在海面上停泊的外国船只的白色船腹，看
　　　　起来就像在痛苦中剥露出来的洁白鲜亮的牙齿。到
　　　　处都看不到日本的船。日本的船全都沉没了。

　　　　　　经广所憧憬的，绝不是这样的大海。我祈祷，

仅仅在他死去的那一刹那，大海是蓝色的；为了他的缘故，大海晴朗地泛着蓝色的光辉，在那里，光荣的火柱高高升起，年轻人的无数奔涌的鲜血，就像半透明的红色珊瑚礁那样，染红了亚热带的大海。我祈祷，在经广生命中的最后一天，环绕着那个岛的大海万里无云。我想，他选择的是这种死——宛如朱雀家世世代代都没有使用过的黄金长刀的鲜亮而华美的朱红色绦带一样的死。

要问为什么，那是因为在这最后，日本战败、灭亡了。因为，古老、优雅、纯洁、雄壮的一切事物，全都毁灭了。因为，一个曾经崇高而威势煊赫的帝国已经灭亡了。用最艳丽的经线和最英武的纬线编织而成的、这束无与伦比的、美丽的绢帛，在血与火的痛苦中，被亵渎、践踏，最后被烧成了灰。在历史上，已经没有人能够再度织出同样绚丽的绢帛了。

啊，圣上，尊贵的圣上，崇高的、灵验的、古意苍然而庄严肃穆的圣上，现在，就连圣上也要被外国人沾满泥巴的靴子亵渎了。为了人民，圣上甘愿忍受这种难以忍受的耻辱。曾经是同学的圣上和我，是靠着什么缘分，像现在这样，在这个被烧尽的国家幸存下来的呢？我知道。从远方一声不响地支持着圣上的悲伤、圣上的痛苦、圣上那弥增的痛苦——我正是为了扮演这样的角色而出生的。过去曾经是瑞穗之国、日出之国的这个国家，如今却变成了泪水之国。圣上正是这个国家的泪水的源泉。这无限漫溢的泪水之泉，位于远方遍布青苔的山顶，而我是一根水管，用来把泪水传递到位于遥远山麓的河川之中。

啊，即使置身于这里，我这矮竹之身也清清楚楚地感受到了圣上的痛苦，感受到了圣上泪珠的滴沥。经广啊，回来吧。就算你不在这里现身，至少也请你用灵魂的耳朵倾听，听一听通过你父亲的眼睛洒下的、圣上泪水的余沥悄然流淌的声音。

一切都消亡了。伟大而光辉的力量、荣耀、自豪、使人成为人的大义，全都消失了。这个国家最美好的东西，就像被烧毁的森林那样，变黑、枯萎、朽烂，死去了。

［开始下雪。］

开始下雪了啊。

［用双手接雪。］

这纯净的寒冷。雪拥有缓和一切的力量，但之所以如此，是因为它可以让所有的身体都感受到同样的战栗。雪就像女神一样。就像冰冷、美丽、骄傲、残酷的女神一样。在这位女神冰冷的嫉妒之下，夏天那光耀辉煌的日子消失了。

［雪逐渐大了起来。从辩才天神社中传出了琵琶的声音。］

哦呀，是琵琶的声音……

　　那不可能……那是……那的确是朱雀家代代相传的最古老、渊源最深的曲调。那是藤原贞敏[①]在唐国花费七年时间学到的三首秘曲之一，据传由杨贵妃所作的《杨真操》。那首曲子怎么会……

[雪越下越大。辩才天神社的门打开了，一位身着十二单的女子用桧扇遮脸，从中现身。]

啊！你是，显子……

[女子一直用桧扇遮着脸，步下台阶，经隆跑上前去。]

显子！显子！你复活了吗？二十年前死去的你……

[女子拿开桧扇。原来是璃津子。]

璃津子　是我，璃津子，叔叔。

经　隆　啊，是璃津子啊。这可真是有罪的恶作剧啊。可是，像这样美丽——美丽得简直恐怖的你，我还是第一次见到。

璃津子　因为您正在用自己的回忆之眼看我。真正的朱雀家的新娘，都会在年纪轻轻的时候死去；只有叔叔您亲眼见过那转瞬即逝的幻象，所以，您可以评判我究竟有没有这个资格。那么我有没有呢？

经　隆　你正是真正的朱雀家的新娘。简直难以置信。在这片被烧尽的原野——在这个毁灭了的国家的中心，

————————

① 藤原贞敏（807—867），平安初期贵族，琵琶名家，曾作为遣唐使赴唐学习琵琶。

　　　　我家的新娘居然复活了。

璃津子　叔叔您的这句话，我实在是等了太久。当我在神社
　　　　里弹奏叔叔您教给我的《杨真操》时，第一次有了
　　　　坚定的自信，觉得叔叔您一定会这么说。因为，只
　　　　要我穿上显子阿姨的这身结婚礼服，就可以潜入叔
　　　　叔您的回忆之中，去成为阿广的新娘。

经　隆　而且，你只要打扮成这个样子，就能和死去的经广
　　　　重逢了，是吧？

璃津子　是啊。但是，只要拥有年轻的、死去的丈夫，朱雀
　　　　家的新娘就可以变成不死之身。现在，长久的嫉妒
　　　　已被清除，女神的治世已经来到。女神她已经太久
　　　　太久地被嫉妒折磨，她领悟到逐个杀死情敌只是徒
　　　　劳无功，她自己的嫉妒把自己弄得精疲力竭；终于，
　　　　她杀死了自己所爱的人，从而获得了内心的安宁。
　　　　在摆脱了如此的悲伤之后，绝对不会嫉妒的、明朗
　　　　愉快的女神的治世终于到来了。新的女神、新的朱
　　　　雀家的新娘想要毁灭您——毁灭依然倾慕着昔日女
　　　　神的您，于是现身了。您难道不害怕吗？

经　隆　有什么可怕的呢？你好美啊。你好美啊。你的身
　　　　姿，正是朱雀家的、意想不到的最后的晚霞。

璃津子　事到如今，您终于肯叫我新娘了吗？

经　隆　是啊……你好美啊。我还以为这个国家的美已经彻
　　　　底消亡了。

璃津子　事到如今，您终于肯这么叫我了吗？为什么那个时

候不这么叫我？在那个月色明亮的晚上、在那个与

阿广分别的夜晚？

经　　隆　　我远远地叫了。朝着融入月光的你们两个人的背影。

璃津子　　没有传进我的耳朵。也没有传进阿广的耳朵……换

句话说，和没叫也没有两样。叔叔您一直都是这

样。也许您的确做了那么一丁点事，但是，和什么

都没做也没有两样。为什么？这是为什么？

经　　隆　　……你……好美。

璃津子　　叔叔您什么都没有做，只是在一边袖手旁观。在您

应当出手帮助的时候，您没有出手，仿佛只是在直

直地盯着逝去的人。为什么？这是为什么？

经　　隆　　……

璃津子　　您对阿广见死不救，而且，您多半也对那个没能得

到夫人名号的人见死不救了。您自己没有做任何事。

至少，就算叔叔您亲手杀了人，那么您也能亲手救

人；然而，您只是为了您自己做梦时梦见的"诚"，

就把一切都托付给了毁灭。您就这样从我的身边夺

走了他，夺走了对我来说最为重要、无可替代的人。

这是为什么？为什么？

经　　隆　　……

璃津子　　您自己的幻象，将您的儿子、妻子、您儿子的未婚

妻，全都同等地包裹而入。朱雀家的新娘，使用复

活了的力量，现在要击打您了。曾经爱过您的嫉妒

的女神，这次要对您挥下复仇之剑了。肉眼不可见

的剑刃，现在已经逼近到您的头顶了。请您认真地回答我：您想要让这么多的人归于毁灭，这究竟是为什么？

经　隆　……

璃津子　不，并不是您想让他们毁灭。您丝毫没有那样的意志。因为您完全没有意志。您就连一个指头都不动，只是等待着毁灭的到来；可是，那毁灭却一个接一个地将其他人当作了您的替身。因为，那些人是拥有意志的。阿广，阿零，还有我。于是，您独自一人，像现在这样苟延残喘了下来；您能做到如此的事情，究竟有什么秘诀？

经　隆　……

璃津子　请您认认真真地看着我的脸。请您认认真真地回答我的问题，叔叔。您从我的身边夺走了我所爱的人，您在他的心中放出火焰，使他忽视了我的存在，使他充满了对死亡的憧憬。那可怖的诱惑的秘密是什么？叔叔您是在什么地方获得这种秘密的？是在什么地方？

经　隆　……

璃津子　您那空虚的心之洞穴，将人们逐一吞入；您明明什么也不做，却把它伪装成热情，把那无比的冰冷称为"诚"。您只是夜以继日地、日以继夜地一直活着而已。然后，朱雀家的三十七代，全部淤塞在您一人身上，用堤坝阻挡了人类温柔感情的流动。都是因为您，大家才毁灭了，可只有叔叔您一个人没有毁灭。这是为什么？

经　隆　……

璃津子　我已经是绝对不会死去的、朱雀家的新娘了。因为，新娘会变成女神，而女神会变成新娘。因为，我是沐浴着悲哀的瀑布而复活的，崭新的女神。但是，叔叔您……叔叔您，是朱雀家最后的男人。只要您毁灭的话，朱雀家就会永远地灭亡了。之后，只要我这位不死的新娘，在水边，将琵琶那强劲的、艳美的音色拨响就好。我建议您这么去做。我作为阿广的新娘，同时也作为您自己的复活了的新娘，建议您这么去做。明明应当是最先毁灭的您，却依然这样长久地活着，这究竟是为什么？

经　隆　……

璃津子　请您毁灭吧！请您毁灭吧！请您现在就在这里毁灭吧！

经　隆　（缓缓地抬起脸，注视着璃津子。——停顿）我怎么还能够毁灭呢？早在很久以前，我就已经毁灭了。

　　　　　——幕落——

　　　　　——1967.7.31——

我的朋友希特勒

三幕

时　间

　　　　一九三四年六月

地　点

　　　　柏林，总理府

登场人物

　　　　阿道夫·希特勒
　　　　恩斯特·罗姆
　　　　格雷戈尔·施特拉塞
　　　　古斯塔夫·克虏伯

第一幕

> ［柏林，总理府的大厅。舞台深处是一座露台。身着
> 晨礼服的希特勒正站在露台上，面向舞台深处进行
> 演讲，在他讲话的间隙，不时地传来群众的欢呼。
> 在希特勒的右手边是身着冲锋队制服的罗姆，左手
> 边是身着西装的施特拉塞，[①] 他们都和希特勒一样背
> 对观众，在希特勒两旁侍立。
>
> 　在幕启之前，希特勒的演讲和欢呼声就已经响
> 起，幕启后，这些声音依然持续。］

阿道夫·希特勒　回想一下吧，各位！如今，我们的祖国
　　正在把屈辱的时代抛到脑后，一步步地朝着新的
　　独立与建设的时代迈进。请你们回忆一下十八年
　　前，一九一六年，那场大战的末期。那时，我作为
　　一名勇敢的士兵奋战、负伤，在贝利茨的战地医院
　　里休养。[②] 回想起来，真是让人义愤填膺。战后腐
　　蚀了德意志国民灵魂的霉菌，在那时就已经被孕育
　　出来了。在战地医院里，认真负责的士兵变成了笑
　　柄。有一个人——他故意把手在铁丝网上划伤，好
　　让自己被送进医院——居然还在那里炫耀自己的懦
　　夫行为，不仅炫耀，甚至还大言不惭地说什么，比

---

① 暗示罗姆和施特拉塞在纳粹党中的地位。
② 这句台词存在事实性错误。希特勒于 1918 年进入帕瑟瓦尔克的战地医
院接受治疗，入院原因是遭到英军的芥子气攻击，而不是负伤。而且，他在
演讲中无一例外地自称"一名普通士兵"。

起那些死去的、勇敢而堂堂正正的士兵，他的这种
行为要更加勇敢得多。你们怎么想，各位？在战时
的后方，已经出现了战后颓废的征兆。战后各种价
值观的颠倒、懦夫们的和平主义、比屁眼还臭的民
主主义、为祖国的失败而欢欣鼓舞的那些犹太人的
阴谋、那些共产主义者卑劣的企图——这一切的一
切，都已经在那一天现出了征兆。啊，勇士们的尸
骸会被女武神们从高洁的战场上抬往金色的瓦尔哈
拉大殿，当他们的尸骸睁开灵魂的眼睛，看到自己
的祖国德意志变成这个模样时，是会怎样地泪流成
河啊。那盾牌拼成的格子天花板和覆盖着铠甲的椅
子①被桌上的火焰映照，是会怎样地回荡起高亢铿
然的悲怆之声啊……但是，现在这些都结束了。这
块充斥着一切虚伪、失败、肮脏的土地已经被净化
了。自从去年一月我就任总理以来，诸神就把真正
的、为祖国奉献的忠诚和使命托付给了我的内阁。
在那场可恨的国会纵火案之后，共产党自掘坟墓。
现在，在我们的国会里，已经没有那些卖国贼的
集团——共产党了；已经没有那些叛国贼的乌合之
众——社民党了；机会主义者的巢穴——天主教中
央党也已经没有了。现在，在国会里，已经只有祖
国光荣传统的继承者，强健的、肩负着德意志未来

---

① 出自北欧神话。瓦尔哈拉是金色的，椽子由长矛构成，屋顶由盾牌拼
成，长椅上覆盖着铠甲。

的我们——国家社会主义德国工人党[①]了!

[在演讲中途,年迈的古斯塔夫·克虏伯拿着一根手杖登场。他稍微停步,听了听演讲,然后打了个哈欠,来到舞台中央,面对观众,在靠近舞台右侧的长椅上坐下,暂时表现出无聊的样子。然后,他向罗姆打手势,但罗姆没有回头。过了一会儿,罗姆终于回头,注意到了他的手势,于是一边留意着希特勒一边离开,来到舞台前方,开始与克虏伯交谈。恰在这时,希特勒的演讲进行到前文的最后一句"国家社会主义德国工人党了!"。在欢呼声中,演讲还在持续,但当罗姆和克虏伯的交谈开始之后,就听不到希特勒的声音,而只能看到他的动作。]

恩斯特·罗姆　您又来打搅阿道夫的演讲啦?

古斯塔夫·克虏伯　和在台前相比,在台后听他的演讲更有味道。优秀的歌剧首席女歌手的歌声,可以一直传到后台。从很久以前开始,我担任的角色,就是将花束捧在胸前,站在舞台边缘的幕布后面等待。

罗　姆　您今天也把那束花带来了吧?

克虏伯　那是真正的钢铁花束。罗姆,你总是不分青红皂白地把资本家当成"反动派",但至少在我们克虏伯集团,我这个总裁可是从未动过私心,而是依着钢铁的心、钢铁的意志,你听好了,是依着钢铁所描

---

① 国家社会主义德国工人党,纳粹党的全称。

绘的梦想而行动的。钢铁啊，在战后，就像我们集
团一样，变成了电影放映机、收银机、饭锅——我
不认为被做成这些，钢铁会感到高兴。钢铁描绘的
梦想被打得粉碎，被操纵在女人、小孩和小商贩那
些庸懦之人的手指之间——我不觉得钢铁会因此感
到满足。我们克虏伯家族无论如何都要实现钢铁的
梦想。

罗　姆　那您去实现不就好了。

克虏伯　你是个军人，所以才能说这种单纯的话。

罗　姆　没错，我是个军人。但我可不是那种挂着勋章、肥
胖的大肚子一颤一颤地睡着午觉、只会摆架子的德
意志国防军的军人。我的军队是活生生的军队，年
轻、粗野、无所畏惧、只吃粗茶淡饭，随着心情，
有时会踹破商店的玻璃窗，有时又会站在被凌虐的
人一边，为他们而流血。那是真正的、拥有义侠义
血之心的粗暴之人的军队。

克虏伯　这是你们冲锋队的纲领，对吧？

罗　姆　而我这个冲锋队参谋长也有自己的梦想。让这样的
军队成为国防军的核心，把那些患有糖尿病的将军
驱除出去……但他却说什么，冲锋队的使命已经结
束了……

克虏伯　谁说的？

罗　姆　阿道夫说的……不，阿道夫是不会有这种想法的。
一定是有人唆使阿道夫这么说的……

[此时，希特勒的演讲声再次响起。克虏伯和罗姆还
在继续交谈，但他们的对话已经听不到了。]

希特勒　可是，各位，革命不能永远持续下去。如果它没完
没了地持续下去，就会让我们的国民经济破产，让
德意志再次落入那个饥饿、通货膨胀、瓦砾遍地的
时代。那样一来，就正中敌人的下怀了。如今，一
个辉煌的建设时代已经开始，那冲毁堤坝的革命奔
流，必须被引导到"进步"这条安全的水渠之中。
我们的纲领，并没有让我们去做一个白痴或者疯子
一样的、单纯的破坏狂。它告诉我们，应该聪明
地、慎重地，一步一个脚印地实现我们那绝对正确
的思想。没有什么理想比祖国的繁荣更高——只有
领悟到这一点的人，只有真正地理解了我们伟大国
歌中的"Deutschland, Deutschland über alles"[①] 这句
歌词的人，才是真正的社会主义者。各位，现在正
是全国人民团结一心，挥舞铁锤而不是枪械，为了
重建光荣的大德意志而迈步前进的时刻。

[此时，希特勒的演讲声再次消失，情节转到舞台前
方的对话。]

克虏伯　这回，他又说什么"铁锤"了。埃森[②]的那些搞重
工业的家伙叹道："希特勒会把我们带向毁灭。"他

---

① "德意志，德意志，高于一切"，德国国歌《德意志之歌》第一段第一
句。
② 埃森（Essen），德国鲁尔工业区的中心城市。

们的不满好像已经传进了他的耳朵。

罗　姆　不过，阿道夫可是个好家伙呀。就算穿上了晨礼服
　　　　或者燕尾服，装扮出一副臭架子，他还是保留着过
　　　　去的优点。他对友情特别看重。

克虏伯　既然他这么看重友情，怎么迟迟没让你当部长呢？[①]

罗　姆　他肯定有他的考虑。就算是取得了政权，一开始，
　　　　肯定手脚都戴着镣铐，很多事都没有办法。他得先
　　　　孤军奋斗，做好准备工作，才能让我当上部长。

　　　　都是戈林不好。那个勋章狂。他真正凭本事得
　　　　的勋章，只有普鲁士军队的"蓝马克斯勋章"而
　　　　已。去年夏天，总统[②]把他任命为将军之后，他可
　　　　得意忘形啦，简直就像是国防军的代言人似的。肯
　　　　定是那家伙在挑拨我们冲锋队和国防军之间的关
　　　　系。而且，他是这么地、这么地卑鄙无耻，竟然
　　　　公开说什么冲锋队已经没有存在的必要了，应该解
　　　　散。他能解散得了吗？他居然敢瞧不起我，我可是
　　　　率领着三百万的冲锋队员，人数超过国防军的十倍
　　　　啊！……我刚当队长的时候，冲锋队才一万人，但
　　　　我只用了两三年，就把人数扩大到了三百万。他居
　　　　然敢瞧不起我……

克虏伯　罗姆，不管你怎么样，谁也不会把你从你的鸟巢里

---

① 直到纳粹取得政权的将近一年之后（1933 年 12 月），希特勒才任命罗姆
担任不管部长。
② 指时任德国总统兴登堡。

　　　　　赶出来。你的军服就是你这只秃鹫的羽毛。把羽毛
　　　　　拔走，你就活不成了。如果可以的话，把秃鹫做成
　　　　　剥制标本才是最好的。

罗　　姆　没错，就是这样。我在骨子里是个士兵。和穿着睡
　　　　　衣睡觉相比，（扯了扯自己的制服）穿着这家伙睡
　　　　　觉，我睡得更香。军服已经深深地咬进了我的皮肤
　　　　　里。我从小就只有一个想法、一个愿望，那就是当
　　　　　一个士兵。您想一想，对我这样的人来说，十年
　　　　　前，离开陆军的时候，该是忍受着怎样的苦楚啊。
　　　　　可是，我现在却明白了，如果把下一场战争交给没
　　　　　有革命精神的国防军，交给那些至今依然由普鲁士
　　　　　的将军们统帅的愚蠢军人，我们是一定会失败的。

克虏伯　　不过，这样也不错嘛。你建立了一支自己梦想中的
　　　　　军队，那就是冲锋队这个三百万人的大家族。

罗　　姆　而且，这三百万人可是在坐冷板凳呢。

克虏伯　　别着急呀，你接下来就会走运的。

罗　　姆　克虏伯先生，您是个从小穿着丝绸衬衫长大的人，
　　　　　对军队的爽朗和美一无所知。

克虏伯　　我的确不了解军队，但我却了解钢铁。被熔炉的火
　　　　　焰融化的时候，钢铁会梦见军营里的冰冷夜晚。

罗　　姆　军队才是男人的天堂。闪耀着黄铜光芒的朝阳从枝
　　　　　叶的缝隙中洒下，那是即将吹响起床号的喇叭的亮
　　　　　光。只有军队能让男人的脸变得美丽，年轻的男子
　　　　　在早点名时排列成行，他们的金发与朝阳辉映，蓝

色的眼睛如剑刃般闪烁，充满了一整个晚上积攒下来的破坏力量。年轻野兽的自豪感和神圣感，充斥着那些结实的、正迎着晨风挺起的胸膛。被擦得闪闪发亮的手枪和长靴，诉说着觉醒过来的钢铁与皮革的全新渴望。这些年轻人中的每一个都知道，只有立下那充满英雄气概的死亡誓言的人，才有资格索求美与奢华、恣意的破坏与快乐。

白天，士兵们在伪装下融入自然，变成会喷出火舌的树木，会带来杀戮的树丛。然后，到了夜晚，士兵们无一例外，全都被汗水和泥巴弄脏，军营会粗鲁地迎接他们，向他们展示冷淡的温情。这些年轻人，他们自己在白天造成的破坏依然像夕阳一样留在他们的脸颊上。他们一边保养枪械，一边在枪油与皮革的气味中确认那已经深深浸入自己血肉的野蛮的抒情，确认那些把这个世界从根本上束紧的、矿物和野兽的蓝黑色大群的感觉。亲切的熄灯号响起，喇叭那光滑的金属手指将粗糙的军毯拉到下颚，惘怅地抚摸着这些年轻人已经一齐合上的、睫毛纤长的眼睑，让他们入眠。

在一切的表面上，军队生活会使男人的一切特性都变得粗糙、雄壮，但在壳的内侧，却充满着甘甜而滋润的牡蛎肉的温柔。这些甜美的灵魂，这些互相发誓同生共死的灵魂，正是将战士们那威严的外貌连接起来的花饰。您知道的，独角仙只能被糖水滋养。

克虏伯 那，你的这个冲锋队的使命是什么？

罗　姆 革命。永远都在更新的革命。冲锋队就是挖泥船，它用强壮刚猛的吊臂抓起海底的淤泥，让海底变得更深、更深，好让比迄今为止的任何船只还要大得多的船通航。

克虏伯 你的意思是，这挖泥船会连泥带尸体一起抓起来？

罗　姆 有的时候，就连活人也会被抓起来呢，克虏伯先生。我们正在用我们刚猛的铁腕，逐渐探入这不道德的、腐败的、反动的、怠惰的、国际主义的、只消看一眼就知道有多么肮脏的淤泥之中呢。直到将这淤泥彻彻底底地抓起来为止，我们绝对不能停下。

克虏伯 为了让更大的船通航……

罗　姆 是的，为了让更大的船通航。

　　　　　[二人陷入沉默。欢呼声将这沉默充满。]

克虏伯 至少，我彻底了解了。对你来说，最重要的，就是你所思考的"军队"。……可是，希特勒也这么想吗？

罗　姆 在那些战斗的日子里，在慕尼黑，他是我真真正正的战友。您看，虽然现在变得有点爱打扮了，但他现在依然是我的战友。

　　　　　[罗姆这样说着，就像被迷住了一样，站起来，再度走到希特勒右侧，背对观众侍立。]

希特勒 就这样，各位，德意志国民伟大的斗争运动进入了新的阶段。赤色分子的威胁已经被根除，我们的拖拉机已经驶上了一马平川的平原。在这个新的阶段，我们的当务之急就是教育，是能够培育出和全新的、伟大的德意志相称的德国国民的教育。我们完全不再需要那些患有贫血病的、歪理连篇的教授。我们完全不再需要那些软弱无力的知识分子，他们连一把枪都端不起来，只为了自身的安全，发出歇斯底里的和平主义的叫嚷，完全忘了自己还有卵蛋。我们完全不再需要那些向少年进行亡国教育，否定和歪曲祖国历史的叛国贼教师。只有能够把德国青年教育得像沃丹①一样英武美丽，让他们骑着白马在苍穹中翱翔的人，才配当德国的教师。难道不是吗？各位，已经觉醒的各位，你们每一个人都是教师——现在，还有几百万人没有从心底里归附我们的党，你们负有教育他们的使命。当这个教育目标达成的时候，我们的国家社会主义革命必将获得坚如磐石的基础。

［在希特勒演讲的时候，克肏伯再次表现出无聊的样子，向施特拉塞打手势。施特拉塞终于注意到他的手势，当希特勒的演讲进行到前文的"获得坚如磐石的基础"时，走到克肏伯身边，和他交谈。］

格雷戈尔·施特拉塞　您有什么事，克肏伯先生？

———————

①　沃丹（Wodan），即奥丁（Odin），北欧神话中的主神。

克虏伯　哎呀，看到你和罗姆两个水火不容的家伙像以前一样侍立在希特勒左右，我感到有点奇怪。

施特拉塞　我也觉得奇怪。希特勒一直都不让我靠近他，可是这次却突然把我叫了过来。我到了之后才发现，罗姆也被叫来了，我们俩只得尴尬地面面相觑。更何况，照着希特勒一直以来的作风，在他发表长得没完没了的演讲的时候，我们只能像这样默默地等着，所有会谈都要等到演讲之后。最关键的谈话，肯定只消两三分钟就够了。虽然我不知道他要谈什么。

克虏伯　这可真是辛苦你啦。那么，施特拉塞，你觉得他要找你谈什么呢？

施特拉塞　也许，他要找我谈的，是和您这种反动的资本家彻底断绝关系的事。

克虏伯　哎呀哎呀，你可真会说话。不管哪一个人，越是需要我，就越是会用难听的形容词来贬低我。那已经是两年前的事了吧，就在希特勒和你断绝关系之后，我们放下心来，看在沙赫特博士 ① 的面子上，帮纳粹党还清了庞大的借款。我想，正是因为我们当时那么做了，纳粹党才能有今天。产业界管你叫"穷神"。你是个只知道挑拨劳动者的人，可不能让

---

①　沙赫特博士，指亚尔马·沙赫特（Hjalmar Schacht，1877—1970），魏玛共和国的央行行长，曾致力于解决当时德国的通货膨胀问题，从二十世纪三十年代初开始支持纳粹。

你来摆弄国家的经济。

施特拉塞　可是，您难道没有感到，现在，我的时代已经再一次临近了吗？如今，党正面临着累卵之危。也许，一九三二年的情况①会重现，而我会打出一张更好的牌。

克虏伯　你说的话有一定道理，我也很清楚你想说什么。但是，让我把话先说在前头，克虏伯家的人，如果有必要，是可以变成聋子的。

施特拉塞　我复员之后，结了婚，在兰茨胡特当药剂师。从那时起，直到现在，我的想法都没有丝毫改变。我手里的牌一直都是那些，全看希特勒想不想用。克虏伯先生，您是卖武器的，而我是卖药的。究竟是把子弹打进别人的肚子，还是救人一命，这仅仅是适合做哪种买卖的问题而已。只不过，我卖的药，药效实在太强，虽然能把濒死的病人救活，但我不否认，它或多或少会带来一点副作用。像您这种重工业和大不动产的所有者，无论如何，也只有遵照我们国家社会主义的目标，用您的力量为国奉献而已。如果可以的话，我希望您这种人也穿上工人的蓝色工作服（虽然这衣服想必是不合身的），花上您平时用来抽上等雪茄的工夫，去学习操作车床的知识才好。

---

① 1932 年，施特拉塞和希特勒产生了严重的分歧，最终导致施特拉塞于 1933 年 3 月退出政坛。

克虏伯　你是说，纳粹党的人开着奔驰轿车接连不断地往别墅去，与此同时，我却在弯着腰操作车床，是吧？

施特拉塞　希特勒可能不一定会同意，但德国所希望的正是如此，克虏伯先生。无私地为国奉献，不是光用嘴说，而是果断的行动。像您这样的人应该做出榜样，把您从战争中攫取的利润还给国家，打开您的酒窖款待群众，开放您的那些从英国照葫芦画瓢地抄袭过来的猎场，不再喝香槟，而是饮用德国的牧场出产的纯良的牛奶。您只要做到这些就可以了。

克虏伯　牛奶这种东西，喝了会得病的。

施特拉塞　罗姆好像也说过同样的话。都一把年纪了还沉迷于"扮演军人的游戏"，他培养出来的，都是些除了喝酒什么都不会的青年。那样的话，德国的未来会变成什么样子？特别是罗姆，为了表现自己是个所谓的"男人中的男人"，他总是放量豪饮。

克虏伯　而你是一个爱喝牛奶的人，一个把赌注投向"健康的未来"的社会主义者，是吧？那个未来是牛奶色的吧？真是的，我可不想生活在那种未来里。

希特勒　……让我们手挽着手，朝未来前进吧！我希望大家能够跟随我。我保证，我会成为领导、成为先锋，把各位前进路上的障碍一个一个排除，挺身而出，将危险的雷区处理干净，好让各位强大的队列能够一丝不乱地迈步向前。德意志万岁！德意志万岁！

　　［施特拉塞已经回到希特勒的左手边，在那里侍立。

群众欢呼"希特勒万岁"的声音持续了一会儿。克
虏伯不情不愿地站了起来。希特勒转身面对观众，
站在那里，用手绢擦着汗，脸上兴奋的神色还未
平复。]

克虏伯　（走向舞台深处，伸出一只手，要和希特勒握手）哎
　　　　呀，真是太棒了。真是太棒了，阿道夫。实在是一
　　　　场精彩的演讲。

希特勒　听众的反应怎么样？

克虏伯　不会再有比那更热烈的反应了。

希特勒　真是个草率的证据。（对罗姆）恩斯特，你怎么看？

罗　姆　反应好得不是让人无话可说吗？

希特勒　你有没有看到，在广场东侧的路灯下站着一个身穿
　　　　黄色套装的女人？那个女人在演讲的中途，而且是
　　　　在最关键的时刻，唰地一下转了个身，回去了。她
　　　　就像要故意吸引我的注意力似的，穿了那种颜色的
　　　　套装，还在最引人注目的时候转身回去，肯定是故
　　　　意的。那绝对是个犹太女人，绝对没错。

　　　　[希特勒一边说着，一边和克虏伯一起在长椅上坐
　　　　下。罗姆和施特拉塞相互拉开距离，站在旁边。]
　　　　我越看越觉得，这座总理府真是一座阴森的建筑。
　　　　我还曾经那样渴望过住在这里，现在想来简直难以
　　　　置信……话说回来，克虏伯先生，有劳您来拜访，
　　　　但是，实在不好意思，如您所见，今天有两个我的
　　　　老朋友也来了。我想先跟他们一个一个单独谈谈，

　　　　　然后再跟您谈。在这期间，请您先在等候室里好好
　　　　　休息一下吧。

克虏伯　就按您的意思，总理。可您别忘了，我毕竟是老
　　　　　人，等不了太久的。（说着，站起来，看了看罗姆
　　　　　和施特拉塞的脸。他平等地在这两人的脸上投下了
　　　　　视线）

希特勒　首先，恩斯特，你留下。

　　　　　〔克虏伯和施特拉塞退场。罗姆兴高采烈地走近希特
　　　　　勒，再次和他握手。〕

罗　姆　真是太棒啦，阿道夫，真是一场既优美又有力的演
　　　　　讲。你果然是个艺术家。

希特勒　你的意思是，我是艺术家，但我不是军人？

罗　姆　是啊。神给我们每个人都写下了担任的角色。"阿
　　　　　道夫是艺术家，恩斯特是军人。"

希特勒　你手下的士兵们，士气还旺盛吗？

罗　姆　这都看你怎么做了，阿道夫。

希特勒　这件事以后再说吧。话说回来，最近这段时间，除
　　　　　了开内阁会议之外，我都没工夫跟人面对面好好聊
　　　　　聊。可是，不管什么时候看到你，你都这么有劲
　　　　　头，看起来这么年轻，全身精力充沛。就像沃丹那
　　　　　样，仿佛有谁给你喝了蜂蜜水似的……我请你来，
　　　　　不是为了别的，只是想从繁杂的政务之中抽身出
　　　　　来，和你这个交心的老朋友好好地回忆一下过去的
　　　　　事情。

罗　姆　也就是说，咱们要再次回忆一下十年前，回忆一下
　　　　二十年代。那是咱们的神话、咱们的斗争的时代。

希特勒　当我在慕尼黑第一次遇到你的时候，一眼看见你，
　　　　我就凭直觉觉得，你能成为我的同志。慕尼黑陆军
　　　　地方军司令部参谋恩斯特·罗姆上尉……我不由自
　　　　主地站得笔直，向你敬礼。（说着，敬礼）

罗　姆　（心情变得非常愉快）希特勒上等兵，我现在要教给
　　　　大家，对党的建设来说，得到军队这个后盾有多么
　　　　重要；对党的组织来说，得到军队的组织能力有多
　　　　么重要；对党的运动来说，关于战术的知识是多么
　　　　有效。从现在这一刻开始，我的人生，我的性命，
　　　　就托付给你了……我在心里这样起誓，在那之后，
　　　　我也是这么做的。我牵线搭桥，让军队成为你的同
　　　　伴，用军队的机密费购买报社，①借助军队的力量聚
　　　　集自由军团②和退伍军人，从基础知识开始教你战
　　　　术，最后和你肩搭着肩，猛然冲入那欺骗与背叛的
　　　　时代的风暴之中。

希特勒　恩斯特，你总是很勇敢。

罗　姆　我们还总是把事情做过头。

希特勒　现在也做过了头。

罗　姆　（装作没有听见）一九二一年十一月，在宫廷啤酒

---

① 1920 年 12 月，在罗姆的影响下，罗姆的上级冯·埃普从军队的机密费
中拿出 6 万马克，帮助纳粹党购买了当时负债累累的《人民观察家报》。该
报后成为纳粹党党报。
② 指第一次世界大战之后在德国出现的各种右翼准军事组织。

　　　　　馆①的集会上，咱们冲锋队狠狠地揍了一顿赤色分子，真是痛快。赤色分子那软弱苍白的脸上涂满了他们旗帜的颜色，落得个一败涂地。

希特勒　还有那长靴的事。还有"阿道斯特鼠"的事。

罗　姆　对，长靴，我想起来了。当时，从乱斗中脱身出来之后，我突然发现，我的身体一点没事，反倒是我的长靴替我光荣负伤了。

希特勒　靴尖开了个大口子，靴底也破了个大洞。

罗　姆　我马上想把长靴补好，可是，阿道夫，你却反对我这么做。

希特勒　不管怎么说，我相信，没有比带有战斗痕迹的冲锋队参谋长的长靴更能纪念咱们神话般的斗争，更能鼓舞队员士气的东西了。于是，你新买了一双长靴，而我则把那双旧长靴恭恭敬敬地擦亮，然后把其中一只摆在办公室的架子上。

罗　姆　是谁往那只长靴里放奶酪的？

希特勒　谁知道呢，如今早就没有办法追查犯人了。肯定是犹太人干的。

罗　姆　是有个往长靴里放奶酪的家伙。一天晚上，我到你的办公室去的时候，从安安静静的办公室的什么地方，传出了咯吱咯吱的声音。于是，我发现了一只从我长靴的破洞里伸出鼻尖的老鼠。

---

①　宫廷啤酒馆（Hofbräuhaus），慕尼黑著名啤酒馆。1920 年 2 月 24 日，德国工人党在此更名为国家社会主义德国工人党（即纳粹党）。

希特勒　你大发雷霆，想要打死老鼠。

罗　姆　当时你阻止了我。

希特勒　是的。且不说奶酪的事，这只老鼠十分勇敢，敢于
　　　　钻进你那只充满历史意义的长靴，我觉得它是一个
　　　　非常吉利的征兆。

罗　姆　从那以后，你每天晚上都往长靴里补充奶酪。

希特勒　老鼠逐渐被咱们驯熟了。当你我二人在晚上促膝长
　　　　谈的时候，老鼠一定会出现，毫无畏惧地靠近咱
　　　　们。这样一来，咱们就有必要给它取个名字了。

罗　姆　那天晚上，我去的时候，老鼠出来了，脖子上系着
　　　　一条绿色的缎带。我仔细一看，缎带上写着"恩斯
　　　　特"。于是，我勃然大怒。（二人相对而视，笑了起
　　　　来）可是，我却当场装作若无其事的样子，直到另
　　　　一个晚上，这回是你……

希特勒　这回是我怒气冲天了。不管怎么说，老鼠的脖子
　　　　上可是系着红色的缎带，上面写着"阿道夫"呢。
　　　　（二人笑）咱们扭打起来。直到十年前……是啊，直
　　　　到十年前，咱们还那么年轻，还能像士兵一样直爽
　　　　地扭打在一起……当然，论力气，我根本敌不过
　　　　你。总而言之，我提出了妥协方案……自从那天晚
　　　　上之后，老鼠的脖子就系上了白色的缎带，咱们管
　　　　它叫"阿道斯特"。

罗　姆　"阿道斯特鼠"啊……就连格林童话里也没有这样
　　　　的老鼠。

希特勒　真是只滑稽的老鼠啊。

罗　姆　那老鼠后来怎么样了？

希特勒　不知什么时候，就不见了。

罗　姆　是死了吧？

希特勒　大概是吧。

　　　　（唱）同生共死的人啊

罗　姆　（唱）并肩奋战

希特勒　（唱）执枪在手的人啊

罗　姆　（唱）奔赴战场

希特勒　（唱）鲜红的虞美人花

罗　姆　（唱）绽放在胸……

　　　　——那个时候，咱们经常唱这首歌。这首多愁
　　　　善感的歌。阿道夫·希特勒作词、作曲。你现在已
　　　　经不允许党员唱这种歌了吧？

希特勒　别把我当傻瓜。在维也纳上学的时候，我还差点作
　　　　过一部歌剧呢。

罗　姆　是叫《铁匠维兰德》①吧？那乐谱现在哪儿去了？

希特勒　到了春天，我经常一个人去维也纳的森林里散步。
　　　　有一次，我去了一趟阿尔卑斯山的塞默林隘口。乐
　　　　谱就在那隘口上随风飘去了。朝着还残留着积雪的

---

① 铁匠维兰德（Wieland der Schmied），北欧神话中的一个人物。理查
德·瓦格纳曾以维兰德的故事为主题，写过一部歌剧草稿。1908年，在维
也纳的希特勒得知此事后，试图创作一部同名歌剧（并非从瓦格纳的草稿改
编），但未完成。

　　　　　阿尔卑斯山谷，我的乐谱飘散下去，缓缓飞降。落
　　　　　在残雪上的纸张看起来就像白雪，落在鲜绿春草上
　　　　　的纸张看起来就像雪绒花一样……恩斯特，我经常
　　　　　想，我要是去做艺术家就好了。

罗　姆　如果这样，事情就合乎情理了，阿道夫。恩斯特是
　　　　　军人，阿道夫是艺术家，这样我们就可以携手并
　　　　　进了。

希特勒　你现在还觉得这可以实现吗？

罗　姆　现在也是可以实现的。

希特勒　你觉得，现在也可以呀……说到底，我当初要是去
　　　　　做艺术家就好了。我会像那位伟大的瓦格纳一样，
　　　　　握住"世界"这口锅的"无"和"死"两个把手，
　　　　　仿佛是一位绝伦超群的厨师，把全世界有代表性
　　　　　的人类以及他们的情感毫发无遗地放进煎锅，用巨
　　　　　人苏尔特①的永恒之火加热，在噼噼啪啪的声音中
　　　　　煎着——我要是能这么做就好了。那样的话，我一
　　　　　定会轻松得多，获得的名声也会让我惬意得多。即
　　　　　使是当上了总理，也总是有人在背地里偷偷地说什
　　　　　么，我出身卑贱，我缺乏教养……对了，军人恩斯
　　　　　特，你还记得吗？当你还是上尉的时候，曾经极其
　　　　　恳切地对我说过一句话。

罗　姆　什么话？

———————————

①　苏尔特（Surtr），北欧神话中的火之巨人。

希特勒　你自己不是刚刚说过吗。"对党的建设来说，得到军队这个后盾有多么重要"。这是你当初教给我的。

罗　姆　所以呢？

希特勒　所以，我现在想让你回想起自己曾经说过的话。

罗　姆　过去的情况跟现在不一样。

希特勒　不，政治的法则是永恒不变的。

罗　姆　那我就直说了。也许你说得对，过去和现在都是一样的。也许，的确有必要获得军队这个后盾。不过，争取军队的支持，在过去纯粹是为了党，而现在，仅仅是为了让你当上下任总统。兴登堡总统快要死了，可能撑不过这个夏天了。

希特勒　你不要说这些话，恩斯特，这简直是政敌的口吻。我希望你作为一个同志，真诚地说出你的意见。

罗　姆　既然这样，我就真诚地说出我的意见。我赞同你成为兴登堡元帅的继任者，我会尽我的全力帮你。这支拥有三百万冲锋队员的全新军队，会成为你的后盾。

希特勒　所以说……

罗　姆　等一等。但是，我反对你成为腐败和反动的继任者。我们好不容易才使用我们的力量，把德国改造得焕然一新，我不允许你背叛这个崭新的德国。那些买办资本家、容克地主，保守派的老朽政客、老朽将军，在军官俱乐部里对我不屑一顾的、贵族出身的无能军官，只会摆架子、从来都没有考虑过革命和民众的普鲁士国防军的白手套，从大清早就灌满了啤酒、吃饱了土豆、打着饱嗝的大腹便便的资产阶级，涂着指甲油、被称为官僚的太监……如果你想的只是爬到那些家伙头上，对那些家伙卑躬屈膝，沉湎于谁上谁下的跷跷板游戏，我就反对你成为这样的总统。坚决反对。就算动手，我也要阻止你。

希特勒　恩斯特！

罗　姆　听着。我想让你当上总统。打从心底里想让你当上总统。但是，我这是为了和你齐心协力，从这块腐败的土地上把垃圾一扫而空。军方又怎么啦？那种只会在嘴上威胁，但军服里面却是空空如也的、金光闪闪的稻草人，到底哪里可怕？在德国，只有一支革命的军队，那就是我们这支三百万人的冲锋队……听好了，阿道夫。待到大扫除结束之后，我们会在柏林的广场上铺满雪白的地毯，推举你为总统。你不要忘了，革命现在还没有结束。在下一次革命之后，德国会真正地复活。随着钩十字旗在清晨的风中猎猎飘扬，沃丹的国度会摆脱一切腐败和老丑，以年轻的姿态复活。这个新生的国家会是一个战士的共同体，这些战士眼神清澈，宛如橡树一般的刚猛手臂相互挽起，美丽，富有男子气概。你就是这个国家的领袖。阿道夫，这就是你光辉灿烂的命运。为了达成这个目标，我甚至愿意牺牲我的性命。

希特勒　谢谢你，恩斯特，我完全了解你的心情了。你的热忱是无可置疑的。

罗　姆　所以，你就别和军方来往了。

希特勒　你的意思是，军方没有了你，就不是军方了？

罗　姆　是啊。冲锋队和你站在一起。

希特勒　可是，军方就在那里，你不能否认它的存在。

罗　姆　那样的东西，我已经厌烦了。

希特勒　你再怎么厌烦它，它终归是在那里，这一点你不能否认。

罗　姆　没有革命精神的军队，就不要称它为军队。

希特勒　只要军刀还在他们的腰间铿锵作响，军队就确凿无疑地还是军队。

罗　姆　你别忘了，阿道夫，和军事有关的东西，全都是我教给你的。

希特勒　好了好了，先别生气，恩斯特。你不要忘了，我作为同志、作为战友，是怎样地为你的冲锋队尽心尽力呀。可是，毁掉这些的，却永远是你自己……好了，好了，你听我说。一开始，你的愿望是让冲锋队编入国防军，成为国防军的核心。只有这样，德国的军队才能第一次变成一支国民的、革命的军队，这就是你的信念。没错吧？

罗　姆　没错。可是，因循守旧的军方却……

希特勒　不，有错的是你这一边。从前年到去年，冲锋队的作风算是怎么回事？也难怪军方对你们感到失望。你们在地下室或者仓库里设立秘密据点，又是拷问又是诱拐，还叫人交赎金。据说，在有些地区，甚至还有队员把自己的情敌带到那些据点里，捆在地下室的柱子上，一点点地凌迟。

罗　姆　那只是一小段时间里的事。只是年轻人在模仿秘密警察而已。从那之后，得到了整顿，就不再有这种事了。

希特勒　好吧，就权当这是一小段时间里的事吧。可是，恩斯特，让我直说吧，你难道不觉得，你的冲锋队是一支庞大的怀旧军队吗？

罗　姆　你是什么意思？

希特勒　三百万人的军队，足以称为一个政治集团。难道不能说，他们生存的意义就在这恋旧的"扮演军人的游戏"里吗？恩斯特？你要是想怀念昔日美好的军队，随你的便。但你不能毒害那么多年轻人，让他们沾沾自喜、自命不凡。冲锋队所梦想的，不是未来的战争，而是过去的战争。它想要重现的，是虽遭败北却美丽动人的战友爱，是老战友们成天在兵站基地里愚蠢地打闹闹的回忆。动不动就搞什么陈腐的演习，在悬挂国旗的节日里进行无聊的制服游行，然后一定会把啤酒馆的窗户玻璃砸碎一百块，唱着跑调的军歌，白痴一般的吵嚷根本停不下来。在那之后，当值的士兵还要负责把他们满街烂醉如泥的战友抬回去。完全不把熄灯的时刻放在眼里，整个晚上，不管什么时候，说吵就吵说闹就闹，这不是冲锋队的规矩吗？你们走路的时候大摇大摆、放纵张狂，让正派的市民避之唯恐不及，一听到"冲锋队从那边过来了"，家家户户都会赶紧把自己的女儿藏起来。难道不是这样吗？

罗　姆　（非常不高兴地）你不能根据一部分人的表现来推测整体的情况。

希特勒　我退一步，先不谈这事。可是，一提到冲锋队，你就会随着自己的喜好，让自己的视野变得狭窄，不是吗？你不知道，我在军方面前，以及仗恃着军方力量的戈林面前，是怎样地力保冲锋队啊。你进入内阁之后，今年二月就通过了那条法律，使得在政治运动中负伤的冲锋队员可以比照在世界大战中负伤的军人的标准领取抚恤金。为了通过那条法律，我有多么努力，你不是在旁边看得一清二楚吗？可结果又怎么样呢？你马上就干了件拙劣的事。你在政治上最糟糕的时期，干了一件最拙劣的事。在二月的内阁会议上，你提出了一个议案，说是要让冲锋队成为重新武装德国的基础，为此，应当设立一名专门的部长，来监督包括准军事组织在内的所有国防军。担任那个部长的人，自然是你自己。你干的这件事，让国防部长冯·勃洛姆堡完全与我们为敌，使整个军方对我们的态度都强硬起

来。我立即否决了你的提案，可是已经太迟了，这
个提案让你决定性地遭到了军方的白眼。可是，你
还是只凭着自己的意愿我行我素。军方现在是这么
看你的，他们觉得，你总有一天会控制军方，企图
把革命从头再来一遍。

罗　姆　看来，军方的人也不全是瞎子嘛。

希特勒　别开玩笑了，恩斯特。情况已经到这样的地步了。
国防部长冯·勃洛姆堡向我提交了一份这样的声
明。这可以视为军方的整体意见，也可以看成是普
鲁士军队的传统到我这里来大吼了。（说着，从口袋
里掏出一张纸，向罗姆展示）

罗　姆　（读道）"阿道夫·希特勒总理阁下应做出决定，以
政府自身的力量立即缓和当下的政治紧张局势，或
提请总统发布戒严令，将权力移交给陆军……"

希特勒　他们跟我说，我得从中二选一。

罗　姆　二选一……

希特勒　对。而且是立刻……

罗　姆　这是威胁，是恫吓。军方竟然有这样的胆子……

希特勒　你觉得军方没有？我也希望是这样啊。可是，就算
军方没有胆子，从普鲁士传下来的古董们还有自尊
呢。都已经到了这一步，他们不可能后退了。

　　［二人陷入久久的沉默。］

罗　姆　（突然站起来，抓着希特勒的肩膀）阿道夫，我下定
决心了。现在，不管对我们来说，还是对纳粹党来

说，都是最关键的时刻。不能妥协。如果你妥协的话，我们拼上性命发起的运动就会被永远玷污……阿道夫，以回到过去的心情，从零再来吧。我和你在一起。我不是和你在一起吗，阿道夫？

希特勒　（茫然地）是啊，你和我在一起……

罗　姆　（强行让希特勒站起来，拽着他在房间里来回走动）让我们再进行一次革命，找回慕尼黑那时的青春的力量。如果不这样的话，岂不是太对不起那些流血牺牲的同志的灵魂了吗？民众掌握在我们手里。青年掌握在我们手里。那些老朽的、虚张声势的权威，我们只消一天就能打倒。此外，阿道夫，还有德意志那多达六百万的失业者，他们的抱怨和不满都掌握在我们手里。（把希特勒带到露台上）你看，你看啊。在广场那边的长椅上，还有那边的长椅上，不都有年轻、两手空空、低垂着头的男人没精打采地瘫在那里吗？过去的我们，就是那个样子。从战争之中一下子被扔进饥饿和通货膨胀的中心的我们，就是那样子。那种年轻，那种贫穷，那样的萎靡不振，是多么容易燃烧的薪柴，我们自己不是最清楚吗？现在，让我们再一次在那寒酸褴褛的薪柴上点火吧。火会立刻烧起来的，会烧遍整个德国的。然后，它就会变成神圣的苏尔特的火焰的。

希特勒　（不愿看向露台外面，转身走回）啊，恩斯特，不要

　　　　　诱惑。不要诱惑我。不要往我的心胸里再次倒入那
　　　　　甘甜的、令人陶醉的美酒。

罗　姆　就看你的决心了，阿道夫。

希特勒　（终于从罗姆那里逃开，坐在长椅上，罗姆站在他
　　　　　的身后。他没有回头看罗姆，就这样说道）你真是
　　　　　忘记了啊。你把绝对不能忘记的重大教训给忘记
　　　　　了啊。决不能与陆军为敌。在一九二三年发生了什
　　　　　么？我已经那样拼命地向冯·洛索将军游说了，可
　　　　　他最后还是拒绝给我们武器。他下令，不管是军队
　　　　　还是警察，只要发现我们有图谋不轨的举动，就可
　　　　　以立即开火。可另一边呢，我们通过紧急召集，集
　　　　　结了两万名冲锋队员。在慕尼黑的大街上，眼瞅着
　　　　　赤色分子的队伍在我们眼前游行，我们却束手无
　　　　　策。即便是你闯进军营抢来的武器，在将军下达的
　　　　　归还命令面前，也起不到任何作用。我们就这样投
　　　　　降了。

罗　姆　……

希特勒　现在，请你好好考虑一下吧，恩斯特。我今晚也会
　　　　　仔细考虑的。明天吃早饭的时候再碰面，我把我考
　　　　　虑的结果告诉你……对了，你告诉在等候室里等着
　　　　　的施特拉塞，叫他过来。

　　　　　［罗姆退场。希特勒沉思。施特拉塞登场。］

施特拉塞　阁下……

希特勒　哟，让你久等了。到这儿来。

施特拉塞　好的。

希特勒　我叫你来，不是为了别的事，只是想跟你重温一下旧日的交情，借用一下你在漫长的隐居生活中培养起来的智慧。

施特拉塞　阁下您应该很清楚，我可没有什么新鲜的智慧。我只是像鹦鹉一样，不停重复昔日的理想罢了——如今已经失去的、昔日的理想。

希特勒　如今已经失去的？

施特拉塞　难道不是吗？党的纲领现在都到哪里去了？反资本主义、解体普鲁士、创建法西斯阵线的地方议会以取代国会——这些纲领现在都到哪里去了？一切都依然和过去一样，不是吗？

希特勒　然后呢？

施特拉塞　我只是告诉您，一切都依然和过去一样。劳动者的孩子们还在和过去一样哭泣。和过去相比，一切都没有改变。

希特勒　我就是要说这个。你没有改变这种状况的智慧吗？

施特拉塞　智慧……我没有。有的只是理想，至少我有理想。

希特勒　为了实现这个理想，需要怎样的手段呢？

施特拉塞　我都这个年纪了，您觉得我是为了接受考试才来的吗？

希特勒　算了。不过，服从于你的工会至今还在宣扬和你一样的理想。经济部长施密特博士对此感到非常头

　　痛。他抱怨说，几乎分不清党内左派和赤色分子有

　　什么区别。

施特拉塞　可是，军方好像并不这么想。

希特勒　哦，是吗？……你所谓的军方，是指那位落后于时

　　代的冯·施莱谢尔[①]将军吗？

施特拉塞　不限于他。我的意思是"军方的整体意见"。

希特勒　你对军方还挺熟悉的嘛。

施特拉塞　军队是一把双刃剑。虽说如此，长久以来遭到蔑

　　视的党的纲领，是有可能靠着军队来实现的。

希特勒　施特拉塞，你可以不把话说得这么含糊吗？

施特拉塞　希望这种东西无法表达得很明确，这也是没有办

　　法的。

希特勒　也就是说，你现在是抱有希望的。

施特拉塞　是的。

希特勒　你掌握了什么情报？

施特拉塞　也就是国防部长冯·勃洛姆堡的声明之类的吧。

希特勒　（心中一惊）你的情报网挺不错的嘛。

施特拉塞　如果发布了戒严令的话……

希特勒　我不会允许这种事情发生。

施特拉塞　我是说如果。您觉得军队会找谁寻求政治上的建

　　议？是快要去世的总统，还是您？

————————

① 　冯·施莱谢尔（Kurt von Schleicher，1882—1934），希特勒之前的上一

任总理。

希特勒　说实话，都不会。

施特拉塞　如果他们来找我呢？

希特勒　这是你自大的想法。

施特拉塞　就算是我自大的想法吧，万一他们下了这步棋，
　　　　　该怎么办？

希特勒　下了哪一步棋？

施特拉塞　请您自己想吧。如果您想以军方为后盾，当上总
　　　　　统的话。

希特勒　你是在说，你可以阻止我这么做，是吗？

施特拉塞　我可没这么说……

希特勒　我可真是看错你了。我还以为你是一个正直无邪的
　　　　　人。竟然会有这种事，社会主义者和军方联手了。

施特拉塞　随您怎么想象吧。不过，可以肯定的是，再这样
　　　　　下去，党就会分裂，荡然无存。事到如今，只能下
　　　　　这步棋了。

希特勒　所以我问你，下的是哪一步棋。

施特拉塞　请您回到党纲的精神上来。请您明确地站到劳动
　　　　　者一边，推进国家社会主义。

希特勒　再说这个，讨论就兜圈子了。

施特拉塞　无论如何，都依阁下您的决心而定。

希特勒　感谢你的忠告。

施特拉塞　不，您太客气了。

希特勒　明天吃早饭的时候，请再来这里。到明天早晨，也
　　　　　许我能想出什么好策略，说给你听。

施特拉塞　那，明早见。

　　[施特拉塞退场。台上再次只剩希特勒一人。他焦躁
　　地来回走动，最后走到露台上，背对观众，陷入深
　　思。终于，克虏伯登场了。]

克虏伯　你现在有时间了吗？

希特勒　是的，克虏伯先生。

克虏伯　好像要下雨了。

希特勒　不是什么大雨。很奇怪，在我演讲完之后，总是会
　　下雨。

克虏伯　可能是你的演讲招来了乌云。

希特勒　雨点刚一使广场变暗，人影就从所有的长椅上消失
　　了。这是一个何等无趣、何等空旷的广场啊。连一
　　个人也没有。真难以想象，就在刚才，这里还是一
　　幅热烈的景况，广场上挤满了群众，欢呼震天，掌
　　声雷动。就像是发作之后的疯子陷入了空白的小
　　寐，演讲结束之后的广场就是这样。无论在哪里，
　　人类都会伤害人类。无论是怎样一件权力的衣服，
　　都会带有针脚，虱子就会从那里钻进来。克虏伯先
　　生，难道就没有绝对不会被任何人伤害，也没有
　　任何针脚和绽线，宛如一件白色的母衣①一般的权
　　力吗？

――――――――

①　母衣，日本古代骑兵使用的一种布制防箭护具，类似一个背在背上的大
布袋，有时里面还会用竹编的骨架撑起来。此处的意思仅仅相当于"防护
衣"。这是一个明显的时代错误，可能是三岛故意为之的。

克虏伯　没有的话，你定做一件就是了。

希特勒　您不能来当裁缝吗？

克虏伯　那样的话，必须先量一下你的尺寸。（后退一步，对着手杖，做出量尺寸的样子）

希特勒　怎么样？

克虏伯　很可惜，尺寸好像还不太够。

希特勒　我还得继续修炼一下，是吧？

克虏伯　裁缝都是很谨慎的，阿道夫。如果不预先收到报酬，他们可不会随便给你做衣服。就算他们非常想给你做，要是尺寸不够，他们也不会得到艺术上的满足。而且，做好了的衣服，如果穿起来不舒服，那就太没意思了。这件衣服穿起来必须宽松、舒适，仿佛就连穿衣服的人自己也搞不清自己到底穿没穿衣服……我不想做一件穿起来太紧的背心，我又不是在给疯子做拘束衣。

希特勒　如果我发了疯的话……

克虏伯　（温和地把手放在希特勒的肩上）像你这样的局面，我也经历过很多——霎时间，你突然感到，除非把自己当成疯子，否则，对于现在的处境，你根本不能忍受，甚至不能理解。在这种情况下，你……

希特勒　在这种情况下，我……？

克虏伯　你只要认为，发疯的不是自己，而是周围的所有人，就可以了。

希特勒　我现在正到了最关键的阶段。别看我这样，好歹也是一国的总理呀。

克虏伯　下雨之前，我的风湿病总会痛，但今天我没有感到任何下雨的征兆。

希特勒　克虏伯先生，我能定做一件给疯子用的、过紧的背心吗？让它把我的双手束缚住，叫我不能伤人，但它同时也会保护我，叫我决不会被人所伤……

克虏伯　（摇着头渐渐走远）还没到时候，阿道夫，还没到时候，还没到……

——幕落——

第二幕

［第二天早晨。场景与上一幕相同。在舞台中央摆着早餐的餐桌，上面准备了三人份的早餐。希特勒和罗姆刚刚吃完早餐，他们的盘子是空的。在餐桌的左右两侧摆着扶手椅，他们两个人坐在椅子上，喝着咖啡，抽着烟。这张餐桌之后要撤下去，因此必须在桌脚安上轮子。露台的门大开着，阳光射入室内，可以看到万里无云的晴空。］

希特勒　真是美好的早晨，仿佛回到了从前……就像这样，远离聒噪的随从，没有外人打扰，咱们两个互斟咖啡，互敬香烟；像这样的早餐，要是一个月至少有一次就好了。

罗　姆　其他内阁成员想必会嫉妒死吧。

　　　　　好了，阿道夫，你今天也会很忙，在告辞之

前，把咱俩商量好的事情再确认一下吧。

希特勒　不是商量，是命令啊，恩斯特。

罗　姆　那么，就让我事先了解一下那个命令的内容吧。迄今为止，这不都一直是咱们做事的方式吗？

希特勒　算了，形式怎么样都无所谓。我会下达命令，让三百万名冲锋队员在下个月休假整整一个月，也就是说，休假到七月的最后一天。在休假期间，禁止队员穿着制服、进行游行、举行演习。关于这件事，你要向队员发表一份声明……就是这样了。

罗　姆　到了七月底，总统就能顺利归天了吧？

希特勒　他已经命在旦夕了，恩斯特。无论全世界领先的德国医学多么优秀，也不可能让他活到八月了。

罗　姆　好吧，那就政治休战到那个时候吧……原来如此，我昨天晚上想了很多，可是，在这种情况下，你的智慧果然是穿过这阵风暴的唯一一条道路。在你当上总统之前的这段时间里，让我们冲锋队先老老实实的——这一招可以成为临时的防风墙，阻挡那些气疯了的普鲁士将军。就算是我，无论如何，也是可以妥协到那个时候的。

希特勒　谢谢你。你果然是我的朋友。

罗　姆　而且时机也很好。在整个夏天里，从紧张的生活中解放出来，让那些粗暴的家伙在故乡悠闲地养精蓄锐，准备迎接秋天的高强度训练，这也不是坏事。如果暂时看不见冲锋队穿着制服的身影，看不见他们在街头的游行，军方就会暂且安心，钦佩你的掌控能力；至于民众，他们想必会在夏天深切地体会到没有冲锋队是多么寂寞，从而满心期待冲锋队回到第一线来吧。

希特勒　就是这样。现在的情况，就像是让膨胀的蛋奶酥暂时凉一凉，或者是让灼热的钢铁暂时冷却一下。一旦我当上总统，就可以轻而易举地安排你掌控全军，一切的一切，都是为了忍耐到那个时候。对于这个难以忍受的事态，希望你能和我一起忍受。在表面上，我们是光彩夺目的总理和内阁成员，但是在分享难以言喻的辛劳这一点上，我们又回到了一九二三年那个卧薪尝胆的时代。然而，如果不是一个人背负这痛苦的负担，而是和真正的朋友一起，两个人共同承担这个重担的话，即使是流下的汗水，也会增添勇气的光辉。恩斯特，我从来没有像现在这样依赖过你。如果现在我们不能紧紧地携起手来，渡过这个难关的话……

罗　姆　我明白，阿道夫。

希特勒　谢谢你，罗姆。

罗　姆　不过，突如其来地被命令长期休假，队员们肯定会感到不安。必须得有个差不多的理由……

希特勒　等一下。关于这一点，我也考虑过。总之，现在就先……让你得个病……

罗　姆　（笑出声来）你是说我吗？我会得病？（一边说，一

边敲着自己的胸膛、自己的手臂）这个从一生下来
就跟药品与医生无缘，永远年轻的钢铁身体——我
罗姆上尉的这个身体会得病？

希特勒 所以说……

罗　姆 谁会相信那种事？能够伤害我的，只有子弹而已。
不，应该说，构成我身体的钢铁，总有一天会背叛
我，把它的同类——小小的铁块引诱到我体内。只
有到了那个时候，我才会受到伤害。是啊，只有当
钢铁和钢铁彼此亲近，互相把对方拉近自己，开始
接吻的时候，我才会倒下。但是，在那个时候，我
咽气的地方不会是床上。

希特勒 是啊，勇敢的恩斯特，即使你当上了部长，你也不
是那种会死在床上的男人。但是，不管怎么说，你
要装作生病，把这个意思和声明一起发表出来。我
和你约定，当你疗养一两个月，东山再起之后，我
会把冲锋队磨炼成一支比以前更加精锐的军队。

罗　姆 可是，谁会相信呢？

希特勒 恰恰是因为这件事难以置信，队员们才会相信。也
就是说，他们会相信，这中间一定有万不得已的
原因。

罗　姆 原来如此，这么说也是。这样的话，我就……

希特勒 你去维塞①的湖边如何？你住进湖畔的旅馆，自由

---

① 维塞，德国南部旅游胜地巴特维塞（Bad Wiessee）的俗称。

　　　　　自在地好好伸展一番筋骨，这样也不错嘛。

罗　姆　（像做梦一样）维塞……快乐在那里等待着我。那是
　　　　　只与英雄相称的快乐。（沉思默想之后）好。今天
　　　　　下午我就发表声明，傍晚之前就出发去维塞。在那
　　　　　之前，我会先把汉塞尔鲍尔旅馆里的所有客人都赶
　　　　　出去。

希特勒　这样就好，恩斯特。然后，声明的内容……

罗　姆　等一等，让我先把咖啡喝完。（然后，开始推敲文
　　　　　字）"等到休假结束的八月一日，在此期间充分养
　　　　　精蓄锐的冲锋队将带着更加强大的能力，顺应国民
　　　　　和祖国的期待，投身于这光荣的工作……"

希特勒　（显得有些为难）这是开头？

罗　姆　是啊。然后，结尾是这样的："无论是过去还是现
　　　　　在，冲锋队一直都是德国的命运。"怎么样？

希特勒　好吧，也行。

罗　姆　如果没有你的同意，我可是什么事都做不了的。

希特勒　我同意。

罗　姆　你要明白，阿道夫，我可是三百万大军的参谋长啊。

希特勒　我明白。

罗　姆　这才是朋友……说回来，施特拉塞真是过分，总理
　　　　　招待他吃早餐，他居然爽约了……不过，这倒是完
　　　　　全遂了我的心愿。毕竟，正是因为他没来，我才能
　　　　　久违地跟总理一起，不被外人打扰，好好地共进一
　　　　　顿早餐。

希特勒　施特拉塞也就是那种程度的人罢了。他一旦发现恫
吓我无利可图，就回到了自己的巢穴，开始孜孜不
倦地编织蛛丝，要不就是企图修补他那张纠葛的
阴谋网。打扰到他忙碌的隐居生活，还真是不好
意思。

罗　姆　如果他想妨碍你被推举为总统，我就不能置之不
理。处理掉那个只会讲歪理的家伙，不费我吹灰
之力。如果劳工们开始吵闹，冲锋队就会让他们
闭嘴。昨天，那家伙该不会向你暗示了这种念
头吧？

希特勒　不，他没有。

罗　姆　如果你发现那种迹象，就赶紧跟我说。我除掉他是
轻轻松松的。

希特勒　谢谢你，恩斯特，到那时候我一定会说的。那，就
这样吧。（站起身来）

罗　姆　好了，朋友，你就安心地回到政务工作中去吧，一
大堆无论与军人还是与艺术家都不相称的行政事务
正在等着你呢。那些靠吃文件过活的老山羊正伸长
了脖子，等着你投喂食物呢。你每天都过着签名的
日子，却把挥剑的手臂的力量抛在一旁。权力是什
么？力量是什么？那只不过是签名的苍白指尖上纤
细、微细肌肉的运动而已。

希特勒　不用你多说。我知道。

罗　姆　所以，朋友啊，所以我才要说。不要忘了，你的权

力不是指尖上的运动，而是年轻人刚猛手臂上的肌肉——这些年轻人远远地用憧憬的目光注视着你的一举一动，在你遇到危险的时候，他们有着豁出性命的觉悟。无论你在行政机构的森林中如何深陷迷途，如果你最后要剪除枝叶、找到出路，只有和黎明色的静脉一起敏感地隆起的上臂肌肉才是你最可靠的帮手。无论在哪一个时代，权力最深的实质都是年轻人的肌肉。不要忘记这件事。至少，有一个朋友只为你保存着它，只为你而使用它。你不要忘记，你有一个这样的朋友。

希特勒　（伸出手去和他握手）我怎么会忘呢，恩斯特？

罗　姆　我也不会忘啊，阿道夫。

　　　　　　［二人四目相对。］

希特勒　好了，我必须得走了。

罗　姆　你不等施特拉塞了吗？早饭已经这么凉了，把这些凉掉的早饭塞进那家伙的樱桃小嘴里，也是不错的消遣……

希特勒　叫侍者收拾掉吧。

罗　姆　不，还是让我展示一下手臂的力量吧。就像斯克利密尔加入托尔的队伍，在背上背起干粮袋那样，[①] 你

---

① 出自北欧神话。有一次，当雷神托尔以及洛基等神祇前往巨人之国尤腾海姆的时候，在路上遇到了一个名叫斯克利密尔的巨人，这个巨人愿意把他们带到巨人之王乌特加德罗基那里去，但在路上屡次用魔法戏弄托尔等人，其中包括将一个就连神祇也解不开的干粮袋给他们。实际上，这个巨人正是乌特加德罗基所变。

就看一看那个巨人的力量吧。

希特勒　哎，你不是齐格菲尔德①吗？

罗　姆　好了，巨人要出马了。（说着，便推餐桌）

希特勒　真是的，现任部长居然亲自收拾起餐桌了。

罗　姆　你不要那么想，阿道夫，你不要那么想。

〔罗姆活泼愉快地推着餐桌从舞台左侧离开。希特勒
目送他离开，然后准备从舞台右侧离去。就在这时，
克虏伯从露台上现身了。〕

克虏伯　阿道夫……

希特勒　早上好，克虏伯先生。

克虏伯　早上好，真是既清爽又美丽的一天。我表演了一场
跟年纪不相称的把戏，在露台上沐浴了一番朝阳，
这让我的膝盖也很高兴，可以说是一箭双雕。就连
我这难伺候的膝盖，今天早上也这么高兴。（说着，
不用手杖，得意扬扬地走了几步）

希特勒　那还真挺不错的，克虏伯先生。

克虏伯　而且，要想让血液重返青春，最有效的办法，就是
通过窗户缝悄悄往室内窥视。像我这样的年纪，已
经没有精力追究妻子的出轨，因为嫉妒本身就像葡
萄酒一样让我喝醉了，把我变成了懒惰的人……当
我遵照你的吩咐表演把戏——躲在露台上听你们谈
话的时候，反倒觉得你们两人才像是被我雇来，帮

---

①　齐格菲尔德（Siegfried），北欧神话中的著名英雄。

　　　　　我返老还童的演员。偷看和偷听，竟然可以把事物
　　　　　变得庄严而浪漫，这还真是让我震惊啊。

希特勒　您的意思是，我们满嘴撒谎，谈话都是在演戏，
　　　　　是吧？

克虏伯　不，你简直太诚实了。罗姆的诚实比你还更上一层
　　　　　楼。你们这真心实意的崇高之情，哪怕用语言形
　　　　　容，都显得失礼。

希特勒　那样的话，请您务必看一看，克虏伯先生。疑心深
　　　　　重的您，请务必看一看在没有第三人旁观的情况下
　　　　　展现出来的、政治上的诚实。罗姆抱着不妥协的打
　　　　　算妥协了。至于这个措施是不是能让军方接受……
　　　　　至少，我不相信，绝对不相信……但我希望它能
　　　　　成真。

克虏伯　那我至少也这么希望吧。年老的、时日无多的我，
　　　　　也抱着一种不负责任的希望。但是，话说回来，阿
　　　　　道夫，从罗姆推着桌子、得意扬扬地退场的那一瞬
　　　　　间开始，你仿佛一下子老了十岁；为什么你会在脸
　　　　　上露出那种难以言喻的阴郁表情呢？

希特勒　（吃了一惊）您可真是个自大的相面师。

克虏伯　我寄予希望的，不是你们的谈话，而是谈话之后你
　　　　　自己一个人的阴郁表情。这么说，你能明白吗？

希特勒　克虏伯先生……

克虏伯　就是这样的，阿道夫。风暴来了，不容分说地来
　　　　　了。群山被雾气笼罩，广阔的牧场晦暗不明。羊群

十分不安，咩咩地叫着，牧羊犬一跃而起，将羊群赶向小屋的方向……这个时候的你——你明白吗，你完全没有感觉到，你自己就是那巨大的风暴；你觉得自己只是一条日暮途穷的牧羊犬而已。然后，你计划了和罗姆的妥协，也就是说，计划了和羊的妥协。

希特勒　你说罗姆是羊？那家伙要是听到了，得多生气啊。

克虏伯　就算他不是羊，罗姆的思想也是属于羊群的那种思想。不是吗？但是，和罗姆分别之后，在你阴郁的额头上闪现出来的，既不是羊也不是牧羊犬，那正是风暴本身——如果我这个说法过于奉承的话，也可以说，那是在黑暗中呼啸的风暴的预兆。这风暴会使群峰染上闪电的紫色，令世界震撼，将人们活生生的灵魂通上电流，让它们转瞬之间变成一捧黑色的灰烬——就是这样的风暴的预兆。也许，就连你自己也还没有感觉到这种预兆。

希特勒　在那一刻，我很害怕。我很迷惘。我很难过。仅此而已。

克虏伯　即便你是总理，也不需要为你拥有人类的感情而羞耻。只不过，如果人类感情的振幅无限扩大，它就会变成大自然的感情，最终则会变成注定的命运。即使纵观历史，也只有极少数人类能做到这一点。

希特勒　那得是人类的历史。

克虏伯　我不清楚诸神的事情。不过，钢铁……钢铁啊，阿

　　　　道夫，这可是炼钢厂里日日夜夜都在发生的，华氏三千度的火焰风暴奔涌而过，使铁矿石变成生铁。他会变成别的什么东西。

希特勒　您说的话，我会好好考虑的，克虏伯先生。

　　　　[二人从舞台右侧退场。少顷，罗姆从舞台左侧像逃着一样登场。施特拉塞则像追着他一样登场。]

罗　姆　为什么我走到哪儿，你都跟着我？起码，你看我的表情就应该知道，我不想和你说话。

施特拉塞　这种事我知道。不光是我们，所有人都这么说：罗姆是右派，施特拉塞是左派。那两个人水火不容。他们即使在人前偶遇，也会露骨地互相把脸别过去。那两个人即使互相说一句话，从他们的嘴里吐出来的，也只会是诅咒……这种事我很清楚，用不着你说。正是因为这样，正是因为这样，现在我们才必须谈一谈。

罗　姆　总理的早餐会，你迟到了这么久。现在总理已经开始办公了。你去道个歉如何？

施特拉塞　现在的问题，已经远远地超过那种宫廷礼仪了，罗姆。

罗　姆　那样的话，就随你的便呗。

施特拉塞　那我就随我的便了。（说罢，坐在舞台左侧的扶手椅上，对罗姆说）你不坐下吗？

罗　姆　我也要随我的便。（从这里开始，他一直站着，焦躁地来回走动，展开对话）

施特拉塞　（笑）简直就像小孩子吵架……你就别迁怒了。你一定对总理的决定很不满吧？现在，你对总理感到沮丧了吧？

罗　姆　你不要妄自猜度我的感情。阿道夫和我是老朋友了。你虽然是老党员，可充其量只不过是阿道夫的熟人罢了。

施特拉塞　可是，你一定已经对现在的希特勒感到幻灭了。

罗　姆　说这种话，你有什么根据……

施特拉塞　其实，这是因为我也幻灭了。我也非常不服。身为总理的希特勒，被老迈的、鳞片剥落的群龙们束缚的希特勒……对这样的他，我也非常失望。

　　　　　　但是，现在我的心情多少产生了一些变化。昨天和他见面之后，我的看法尤其地改变了。现在，我既不感到失望，也不感到幻灭。希特勒做得很好。

罗　姆　（产生了些许兴趣）这就是你没有参加今天的早餐会的原因？

施特拉塞　那是出于别的原因。我觉得，我难得被请一顿早饭，这饭里是不是下了毒呢？

罗　姆　开这种无聊的玩笑……（不知不觉地投入到谈话中）你说，阿道夫做得很好，这是从人类的角度去看的，还是从时代的角度去看的呢？

施特拉塞　两者都是吧。至少，希特勒面临着一个前所未见的新时代，因此他自然也应当表现出迄今为止从未

　　　　有过的新态度。不管我们是不是向希特勒这样要
　　　　求，以希特勒自身面临的问题来说，使他不得不那
　　　　样做的状况也正在日益逼近。我不敢说希特勒的处
　　　　世之法有多么巧妙，但他的确比任何人都更加清楚
　　　　地认识到了目前的事态。我说他做得好，就是这个
　　　　意思。

罗　姆　你就像是在赞美这个所谓的"新时代"一样。这种
　　　　寸步难行、走投无路的阴沉时代，你好歹也算个革
　　　　命家，怎么会……

施特拉塞　革命已经结束了。

罗　姆　我知道。施特拉塞，所以我们这次才要……

施特拉塞　你要说的是未来的事情吧？你的意思并不是说，
　　　　你今天就要掀起新的革命。至少，答应了政治休战
　　　　的你……

罗　姆　为什么你会知道……

施特拉塞　这种事，我知道。倒不是我偷听到的；我这经过
　　　　政治锻炼的耳朵，从很远的地方就能听到。问题是
　　　　现在。现在……革命已经结束了，这件事，就算是
　　　　你，也不得不同意。

罗　姆　（不情愿地）倒也是。

施特拉塞　革命已经结束了。你当上了部长，希特勒当上了
　　　　总理，至于我，我则隐居起来了。可以说是各得其
　　　　所吧。

　　　　　　这样的征兆早就已经显现出来了。回想起来

也怪，我们做梦也没想过，革命会有结束的一天。
（从露台处传来了鸽子的鸣叫）

　　哎哟，鸽子叫了。刚才，从摆在走廊里的早餐餐桌上，我掰了一点梅尔巴吐司 ①，想把它喂给鸽子。（说着，掏自己的口袋）我的确是放到这个口袋里了……哈哈，已经被压成粉末了。（说罢，走到露台上，把面包屑撒了出去。罗姆变换位置，走到舞台右侧的扶手椅处，坐下）

　　鸽子们在高高兴兴地啄面包屑呢。美丽的阳光。革命的清晨可不是这样，我没有想过，还能迎来这样的一个清晨，无论在哪里都没有血腥之气的清晨。

［施特拉塞背靠露台的栏杆说着，同时还时不时地向鸽子投喂面包屑。］

本来是不应该发生这种事情的。可是，从某一天起，这种事情就渐渐地开始发生了。在子弹互射的间隙中，革命的鸽子飞来飞去，脚上绑着重要的指令；说不定，鸽子那肥壮、雪白的胸膛，不知什么时候就会被鲜血染红。可现在又如何呢？鸽子们就像这样，一边装模作样地发着牢骚，一边贪婪地啄着面包屑。

　　就连从高架桥上冒出的火车的黑烟，也已经

――――――――――

①　梅尔巴吐司，一种切得非常薄、烤得焦脆的面包片。

没有了硝烟的味道，却散发着后院篝火的气味。即使在窗前拍打色彩鲜艳的地毯，往下落去的也只是烟灰和鞋上的尘埃，而绝不会有干燥的血粉飞舞而降。时钟响了。时钟已经没有办法再指向哪一个固定的时间，而只是显示出时间的流动。无论是金时钟还是银时钟，或者是大理石的座钟，过去曾经是固体的那些时钟，现在全都变成了液体。在街角，女人的手臂挎着购物篮，那篮子里的葡萄酒，当初在为革命中的负伤者赋予活力的时候，曾经发出宛如宝玉一般的光彩，可是现在，它却已经变成了砖头的红色。

嵌进了子弹的花盆，能够让蓝色的鲜花盛放，但是如果失去了给它施肥的子弹，它就只会开出无聊的三色堇。歌曲也是这样。歌曲已经失去了那种与尖锐清脆的惨叫共通的特质。倒映在死者眼中的遥远蓝天，原本应当是变革的幻影，可是现在，蓝天却只会在洗衣盆的水中片片碎裂。所有的香烟，都不再有那种甘甜而透亮的风味——那种令人难以忍受的诀别的风味。

无论是自然还是人类，或者是事物，都失去了沁透、浸透的力量，只是像水和空气一样从我们的皮肤上滑过。不知从什么时候开始，我们那犹如纤细而敏感的蕾丝一般的神经组织松弛了，散乱了，网眼也变粗了。

这时，另外一种气味向我们扑来。这是我们在遥远的过去，在不知什么地方闻惯了的腐烂的气味，当猎狗捕到了鸟，但却把它遗忘在落叶中腐烂的时候，就会发出这种独特的气味，这种气味微微地浑浊了森林中斑驳的日光。到处都是腐烂的气味，它使人们指尖的感觉像得了麻风病一样麻木起来。曾经能够在黑暗中像火焰的路标一样敏感地告知方向的手指，现在只能用来在支票上签名，以及撬开女人的身体。剥落，剥落，肉眼看不见的透明的日子正在剥落，这种感觉，罗姆，就算是你，大概也已经仔细地品味到了。

弦乐器再也不会响起真正的颤音；旗帜再也不会像扭动身躯的豹子一样起伏波浪；咖啡壶再也不会沸腾起那高贵的怒气；墙壁上的孔洞不想再作为枪眼存在，得上了白内障；没有被鲜血沾染的政治传单变成了大甩卖的广告；袜子再也不会在鞋里散发出犹如逃跑的野兽一般的潮湿气味；星辰不再是指南针；诗歌不再是暗语……正是因为这样的日子已经到来，罗姆，革命已经结束了。

革命，是雪白、残酷然而却也纯洁的牙齿的时代，不管在微笑的时候还是在愤怒的时候，年轻人都能同等地把他们的两排雪白牙齿展现在别人面前，就是这样的时代。是白色的、闪耀的牙齿的时代。可是，在它之后，牙龈的时代到来了。红色的牙龈渐渐变成紫色，开始腐烂……

罗　　姆　别说了。再听下去，连耳朵都要腐烂，连心都要腐烂了。施特拉塞，你到底想对我说什么？

施特拉塞　我知道你心里在想，必须再来一次革命。话说回来，我也认为必须再来一次革命。咱俩应该不缺可谈的话题，不是吗？

罗　　姆　但是，方法不同，目的也不同。

施特拉塞　就像照镜子一样，你的右边是我的左边。但是，我的右边也是你的左边。所以如果不照镜子，而是打碎镜子的话，我们两个也许恰好相合。

罗　　姆　所以你想找我谈事？有意思，你说吧。

施特拉塞　你终于允许了。（说着，坐在靠近舞台左侧的椅子上）

罗　　姆　我先把丑话说在前头。我无论过去、现在、未来，都决不会赞成你那和共产党没什么区别的做法——煽动工会工人，叫人看不出你到底是忠诚于德国还是忠诚于苏维埃。现在不赞成，未来也绝对不会赞成。我只说这么一句。在这个基础上，如果你还想说什么，那我就听听吧。

施特拉塞　好了，别这么死脑筋嘛。都是当部长的人了，不要像青年团的团员那样说话。你说"在这个基础上"，但我想说的是"在其他问题上"。简直偏到另一个维度去了。

罗　　姆　什么意思？

施特拉塞　你对老克虏伯怎么看？对于那个像列那狐^①一样
　　　　　的钢铁贩子，你怎么想？虽然他就像影子跟着身体
　　　　　一样，一直跟着希特勒……

罗　姆　说实话，我不喜欢那老头。

施特拉塞　先不谈喜欢还是讨厌，克虏伯真的相信希特
　　　　　勒吗？

罗　姆　谁知道呢。

施特拉塞　我无论如何也不这么认为。那个老人是从埃森的
　　　　　重工业地区来的，他是来试探希特勒政权和埃森的
　　　　　婚姻的。他得调查一下，这个新入赘的女婿是不是
　　　　　个合适的终身伴侣；在我看来，他现在还没有得出
　　　　　结论。我之所以这么说，是因为埃森这个铁姑娘虽
　　　　　然长得非常漂亮，但她的上一次婚姻却以破裂告
　　　　　终——我指的是最近这场欧洲大战。对于这回的第
　　　　　二次婚姻，当媒人的不得不慎之又慎哪。

罗　姆　但是，在去年希特勒获得政权之后的第一次选举
　　　　　里，克虏伯不是照着沙赫特说的，和大家一起掏了
　　　　　三百万马克的竞选捐款吗？

施特拉塞　这就是试探的开始。这试探现在还在继续。在最
　　　　　近的政治危机里，埃森的重工业企业家们发出了警
　　　　　告信号。克虏伯还没决定投向哪边。特别是在这两
　　　　　三天里。

---

①　列那狐，中世纪欧洲寓言故事中的著名形象，以机智狡猾著称。

罗　姆　特别是在这两三天里……

施特拉塞　是啊。拜你所赐，国家社会主义党就快分崩离析了。

罗　姆　这么说的话，你也在拖后腿啊。只要阿道夫当上总统——只要这样的话，就能迎来清爽的晨曦了。

施特拉塞　你当真这么想？

罗　姆　我相信阿道夫。等他当上总统，我心爱的冲锋队渴盼已久的愿望就能实现了。

施特拉塞　你当真这么想？

罗　姆　（有些动摇）当然。

施特拉塞　为此，你要付出什么代价？

罗　姆　让步。妥协。听从阿道夫的命令。我们冲锋队会一直休假到七月底，在这期间既不穿制服，也不搞游行或演习，活蹦乱跳的我也要得一场病……这种程度的戏，我还是能演的。

施特拉塞　你觉得，你这么做了，一切问题就都能解决？

罗　姆　至少，这可以成为权宜之计，直到阿道夫当上总统为止。

施特拉塞　你觉得这种猴戏能瞒过军方吗？如果希特勒真的相信，那他就是一个大傻瓜。如果你真的相信，那你就是一个真正的疯子。

罗　姆　你说什么？你再说一遍？

施特拉塞　我说，要么希特勒是傻瓜，要么你是疯子，但我并没有说，希特勒是傻瓜，同时你是疯子。你能明白我的意思吧？

罗　姆　卑鄙的家伙。你想挑拨我和阿道夫的友情吗？

　　　　　〔二人暂时沉默。〕

施特拉塞　先不谈希特勒的事，来谈一谈你的冲锋队吧。你无论如何都想让你亲手培育的冲锋队成为国防军的核心，是吧？

罗　姆　不用你特意问。

施特拉塞　如果靠着某种方法，这件事有可能实现，你觉得如何？

罗　姆　（下意识地眼睛一亮）那样的话！……不，只要阿道夫当上总统，他就能立即……

施特拉塞　那只是口头约定而已。

罗　姆　我不允许你诋毁阿道夫。

施特拉塞　退一步说，希特勒一定能当上总统吗？

罗　姆　他能当上。

施特拉塞　我说的是"一定能"。

罗　姆　一定能？

施特拉塞　是的。军方相当强硬，只要你的冲锋队不被解散，希特勒就没有办法"一定"当上总统。妨碍希特勒达成他的愿望的，不是别人，正是你，罗姆。更何况，在你这边，你还把自己的梦想赌在当上总统的希特勒身上，这不是撒娇任性的小孩子的做法吗？

罗　姆　（压抑着愤怒）你说的"某种方法"又是什么？

施特拉塞　就是冯·施莱谢尔将军。

罗　姆　那个老糊涂军人？

施特拉塞　只有他掌握着能让你和我握手的钥匙。因为，只有他才能说服向希特勒发出最后通牒的国防部长冯·勃洛姆堡。

罗　姆　你的意思是……

施特拉塞　是的。就是"将希特勒除外"。你不要忘了，军方的那条逼迫希特勒颁布戒严令的最后通牒，是向希特勒发出的，而不是向你发出的。

罗　姆　将希特勒除外！哼，只消这句话，我就看穿了你肚子里的鬼把戏。你想和军队勾结在一起，离间我和阿道夫，然后再借助军队的力量，把我们两个人分头处理掉。我会让你得逞吗？我和阿道夫可是心连心的。

施特拉塞　如果不把这心连心的关系斩断，就什么也做不了——希特勒难道不是比任何人都更清楚这一点吗？你们这两个心连心的人，为什么却要在这个夏天洒泪分居呢？

罗　姆　那只是权宜之计，只是在政治上装装样子，我要说多少遍你才能明白？

施特拉塞　好吧，我放弃了说服你的打算。就像看过了太阳的人不管再看什么，瞳孔里都会出现黄色的残影那样，如果没有希特勒的残影，你就看不到这个世界上的任何事物了。

那样的话……这样吧，我现在要一个人自言自语一番。请你一定要冷静地听着。如果你觉得我的话里没有什么有价值的东西，那也无所谓；但是，只要你觉得稍微有那么一点价值，就请你一定要把它铭记在心。

罗姆，这是很简单的事情，是你和我共同的革命计划。现在，立刻，你和我紧紧地握手，用你的冲锋队的武力将希特勒赶出国家社会主义党，你自己来当党首。施莱谢尔会说服冯·勃洛姆堡，让他和离开了希特勒的你和解。普鲁士国防军所惧怕的，其实是你和希特勒的联合。然后，以你的武力为后盾，我的社会主义政策会按部就班地推行，让冯·巴本① 当临时总统，我当总理，你会被任命为国防军总司令。不用担心钱的问题。只要你现在在这里和我握手的话，从那一瞬间开始，就再也不用担心钱的问题了。

罗　　姆　为什么？

施特拉塞　因为克虏伯会投向我们这边。

　　［二人沉默。］

罗　　姆　……好，我明白了。你说的话，我已经完全明白了。与此同时，你也完全明白了吧？面对这个企图让我背叛阿道夫的计划，我连一瞬间也没有心

---

① 冯·巴本（Franz von Papen, 1879—1969），施莱谢尔之前的上一任总理。

动过。

施特拉塞　谢谢你冷静地听我说，罗姆。但我的话还没说完。当然，我绝不指望你会随随便便地答应我刚才讲的那个计划。但是，罗姆，如果现在我和你不携起手来赶走希特勒的话，如果我们两个人不能齐心合力，成就这电光石火的革命的话……如果不这样的话……如果让这个机会溜掉的话……你觉得会发生什么？好了，你先等一等，请你慢慢地考虑，然后再回答我。

罗　姆　什么也不会发生，施特拉塞。世界还是和以往一样。我和阿道夫是刎颈之交，你是卑劣的骗子，克虏伯是死亡商人……所有人都被嵌在自己的角色里，将身体托付给地球的运转，就这样活着。

施特拉塞　真的会如此吗？请你再一次仔仔细细地考虑一下，会发生什么？

罗　姆　什么也不会发生。

施特拉塞　真的吗？

罗　姆　是啊……这么说来，那你觉得会发生什么？

施特拉塞　……死。

罗　姆　谁？

施特拉塞　我和你。

　　　　［二人沉默。］

罗　姆　（突然笑出声来）你是怎样的一个空想家啊。你说，死？我和你两个人的死？难道你去找占星术士算过

命了吗？基本上，听了你刚才的话，我只能认为你
发烧烧糊涂了。你的革命计划是拙劣的计划。你还
笑话我小瞧了军方呢，你难道不是比我还小瞧军
方吗？

施特拉塞　我很清楚这个计划是拙劣的计划。但是，事到如
今，再拙劣的计划也比无所作为要强。总而言之，
我气喘吁吁地逃避着追兵，想跳上你胯下这匹被驱
驰着飞奔的骏马。如果你把马勒住，我和你就都完
了。然而，你现在却想慢慢地勒住马。我实在看不
下去了。因为，责备你这至今还没有察觉到危险的
愚蠢，这也是拯救我自己的性命的方式。现在，我
们应该把一切争议抛到脑后，两人共乘一鞍，继
续快马加鞭。除此之外，没有别的办法。只要一头
冲过地平线上的山岭，革命的黎明就会到来……你
要明白，罗姆，现在，我把自己的一切都赌在你的
三百万人的冲锋队，赌在你的这支革命军队上了。

罗　姆　你赌上一切，然后利用我们实施背叛，是吗？

施特拉塞　不，不是的。借助你的革命军队的力量，不管是
对你来说，还是对我来说，都是唯一的活路。很明
显，希特勒已经不愿意再在你的冲锋队上下任何赌
注了。

罗　姆　（不安地）那是……

施特拉塞　希特勒把赌注下在了追捕你的人身上。你难道看
不见吗，罗姆？

罗　姆　就算这样，那又怎么了？所以，我就要和背叛者握
　　　　　手吗？

施特拉塞　我退一步，承认自己是背叛者。可是，事情已经
　　　　　到了紧要关头。如果我们现在不能团结一致地抵挡
　　　　　希特勒，那么就会……

罗　姆　会发生什么，死吗？

施特拉塞　是的……死。

　　　　　［罗姆大笑起来。施特拉塞沉默。终于，仿佛是被他
　　　　　的沉默所制止，罗姆的大笑戛然而止。］

罗　姆　究竟是怎样的死呢……是被雷劈死？还是说，潜身
　　　　　于海底的米德加尔德大蛇会现出身形，虽然我用铁
　　　　　锤砸碎了它那不祥的头颅，可是却被它喷出的毒液
　　　　　毒死？[1]或者，我会像那位在"诸神之黄昏"中活到
　　　　　最后的神祇——英勇的提尔[2]那样，被冥府之犬加
　　　　　尔姆咬死？

施特拉塞　能有那种死法也好。可是，罗姆，就算你是英
　　　　　雄，也不一定能得到英雄的死法。

罗　姆　（快活地）那，是生病？

施特拉塞　我觉得你已经生病了，就像我刚才说的一样。你
　　　　　生的是"信任"这种病。

罗　姆　我是会被暗杀，还是会被处决？

施特拉塞　大概两者都是吧。你有自信能经得住酷刑吗？

---

[1]　这是"诸神之黄昏"中托尔的死法。
[2]　提尔（Tyr），北欧神话中的战神。

罗　姆　（揶揄道）谁会对你这么凶残呢，你这爱担心的胆小鬼？来，说说看，你害怕说出那家伙的名字吗？难道只是在嘴上说说，你就会被诅咒吗？

施特拉塞　阿道夫·希特勒。

　　［二人沉默。］

罗　姆　我先问一下，总而言之，你是要不惜一切代价，阻止阿道夫被推举为总统吧？

施特拉塞　如果我能做到的话。如果我能做到，德国就有救了。昨天，我也向希特勒进上了这句逆耳的忠言。

罗　姆　是吗，果然如此。如果这是真的，我就不得不遵守对阿道夫的承诺，取下你的性命了。

施特拉塞　我的性命随时都可以奉上。只不过，你要杀死我，得遵守两个条件：第一，到那时我还活着；第二，到那时你还活着。

罗　姆　你是说，在那之前，我们就会被阿道夫杀死？

施特拉塞　这是简单的数学问题。如果我和你联手，我们俩就都能保住一命，同时还可以进行革命。如果不和你联手，我迟早会死，要么被希特勒杀死，要么被你杀死，结果都是一样的。如果可以的话，我还是希望被你杀死。因为，今天这一番话谈下来，我对你逐渐产生了好感。

罗　姆　不管情况怎么变化，最终都会被人杀死，你可真倒霉啊。可是，为什么我和你联手，阿道夫就不会杀死我们呢？阿道夫还掌握着党卫队哪。

施特拉塞　如果你和我联手，冲锋队就不会被解除武装。在冲锋队面前，党卫队的那点力量简直是螳臂当车。

罗　姆　军方呢？

施特拉塞　军方决不会参与暗杀，因为他们不想弄脏自己的白手套……而且，罗姆，我们联手的话，就可以造出一个让我们不会被希特勒杀死的最大理由。

罗　姆　什么理由？

施特拉塞　就是克虏伯。克虏伯会站到我们这边。一旦希特勒垮台，埃森的重工业就绝对、绝对不会与我们为敌了。

罗　姆　哼，是吗。可是你说的这些，跟我都没有关系。

施特拉塞　没有关系？

罗　姆　是啊。阿道夫会杀我，这是绝不可能的。

施特拉塞　（目瞪口呆）罗姆，你……

罗　姆　神经衰弱的施特拉塞，你听我说。你的精神错乱了，你喋喋不休的这些话全都是不合情理的。这是因为你在害怕，事到如今，我也不能说你的害怕是没有道理的，也许这个理由的确是很充分的。可是，你不要把你的病传染给别人。想要被杀的话，随你的便，关我什么事？如果要杀你的人是阿道夫，那么你听好，虽然你可能会被杀，但我绝对不会被杀。这一点我可以断言。

施特拉塞　为什么？

罗　姆　因为阿道夫是我的朋友。

施特拉塞　糊涂啊……

罗　姆　你听着，如果说你会被杀，那么的确还有一定的可能性。要是你造成的妨碍令人无法容忍，就算阿道夫不拜托我，我也会动手的……可是，你说我们两个人都会被杀，这要么是一种妄想，要么是一种威胁。你以为，我罗姆上尉，掌握着千军万马的我，会听从这种骗小孩的威胁？

　　如果说，这是你的妄想，那么你就已经疯了。是有那么一些疯子，他们宣称地球就像一张纸一样平坦，跑进警察局，说收音机的电波会杀死他们，吵嚷着说什么月球上住着人，你和这种疯子别无二致。你最好马上去医院看看。对于现实，不，对于使现实得以成立的条件，你已经失去了不带偏见地审视它、判断它的资格了。

施特拉塞　什么条件？

罗　姆　那就是人类的信任。

施特拉塞　咦？你说什么？

罗　姆　我说，是人类的信任。是朋友之间的爱、同志之间的爱、战友之间的爱，以及其他种种高洁而阳刚的神祇们的特性。如果没有了它们，就连现实也会崩溃，从而政治也就崩溃了。阿道夫和我，是在现实得以成立的最根源的地方联结在一起的。这一点，恐怕你那卑鄙的头脑是不会明白的。

　　我们居住的地球表面相当坚固，有森林，有

山谷，还被岩石覆盖。可是，如果去到这片绿油油的大地之下，地热就会升温，形成地球之核的滚烫岩浆就会沸腾起来。这岩浆，正是一切力量和精神的源泉；这灼热的不定形之物，正是使万物具备形体，并且位于那形体之内的火焰。像雪花石膏一样白皙美丽的人类肉体，也在它的内部分到了一部分火焰，只有当那火焰透过肉体被人看到，肉体才会显得美丽。施特拉塞，这岩浆正是根源，它推动世界运转，给予战士们勇气，促使他们做出赴死的行动，让年轻人的心灵充满对荣耀的憧憬，使所有英武勇士的血液充满力量。阿道夫和我，不是以存在于地面之物的形式结合在一起的。有形的人类都是各自不同的个体，既会分离，也会背叛。将我们结合在一起的，是那存在于地底的岩浆，它没有形体，万物都被它融合到了一起。

　　你知道"阿道斯特鼠"的故事吗？

施特拉塞　哎呀哎呀，现在你又说什么老鼠了。我是来跟你讨论老鼠的吗？

罗　姆　你不想听，我就不讲了。"阿道斯特鼠"是一只老鼠，绝不会有第二只。

施特拉塞　罗姆，你说的这些的确很美。就算你再怎么讨厌我，我现在也觉得自己越来越喜欢你了。可是，你的思考，都是少年的思考。就像那种喜欢玩打仗游戏的少年，他们在森林里吹口哨来互相发暗号，玩着有时被俘、有时战死的游戏。从事着政治的你，要是还用这种思考来指导行动的话，问题可就很严重了。

罗　姆　我是军人，不是政治家。

施特拉塞　即使是面对一个摇摆不定的人，你也要对他尽忠吗？

罗　姆　什么叫"摇摆不定"啊。作为人类，既会有动摇的时候，也会有变心的时候。可是，不管别人怎么样，阿道夫是我的朋友。

施特拉塞　你斩钉截铁地说，阿道夫是你的朋友。那样也好。要我说，你这个人就是眼睛瞎了。

罗　姆　你说什么？

施特拉塞　如果看到昨天希特勒的那副眼神，即使是对事情一无所知的旁人，也会马上察觉到他的杀意。

罗　姆　这是因为，你是戴着"妄想"这副有色眼镜看的。确实，阿道夫昨天向我提出了一个很过分的要求。但是，他也久违地跟我畅谈了一番令人怀念的回忆。今天早晨也是。我从来没有吃过像今天早晨这么愉快的早餐。那味道是真正的早餐的味道，简朴、有男子气概，正是属于德意志的战友同仁的早餐……你说，阿道夫的眼睛？这么说来，他的眼睛里的确多少有些血丝，但那只是因为他忙于政务，因此缺乏睡眠罢了。

施特拉塞　你眼睛瞎了……我的眼睛可以立即看穿他人的杀

意。在漫长的政治生涯中，我学到了这种本事……
昨天，希特勒的眼神是从未有过的阴郁。你没有看
见他的眼神吗，罗姆？犹如波罗的海的冬天，那蓝
黑色的细碎波浪的颜色。那是向着人类的一切情
感说"Nein"[1]的眼睛的颜色。那种眼睛会把人杀
死……我倒不觉得希特勒是一个超乎寻常的坏人，
只不过，他被"必然"这台机器紧紧地缠住了。由
于他这么希望——不，即使他不这么希望，他也必
须当这个总统。机器的旋钮已经被旋向了那个方
向。机器开始运转，于是，军方开始绞住了他。齿
轮在转动，绞得越来越紧。要是再紧一点，希特勒
就没有办法呼吸了。如果我是希特勒的话，是啊，
你别看我连一只虫子也不忍心拍死，如果我处在他
的位置上，我也只能像希特勒现在所想的那样，将
罗姆和施特拉塞两人一并杀死，没有别的办法。

罗　姆　你不过是把你自己的胆怯之心所描绘出来的恐怖剧
的大纲说给我听罢了。我总结一下吧：这样下去，
我们两人都会被杀。如果把希特勒赶走，我们两人
联手实施革命的话，不仅能保住性命，还能掌握大
权。是吧？那我就说我的结论：就算我会被杀，我
也不可能加入背叛希特勒的行动。这就是结论……
看来，我们已经不用再谈下去了。

---

[1]　德语"不"。

施特拉塞　（——停顿）好吧，罗姆，我完全理解你的感受
　　　　　了……可是，还是请你再听我说几句。我在这里妥
　　　　　协吧，虽然这实在让我难以忍受，但为了避开最糟
　　　　　的状况，也没有别的办法了……这样如何？我们不
　　　　　再"将希特勒除外"，而是把他引入我们的计划。

罗　姆　（笑出声来）你要让一个想杀你的杀手成为自己的同
　　　　　伴？你精神错乱到这种地步了吗？

施特拉塞　你先听我说。我们联手在一起，分别从左右两翼
　　　　　支援希特勒。我在军队那边采取措施，瓦解军方的
　　　　　势力，趁着这个机会，你的冲锋队就实施革命，将
　　　　　希特勒推举为总统。可是，希特勒的权力，实际上
　　　　　是由你我两人共同掌握的。他只是被我们装扮成一
　　　　　个地位崇高却毫无实权的国家最高象征而已。

罗　姆　也就是说，让他变成一个机器人，是吧？

施特拉塞　是的。如果我们现在齐心协力，就可以做到这一
　　　　　点。我掌握政治，你掌握军队，而希特勒被我们赋
　　　　　予了名誉。这样一来，你就没有理由拒绝了。你的
　　　　　友情和忠诚都可以毫发无伤，以美丽的形态留在历
　　　　　史上……为了这个结果，罗姆，你听好了，这最终
　　　　　也是为了希特勒好，请你心甘情愿地暂时忍受叛乱
　　　　　的骂名，今天马上率领冲锋队起事。千万不能解除
　　　　　武装。

罗　姆　这回，你又煽动我叛乱吗，施特拉塞？从货郎的背
　　　　　包里，还真是会有各种意想不到的骗人玩意接连不

断地飞出来啊。（冰冷地）挑明了说吧，迄今为止，我一次也没有违背过阿道夫的命令，今后也绝对不会违背他的命令。想听我说说原因吗？第一，我是军人；第二，阿道夫无论对我下达任何命令，在那之前，我都已经把命令看过一遍了。那可以说是来自朋友的命令……我倒不觉得这是什么非凡的联系，不过……与其说服从，不如说这是充满了男子气概的情投意合。

施特拉塞　（绝望地）你无论如何都不肯听我的吗？不听的话，你一定会毁灭的。

罗　姆　我已经受够你的这种虚情假意了。我不想跟肮脏的人握手，仅此而已。

施特拉塞　不管发生任何情况？

罗　姆　对，不管发生任何情况。

　　　　　［二人沉默。］

施特拉塞　我知道了。既然你连"虚情假意"都说了，虽然我还有别的话想说，但还是让我们在这里分别吧。你也会死，我也会死。这是明明白白的事情。你会被你的朋友希特勒所杀，和我相比，你多少还算是幸福的。

罗　姆　不可能。阿道夫怎么会杀我？

施特拉塞　（旁白）怎么这么愚蠢……

罗　姆　只要一种观念在病态的大脑中盘踞下来，它就会将世上一切美好的人际关系连根拔起，这样的例子有

过许许多多。但是，希特勒绝不会杀死罗姆，历史
会证明这一点——只要那是人类的历史……施特拉
塞，你病了。

施特拉塞　你也病了，罗姆。

罗　姆　咱俩就在这个夏天里好好地休养一番吧。

施特拉塞　现在已经没有闲工夫休养了。

罗　姆　你学习一下兴登堡吧。他已经一只脚踏进棺材了，
可是还顽固地活着哩。

施特拉塞　（刚刚无力地站起来，突然想起了什么，在激情的
驱使下转身跪倒，紧紧抱住罗姆的膝盖）罗姆，求
你了。救救我吧。只有你能救我……你救我一命，
就是救你自己一命。在人的一生中，只会有一次这
样的瞬间，请你千万不要放过它。只有你，只有你
才能做到啊。

罗　姆　（冷冷地推开他）要是想死，你就自己去死吧。要是
想被人杀死，那也是你的自由。要不要我现在就杀
了你？

施特拉塞　啊，好啊，你动手吧。在这里被杀，倒是也痛
快了。与其被那令人毛骨悚然的阴暗的智慧杀死，
如果能被你的愚蠢杀死，对我来说多少也是安慰
了……反正，我很快就会在冥府见到你的。把你的
手枪拔出来，开火吧。

罗　姆　很遗憾，我还没有接到命令。

施特拉塞　接到命令？

罗　姆　接到阿道夫·希特勒的命令。

施特拉塞　如果你会服从杀死你的命令，那还真是值得一看啊。

罗　姆　他怎么可能会下这种命令？小心我把你的门牙打断，叫你说不出话来。

施特拉塞　希特勒是一定会杀了你的。这比太阳从东方升起还要确定。

罗　姆　你又说这种话。

施特拉塞　我无论如何都无法理解，为什么你会抱有这么愚蠢的信任，怎么都不相信我说的话。

罗　姆　我要走了。我可没有闲工夫跟精神病患者应酬了。走吧，从现在开始，我要去享受维塞的夏天了。像你这样的可怜的知识分子，一个都不可以靠近那座位于湖畔的旅馆。在那里，阳光的、粗暴的、拥有神祇般金发碧眼的、所有人都如巴尔德尔①一般威严而美丽的战士们的休息日就要开始了。阿道夫的命令是一定会被忠实地执行的。（说罢，准备从舞台左侧离去）

施特拉塞　等一等。让我再忠告你一句吧。因为我已经喜欢上了你，才会说这句话。哪怕就这一句也好，请你一定要听这句我全心全意为你着想的忠告。（罗姆暂时停步）罗姆，如果你要去维塞，为了以防万一，

---

① 巴尔德尔（Balder），北欧神话中的光明之神。

至少也请你带上卫队。这不是什么坏事。真的是为你好。

罗　姆　（从舞台左侧的门口处转过身来，冷笑道）冲锋队就连一兵一卒都是我的部下。对于人员的部署，我才不会听你指手画脚。

　　［罗姆戴上军帽，将长靴的脚后跟咔地一碰，故意恭恭敬敬地敬了个礼，原地向后转，退场。］

　　［施特拉塞茫然地瘫在椅子上。他回过神来，跟跟跄跄地站起，同样从舞台左侧退场。］

　　［舞台上暂时空无一人。响起了鸽子的鸣叫。］

　　［希特勒拿着白手套，从舞台右侧登场。他焦躁地来回走动，苦恼地纠结着，走到露台上，陷入沉思，表现出无法下定决心的样子。终于，他用双手关闭露台的门，发出巨响，下定了决心。他径直走到舞台边缘，向观众席挥动白手套，发出信号。］

　　［在这里，就好像戈林将军从观众席右侧，党卫队长希姆莱从观众席左侧登场一样。①］

希特勒　（面向右侧）戈林将军。（面向左侧）党卫队长希姆莱……我现在要出门旅行一趟。关于那件事情，我会在旅行的目的地，最秘密地下达指令。你们一旦接到指令，就要极为秘密地、迅速果断地行动。一点也不许踌躇，半分也不许宽容，必须坚决贯彻到

————————————

① 这两个角色并不登场，假定他们分别站在观众席的左右两侧。

底。就是这样，你们现在赶紧准备吧。

［希特勒向二人点了点头，就好像命令他们退下一样。他转身回到舞台中央，背对观众伫立。］

——幕落——

第三幕

［一九三四年六月三十日夜半，即上一幕的几天之后。场景与上一幕相同。枝形吊灯煌煌地闪耀着。］

［从舞台左侧，克虏伯和之前一样拿着手杖登场，坐在椅子上等待。］

［终于，希特勒穿着军服从舞台右侧登场。他面色苍白、形容憔悴、眼神浑浊。］

克虏伯　哟，欢迎回来。你是昨天晚上刚从旅行中回来的吧？突然召见我，让我吓了一跳。

希特勒　让您久等了，不好意思，克虏伯先生。另外，我以这样的装束见您，实在是失礼了。我回来之后，一直处于这种紧急状态，我至少得在穿着上像个样子才行。

克虏伯　你这是什么脸色呀，阿道夫，简直就像没合过眼。

希特勒　我在这样的三更半夜把您叫来，是因为不愿意一个人度过这失眠之夜。我这样说，您能原谅吧？

克虏伯　感谢你愿意指靠我。而且，由于这奇怪的潮湿天气，我的膝盖很疼，想找一个人在这失眠之夜说说话。在这一点上，我们是一致的。

希特勒　那可真是赶巧了。

　　　　　　［二人沉默。］

克虏伯　你终于动手了。

希特勒　嗯。这是不得已的处置。

克虏伯　两人都是。

希特勒　嗯。两人都是。

克虏伯　除了他们之外，冲锋队的领导人也都被处决了。据说，从星期六①的晚上直到星期天，用来当作刑场的利希特菲尔德军官学校附近的居民们听着连绵不绝的枪声，彻夜无法入睡。我听说，总共大约有四百人，是真的吗？

希特勒　（神经质地、夸张地数着手指，好几次失败，又好几次重新数）是的……三百八十人……到现在为止，大致就是这么多了。

克虏伯　真是一场盛大的宴会。军方应该会大喜过望吧。可是，你想用什么办法让公众接受呢？现在，街头巷尾可是谣言鼎沸呢。

希特勒　我近期会在国会发表演讲。被处决的人数……（又病态地数起了手指）……公布出来的，至多也就是七八十人吧。

克虏伯　你会把罗姆的罪状和施特拉塞的罪状都编进演讲里，让听众能够接受，是吧？

---

①　1934 年 6 月 30 日星期六。

希特勒　嗯。是啊。首先，他严重地贪污腐败……

克虏伯　被这么指责的人可太多了。

希特勒　第二，他大搞任人唯亲……

克虏伯　又不光是罗姆，这不是国家社会主义党的拿手好戏吗？

希特勒　第三，那家伙品行不端，他那极度令人作呕的、极度变态的 ①……

克虏伯　关于这一点，用罗姆的话说，那只是用糖水养独角仙罢了。

希特勒　然而，最为不可原谅的是，罗姆企图发动叛乱。如果这件事被揭露出来，人民一定会赞同我对他的处置。

克虏伯　真是奇怪呀，死了这么多人之后，叛乱计划才暴露出来。这么危险的事情，要是能在他们活着的时候揪出他们的尾巴就好了。

希特勒　（激动地大声喊道）您到底想说什么呀！

克虏伯　阿道夫，你太激动了。跟我这样的老年人，你不管说什么话，都不要太大声。

希特勒　那我就老老实实地洗耳恭听吧。不管您说得再怎么难听，总比您离开这里要好。

克虏伯　鲜血已经流出来了。在这种晚上，与其从酒和女人那里寻求安慰，一味地沉浸在血腥的回忆中，可以

————————————

① 指罗姆的同性恋取向。在那个普遍反对同性恋的时代，罗姆是一个著名的同性恋者。

治愈得更快。这是我从漫长的人生经验中总结出来的，所以不会错。阿道夫，你累了。所以，你也许需要更多、更多地补充在你耳边流淌的鲜血。趁着血还没有浸透地板，渗进拼花木块的颜色里……幸运的是，说不定，我掌握着许多比你更加准确的信息。你越是获得权力，就和准确的信息隔得越远。

希特勒　您说得越来越随心所欲了。

克虏伯　施特拉塞在这里，在柏林，于星期六中午被逮捕，连吃午饭的工夫都没有，就被紧急拉到阿尔布雷希特亲王大街上的监狱里，在那里被处死了。当然没有经过审判之类的手续，而且，被逮捕之后，也不知他到底吃过午饭没有，我对这个非常在意。饿着肚子被杀，实在是很可怜啊。与此同时，在冯·施莱谢尔将军的别墅里，门铃响了，将军走到门口察看的时候，当场被子弹射倒，将军夫人也被枪杀。忙忙碌碌地做了这些的，是你的党卫队。为了表示这种特别的敬意，他们必须对每一个客人进行单独访问，因此，甚至不得不在各个地方都组织起行刑队。因为客人实在是太多了。

希特勒　施特拉塞是怎么死的？您有那种详细的、街头小报风格的消息吗？

克虏伯　很遗憾，我没有那种消息。我觉得，他会死得很安详，毫不慌乱。他是天生气血就少的那种人，如果空着肚子，就更是会死得像植物一样。那家伙是个

有智慧的人，让他像苏格拉底那样服毒，不是更
好吗？

希特勒　（激动起来）那家伙才该被碎尸万段。（站起来，用
演讲的口吻说道）那个阴气沉沉的伪君子，表面上
把自己打扮成工人阶级的同伴，私下里却和军方的
老狐狸们互相勾结，企图颠覆我的政权。那个犹太
式的国际主义者、新生德意志的害群之马、卑劣的
阴谋家，但本质上，他却只不过是一个幼稚的知识
分子，终生保持着犹如学生报纸的社论一般的思
想。我正在进一步调查，说不定还能挖出他与莫斯
科联系的证据。

克虏伯　哎呀，那可真是无法无天。在现实中，革命已经结
束了；但他无论如何都无法明白这个现实，就这样
死去了。而罗姆他……

希特勒　哦，据说他在临死之前，显得十分惊慌失措。可是
直到最后，他也没有说过一句我的坏话，只是一直
大喊着"这是戈林的阴谋！"。

克虏伯　真是个精力充沛的家伙。在维塞的旅馆，他被人从
温暖的床上带走，和海内斯①等人一起被带到慕尼
黑，被投入施塔德尔海姆监狱——十年前，因慕尼
黑暴动入狱的时候，他就曾经进过这所监狱——然
后就在那里被枪决了。只能说，被枪决这个下场，

①　海内斯（Edmund Heines，1897—1934），冲锋队副参谋长。

和他是最相称的……你说，他惊慌失措？

希特勒　我听到的是这样。很遗憾。

克虏伯　毕竟，发生的事情令他难以置信，所以他表现得惊慌失措，也是可以理解的。

希特勒　您这么说，就好像罗姆是被冤枉的。（激动地）罗姆是有罪的。是有罪的。他叛乱的证据已经齐备了。在一切方面，他都是有罪的。克虏伯先生，您不能把视线从他的罪行上移开。的确，他对我产生过友情，但他没有察觉到，对我产生友情这件事，本身就是有罪的。更有甚者，他还从我这里期待着友情，但他没有察觉到，他的这种期待让他的罪行更重……那家伙一直梦想着往昔，甚至把自己比作神话人物。他喜欢"扮演军人的游戏"胜过一切，喜欢裹着千疮百孔的军毯在星空下入眠。他身为部长，却总是企图引诱我走进他的梦境。这是他的罪行……那家伙傲慢地觉得，世界上没有比他更有男子气概、更刚勇、更威严的男人了，这是他的罪行……那家伙只知道命令别人，即使是被他称为"忠诚"的感情，也总是带有几分焦煳的"命令"的气味。这是他的罪行。

克虏伯　是啊，今晚，就像这样，在柏林夏季潮湿的夜空下，细细地列举他的罪状，对我们所处的这个时代来说，没有比这更好的追悼了。

希特勒　即使是这样的罗姆，也说过一句切中肯綮的话。就是那家伙的口头禅："恩斯特是军人，阿道夫是艺术家。"每次听到这句话，我都会生气，但是现在想想，他多少带着一点怜悯之情所说的"艺术家"这个称呼，其实却有着他单纯的头脑所无法想象的、更加广泛的含义。那家伙只有梦想，却没有想象力，所以，他既没有办法意识到自己会被杀，也没有办法对别人做到彻底残忍。他的耳朵只听得懂军乐队的吹打，他应该像我一样，多听一听瓦格纳。那家伙没能把握住美，还有一个原因——一个人必须知道自己思考出来的美有什么依据，才能在这个世界上构筑美，这是不可或缺的。但他从来都没有做过这方面的努力。您曾经对我说过类似这样的话："一切都取决于你能不能感觉到自己是风暴。"为什么我会知道自己是风暴？为什么我会如此愤怒，为什么我会如此黑暗，为什么我会在体内蕴藏着如此狂暴的风雨，为什么我会知道自己如此伟大？这些还不够。为什么我会让自己进行破坏，在砍倒腐朽大树的同时，让麦田变得丰饶，用闪电的闪光，让那些被犹太人的霓虹灯憔悴了的年轻人的脸庞复活得像神祇一样，让所有的德国人都酷烈地尝到悲剧感情的滋味……因为，这是我的命运。

克虏伯　那风暴大概就要来了。夜空阴沉，没有一点星光。（走到露台上）云层堆积在一起，就像无数的尸体。夜里的寒气对我的膝盖不好，可是，待在这个房间里的话，就好像要被鲜血的气味窒息了。（在露台上问）阿道夫，枪决现在还在进行吗？

希特勒　应该是还在进行的。

克虏伯　在这边听不见啊。利希特菲尔德军官学校在哪个方向？

希特勒　（站起身来，从露台向舞台左侧指去）那边。（说罢，没了兴趣，走了回去，同时说道）现在被执行枪决的，只剩下些小角色了。

克虏伯　用的都是我们公司的步枪。越是被克虏伯公司生产的全世界性能最好的步枪射击，感觉想必就越是轻松。另外，如果站在步枪的立场上看，它们现在可以久违地向活生生的人类开火，一直到彻底满足为止。就像得到久违的休假的士兵去往妓院一样，在那之后，它们大概就可以枕着橡木的枪架，进入充实的安眠了。能够睡着的人是值得羡慕的。

希特勒　（自言自语地）"恩斯特是军人，阿道夫是艺术家"吗……应该这么说才对：恩斯特在活着的时候是军人，而阿道夫从此将要成为艺术家。

克虏伯　（在露台上问）你说什么，阿道夫？

希特勒　不，没什么。

克虏伯　你能再到这边来一下吗？

希特勒　罗姆好不容易刚死，现在又轮到您来命令我了吗？

克虏伯　（被他的话所暗示的意思吓了一跳，手杖掉在地上）啊！

希特勒　（依然没有从椅子上站起来）怎么了？

克虏伯　正如你看到的，我的手杖掉在地上了。

希特勒　您是叫我捡起来吗？

克虏伯　我倒不是叫你捡……（出于无奈，低声下气地）……
　　　　我倒是想自己捡，可是，我这膝盖……蹲得深一
　　　　点，就疼得受不了。

希特勒　（并没有站起来）我现在去捡。

　　　　［克虏伯用手扶着露台的门，站在那里，一直等待。］

希特勒　（弯着腰，阴森地唱道）

　　　　同生共死的人啊

　　　　并肩奋战

　　　　执枪在手的人啊

　　　　奔赴战场

　　　　鲜红的虞美人花

　　　　绽放在胸

　　　　（发出低沉、残忍、阴森的笑声）

克虏伯　（几乎是在惨叫）阿道夫！

希特勒　（仿佛如梦初醒一般，轻松愉快地站起身）哎呀，哎
　　　　呀，真是失礼了。（从地上捡起手杖，故意毕恭毕敬
　　　　地捧给克虏伯）您疼得很厉害吗，克虏伯先生？

克虏伯　不，谢谢，谢谢，已经没事了。

希特勒　（和善地扶住他的手臂）请您一定要好好注意自己的
　　　　身体……对了，您刚才叫我到露台来一下，是吧？
　　　　刚才我正好在想一点事……您有什么事呢？

克虏伯   那个……那个，咦，是什么事来着？

希特勒   您以后总会想起来的。来吧，外面对您的身体不
好，您回房间来吧。

克虏伯   （刚走进房间）啊，我想起来了。阿道夫，你到露台
上来，我想让你在这里听一听。

希特勒   听什么？

克虏伯   枪声。

希特勒   在这里是不可能听到的……

克虏伯   （热情地）你是这么想的吧？你是这么想的吧？但
这是你下令的枪决。枪声必须传到你的耳朵里才
行。请一定要用你心中的耳朵仔细聆听，清楚地
分辨出在军官学校那无情的高墙之后响起的枪决的
声音。

希特勒   您不要说这种不可能的事。首先，也许会有人企图
狙击我，所以我不愿意深夜出屋去这种地方……
（说着，不情不愿地走上露台）……我只能听见远
处轻轨列车车轮的轰鸣，以及稀稀拉拉的汽车的鸣
笛。在没有半点星光的天空之下，林登大道上遮掩
着浓密的林荫。

克虏伯   你不可能听不到，那是你下令开枪的枪声。

希特勒   克虏伯先生，您说得也有道理。这台发电机的声
音——驱动这鲜血之夜的动力之源的声音，是不可
能不在我的耳畔响起的。

克虏伯   是啊，阿道夫，你必须聆听这种声音，沉浸在这

声音里，鼓舞起一切对鲜血的想象，再从这种想象里苏醒过来。然后，你就能痊愈了。如果你要找回自己，除此之外，没有别的办法。能够治愈你的失眠症的药物，只有这个而已。

希特勒　（双眼放光）原来如此，克虏伯先生，您这么说的话，我觉得能隐约听到一点枪声了。是齐射……虽说是齐射，却有那么一两枪落后了。这也没有办法，行刑队是临时拼凑起来的，没有经验。

克虏伯　你听到了吗，阿道夫？那是将冲锋队的低级军官们穿着制服的胸膛穿透的枪声。

希特勒　我当然听到了。太费事了，明明把他们排成一列，然后扫射就好了，结果竟然认认真真、一个一个地枪决。我当然听到了……又一轮齐射……准备射击！……开火！……开火！……开火！

现在，我鲜明地看见了。被蒙着眼睛的脸庞迅速向后倒去，身体弯得像弓一样……向后倒去的男人的下颚，被他口中喷出的血液染得鲜红。然后，飞快地，就像被击中的鸟儿那样，他的头往自己的胸前深深地一垂，死去了……您看，他们所有人都穿着冲锋队的制服。也就是说，他们违反了我禁止穿着制服的命令，企图掀起叛乱；仅凭这一点，这个罪名当场就可以成立……凝聚着罗姆心血的冲锋队制服，足有四百多件，穿着这些制服的胸膛，全都被打出了鲜红的孔洞，就像是被当成枪靶的人偶，翻滚进了他们脚边挖好的墓坑……

　　开火！……开火！……开火！正是因为罗姆，那些年轻、刚勇的无赖汉们走起路来才那样大摇大摆，他们那仅仅倚靠肌肉的青春，现在已经迎来了终结……这样就结束了。他们的扮演军人的游戏、只在嘴上说着的义侠义血、在悬挂国旗的节日里进行的旁若无人的游行、在啤酒馆里的放声高唱、以陈腐的民间武士自居的态度、怀旧之情、多愁善感的战友情谊，现在全部都结束了……这样就结束了。他们梦想着的革命也结束了……因为，党卫队的子弹已经把他们那孩子气的革命梦想、把他们那装饰着金绶带的胸膛打得千疮百孔了……这样一来，不管是怎样的革命游戏，现在都结束了。

克虏伯　　不管是怎样的革命游戏……再也不会有人梦想革命了。现在，革命的呼吸已被扼杀，整个军方都会支持你。你第一次光明正大地获得了担任总统的资格。这是你不得不做的事情。

希特勒　　（陪着克虏伯回到室内，一边把克虏伯带向椅子，一边说道）那枪声，克虏伯先生，那是德国人向德国人开火的最后的枪声……这样，一切就都解决了。

克虏伯　　（舒服地坐在椅子上）是啊。现在，我们可以放心地把一切都托付给你了。阿道夫，你干得很好。你先是斩杀了左边，然后，刀锋一转，又斩杀了右边。

希特勒　（走到舞台中央）正是这样。政治必须走中间派的道
　　　　路才行。

　　　　——幕落——

　　　　——1968.10.13——

癩王的露台

时　间

公元十二世纪末

地　点

第一幕　第一场　吴哥附近森林之场
　　　　第二场　吴哥王宫宴会之场
第二幕　第一场　巴戎寺建筑工地之场
　　　　第二场　王宫内第一王后宫室之场
　　　　第三场　塔内蛇神神殿之场
第三幕　第一场　俯瞰巴戎寺露台之场
　　　　第二场　巴戎大寺院之场

登场人物

国王　阇耶跋摩七世（Jayavarman）
太后　珠陀摩尼（Chūdāmani）
第一王后　因陀罗王后（Indradevī）

第二王后　罗贞陀罗王后（Rājendradevī[①]）

宰相　苏利耶跋吒（Sūryabhatta）

石匠、后为年轻的工头　悄诃（Keo-Fa）

村里的少女　佉纽摩（Khnūm）

中国的大官　刘万福

其夫人

占星术士　迦罗逻般祇（Kralāpañji）

老工头　犍沙（Kansa）

浮雕师　般檀（Pandān）

画工　那罗夷（Narāy）

瓦匠　波楼尼（Paroṅ）

金箔师　沙乌夷（Sa-uy）

祈祷师[②]　他耶（Thayak）

报信的士兵

村民 A

村民 B

村民 C

村民 D

村民 E

儿童 A

儿童 B

儿童 C

---

① 两位王后的名字中的 "devī" 在当时作为名词使用，意为 "王后"。
② 祈祷师（achar），柬埔寨民间的一种仪式专家。

患麻风病的乞丐

代父

驭象的黑人少年

牢头

囚犯们

士兵们

侍女们

抬轿的奴隶们

乐师们

　　　*

宫廷舞者们

乡村婚礼上的舞者们

第一幕

第一场

[東埔寨吴哥附近的一片森林，远处可见朝圣大道。棕榈树、桃榔树、椰子树、槟榔树、野生香蕉、杜果树等树木在森林中茂盛生长。舞台右侧是一片沼泽。]

[幕布拉开时，儿童A面对沼泽蹲着；儿童B骑在一棵树的树杈上；儿童C正从靠近舞台左侧的一棵桃榔树上收集树液，把树液装入瓶子。]

[传来了丛林中鸟的叫声。——午后。]

儿童C　（对儿童B）喂——你还没看见他们吗？

儿童B （吃着香蕉）还没有。大道上什么都看不见。

儿童A 嘘——！

　　　　[——停顿。]

儿童C （对儿童B）你还没看见他们吗？

儿童B 还没有。我只看见了积雨云。

儿童C 好慢啊。

儿童A 嘘——！

　　　　[儿童C拿着瓶子走到舞台右侧，盯着儿童A。当儿
　　　　童A抬头看他时，他炫耀般地舔着瓶子里的汁液。]

儿童A 给我也舔一下呗。

儿童C 不行。咱们不是说好了吗，用一只翠鸟来换一瓶桄
　　　　榔树汁？

儿童A 嘘！上钩了！那只当诱饵的母鸟，看，在笼子里。
　　　　（他指着藏在芦苇丛中的一个笼子）

儿童C 真的。公鸟正在靠近。

儿童A （用一只手挥动网子）嘿！

　　　　[他抓住了一只雄翠鸟。]

儿童A （递出翠鸟）怎么样？你可以把这家伙的羽毛卖给中
　　　　国商人，赚很多钱。

儿童C （举起瓶子）你也可以把这个卖给做黑糖的叔叔，赚
　　　　很多钱！（表现出很舍不得的样子，又舔了一口，然
　　　　后把瓶子给了儿童A）

儿童A （抬头望着儿童B）还来得及吗？还没来吧？

儿童C （对儿童B）你还没看见？

儿童B　没有，什么都没有。

儿童A　那我就赶紧跑回家，把这个放家里。

儿童C　嗯，我也是。

〔儿童A拿起装着诱饵的笼子、网和瓶子，儿童C小心翼翼地拿着翠鸟，从舞台左侧的花道上离开。〕

〔就在两个儿童离开的同时，从舞台右侧的花道上，年轻的石匠悏诃划着独木舟登场，舟上载着村里的少女伐纽摩。〕

石　匠　（把独木舟靠在岸边，朝树上的儿童B喊道）喂，你看到什么了吗?

儿童B　还没有。我只看见了积雨云。

石　匠　赶上了。咱们在这儿等吧。

〔他拉着少女的手，帮她下船。〕

少　女　我听说，看到陛下就会眼瞎，这是真的吗?

石　匠　那都是老头子的胡说八道，伐纽摩。我倒是听说，无论身份贵贱，陛下都会施以慈悲；只要他用手碰一下，任何病人都会立即痊愈。

少　女　你见过陛下吗?

石　匠　没见过。他打了很久的仗，今天才胜利归来。可我呢，迄今为止，我从未离开过这个地方。

少　女　我听说，陛下年轻、美丽、强壮，在他面前，全世界所有的男人都会相形见绌。

石　匠　（有点不高兴）倒也不至于是所有男人吧。

少　女　你不一样，悏诃。任何一个柬埔寨姑娘肯定都会选

　　　　你，而不选陛下那样的神灵。

石　匠　（害羞）好吧，不管怎么说，我尊敬陛下，尽管我从
　　　　来没有见过他。他的年纪和我差不多大，可是，就
　　　　在我修理、重建被蛮族毁坏的宫殿，把我的青春无
　　　　谓地浪费在这上面的时候，他却发起了远征，追击
　　　　那些蹂躏了我们国家的可恨的占族，征服了他们罪
　　　　恶的巢穴、他们疯狂的窝点——占城王国①。但是，
　　　　同时，人们又说他慈悲为怀，笃信佛法，他崇拜观
　　　　世音菩萨，他本人就是观世音菩萨的化身……

少　女　我奶奶对我说过，观世音菩萨能从他的一个毛孔里
　　　　生出几千个天上的歌者，又从另一个毛孔里生出几
　　　　百万个智者。他的毛孔得有多大？每一个毛孔肯定
　　　　都大得像一条隧道。我还是喜欢像你这样的毛孔，
　　　　小得几乎看不见的毛孔。

石　匠　（看向舞台左侧）嘘！工头他们要来了。要是他们看
　　　　到咱们在一起，肯定会很啰唆。你最好藏到什么地
　　　　方去……对了。（看向树上的儿童 B）喂，孩子，你
　　　　把这个姐姐藏在那些树叶里呗？

儿童B　好嘞。上来吧。

　　　　〔儿童 B 伸出手。石匠催促少女爬到树上，然后装出
　　　　若无其事的样子。〕

　　　　〔一群人从舞台左侧登场。领头的是老工头，然后是

————————

① 占城，即占婆（Champa），占族人于今天的越南中部地区建立的国家。

老祈祷师，再往后是一群活泼的工匠：浮雕师、画工、瓦匠、金箔师。]

工 头　好了，再过不久，我们凯旋的大军就会走到这里了。这里是最适合我们欢迎他们的地方。他们看不到我们这些卑微下贱的人，而我们可以透过树叶，瞻仰他们在朝圣大道上行进的英姿。（注意到石匠）哦，恸诃，你在这儿啊。

石 匠　我在等你呢，工头。

工 头　你肯定又在戏弄年轻姑娘了。过来，给你的师兄们斟酒，然后去那边摘点香蕉当下酒菜。我们必须怀着最愉快的心情，瞻仰凯旋的队伍。（石匠走来走去，摘了一些香蕉）……来吧，祈祷师，你看看，我们该在哪里设宴才合适？

　　[祈祷师从怀中拿出一块写有十二地支的白布，摆了几片香蕉叶，每一片叶子上都写有数字。他开始占卜，改变了两三次地点。所有人都围在他身边，跟着他跑来跑去。最后，他确定舞台中央是最佳地点。]

祈祷师　就是这里了。在这里，树的精灵和水的精灵都不会危害到我们。

　　[所有人围成一圈坐下。]

浮雕师　咱们真是幸运啊，工头。当陛下带着巨额的赔款和无数的战俘胜利归来之后，咱们就不用再做那些修复和重建的工作了。相反，会有一个接一个的伟大工程让咱们尽情地发挥手艺——大象、猴子、舞蹈的少女……这些精美程度不亚于吴哥窟的浮雕，就让我……

画　工　画出一张又一张的草图，比较它们的图案，让色彩在这刺眼的阳光之下显得比鹦鹉的羽毛更加美丽，比孔雀更加绚烂辉煌——这件工作，就让我……

瓦　匠　但是，为了遮挡雨季那天每天连绵不绝的大雨，还需要屋顶。有些屋顶要像舞女的脊背那样反弓，有些屋顶要像舞女的胸脯那样隆起——烧制瓦片，建造屋顶，就让我……

金箔师　可是，当然了，等建筑造好之后，为了让这些建筑——还有它们的高塔、它们的柱子，以及露天的佛像——从周围密林的绿色中凸显出来，远远望去，显得无比庄严，就必须让我运用手艺，为它们贴上金箔……

浮雕师　嘿，小伙子，你呢？

石　匠　（犹豫片刻之后）我……我想建造崇高、美丽的建筑——让人们即使在一千年之后也会敬仰它，在它面前跪下，为它而流泪的建筑。

浮雕师　就凭你？！

　　　　　〔他们一起嘲笑石匠。〕

工　头　好了，好了，他想说傻话就让他说吧。但你们都不要忘了，我们只是工匠，在工作上面下的功夫，差不多就得了。我们应当用聪明的小把戏让我们的恩主陶醉入迷，这样他才会赐给我们许多赏钱。那些当国王的人啊，头脑里总是充满了各种疯狂的想法。骇人听闻的恶行和出类拔萃的善举，都会像湄公河的洪水一样，从那条名叫"国王"的河里流出来，这洪水有时会淹死人民，有时又会肥了耕地。而我们呢，即使想要模仿，也不过是很快就会干涸的小溪罢了。把自己比作神灵、拼命地想用手指触摸那片烈焰熊熊的蔚蓝天空，或者憧憬着不属于这个世界的美——这些都不是我们该做的。你们要好好记住，尽可能多地捞钱，尽可能少地干活，把所有累活都留给奴隶和战俘去做——肯定会有一大帮奴隶和战俘。

石　匠　可是……

工　头　什么"可是"？你这个流鼻涕的毛孩子，给我闭嘴！你不要说什么"可是"。用你的"可是"擤擤鼻子，然后和鼻涕一起扔掉吧！

　　　　〔其他工匠都笑了起来。〕

少　女　我看见了！（她在树杈上站起身来）

儿童B　我看见了！

少　女　我终于看见了，看见了扬起的尘土！

　　　　〔所有工匠都站了起来。石匠不假思索地对少女喊道。〕

石　匠　小心，别掉下来。

少　女　没关系，我紧紧地抓着树枝呢。

工　头　果然不出我所料。你这家伙，竟敢耍我！

　　　　　[他抓住石匠。其他工匠连忙劝阻。但所有人立即被
　　　　　树上少女清脆悦耳的声音吸引，冷静下来。]

少　女　你们看啊。在朝圣大道的极远之处，直到刚才，我
　　　　　都只能看到绿色的丛林和云朵，但是现在，一股黄
　　　　　色的烟云正在像龙卷风一样升起。那是尘埃。那一
　　　　　定是排列成行的大象卷起的尘埃……清澄的蓝天突
　　　　　然变得朦胧，尘埃正一点点向这里接近……尘埃周
　　　　　围飘散着一些像芝麻一样的东西……那是什么，好
　　　　　像是鸟……是秃鹰吗？它们没有秃鹰那么大。原来
　　　　　是成群结队的乌鸦，它们被队伍吓到，正在向这边
　　　　　逃窜……终于，我看到一点亮光忽闪了一下，在尘
　　　　　埃的烟云中闪闪地反射着阳光。那看起来就像一个
　　　　　针插——原来是长矛，是一排排的长矛……而那看
　　　　　起来像赤红蜡烛的火焰一样的东西——是旗帜，肯
　　　　　定是旗帜。

　　　　　[在儿童A、C的带领下，男女村民A、B、C、D、
　　　　　E从舞台左侧的花道跑了出来。]

儿童A　快点，要赶不上了。

儿童C　快点，快点。

村民A　等等，别这么急。

　　　　　[所有人跑上舞台。]

儿童A　（对树上的儿童B）来了吗？你看到了吗？

儿童B　已经来了，但还没有来。我已经看到了，但还没有

看到。

儿童C　快点，咱们过去吧。

　　　　［儿童A和C兴奋地挤入工匠之间（工匠们全部背对
　　　　观众站立）。］

村民A　你看，孩子们总是这样。要是这么早就站在这儿等
　　　　着，非累死不可。（说罢，坐下）

村民B　陛下的凯旋当然值得庆祝，可是，却有那样的一个
　　　　烂摊子在等着他呀。

村民C　你是说宰相吗？

村民B　不止如此。

村民D　你是说太后吗？

村民B　不止如此。

村民E　你是说两位王后吗？

村民B　不止如此。

村民A　不，陛下是不会介意这些的。他那么年轻，那么美
　　　　丽，那么强壮，这个世界上所有的幸福都集中在他
　　　　身上。

　　　　［这时，乌鸦在他们头顶吵闹地飞过。］

村民C　哎呀，是乌鸦。

　　　　［所有的村民和工匠都抬起头来，望着天空。一个蹒
　　　　跚的身影在舞台左侧现身，那是一个患了麻风病的
　　　　乞丐。看到他之后，所有人都非常惊愕。乞丐想要
　　　　乞讨，但所有人都拒绝了他。他走上舞台左侧的花
　　　　道，离开。］

工　头　那是什么人？

浮雕师　是个得了麻风病的乞丐。

画　工　最近经常能在村子里看到那家伙。

金箔师　那家伙到底是从哪儿来的？

瓦　匠　菩萨保佑，菩萨保佑。

少　女　你听到了吗？听到了吗？乐队的第一个旋律？

石　匠　（侧耳倾听）没错。是螺号。是大鼓。是铙钹！

　　　　［所有人背对观众，急切地等待着。］

少　女　我终于看到他们了。那么多的金色阳伞、红色阳
　　　　伞……多美啊！第一队是金甲士兵的队列，他们在
　　　　国王的大象前面行军。他们举着金色的盾牌……仿
　　　　佛是一只巨大的金色穿山甲正向我们走来……那脚
　　　　步声。如果说大象的脚步像雷声，那么士兵们的脚
　　　　步就像一阵骤雨。他们的胸甲像闪电一样闪烁。每
　　　　当他们左顾右盼，望向故乡暌违已久的森林和田野
　　　　时，胸甲就会发出这样的光芒。而陛下他……

　　　　［音乐声愈发响亮，盖住了少女的声音。她和儿童B
　　　　从树上下来，站在靠近石匠的地方。］

　　　　［在舞台深处的空间里，身着耀眼金色装束的乐队和
　　　　持矛的士兵队列从右至左庄严地走过。］

　　　　［国王的座椅安置在一头白象的背上，白象的象牙用
　　　　黄金包裹。座椅上方打着一把白地涂金的阳伞。一
　　　　张狮皮从座椅上垂下。年轻的国王身着金色军装，
　　　　威风凛凛地站在象背上。一个身穿金色衣服的黑人

少年骑在大象的脖子上驾驭它。]

[人们看到队列，一齐跪倒，叩头。只有石匠依然
站着。]

石　匠　国王陛下万岁！国王陛下万岁！

[他这样喊道。大象停下脚步。国王抓起一把金币，
向人们撒去。人们争相捡拾金币，然后举起金币。]

所有人　国王陛下万岁！国王陛下万岁！

[他们这样喊道。大象再次开始前进，高高地扬起它
的长鼻。]

第二场

[王宫的大殿。摆着几张金色的椅子。舞台中央的宝
座是空的。宝座的右边坐着第一王后，左边坐着第
二王后。比第一王后的座位更靠近舞台右侧，有一
张软榻，这是太后的座位，也是空的。大殿里摆满
了酒器、菜肴、水果。奴隶们伫立着，乐师们在等
待开始的信号，舞台左右的舞者们也在等待。第一
王后和第二王后并不直接交流，而是由站在第一王
后左边的侍女Ａ和站在第二王后右边的侍女Ｂ互相
传话。舞台上还有猴子、鹿和小老虎。]

[舞台深处是柬埔寨的夜空和森林。月亮高悬在夜空
的中央。]

第一王后　乐师们注意了，只要陛下一进来，就立即开始奏
乐。一定要从一开始就悦耳动听，你们都要做好准

备。这可是庆祝陛下凯旋的宴会，如果有人打错了拍子，我就把他就地斩首……舞者们，请你们等到太后殿下进来。她喜欢自己拍手，向你们发出开始的信号。宰相呢？（没有人回答）宰相在哪里？（所有人都不回答）我，第一王后，询问第二王后：宰相在哪里？

　　　　［侍女Ａ向侍女Ｂ耳语，后者又向第二王后耳语。］

第二王后　宰相正在陪同陛下，他现在正在蛇神——纳迦①之塔的入口那里等待陛下。这个习俗②在战争期间中止了，但今天陛下又恢复了它。

　　　　［侍女Ｂ向侍女Ａ耳语，后者又向第一王后耳语。］

第一王后　真是有趣。在这个宫廷里，有一个比第一王后更重要的王后——王后中的王后，那个嫉妒心深重的蛇神——纳姬③。你见过纳姬吗？

　　　　［侍女Ａ向侍女Ｂ耳语，后者又向第二王后耳语。］

第二王后　不，我没见过。女人看到她会瞎的……不过，那蛇神的女儿纳姬，现在是不是依然美丽呢？很久很久以前，印度王子侨陈如渡海来到柬埔寨；他在海

---

① 纳迦（Naga），印度神话中的蛇神（意为"蛇"），传入柬埔寨之后与当地的蛇神信仰混同。

② 这是柬埔寨吴哥王朝时期的一种习俗。据《真腊风土记》："国宫……内中金塔，国主夜则卧其上。土人皆谓塔之中有九头蛇精，乃一国之土地主也，系女身。每夜见国主，则先与之同寝交媾，虽其妻亦不敢入。二鼓乃出，方可与妻妾同睡。若此精一夜不见，则番王死期至矣；若番王一夜不往，则必获灾祸。"

③ 纳姬（Nagi），"纳迦"的女性形式。

岸边散步的时候，看到一位美丽的少女从月光下的海浪中走出。他被迷住了，尽管他知道她是蛇神纳迦的女儿纳姬，他还是娶了她。^①自从他们结婚之后，我们高棉族的月亮王朝^②蓬勃发展，具备了每一夜都会升起的皎洁月亮的一切高贵品质——宁静、庄严、清澈、慈悲，还有忧郁……即便她夺走了我们的陛下，即便在每一代国王的统治之中，她都是王后中的王后，我们依然要感激蛇神之女的恩德。

第一王后　（无视第二王后）恩德？什么恩德？据说，如果陛下没有去塔里，没有和她交欢——哪怕仅仅缺席了一个晚上，我们的国家就会遭受灾祸。可是，在这场漫长的战争中，陛下一直不在，却根本没有什么事情发生。难道不是吗？

　　　　　　［侍女A向侍女B耳语，后者又向第二王后耳语。］

第二王后　即使是入侵了这座都城的蛮族，也不敢靠近塔顶的那个房间。只有国王才能进入那个房间；没有人知道陛下是如何在那片黑暗中与不可见的蛇神纳姬交欢的。关于这件神秘之事，陛下一直缄口不言。不过，陛下一直想着他的人民，想着他必须为这个国家祈祷丰收，所以，今天，尽管在凯旋的途中疲

① 这是柬埔寨的建国神话。侨陈如（Kaundinya）和这位女性蛇神是高棉王室的神话化的男女始祖。
② 在印度教的影响下，古代柬埔寨王朝自认为"月种"（Somavamsa）。

　　　　惫不堪，他还是再次把这件事情当成头等要事，回
　　　　宫之后首先去了纳姬的房间，尽到丈夫的责任……

第一王后　（傲慢地）在这场漫长的战争中，陛下一直不在，
　　　　却根本没有什么事情发生。难道不是吗？

　　　　［侍女 A 向侍女 B 耳语，后者又向第二王后耳语。］

第二王后　纳姬也是个女人。当她的男人出门在外，去做男
　　　　人的工作——去战斗的时候，她当然可以等待。但
　　　　是今晚……

第一王后　但是今晚……她已经为今晚的交欢等了太久，肯
　　　　定已经欲火焚身，无法自已。她那火焰般的细舌会
　　　　疯狂地闪烁；她的鳞片会在喜悦和羞涩中染成红色。
　　　　她会久久地缠着陛下，使他无法离开。他之所以这
　　　　么晚才来，就是因为这个。等他终于爬到我们的寝
　　　　床上的时候……

　　　　［第一王后和第二王后交换了一个眼神。］

第一王后
　　　　｝……他恐怕早就筋疲力尽了。
第二王后

　　　　［音乐响起。第一王后和第二王后站起身来。国王从
　　　　舞台左侧的花道进入舞台，宰相和侍从们在他周围
　　　　陪同。他在花道七三①的位置停下。］

国　王　哎呀，宴会的准备可真充分啊。实在是让你们久等
　　　　了，久等了。在漫长的岁月之中，我一直梦想着这

――――――――――
① 花道七三，花道上的一个固定位置，离入口约七成距离，离舞台约三成
距离。演员停在这里，是为了在登场和退场时强调人物形象。

场庆祝的宴会。不是吗，宰相？

宰　相　是的。

国　王　（指向夜空）作为我们王朝象征的月亮，今晚不正是皎洁的满月吗？让我们尽情地彻夜畅饮吧，直到月亮消失在山峦与天之间。

宰　相　遵命。

〔国王走上舞台，坐在宝座上。〕

国　王　因陀罗王后，罗贞陀罗王后，你们依然像以前一样美丽。不，在看惯了蛮族的长相之后，对我来说，你们美得简直不像这个世界上的人。我在战场上看到的月亮，就是你们两人的面庞。

第一王后　难道有两个月亮吗？

国　王　是的——第一月亮和第二月亮，华丽的月亮与纯洁的月亮。

宰　相　陛下，二位王后殿下一直都想听一听陛下您英勇无畏的战争经历。

国　王　你说，战争经历？我实在是经历了太多各种各样的战斗，战胜了太多形形色色的危险，一个晚上不可能说得完。即便如此，我还是能平安归来，简直就像做梦一样。你们要知道，这一切都多亏了观世音菩萨的庇佑，一定不要忘记日夜向他祈祷。全是靠着观世音菩萨，我们柬埔寨才能扳平我们的宿敌，使我们的国家获得和平、富裕与繁荣。对了，我得讲一个战争经历……好吧，那就讲一讲我们的象军摧毁占城的一座堡垒的功绩吧。

　　敌人知道我们没有战船，于是在海岸上建造了一座坚固的堡垒，悬崖峭壁如屏风般耸立在那片海岸之后。我的象军推进到堡垒侧面，但是一直都找不到进攻的机会。于是，我派出斥候，让他们测量海水的深度。在一个早晨，海水退潮，露出浅滩。突然之间，我出动五十头大象，沿着浅滩，向堡垒的正面发动了袭击。大象勇猛前进，在碧蓝的波涛中踏着水花；它们一头接一头地在沙滩上留下深深的脚印，冲向堡垒正面的木墙。大象争先恐后地用头推搡着木墙，敌人用长矛和大弓迎战。我们的一个勇士踩着大象探出的长鼻，第一个跳上城头。"朝那边进攻！""推那边的墙！"我亲自挥动这把（拍打着佩剑）国王的火焰之剑，将如雨的箭矢悉数挥开。城门一塌，我就骑着我的白象深入敌阵。我砍翻了企图从堡垒高处跳到我的白象上的敌兵。我让长矛兵部队攻击堡垒的每一个要害。终于，我在敌将的营寨上燃起火焰，率军退到岸边，眺望被焚烧的堡垒，直到它的每一个角落都被烧毁为止。在火焰的映衬下——不，是在倒映着火焰的海水的映衬下，我的大象的耳朵看起来就像巨大的、随风摇曳的红色兰花。

第一王后　多么英勇啊！

第二王后　而您甚至没有受一点伤！

国　王　我难得讲一次战争经历，母后却没能听我讲述。母
　　　　后在哪里？

太　后　（在舞台右侧的花道尽头，幕布升起。走上花道）陛
　　　　下，我现在来了。

　　　　[音乐响起。宰相匆匆走到舞台右侧连接花道的边
　　　　缘，跪下。太后带着侍从们登场，一位占星术士紧
　　　　随其后。太后在花道七三的位置停下。]

太　后　欢迎归来，陛下。你的身体康健、战果辉煌，实现
　　　　了伟大的功业，平定了可怕的敌人。请你就站在那
　　　　儿，站在那儿。请你放松下来，继续举着酒杯。我
　　　　想先在这里看一看你的样子。我想从远处望一望我
　　　　的孩子的身姿——带着一种难以置信的心情，远望
　　　　你那仿若奇迹一般的身姿。在我的心灵确认了我的
　　　　喜悦之后，我想慢慢地接近你，碰触你。宰相，你
　　　　看，那位站在那里熠熠生辉的人正是我的儿子，柬
　　　　埔寨的神，吴哥的月亮，阇耶跋摩国王。经过战争
　　　　的磨炼，他变得更加威严可敬、英武雄壮，他那正
　　　　处于青春顶峰的芬芳，正在他的眼睛里、在他的
　　　　眉毛里美丽地绽放。拥有这样一位强壮而美丽的国
　　　　王，不仅是母亲的荣耀，也是国家的荣耀。难道不
　　　　是吗，宰相？

宰　相　（带着嫉妒）的确如此，太后殿下。

太　后　（走上舞台）请你原谅。我耻于在这样美丽的你的面
　　　　前现身，从早晨到现在，我反反复复地沐浴、装饰

头发、化妆，花了很多时间，所以才迟到了。

［说着，她拉起国王的手。］

国　王　母后，您才是比以前更加年轻，更加漂亮了。我会
让人民把您当作这个恢复了和平的富饶国家的象
征，对您致以赞美和歌颂；这个国家——这个永远
不知衰败为何物的国家——的吉祥的象征，让您来
做，是最合适的。

［说着，他把太后领到舞台右侧的座位旁。］

太　后　谢谢你。你还是和以前一样，拥有温柔的心肠。先
王陛下曾经说过，战斗会使男人变得更加温柔；请
你回到宝座上。为了庆祝你的凯旋，我想向你献上
一点小小的心意。（宰相侍立在太后身侧）……你看，
当我拍手的时候，这些舞者的心灵就会满怀喜悦，
舞蹈会像看不见的鸟儿一样栖息在他们心中，然后
突然开始扇动翅膀。

［她拍了拍手。］

［舞者开始跳《罗摩衍那》中的"罗摩之舞"。］

［跳完之后，舞者退场。］

国　王　这娇艳的舞蹈，这轻松的音乐！母后，对于一个刚
刚从战场上归来的人来说，没有什么能比您恩赐的
这份饱含心意的礼物更加及时。还有这美酒；这山
珍海味；以我的两位王后为首的、我故乡的美女们；
高悬夜空的满足之月；吹过吴哥田野的微风的清
凉……所有的这一切，我都曾经在战场上无数次地

梦想。现在，它们都在我的眼前了。

第一王后　陛下，您的视线所触及的一切，您的手所摸到的一切，都在争先恐后地飞到您的手中，就像是被花朵引诱的蜜蜂。由于得到了陛下的宠爱，它们全都欢欣鼓舞；在这喜悦之中，它们心潮澎湃、浑身颤抖。

第二王后　那些您的目光暂时无法触及的事物，则会谦恭而羞涩地等待，一心一意地祈祷，只愿陛下您那正值青春年华、宛如月亮一样年轻而美丽的面庞转向自己。

第一王后　人、草木、鸟、兽，

第二王后　孔雀、鹿、浓密树叶下的橘子、丛林中成百上千的萤火虫，

第一王后　⎤
第二王后　⎦　都是您的，陛下。

太　后　青春就是这样。陛下啊，成为统治世界的黄金之剑①，就是这样。

国　王　然而，在凯旋的途中，我却在想，这绝不是仅靠我个人的力量就能成就的事情。我的二位王后，请你们听好了，这件事情之所以能够成就，首先是因为菩萨，其次是因为人民。我们必须更加虔诚地信仰菩萨，为了表示感激，我们必须建造更多的寺庙。

———————

① 据《真腊风土记》："国主……出则手持金剑。"

而对于人民，我们必须毫不吝啬地施舍。这是国王的职责。

第二王后　正如您所说的，陛下。

[第一王后和太后交换了一个眼神。]

太　后　这种死板无聊的想法，明天再说不行吗？今晚，就请陛下忘我地沐浴在幸福之中吧。

国　王　不，那可不行，母后。只有当世界上最巅峰的幸福来临，我们沉浸在这样的幸福之中的时候，有些想法才会产生。就仿佛在波涛中掠过的带鱼的背鳍，只有在幸福的大海上泛舟的时候，我们才能窥见那些想法。宰相，明天一早打开仓库，搬出能装十辆牛车的大米……

宰　相　十辆牛车吗？

国　王　是的。把大米施舍给人民。另外，打开国库，把尽可能多的黄金放在一头大象的背上……

宰　相　一头大象吗？

国　王　是的。你不用每次都这样鹦鹉学舌。把人民召集起来，把黄金撒在他们头上。这会是一场奇迹之雨。这样一来，人民就会知道，吴哥已经成为了这个世界上的极乐天堂。

宰　相　遵命。可是，这样慷慨的施舍并没有前例……

国　王　你说什么！和我们从占城带回的堆积如山的财宝、赔款、赎金相比，这算不了什么。遵照我的命令，明早发放。

宰　相　谨遵圣命，陛下。

国　王　占星术士，你也要马上做一项工作。

占星术士　遵命，陛下。（跪下磕头）

国　王　你要立即占卜日月星辰，确定一个宜于建造寺庙的吉日。就在此地的南侧，对了，（指向舞台左侧）如果在那座露台上往南望去，正好就在它的对面，我要建立一座寺庙，一座我之前一直在心里筹划的宏伟寺庙。明白了吗？你要占卜那个方向。

占星术士　遵命……可是，陛下。

国　王　怎么了？

占星术士　万一占卜结果表明，露台南面是动土的凶位……

国　王　（笑）如果是那样的话，你的工作不就是把凶位变成吉位吗？我可没忘，当我出兵攻打占城的时候，你也说出兵的方向是占星的凶位。结果呢？战果辉煌，我国周边的所有蛮族都被一扫而空。

占星术士　惶恐之至，可是，星辰——

国　王　（不耐烦地打断）来人，把工头叫过来。让工匠们都到这儿来。

太　后　（震惊地）你说什么？不能让那种下贱之人进入宫殿！

国　王　观世音菩萨的慈悲遍及每一个人，无论他们多么卑贱。特别是，母后啊，我要建的这座寺庙不仅是为了王室而建，同时也是为了人民而建。

太　后　可是，咱们宫廷没有这种习惯。

宰　　相　陛下，能不能把那些人带到庭院里，您从露台上接
　　　　　见他们？

国　　王　在这喜庆的凯旋宴会上，就连你，也想折断在天空
　　　　　中翱翔的大鹏的翅膀？你忘了吗？我是柬埔寨的
　　　　　国王。

宰　　相　遵命，陛下。

太　　后　那么，年轻而美丽的陛下，当你和那些卑贱之人交
　　　　　谈的时候，我们就假装没有注意到，背对着他们好
　　　　　了。二位王后，你们不觉得这是最圆滑的做法吗？

第一王后　就照母后您所说的做吧。

　　　　　〔太后和第一王后转过身去，背向而坐。但第二王后
　　　　　没有转身。〕

太　　后　（注意到第二王后）嗯？第二王后，你……

第二王后　惶恐之至，但陛下有陛下的旨意。（在说话的时
　　　　　候，一直面向正面）

太　　后　（生气）那就随你的便吧。（再次转过身去）

　　　　　〔在一个侍女的引导下（这个侍女之前被派去叫工匠
　　　　　了），第一场中的工匠们从舞台左侧的花道登场：工
　　　　　头走在最前，后面跟着浮雕师、画工、瓦匠、金箔
　　　　　师、石匠。〕

国　　王　你们来了。我请你们过来，不是为了别的。现在，
　　　　　战争已经结束，为了祈求我们王国的繁荣和人民的
　　　　　幸福，我想发起一项新的工程。为此，我需要你们
　　　　　的帮助。过来，畅饮吧。

［所有工匠战战兢兢地走到舞台上。国王用眼神示意，侍女们把酒杯递给工匠们，斟酒。工匠们诚惶诚恐地饮酒。］

如果你们喝完了，（指向舞台左侧）就往那边看。（工匠们看向舞台左侧）在月光之下，不是能隐隐约约地看见蓝色露台的石头栏杆吗？当我还是个少年的时候，曾经在那里度过了许多不眠之夜，沉浸在无尽的幻想之中。现在，我被称为勇敢的战士，但在那时，我还是一个忧郁的少年。不，应该说，在白天，我是一个沉静、忧郁的少年，但到了晚上，我却是一个充满梦想的、活泼的少年。我之所以这么说，是因为在那个露台上，我梦想出了种种幻影，那是我自己未来的各种模样。战斗着的我、恋爱着的我、信仰着的我……是啊，萤火虫在草丛中飞舞；变色龙藏在月光下的树叶里；我还能听到夜里的小动物的呼吸。然而，在被月光笼罩的云层之间，我看到了我终有一日会投身而入的战场的幻影——银色长矛的森林、象军打起的象旗，这幻影在云层之间闪闪发光。

第二王后　陛下，我能想象您那时的样子，还是一个温柔少年时的您的样子。

国　王　那个时候，你还是个婴儿呢……总之，后来，我成了一个勇敢的战士。我完全成为了小时候我每天晚上在那个露台上梦想成为的那种人的样子。如今，我赢得了我曾经梦想的胜利，获得了你们这样的美女……（转向舞台左侧）在露台上，我还看到了信仰的幻影；现在，是将这幻影变成现实的时候了。你们每个人都要走到露台上，想象你们要在对面建造的寺庙的样子。除此之外，什么都不用管，我不介意花费多少开支。

［所有工匠都从舞台左侧退场。］

第二王后　陛下，这个世界上的男人所能得到的三件宝物[①]，现在都在您的手里了。

国　王　我还要更贪婪一点。不知道为什么，我还没有获得继承人。

第一王后　（仍然背向而坐）那些下贱之人已经离去了吗？

国　王　还没有。他们很快就会回来。

宰　相　陛下，您说您不介意任何数额的开支，但是，咱们国家必须修复战争留下的伤痕，而这必然需要时间和金钱。我不知道您缴获的宝物是否足够，咱们国家的土地也没有肥沃到能够产出所有东西的程度。还请您仔细考虑……

国　王　（不悦地）知道了。知道了……（大声叫道）工头，过来。

［工头登场，跪下磕头。］

说吧，怎么样，你想出了什么样的寺庙？

---

① 指前文国王所说的战斗的胜利、恋爱的成就，以及信仰的实现。

工　头　　陛下，我想到了一座盖世无双的大寺院，一百头石
　　　　　雕的大象支撑着它，它的形状像一朵莲花，门框上
　　　　　镶嵌着宝玉，每一扇窗户上都雕刻着孔雀。

国　王　　这也太寻常了。任何人都能想到这种构思。而且，
　　　　　如果你只是把寺庙装潢得非常奢侈，被旁边庄严的
　　　　　吴哥窟衬托，它就会变成笑柄。我希望建造一座独
　　　　　特的寺庙，一座在任何方面都不比吴哥窟逊色的寺
　　　　　庙。（工头依然跪着，不敢抬头）……浮雕师，过来。
　　　　　［浮雕师登场，跪下磕头。］
　　　　　怎么样，你想雕刻什么样的浮雕？

浮雕师　　陛下的象军摧毁敌人堡垒的浮雕。画面的一端是踩
　　　　　着浪花蜂拥而来的象群，就连象背上每一个战士的
　　　　　表情都栩栩如生。还有大海那一望无际的波涛。在
　　　　　太阳的照耀之下，浮雕的波涛仿佛会汹涌地拍打起
　　　　　来，靠得太近的人仿佛会被它的浪花打湿。在画面
　　　　　的另一端，在高耸的堡垒之前，陛下您坐在白象背
　　　　　上，头顶金色的天幕，威风凛凛的黄金盔甲闪闪发
　　　　　光。陛下的英姿勇猛无匹，正在发出命令……

国　王　　等一等。你以为建造这座寺庙只是为了颂扬我的军
　　　　　功吗？它是为了慈悲而建的，是为了凭吊战死将士
　　　　　的灵魂而建的。它是为我们王国的人民而建的。它
　　　　　唯一的目的就是赞美观世音菩萨。不要忘记这一
　　　　　点。（浮雕师跪伏在地）——画工呢？瓦匠呢？金
　　　　　箔师呢？（这三个人登场，跪下磕头）你们是怎么

想的？

画　工　陛下。我会尽我的丹青之笔在大堂之内描画，画出
　　　　迦楼罗在天空中飞翔……

国　王　又是印度的神?!

瓦　匠　我会铺满绿色的瓦片，这样寺庙就会像阳光下的密
　　　　林一样……

国　王　这是一座寺庙，不是一个游乐场。

金箔师　就连陛下去祈祷时走过的走廊，我也会贴满金箔，
　　　　让它变得就像用最高档的紫磨黄金所造的那样……

国　王　这座庙敬奉的不是我，是菩萨。哼！你们只能想到
　　　　这种程度的创意吗？在我——国王的脑海之中，已
　　　　经浮现出了一个无法确定的形状。它已经开始闪闪
　　　　发光，就像一团金色的雾霭，国王的想法总是像一
　　　　团金色的雾霭。为这尚未定形的雾霭赋予形状、补
　　　　全细节——譬如说，在战争中获取胜利，是士兵的
　　　　责任；譬如说，建造一座这个世界上从未有过的寺
　　　　庙，是你们的职责。国王负责在脑海中产生暧昧不
　　　　明的金色雾霭，而合格的臣民，则要负责把它塑造
　　　　成型。在塑造成型之后，它的模样，必须与国王心
　　　　中的那个尚未定形的形象完全一致才行……没有人
　　　　了吗？石匠在哪里？让他过来。

工　头　陛下，恕小人无礼，他还只是个学徒，是个没有任
　　　　何经验的毛头小子。

国　王　（微笑）你是说，想象力只能源于经验，是吧？

　　这样说来，你的经验也没什么值得一提的，不是吗？……石匠，过来。

　　[石匠登场，跪下磕头。]

　　说吧。毫无保留地说出你的想法。

石　匠　遵命。我的想法现在还没有确定，不过，当我盯着那片沐浴在月光之下的土地的时候，我的脑海中浮现出了一个不可思议的想法。

国　王　什么不可思议的想法？

石　匠　在苍白的月光照耀之下，观世音菩萨巨大的脸庞朝向四面八方——只有菩萨巨大的脸庞。这些脸庞簇拥成群，双眼微闭，仿佛正在拈花微笑，静静地存在于超凡的神秘之中……这就是我看到的幻影。

国　王　（产生了兴趣）哦？

石　匠　我觉得，如果我体会着陛下的心灵，怀着一心一意的祈祷，将这许许多多的观世音菩萨的脸庞雕刻出来，然后，就像用石头果实装满巨大的果篮那样，把这些脸堆积起来的话，寺庙就会自然而然地成型了。

工　头　多么幼稚的想法！

浮雕师　就是因为他只会跟在女人屁股后面跑，

画　工　所以他只能想出一个连画都画不出来的想法。

瓦　匠　他说的建筑上甚至没有瓦片！

金箔师　他到底是怎么看待金箔的？

国　王　安静！（对石匠）继续说。那座寺庙有着怎样的形态？

石　匠　我还没有明确的想法。我只想到了在月夜下簇拥成群的观世音菩萨的脸庞。至于整座寺庙会是什么样子，我现在还毫无概念。

工　头　看吧，所以我说——

国　王　闭嘴！（对石匠）你的想法很有意思。嗯。（思考了一会儿）实在是很有意思。当你描述你的设计的时候，我脑海中的金色雾霭开始逐渐成形了……这样吧。从现在开始，你就是工头了。你想做什么都可以去做。

石　匠　咦，我当工头？

工　头　陛下，这也太……

国　王　你，迄今为止的工头，必须全心全意地协助年轻的新工头。其他的工匠在自己的工作上，也必须遵循新工头的意思。明白吗？这是国王的命令。你们绝对不能因为他年轻就轻视他，妨碍他的工作。

石　匠　（大受感动）陛下，我不知道该怎么感谢……

国　王　不需要感谢。你好好完成你的工作，就是最好的感谢。

石　匠　我会设计出一座崇高、美丽、天下无双的寺庙，一座让人们即使在一千年之后也会敬仰它，在它面前跪下、为它而流泪的寺庙。

工　头　净说大话……

国　王　你说什么？！（瞪了他一眼）

工　头　遵命!（跪伏在地）

石　匠　我在此起誓。我会接受陛下的命令，建立起世间最
　　　　为美丽的寺庙。白天，它会像幻影一样闪光，夜
　　　　晚，它会像梦境一样朦胧。此外，还有一件事。为
　　　　了表达我对陛下的感激和忠诚，我要立下一个对我
　　　　自己来说最为痛苦的誓言。有一个少女，我打从心
　　　　底里爱她。但我发誓，在建成这座寺庙之前，我决
　　　　不会娶她。

国　王　我很乐意接受你的誓言，年轻人。一座建筑成为一
　　　　个梦想，一个梦想成为一个现实。就这样，巨大的
　　　　石块和虚幻的梦境永远地循环往复。你可以退下
　　　　了，十天之内呈上一份大致的草图。

石　匠　谨遵圣命。

　　　　〔所有工匠向国王行礼，通过舞台左侧的花道离开。
　　　　石匠走在队伍的末尾，但其他工匠让他走在首位。
　　　　工头略微有些抵触，但还是屈服了，让石匠走在最
　　　　前面。他们就这样退场。〕

第二王后　您的决定真是太了不起了。我相信那个年轻人能
　　　　够建造一座美丽的寺庙———一座不被陈规旧矩局
　　　　限、举世无双的寺庙。

宰　相　不，现在还不知道会怎么样呢。在那些下等人的社会
　　　　里，一旦尊卑秩序被打乱，他们还不知道会怎么折腾
　　　　呢。另外，我觉得那个年轻人看起来像是投机的骗
　　　　子……不管怎么看，他都不像能领导别人的样子。

国　王　（无视宰相）母后，那些卑贱之人现在已经退下了。

　　　　　［太后和第一王后转过身来，面向正面。］

太　后　我都听到了。即使是那些生物，居然也能发出像人类一样的声音。

第一王后　即使是猴子，当它们藏在橡胶树的叶子里窥视的时候，脸看起来也和人一样。

太　后　在我的耳中，只有陛下你的声音像翱翔高空的迦楼罗的翅膀一样闪闪发光。啊，你想做什么就去做吧，陛下。在你人生的顶点，即使是痴心妄想的事情也能成真，即使是模糊可疑的事情也能实现……很久以前，我曾经看到一只秃鹰从宫殿的塔顶俯视它的猎物，急速地扇动翅膀。天空蔚蓝，在塔前的大树上，寄生兰开着淡紫色的花。这只秃鹰很年轻，它有一双特别锐利的眼睛，它的翅膀强壮而结实……大家都知道，秃鹰总是吃腐肉；但当时地上那只山羊还活着，尽管它走得踉踉跄跄。也许是得了什么恶疾，还没死，就有一股腐臭味从它身上散发出来。秃鹰盯上了它，像飞箭一样扑向山羊，用喙刺向山羊白色的脊背，当山羊滚倒在地时，又利落地撕开它桃红色的肚皮……在那片灼热的土地上，在寄生兰的紫色花朵之下，就在那一瞬间，我看到血液喷溅，肠子流出。这是怎么一回事呢？一只年轻的秃鹰，靠着那股青春和力量的势头，违反了自然的法则——那条规定秃鹰只能吃腐肉的法

则。这是怎么一回事呢？直到现在为止，我都经常
会想这件事……对那只秃鹰来说，只要能够实现它
在梦中所见的事情，无论是神的法则还是自然的法
则，就都是毫无意义的……哎呀，你看看我，竟然
在这样一场可喜可贺的庆祝的宴会上讲了一件这么
可怕的事。陛下，请你不要放在心上；请你恣情尽
意，让这胜利的一夜变得华美多彩，在极致的欢乐
中全心全意地享受这场盛宴。来，再斟上酒。那
道用孔雀做成的菜还没准备好吗？那只鸟蹲在盘子
上，它的尾羽全部张开——用那只美丽但不太可口
的鸟做成的菜还没准备好吗？

占星术士　（从刚才开始就一直在研究占星表）惶恐之至……

太　后　你想说什么就说吧。

占星术士　惶恐之至，陛下。

国　王　什么事？

占星术士　关于您刚才一直在谈论的新寺庙，陛下……

国　王　这座寺庙怎么了？

占星术士　请问，寺庙的正面要朝哪个方向？

国　王　这个嘛，因为我想从那边的露台上看到它，起初我
想让寺庙朝向北方。但是，如果强迫观世音菩萨的
脸朝向这边，未免太不敬了。此外，寺庙的正面总
是会有一座露台，这样一来，两座露台就重复了。
但也不能让它背对着我们……

占星术士　换句话说，寺庙不是朝向东方就是朝向西方，

　　　　　　是吧？

国　王　　是的。

占星术士　　我刚才一直在占卜。西方显示出了吉兆，请务必让寺庙朝向西方。都说"西方净土"，观世音菩萨面向西方也是理所当然的……

国　王　　世人自然可以向往西方。可是，为了普度众生，观世音菩萨正是从那片净土而来的。

占星术士　　虽然话是这么说，但是陛下，您也可以这么想，这可以表示观世音菩萨引领我们这些凡夫俗子往西方而去。另外，吴哥窟也是朝向西方的……

国　王　　吴哥窟是朝向西方的——我为什么就连这种细节都非得模仿吴哥窟不可呢？我可是正在考虑建造一座能和它并肩的寺庙啊……听好了，寺庙将会朝向东方。明白了吗？

占星术士　　可是，陛下。

国　王　　什么事？

占星术士　　您看，朝向东方的话……占卜的结果是凶兆。

国　王　　无聊透顶。首先，我要遵从观世音菩萨普度众生的愿望；其次，我要遵循我们这个历史悠久的月亮王朝——高棉的传统，命令这座寺庙朝向东方。凭着观世音菩萨的佛力，以及我自身的武勇，所有的恶鬼罗刹都可以轻易地一扫而空。

第一王后
第二王后　｝ 勇敢的陛下！

太　后　（拍拍手）奏乐！跳舞！

　　　　〔音乐响起。一道盛在大盘子里的菜肴（上面装饰着
　　　　张开的孔雀尾羽）和酒被呈了上来。之前的舞者从
　　　　舞台的左右两侧重新登场，开始跳舞。国王放松下
　　　　来，向后靠在舞台中央的宝座上。这时，他的左上
　　　　臂露了出来。〕

　　　　〔第一王后注意到他的左上臂上有一道红色斑纹。〕

第一王后　哎呀？

　　　　〔在她说话的同时，音乐和舞蹈全部停止，所有人都
　　　　停住不动。〕

国　王　怎么了？啊，这个呀。

第一王后　这是怎么回事？您的左臂上有一块像是中国月季
　　　　的花瓣一样的痣。

国　王　我不记得是什么时候出现的。也许是战斗的淤青没
　　　　有消退，变成了一块痣。

第一王后　您感到疼吗？

国　王　既不疼也不痒。

第一王后　这么说来，这一定是那条蛇——纳姬王后留下的
　　　　吻痕。您却说这是战斗的淤青，想要骗我。您真是
　　　　太坏了。

　　　　〔国王微笑。音乐和舞蹈一齐继续，人们动了起来，
　　　　宴会进入高潮。〕

　　　　——幕落——

第二幕

第一场

［第一幕的一年后，巴戎寺的施工现场。舞台左侧有
　一座巨大的石像，雕刻的是观世音的面庞，还没有
　完工，前面搭着脚手架。石像周围堆着石料。舞台
　的深处是密林；舞台右侧有一棵粗得足以让人藏在后
　面的大树。就好像宫殿位于舞台右侧的花道尽头一
　般。——现在是夜晚，月亮已经出来了。］

［年轻的工头恃诃和村里的少女佉纽摩坐在石料上，
　眺望舞台右侧的天空。］

少　女　今晚是下弦月啊。因为云在动，所以月亮看起来好像
　　　　　正在云中前行……它就像一艘在云层中航行的金船，
　　　　　船身是用黄金做的，船头是大蛇纳迦的头，而陛下就
　　　　　坐在船上……它正在航行，快得难以置信，劈波斩
　　　　　浪地前行。它是要把重要的消息送到什么地方去吗？

年轻的工头　它是去报告我们的恋情的，佉纽摩。每一天每
　　　　　一天，恋情都在紧紧地攫住我们；不能和你结婚，这
　　　　　让我已经再也无法忍受了。但我曾经在陛下面前起
　　　　　誓，在这座寺庙完工之前，我不会结婚。啊，那已
　　　　　经是一年前的事了。我本来只是一个微不足道的穷
　　　　　石匠，所以，当陛下以他的仁慈之心，将我一口气
　　　　　提升为工头时，我感动至极。我被投身于这项伟大工
　　　　　程的热情所驱使，最终立下了本来没有必要的誓言。

少　女　没关系的，侨诃。我绝不会因此责怪你。男人立下这种誓言，也不是不能理解——当那一刻来临的时候，男人就应该为了一件值得他做出牺牲的工作，牺牲他最为重要的东西。

年轻的工头　听你这么说，我更觉得愧疚了。不过，那时的情况毕竟还好。一年前，庆祝陛下凯旋的那个夜晚，同时也是我人生中第一次获得荣誉的夜晚——可是，怎么会这样！——对陛下来说，那也是一个命运转折的夜晚。

少　女　有传言说，陛下生病的第一个兆候就是在那个晚上出现的。

年轻的工头　起初，我们这些平民百姓并不知道，但这件事现在已经众所周知，每个人都在私下谈论。那天晚上，是啊，就在我们刚刚觐见了陛下，我刚刚被任命为新的工头之后，麻风病那可怕的兆候第一次出现在了陛下的手臂上——就在那场灿烂辉煌、可喜可贺的凯旋宴会进行到最高潮的时候……当然，当时没有人知道那是什么，过了几个月，人们才发现那是麻风病的兆候。

少　女　我听说，最初的兆候简直是美丽的，不是吗？斑纹出现在陛下那光滑而强壮的琥珀色臂膀上，就像一个刺青，一个如同中国月季的花瓣的刺青——就如同被烟熏过的月季的花瓣一般……

年轻的工头　然后，那斑纹就往身体的各处散布开来。啊，即使是现在，那不治之症也在一刻一刻地侵蚀着陛下的身体，就像白蚁侵蚀美丽的宫殿，悄悄地，极度缓慢地，将它导向无可修复的毁坏。

少　女　但他的脸依然美丽。

年轻的工头　这才过了一年。

少　女　他总是戴着帽子，因为他的头发已经受到影响了。

年轻的工头　他的手也是。最近，陛下开始穿起一件用金丝锦缎裁成的宽松长袍，决不把手脚暴露在外，我们只能看到他那张像苍白的月亮一样美丽的脸。啊，真是令人难过，得病的怎么偏偏是他，偏偏是一位这么年轻、这么勇敢、这么伟大的国王……

少　女　在人们的传言中，这病就好像是他犯下的罪孽的报应一样。但他不可能有任何罪孽；大家都说，在面对他的敌人时，陛下是强大的湿婆神的化身，而在面对他的人民时，他是慈悲的观世音菩萨的化身。

年轻的工头　这真是太残酷了。曾经那么威武、那么豁达的陛下，现在已经完全变了一个人。他阴沉的眼神总是直直地盯着什么地方，年轻而健康的身姿、下命令时充满男子气概的口吻，都已经不再属于他了。如今，陛下唯一的愿望只是建成这座寺庙。他把这座寺庙命名为巴戎，让它迎接那些曾经与他并肩战斗并且战死的英灵。巴戎。要是自己在那场令人惊叹的战争中战死就好了——这大概是陛下内心深处的想法。

少　女　如果陛下当时战死了，他就会在世间留下一个永远
　　　　年轻、美丽的幻影。

年轻的工头　渐渐地，陛下所关注的事情，只剩下这项工程
　　　　的进展了。可是，不管再怎么加快速度，完工也得
　　　　再等两年。我担心两年之后陛下的身体会变成什么
　　　　样子，以及两年之后我们是不是还能结婚。

少　女　先不要考虑未来的事情，让我们享受现在的幸福
　　　　吧。和我们不幸的国王相比，我们是多么幸运啊。

年轻的工头　你说得是。（打起精神，站起身来）你看，这就
　　　　是我们现在正在雕刻的观世音菩萨。再过大概一个
　　　　月，它就完工了。像这样的菩萨头像会簇拥成群，
　　　　雕刻很多很多。

少　女　（一直站在远处观看）真是张美丽的脸。

年轻的工头　（走到少女身边，把手放在她的肩膀上）这就是
　　　　传说中的"拈花微笑"——轻柔的、几不可见的微
　　　　笑。要表现出双唇两端的那些不可言喻的线条，实
　　　　在是难上加难……我想到了初升的月亮。月光隐约
　　　　地照亮森林，看起来就像笼子一样。那朦胧的月光
　　　　正是最初的征兆，这征兆既不像满月那么明亮，也
　　　　失去了蛾眉月的锋芒，而是像第五天的月亮那样，
　　　　渐渐地洇染进了夜空——我想，这就是观世音菩
　　　　萨的微笑。为了雕刻出这种微笑，我真的是费了一
　　　　番苦心。不过，只要成功一次，后面再做就很容易
　　　　了。我只要一遍又一遍地复制同样的微笑就行。

少　女　这真是一张安静而美丽的脸。它看起来是这样地丰
　　　　　饶，仿佛能够包容一切、宽恕一切；可是，尽管如
　　　　　此，这张脸上却有一种难以言表的忧郁和孤独……
　　　　　我说啊……

年轻的工头　怎么了？

少　女　我……我以前见过这张脸。

年轻的工头　你是说观世音菩萨的脸？

少　女　不，是一张和它一模一样的脸……对啊，这是陛下
　　　　　的脸。

年轻的工头　咦？

　　　　　〔这时，从地下传来了阴沉的合唱。〕

年轻的工头　你听，那是挖掘地下墓穴的犯人们的歌声。现
　　　　　在，他们一天的工作结束了，马上就要出来了。女
　　　　　人不能被他们看到。回家吧。

少　女　可是……

年轻的工头　好了，快点。

　　　　　〔少女从舞台左侧退场。被锁链锁住的囚犯们在一名
　　　　　手持鞭子的牢头的带领下，从舞台中央的洞穴里一
　　　　　边唱歌一边登场。牢头向年轻的工头行礼。〕

年轻的工头　辛苦你了。我看犯人们也很累了。让他们好好
　　　　　休息。你拿着这些钱，给他们买点甜的东西吃吧。

　　　　　〔说着，递给牢头一些钱。牢头克扣了一部分，把余
　　　　　下的钱给了囚犯的头目。头目跪倒在地，向年轻的
　　　　　工头磕头。在牢头的带领下，囚犯们走上舞台左侧

［的花道。年轻的工头注视着每一个囚犯，囚犯们一个接一个地向他鞠躬。年轻的工头盯着排在队列末尾的囚犯。］

年轻的工头　让我看看你的手！

［囚犯伸出双手。年轻的工头立即向后跳开。］

年轻的工头　不好，染病了。（对牢头）把这个人单独隔离。剥掉他的衣服，烧了。不要让他再出来工作了，把他关在另外的地方。如果你不照办，我们的麻烦就大了。

［牢头将这个囚犯单独带出来，从他身上解下绳子。］

年轻的工头　其他人就交给我吧。

［牢头催促着那个囚犯，从舞台左侧退场。年轻的工头催促着其他囚犯，从舞台左侧的花道退场。］

［他们离开舞台之后，老工头和一群村民从观世音头像后面走了出来。他们一直藏在那里。］

老工头　看到了吗？

［村民们一齐点头。］

老工头　听到了吗？

［村民们一齐点头。］

老工头　疾病终于蔓延到囚犯的身上了。将来，我们又会怎么样呢？就说说到现在为止的情况吧，每个村民每个月都必须服十天徭役，抛下自己的工作，为了巴戎寺的建设而劳动。光是这一点，就已经是很重的负担了。而且，如果稍有疏忽，或者试图逃跑，就会被当成罪犯，被扔进监狱，无日无夜地被锁链捆着，在黑暗的地下劳作。现在，又加上了一条：还可能会得病。有的时候，从一些村子里会零零星星地传出有人得病的传闻，对于这种情况，我们只要远离病人就可以了。可是，如果像那样锁在一起的话，就完蛋了。你们看到刚才年轻的工头脸色煞白的样子了吗？在那样的人群里，如果有一个人得了这种病，所有人都会被传染上。过去有这样的例子。

［村民们不安地交头接耳。］

说到这里，所有的这一切都是因为陛下——当他胜利归来的时候，我们曾经以那样的喜悦欢迎他；一开始还挺好的，他向我们分发大米，把金子撒在我们的头顶。每个人都尊他为佛，把他当作观世音菩萨的化身看待。可是，当这座不吉利的寺庙开始建造，陛下生病的消息传到我们这些下等人的耳朵里的时候，事情就开始出问题了。他把政务抛到一边，将所有的执念都投注到这座寺庙的建造上。村庄逐渐穷困；徭役的重担愈增；更有甚者，现在有传言说，由于建设寺庙的费用超出预期，陛下已经开始准备削减士兵的数量了。到时候，如果占族卷土重来，发动进攻，我们该如何是好？我们顷刻之间就会被打败。即便他们没有进攻，如果工程这样继续下去，到了最后，所有的村庄都会被饿死的和患麻风病而死的人的尸体埋没，变成嗡嗡作响的金头大苍蝇的天堂……各位，你们怎么想？现在我们难道不应该好好思考这一切吗？

那个担任工头的小年轻随便就能对付。他是唯一一个对陛下言听计从的人；他被出人头地的欲望蒙蔽了眼睛，抛弃了我——对他有大恩的我；他只顾着自己的利益，因此误入歧途。都是因为他，我才只能从事医疗院、大浴场这种无聊的建筑工程。说到那座医疗院，一旦进了那个地方——你们知道哪怕一个在那里治好、出院的病人吗？

［村民们一齐摇头。］

一个也没有，对吧？再这么下去，你们大家只会得到两种下场：要么进医疗院，要么变成囚犯，被送进地下的建筑工地。在这片丰饶的柬埔寨的旷野里，贫穷但却充满光明的日子现在已经结束了。过去，我们可以随心所欲地偷懒，吃树上长出来的水果解渴，用河里捞出来的鱼填饱肚子。那些愉快的日子现在已经结束了……我们该怎么办？嗯？请大家每一个人都好好想一想。然后，请你们把所有的想法总结起来，再来找我。我会像亲人一样，热情地跟大家讨论。好吗？明白了吗？

［村民们点点头，彼此交谈了一会儿，向老工头表示感谢，然后退场。只有老工头留在舞台上。他抬头看看观世音菩萨的头像，"呸"的一声，向它吐了一

　　　　　口口水。他环顾四周，拿出一个鸽形的小哨子，吹

　　　　　了一下。宰相从密林深处现身。]

宰　相　干得好。我都听见了。

老工头　谢谢您。

宰　相　拿着。(把一包金币扔给他)

老工头　(感激地举起金币)谢谢您。

　　　　　[夜鸟的鸣声持续了一会儿。第二王后从舞台右侧树

　　　　　丛的阴影中现身，她察觉到正在发生的事情，便藏

　　　　　到了树丛里。]

宰　相　我负责处理掉国王，你就专心地鼓动民众，让他们

　　　　　对国王失去信心。就我刚才听到的来说，你不提我

　　　　　的名字是明智的，我看你没有白白变老。如果你过

　　　　　早地提到我的名字，他们反倒会认为是我在暗中操

　　　　　纵。要让反叛之心自然而然地像泉水一样从他们的

　　　　　心中涌现，渐渐地越来越强。你刚才没有谈到如何

　　　　　处置国王，这也是一种聪明的策略。他曾经那么受

　　　　　民众拥戴，现在又因为他的病而得到了同情。你现

　　　　　在还不能突然透露出(环顾四周，然后做出杀人的

　　　　　手势)这样的意图。你的任务，是把民众的心理自

　　　　　然而然地扭向那个方向。明白吗？

老工头　是的，我很明白。

宰　相　(仰望观世音的头像)首先，你必须让他们在这项

　　　　　毫无意义的工程中怠工。可能有一些人会出于信仰

　　　　　和对国王的感激而工作，你必须尽可能地向他们灌

输厌恶这种劳役的想法。随着越来越多的人开始怠
工，工程的停滞会让有病在身的国王愈发焦虑，而
他愈是焦虑，自然就会愈发地横征暴敛……这就
是我们的目标，这就是我们要等待的事情。你明
白吗？

老工头　是的，一切都遵照您的指示去做。

［从舞台右侧的树丛里，传来了铃铛叮当响动的声
音。这是第二王后手镯上的铃铛的响声。］

宰　相　等一下。

［宰相让老工头不要说话，然后把第二王后从舞台右
侧的树丛中拽了出来。］

老工头　王后殿下！

宰　相　你，退下！快滚，快滚！听见了吗？

［老工头连忙从舞台左侧退场。］

宰　相　您听到什么了？

第二王后　没什么。我想看一看观世音菩萨头像的进展，所
以来庭院里散散步。请你离我远一点，这样很无
礼。我要告诉陛下了。

宰　相　我听说，最近，第一王后从不靠近国王，只有您忠
心耿耿地侍奉着他。

第二王后　宫里的事情，我没有必要同你讨论。

宰　相　（温和地）您听到什么了？

第二王后　什么都没听到。

［这时，浮雕师出现在舞台左侧，寻找着什么。他捡

起了他之前忘在这里的工具。即将离开时，他注意
到宰相和第二王后正在舞台右侧，于是藏在舞台上
的布景后面，开始偷听。]

宰　　相　　没听到就好。

第二王后　　请注意你说话的方式。你是我的臣子。

宰　　相　　这种威严的口吻和您一点都不配。

第二王后　　……

宰　　相　　您的纯洁、谦虚、对国王一心一意的忠诚，为国王
　　　　　　的快乐而欢欣，为国王的悲伤而忧愁——只有这
　　　　　　些，才是上天赋予您的美德。摆架子耍威风，和您
　　　　　　的本性并不相称。

第二王后　　你挺了解我的。

宰　　相　　所以，我爱上了您。

第二王后　　（惊讶）你说什么？

宰　　相　　但是，很明显，您爱的是除我之外的某个人，因为
　　　　　　您并不爱我。

第二王后　　有谁会爱你呢？

宰　　相　　王后殿下，我这个人啊，生来就只对两种人有欲
　　　　　　望——我不爱的人，以及不爱我的人。我不爱丑陋
　　　　　　的女人，美丽的女人也不爱我。不过呢，我只会对
　　　　　　那些要么特别丑陋、要么特别纯洁美丽的女人产生
　　　　　　欲望。怎么说呢，对于那些和我非常相称的女人，
　　　　　　我倒是从来不会燃起占有的激情。

第二王后　　这不关我的事。

宰　相　水缸里的那条红色的、美丽的中国金鱼连看都不看
　　　　人类一眼，因为它正爱着那条红色的、美丽的雄金
　　　　鱼。所以，我想跟那条金鱼上床——就像您一样，
　　　　她的金色鳞片有一种非人的美丽。

第二王后　这样的话，你去跟蛇神纳姬上床不就好了？

宰　相　这个女人的眼睛紧紧地盯着另一个男人，她的心里
　　　　只想着他——而她却在我的怀抱里！啊，只有在这
　　　　种时候，我才会觉得自己像一个强大的神！

第二王后　那一定是地狱之神。

宰　相　没错。而您正适合成为地狱的王后……请您照照镜
　　　　子吧：现在，您的眼睛在愤怒、在轻蔑、在憎恨。
　　　　您这种锋利的美，是我们可怜的陛下从来没有见过
　　　　的。唯一能享受它的人是我。在陛下一无所知的时
　　　　候，您的美已经为我所有了。您把这种美慷慨地赐
　　　　予了我——只赐予了我；您总是把甜美的、温吞吞
　　　　的爱送给陛下，而把“憎恨”这种让人麻酥酥的胡
　　　　椒粉送给我。在这样一个慵懒的夏夜，恰恰是这种
　　　　胡椒粉，才会让人的舌头感到非常喜欢。

第二王后　如果我能成为一个冷酷无情的女人，不管那样是
　　　　好是坏，至少，就不会有人这样取笑我了。

宰　相　我什么时候取笑过您？

第二王后　就在刚才！刚才，你竟然以那么下流的口吻对王
　　　　后说话！还不快快退下！如果你再纠缠不休，我就
　　　　要告诉陛下了。

宰　相　我现在要对您做一件事，让您永远无法向陛下告
　　　　发我。

第二王后　你说什么？

宰　相　从今往后，您将永远没有勇气告诉陛下，在您的身
　　　　上发生了什么事情。

　　　　〔宰相试图侵犯第二王后。第二王后挣扎。她的梳子
　　　　掉在了地上。正当第二王后奋力挣扎时，太后从舞
　　　　台右侧的花道登场。〕

太　后　（挥舞着手里的鞭子）住手！快住手！

　　　　〔她把两人拉开，然后鞭打宰相。〕

第二王后　哎呀，您鞭打宰相……

太　后　我有权这样做。我是国王的母亲。

第二王后　请您还是停手吧。

太　后　你为什么要阻止我？

第二王后　可是，您为了我，这么地……

太　后　为了你？你别开玩笑了。

第二王后　您看，他是那么地痛苦。

太　后　王后居然会同情一个羞辱了她的人？

第二王后　不，我是说……

太　后　我明白了，你只是想显示你有一颗温柔的心。你的
　　　　误会可太大了。其实，我想鞭打的是你。

第二王后　（恐惧地）我……

太　后　"我是无辜的。我是纯洁的。"——你的眼睛总是这
　　　　么说。我应该鞭打你的眼睛……（说着，试图用鞭

子瞄准第二王后的眼睛）

第二王后 （捂住眼睛）请原谅我！

太　后 （没有在意她，而是对宰相说道）哎呀，很抱歉，你的脖子流血了。我来给你治疗。

　　　　［太后跪下来，亲吻宰相脖子上的血迹。］

第二王后 （震惊地）哎呀，母后?!（说罢，试图逃离）

太　后 （像豹子一样跃起，抓住第二王后的袖子）你不能走。你现在已经得知了真相。你不能再回到你那个徒有其表、华而不实的世界里去了。（对宰相）站起来！

宰　相 （站起来）每一次、每一次，我都非常感谢您赐予的教训，太后殿下。前些日子，我向您的侍女出手之后，您也没有鞭打我这么多下。

太　后 闭嘴！

第二王后 母后！

太　后 你不能走。留在这里，听我说。

　　　　［说着，在一块石头上坐下。］

　　　　［舞台左侧的浮雕师想要悄悄地离开。这时，一只夜鸟从他脚下飞起，发出可怕的尖叫，从舞台左侧飞出。太后、第二王后和宰相看向他的方向。浮雕师急忙从舞台左侧退场。］

宰　相 我看到有个人影……

太　后 人影是无处不在的。在晚上，人类的邪恶灵魂会做各种各样的梦，还会以人的身姿四处走动。你现在看到的，可能是你自己灵魂的影子。

宰　相　我去望风。（站起身来）

太　后　你去吧。（对第二王后）对了，现在时机正好，可以
让你听一听我的想法……你肯定知道，因为国王的
疾病，我有多么痛苦。

第二王后　我明白，母后。

太　后　你可真是温柔！我听说，你把他照顾得很好。相比
之下，第一王后最近却从不露面，她只知道回避国
王……不过，可悲的是，国王的病只会继续恶化，
没有痊愈的希望了。

第二王后　我一直都在向观世音菩萨祈祷，祈求他在这座寺
庙建成的那天完全康复。

太　后　观世音菩萨是靠不住的，不管菩萨有多大的力量。
病情正在一天天地恶化下去，世界上没有比它更可
怕的病了。那孩子的身体，那样美丽的身体……
啊，你理解理解我的感受吧。他曾经是一个像珍
珠一样漂亮的孩子，他是我的骄傲，也是我们王国
的骄傲。从很多年前开始，他那英勇无畏的美貌就
是我们王国的希望……可是，现在，这是怎么回事
啊！他那像鹿一样矫健的腿正在被侵蚀；他那像月
光一样光滑的手臂正在腐烂。

第二王后　我也一样悲伤。

太　后　不，怎么可能是一样的悲伤？那孩子无与伦比的美
貌、青春和力量是我们王国的财富，同时，这些也

都是我亲身生下、亲手培养的。现在，我比他本人更受打击。从我的子宫里生下来的是一轮满月，但是这轮月亮已经被不治的月食侵害。如果这一切不是对我的恶意、对我的侮辱、对我的嘲弄，又是什么？

［数不清的夜鸟发出啼鸣。］

就连夜鸟都在嘲笑我。你听我说。我生下的这个美丽而光荣的世界，不顾我的生育之恩，让自己美丽的面庞被药膏腐烂，日日夜夜地让我看着它，让我整夜睡不着觉，（夜鸟再次啼鸣）就像这样，对我发出异口同声的嘲笑……已经没有希望了。世界已经毁灭了。我只能再一次地重新开始了……

第二王后　再一次地？

太　后　是的，再一次地。

第二王后　（被难以言喻的恐惧攫住）您打算怎么做？

太　后　我一直在考虑这个问题。那孩子的病是不治之症。他的身体正在一天天地垮下去。至少，我也得挽救他那仅存的美丽容颜，把他从悲惨的命运中拯救出来，再一次地——再一次地，让那孩子得到幸福。为了这个……为了让柬埔寨能够再次由一个美丽、年轻、强壮的国王统治……我只有一个办法。为了拯救那孩子和我，只有一个办法……

第二王后　只有一个办法？

太　后　杀了那孩子，然后我再把他重新生下来。

第二王后　咦？（大吃一惊）

太　后　你不必惊慌。（萤火虫的数量增加，形成大群，围绕着太后）我不打算亲自动手。我允许你扮演这个光荣的角色。

　　　　　[第二王后吓了一跳，想要逃跑，但宰相抓住了她。]

　　　　　……怎么回事？怎么有这么多萤火虫？这一定是那孩子的眼泪——在每一个夜晚，他不为人知地流淌下来的闪光的眼泪。每天晚上，这些眼泪都会飘荡出来，向我陈诉。一定是这样的。那孩子的眼泪是在恳求我，让我趁着他还没有失去仅存的美貌时，把他杀死……一定是这样。（对第二王后）国王信任你。他只吃你亲手呈上来的东西，无论是药品还是食物。请你亲手杀了他吧。（跪在地上，哭泣）请你亲自动手。

第二王后　请您站起来。我不值得您这么做。

太　后　（抱住第二王后的腿）这是我母爱的证明；我只能给那孩子这样的证明了。求求你，照我说的去做。（递给她一个小药包）用这种毒药给他下毒。只需要吃一口，他就会当即死去……十天之后，如果国王还活着，你就会死，因为你没有遵守承诺。明白吗？万一你把这件事告诉他，会被怀疑的是你，而不是我……如果十天之内什么也没有发生，明白吗？你会死的。好了，你可以走了。

　　　　　[第二王后从舞台右侧退场。]

太　后　（抱着宰相的膝盖，哭泣）我终于做到了。终于……
　　　　那孩子真可怜啊！但我不能再继续看下去了——看
　　　　着他越来越丑……

宰　相　请您尽情地在我的膝头哭泣吧。好了，去宫殿里的
　　　　密室，让我在那里慢慢地抚慰您的悲伤吧。

太　后　请原谅我。你还痛吗？

宰　相　好了，您表现出同情，反倒奇怪。在您的身上，
　　　　同情是残忍、眼泪是杀戮，而温柔之心则是冷酷
　　　　无情。
　　　　［二人通过舞台右侧的花道退场。月亮照在观世音菩
　　　　萨的脸上。］
　　　　［过了一会儿，国王身穿金色锦缎的长袍，头戴
　　　　帽子，只露出苍白的脸，踉踉跄跄地从舞台右侧
　　　　登场。］

国　王　（仰望观世音菩萨）啊，月光照亮了菩萨的尊容。这
　　　　是多么清澄，多么沁人心脾的笑容……只有当我来
　　　　到这里，独自仰望菩萨面庞的时候，我才能够获得
　　　　内心的安宁。

　　　　　我已经失去了勇气，失去了我曾经拥有的取
　　　　之不尽的精力。我已经失去了仿佛能够让我永远在
　　　　天空中飞翔的青春——这青春使我每天早上都能像
　　　　换上一件新内衣一样，新鲜地穿上这个世界。我的
　　　　心灵看守着我的肉体，注视着它一天一天地崩溃下
　　　　去，而我的未来就像一座被肌肤雪白的榕树紧紧拥

抱的寺庙，只会缓缓地坍塌下去而已。

月亮啊，我们王朝的象征啊。您那冰冷而明亮的净化、您的冷血、您的忧郁——凭着所有这些，您为什么要让我受到这种痛苦的折磨，让我一边活着，一边感到血肉正在腐烂？我究竟做了什么？我没有犯下过任何深重的罪孽，难道不是吗？难道您想让我的肉体颓然崩落，好让您用您的寒光照亮我的白骨？如果您希望如此，难道不是还有别的办法吗？如果您让我在战场上被人一下子刺死，用不了多久，我就会被秃鹰吃得只剩白骨，正好可以承受您的光芒。

观世音菩萨，我祈求您，在我还拥有哪怕一丁点健康的肌体的时候，让巴戎寺落成。直到巴戎落成的那一天为止，请您至少允许我年轻的脸庞保持原样——让它沐浴在同样的月光之下，面对着您的面庞。

……不，不，这可能也是某种佛缘。回想起来，我身体崩溃的第一个兆候，就出现在我想要建造这座寺庙的那一天。当时浮现在我手臂上的、犹如中国月季一样的红痣，也许就如出现在山顶天空之中的明亮晨星一般。痣和晨星都是一个兆候，就像逐渐明亮的天空将晨星的亮光吸收，让它失去光芒那样，那块痣也许正标志着我们月亮王朝的无明黑夜即将结束，观世音菩萨慈悲的白昼之光即将到来。如果是这样的话，我的肉体——每一个人都曾经极尽言辞地称赞其美丽的肉体，只不过是让月亮发光而存在的黑夜而已。随着黎明的到来，我的夜之肉体就开始像这样崩溃。

难道不是吗？如果不是的话，我就无法理解为什么我精神上的觉醒和我肉体上的崩溃发生在同一天，恰好就像白昼和黑夜的交界。随着我的身体慢慢地崩溃，巴戎寺也在一点一点地接近完成。我正像这样，慢慢地把我自己的身体赠给这座寺庙。没错。这一定是观世音菩萨以他无限的慈悲所希望的。这么说来，我没有办法见到这座寺庙落成了。因为，当我的肉体迎来最终崩溃的时候，我的一切都会被赠送出去，让我的灵魂之庙、让世界上不会再有第二座的庙宇、让这座巴戎寺最终完成……在那一刻，我和观世音菩萨将会合为一体。

尽管如此——观世音菩萨带着他那神秘而美丽的微笑，君临一个所有人都死尽的国家，他到底想做什么呢？到了那时，能够接受他的慈悲的人已经不存在了，难道不是吗？

啊，高洁、清净、尊贵的观世音菩萨。请您移走那些依然留在我身上的尘世苦难，移走我每天都必须背负的、重量与日俱增的灵魂重荷。请您怜悯我的处境——我从荣耀和荣华的巅峰跌入了草木不生的熔岩谷底。请您怜爱地关怀我所经历的可怕时日——在这黑暗之中，只有这颗跳动的心脏还活着；在心灵的黑暗洞穴之中，我不得不听着自己的肉体像水滴一样一点一滴、永不间断地滴落的声音。请您伸出援手，直到寺庙庄严地闪耀光芒的那一天为止——让这个现在已经穷困潦倒的国家的贫瘠衰耗的资源能够撑到那一天。

［说罢，国王跪倒在地，开始祈祷。祈祷之后，他发现第二王后的梳子正躺在自己的脚边。他拾起梳子，对着月光看着它，思考着。］

［这时，从舞台左侧的花道尽头传来了欢快的中国音乐。国王竖起耳朵，收起梳子。在几个随从（每人都举着火把）的带领下，中国的大官及其夫人坐着轿子登场，后面跟着一个乐队。］

［大官注意到国王，命令轿子停下，和他的夫人一起下轿。他们深深地鞠了一躬。］

大　官　哎呀哎呀，陛下您这是在散步啊。我叫刘万福，是大宋朝廷的特使。这位是内人。

国　王　你们这么晚过来……

大　官　是啊，陛下。船靠港之后，我们顾不得歇脚，急忙赶路，深更半夜地来拜会您。

国　王　看起来，你们一定是有什么十万火急的事情要办。

大　官　是这样的，贵国的翠鸟羽毛向来以其无与伦比的美丽而闻名，它在我国宫廷的女士中很受欢迎。然而，可悲的是，我们两国之间的贸易很少，因此我

国的翠鸟羽毛非常稀缺，远远不能满足人们的需
求。因此，天子命令我来到您的国家，向您当面求
购翠鸟羽毛。

大官夫人　请您看一看我，陛下。我们会像这样，把翠鸟
羽毛用于刺绣、用于发饰。我们非常珍视它们。
而且，尤其重要的是，我们必须使用贵国的翠鸟
羽毛。

大　官　无论这些羽毛是什么价格，我们都会支付。即使
有成千上万的羽毛，我们带来的黄金也是足够的。
您看。

　　[他向侍从示意，侍从把一个箱子搬到国王面前。箱
子里的黄金闪闪发光。]

国　王　啊，观世音菩萨这么快就回应了我的祈祷吗？或
许，就连我的病，菩萨也可以……？

大　官　咦？

国　王　请吧，请您去宫殿里休息吧。

　　[大官及其夫人深深地行礼。然后，在乐队演奏的中
国音乐之中，所有人从舞台右侧退场。]

第二场

　　[第一王后在王宫中的卧室。从舞台左侧的窗户可以
看到蛇神之塔。前一场的十天后。]

　　[第一王后躺在舞台右侧的帷幕后面。第二王后在
舞台左侧。窗外是晚霞。舞台上有孔雀、猴子等

道具。]

第二王后　你还是不允许我见一见你吗?

第一王后　(从帷幕内)可怕的晚霞。我不想走出帷幕,让自
己暴露在晚霞之中,那肯定会让我看起来像个被活
活烧死的女人……不过,这难道不是很有趣吗——
第二王后特地来第一王后的房间拜访她,就好像你
完全抛弃了自己的矜持……为什么?

第二王后　……

第一王后　为什么?……你没有回答。

第二王后　我是来你这里寻求保护的。

第一王后　谁在追赶你?

第二王后　我不能告诉你。

第一王后　你是说,在这座宫殿里,有人要加害于你?

第二王后　我也不能告诉你。

第一王后　你从来没有和我直接说过话,可现在却来恳求我
了。我要怎么做?

第二王后　你让我在这里躲一两天就行。不管谁进来,你都
说你没有看到我,这样就行……也许,明天我就有
办法逃到国外去了。我的侍女们正在努力帮我……
我还有一个请求……

第一王后　什么请求?

第二王后　在我离开之后,能不能请你体贴入微地照顾
陛下……?

第一王后　我……

第二王后 不，不是说非你本人不可。你可以找一个人，命
令她来照顾陛下……随着他的病情日渐严重，他变
得特别任性。

第一王后 （不情愿地）我答应你。

第二王后 非常感谢。

　　　　［——停顿。］

　　　　［终于，第一王后从帷幕里发出一声深深的叹息。］

第二王后 你不舒服吗？

第一王后 不……我从这里向外看去，可以看到成群的白鹭
飞向沼泽，飞向在夕阳余晖下宛如熊熊燃烧一般的
沼泽。它们的翅膀被染成了红色；它们优雅的身姿
融入了夕阳，看起来就像一群疯狂的白衣巫女一
样。曾经有人说什么"眼睛能看见的大自然是和平
的"，其实，大自然真实的样子就是疯狂。

第二王后 在我小时候，我妈妈曾经指着一片沼泽对我说：
"那片沼泽有病。"那也是在今天这样的夕阳之下，
沼泽里淤积着黄、红、绿、灰、紫五种颜色，这些
颜色还在不断变化。一些朽木从沼泽里伸出，野猴
的叫声早已死绝，到处都看不到活物的身影。

第一王后 真奇怪呀。一想到你很快就要离开这里，我就可
以和你像姐妹一样交谈了。

第二王后 那我现在可以看看你的脸吗？

第一王后 好吧。咱们就来吃一杯中国茶吧。（摇铃）奉茶。

　　　　［第一王后走出帷幕。她穿着长袖的衣服，长袖完全

遮住了她的双手。在接下来的对话进行的时候，中国茶被端了进来。]

第二王后　既然我已经决定离开，现在就不用拘泥那么多了。借这个机会，我问你一个问题可以吗？为什么陛下发病之后，你就完全不跟他见面了？

第一王后　因为我爱他。我不忍心看着他美丽的身体崩溃下去。你能理解我吧？你善良、温柔、充满忘我的献身精神——这些让你比我更加坚强。

第二王后　这是因为，我爱的不是陛下的身体，而是他的心灵。

第一王后　陛下的心灵，不过是一颗庸常的心灵罢了。在这方面，他与寻常的男人别无两样。使陛下优越于常人的，是他那高贵的青春和美丽，仅此而已，难道不是吗？现在这些都已经消失了。因此，就像这样，我把自己关在房间里，只是一味地回忆陛下过去的模样。

第二王后　你不担心陛下未来会怎么样吗？

第一王后　未来？未来不就是他的肉体坍塌成纠缠的一堆，看起来就像红树林的树根一样吗？你说，除了这个，还有什么别的未来？（愤怒起来）不仅是陛下。我们这个柬埔寨的月亮王朝还有什么未来？……一切都会被侵蚀，就像被时间的浪潮侵蚀的岩石；曾几何时，陛下和我，一个充满男子气概，威风凛凛；另一个充满女性魅力，风姿绰约。我们就像毗湿奴和辩才天那样，是一对世间罕见的夫妇，但是这对夫妇现在已经崩溃了。我已经没有别的办法，只能躲藏起来了。

第二王后　听到了吗？又又开始了——僧侣们在傍晚持咒的声音。

　　［阴森的钲声和僧侣持咒的吟诵声从高处随风飘来。］

　　［第一王后用袖子覆着手，拿起一只茶杯。第二王后惊讶地看着她，于是第一王后又将茶杯放回桌上。］

　　［夕阳的余晖渐渐褪去，但吟诵声和钲声依然持续。］

第一王后　这是蛇神之塔在傍晚诵经的声音吧？

第二王后　这声音会一直持续到晚上。当它停止的时候，陛下就会进入蛇神纳姬的房间，于是一切都寂静无声。

第一王后　啊！日日夜夜，从那座塔里传出的声音是多么可厌。但是，紧跟在那声音之后，那座塔陷入的沉默更加可厌。我必须让我的丈夫每天晚上都去伺候蛇神的女儿……可这又有什么用呢？如此令人想去诅咒的忍耐，如此难熬的痛苦，尊严遭受践踏，嫉妒漫无目的……如果这些都是为了丰收，我倒是无论如何还能忍受；可是，正是在陛下开始履行他的职责之后，所有这些灾祸才降临到我们身上。陛下的病；我们国家的衰落；人们心中的棘刺——这就是陛下履行职责所带来的结果……纳姬肯定是一个邪恶的女人，陛下被她魅惑，才变成了这样。尽管如此，我们却从来没有见过纳姬的样子，一次也没有。

第二王后　我不会嫉妒不可见的东西。毕竟，嫉妒也没有用。

第一王后　你就是这样的人。这就是为什么大家都喜欢你。可我……

第二王后　你很痛苦吧？

第一王后　是啊，夜以继日地，我没有办法让纳姬离开我的脑海。我一直在想，我必须不惜一切代价，从纳姬那里夺回陛下，从那个不可见的女恶灵那里夺回陛下……我恨她。我恨那个女人。她远远地支配着我们，把我们的爱情搅和得乱七八糟。

第二王后　没有这回事。我以我自己的方式爱着陛下，陛下也以他自己的方式爱着我。

第一王后　我也一样。

第二王后　除此之外，我们还需要什么呢？

第一王后　（竖起耳朵）听啊。那钲声。那吟诵声。这些声音从塔的顶端乘着晚风滑落，就像一条看不见的蛇。僧侣们肯定能看到她。一个永远年轻、永远闪烁着火焰之舌的蛇女……她独占了陛下。

第二王后　她没有独占。归根结底，现在是你避开他，不再争夺他的爱了。

第一王后　你不明白。她的爱，是把一个男人彻底俘获的爱。这种爱会在男人的身体和心灵的每一个角落印上纹章，哪怕身体仅仅移动分毫，这个男人都会立即想到她的爱。陛下患上的麻风病，也是她的爱的一种形式。它使他的肉体腐烂、骨头干枯，让他哪怕片刻都不能忘记这种爱……譬如说，一个男人觉得自己正在自由地沿着原野上的小道前进。日头在原野的尽头落下。这时，这个男人察觉到了，这夕阳、这原野，乃至正在地平线上吃草的象群的剪影，都是由那个女人安排的，为了抚慰这个男人的心灵，她在地面上陈设了所有这些。在他穿的衣服里，在他呼吸的空气里，那个女人都像微粒一样存在……我们能这样爱陛下吗？

第二王后　听你的口气，你好像不是憎恨纳姬，而是憎恨陛下。

第一王后　我为什么要憎恨陛下？

第二王后　也许是因为，他没有像你希望的那样爱你。

第一王后　你太失礼了。

　　　　　〔一个侍女匆匆跑了进来。〕

侍　女　太后殿下来见您了。

第一王后　怎么会呢？这也太突然了。（对第二王后）嗳，快点！

　　　　　〔第二王后藏了起来。〕

　　　　　〔太后登场。〕

太　后　第二王后在哪里？

第一王后　这个嘛，我不知道。

太　后　她一定还藏在宫里的什么地方。你最好不要帮她

　　　　躲藏。

第一王后　我为什么要……

太　后　别装了，她的侍女已经招供了。她想逃离这个
　　　　国家。

第一王后　既然您都已经知道这么多了……（冷冷地）好了，
　　　　出来吧！

　　　　［说着，用眼神向太后示意第二王后藏身的地方。］

太　后　你居然敢背叛我……

第二王后　（害怕得脚步不稳）请原谅我。

太　后　如果十天之内……我说得不是很清楚吗？现在已经
　　　　是第十天了。我还以为你已经做好心理准备了。结
　　　　果你只是在逃、在躲……好了，跟我来吧。

第二王后　饶了我吧，母后……

太　后　我说，跟我来！

　　　　［太后要把第二王后拽走。就在这时，国王进来了。］

国　王　怎么了？发生什么事了？

　　　　［所有人都沉默不语。］

　　　　为什么你们都躲着我？第一王后，母后，就连第
　　　　二王后也躲着我。（向她们逐一追问）为什么避开
　　　　我？你们是害怕我，还是害怕我的病……？为什么
　　　　要避开我？我可是柬埔寨的国王。你们每一个人
　　　　都是光辉闪耀的王室成员。可是……为什么要避开
　　　　我？（对第二王后）就连你，就连你也躲着我。我
　　　　从你的侍女那里听说了，你要逃到国外去，是吗？

没有你的丈夫我这个国王的允许……就连你也躲着
我吗？——昨天你给我换绷带的时候，靠在我的身
边，哭得是那么伤心……就连你，我所知的唯一一
个心地温柔的女人，也躲着我……（对太后）您也
是，母后……您躲着我，躲着您的亲生儿子，就好
像我是某种不祥的东西，就仿佛金光灿烂的柬埔寨
国王是一只倒毙在路边、爬满苍蝇的死羊……您难
道不觉得愧疚吗？您的心难道就不痛吗？（对第一
王后）还有你……你的丈夫刚一得病，你就抛弃了
他，对他不闻不问，每天晚上都让歌手唱歌，让乐
师奏乐，就这样沉迷于享乐……

第一王后　这是因为我害怕您——害怕您的罪孽，那些我不
　　　　　知道的罪孽，那些让您的身体崩溃的罪孽。

国　王　不要找借口。你就照实说吧，这是因为你无情，是
　　　　因为你有一颗冰冷的心。

第一王后　我会说的。我避开您，正是因为我无情，正是因
　　　　　为我有一颗冰冷的心。是啊，因为我只爱美丽的事
　　　　　物，因为现在的您……

国　王　现在的我……

第一王后　……既不美丽也不年轻。您只是一个麻风病人而
　　　　　已。要我说爱您，这是不可能的。

国　王　你躲着我，是因为你不爱我。

第一王后　是的，因为我不爱您。

国　王　这是谎言。

第一王后　谎言？难道您这么狂妄自大吗？

国　王　这是谎言。（说着，他走近第一王后，抓住她的一只手臂，卷起它的袖子。出现了一只可怕的手，有着扭曲的手指）看看！

　　　　　[第一王后尖叫起来，把她的手抽回来，立即藏回袖子。太后和第二王后十分震惊。]

太　后　哎呀，你也被疾病……

国　王　是的，母后，这个女人也成了麻风病人。（对第一王后）说吧，你为什么要隐瞒？如果你不隐瞒，我可能还会对你产生一些怜悯之情。

第一王后　我为什么需要您的怜悯？

国　王　你和我变成了同等程度的人。现在，你才成了我真正的王后。

第一王后　（捂着脸）不对！

国　王　哪里不对？

第一王后　不对！既然我是麻风病人，我孤身一人就足够了。既然您也是麻风病人，您孤身一人也足够了。两个麻风病人彼此相爱——啊！那太恶心了。

国　王　我们为什么要彼此憎恨？

第一王后　我们不是彼此憎恨，只是我憎恨您而已。为了防止麻风病人的爱像火雨一样淋在我身上，我躲开了。在躲避的时候，我尽可能地不看向您。我避开了您。这样一来，您就会变得越来越像麻风病人，而当您完全变成一个麻风病人的时候……您能理解

　　　　　　吗？到那时，我就不再是麻风病人了。

国　　王　你这个人，怎么这么固执！如果我说"就算你美丽
　　　　　　的外表崩毁了，我也爱你"呢？

第一王后　您爱上这样一个崩毁的我？还是免了吧！但您是
　　　　　　肯定会爱上的，不是吗？我宁愿您憎恨我——在我
　　　　　　还像这样保留着美丽的时候；每天早晨，我都会看
　　　　　　着镜子，叹息着对自己说："我仍然美丽，仍然美
　　　　　　丽；在我仍然美丽的时候，我仍然可以折磨陛下。"

国　　王　啊！

第一王后　看啊。一旦您得知了我的病情，您就不再痛苦
　　　　　　了。不管您再怎么试图掩饰，您的眼睛里已经现出
　　　　　　了喜悦，您的眼睛里已经重新有了光亮！这就是麻
　　　　　　风病人之间的爱，是我们彼此之间残酷的和睦。我
　　　　　　不能再爱您了。

国　　王　这么说，迄今为止，你一直爱着我。

第一王后　是的，就在我能够折磨您的时候。

国　　王　而我却不能折磨你。

第一王后　您折磨我了。您和那条女蛇神纳姬每夜每夜都在
　　　　　　床上……

国　　王　你嫉妒了？

第一王后　对于不可见的东西，我不可能嫉妒。

国　　王　你嫉妒了？（笑）

第一王后　您为什么笑？

国　　王　纳姬是唯一一个绝对不会避开我的女人，不管我是

不是麻风病人。(说着，就要离开)

第一王后 (追上去)您要去哪里？

国　王 你还问我要去哪里？每天固定的时候已经到了，仅
　　　　此而已。纳姬正在她的床上等着我呢，我不去不
　　　　行。你知道的，她才是我唯一的王后。(说罢，匆匆
　　　　离去)

第一王后 陛下！

第三场

[紧接着前一场。蛇神之塔顶层的神殿。一束高高的
火焰在舞台中央升起。]

[国王进入神殿。他躺在位于舞台边缘的床上，解开
长袍，露出前胸，等待着。]

[没过多久，传来了蛇的鳞片在地上滑动的声音，以
及蛇的信子嘶嘶作响的声音。]

国　王 你来啦。别害羞，我可爱的纳姬，我永远年轻的新
　　　　娘。上床来吧……美丽的、光滑的、闪着灿烂绿光
　　　　的、从海潮中诞生的你。让这海潮包裹我吧……只
　　　　有你，才是我的慰藉。你是这世上的唯一一个女
　　　　人，唯一一个仅仅和我在一起就会快乐得颤抖的女
　　　　人……纳姬，不要用你的火焰之舌这样灼烧我的
　　　　身体。哦，纳姬，不要发出这种声音，发出这种在
　　　　喜悦中咽喉作响的声音……可爱、纯洁、温柔的纳
　　　　姬。把我包裹在你冰冷的绿色鳞片的波浪之中，今

晚，也请你把我带到那片无限遥远的海域，带到那
个位于大洋尽头、没有悲伤和愤怒、没有痛苦和忧
虑的国度……你不懂得同情，也不懂得嫉妒。你只
会用爱，用你那温柔如海、深不可测的爱，抚慰
我……纳姬，这样的我，为什么可以给你带来如此
的慰藉？……你不要那样喘息，让舌头发出激烈的
嘶声，宛如牧笛一般的嘶声。纳姬，你为什么能在
喜悦中如此地沉溺？……难道你不怕我吗？难道你
不觉得我可厌吗？纳姬呀，你这永远如少女的脖颈
一般光滑、永远闪亮的纳姬呀，你是我永远的新
娘……温柔的、温柔的、温柔的纳姬呀。

　　［鳞片的滑动声和信子的嘶嘶声持续了一会儿。］

　　［突然，门吱呀一声打开了，第一王后跑了进来。］

国　王　（惊愕地）你不能来这里！你会受到神罚的！你会遭
　　　　到可怕的灾难的！

第一王后　我已经受到了神罚。我已经遭到了可怕的灾难。
　　　　我还怕什么呢？

国　王　快退下！女人不能进入这里。

第一王后　那里不是就有一个女人吗？就在您的床上。

国　王　她是一个神圣的女人，一个不可见的女人。人类女
　　　　性禁止进入这里。

第一王后　我不是人类。（她把手从袖子里露出来。手看起来
　　　　像龙的爪子）您看啊。我的手已经变成蛇神的手了。

国　王　快退下！快退下！

第一王后　不。（说着，扑到床上）我爱您。从今晚起，我不
　　　　　会让您离开了。我绝对不会让您离开了。我会成为
　　　　　蛇神纳迦的永远年轻的女儿……我不会让您……

　　　　　［说着，她缠了上去。国王避开她，站起身来。］

国　　王　你在干什么？

第一王后　您避开我吗？因为我是个麻风病人吗？

国　　王　你冒犯了纳姬的神圣仪式。

第一王后　我是纳姬。我正是纳姬。从今晚起，过去的纳姬
　　　　　毁灭了，崭新的纳姬会在您的床上每夜每夜地侍奉
　　　　　着您。我会拥抱您的全部，使您完全属于我一个
　　　　　人……现在，我就要变成纳姬，就在您的眼前……

　　　　　［第一王后一步一步退却，然后跃入舞台中央的火焰
　　　　　之中。随着一声尖叫，她被烧成了灰烬。］

　　　　　［国王惊愕地倒下。鳞片的滑动声和信子的嘶嘶声在
　　　　　房间里高高响起。］

　　　　　［门被打开，太后和宰相冲了进来。］

太　　后　国王呢？国王在哪里？

宰　　相　王后应该也在这里……

太　　后　（发现国王）啊……他没有死，只是晕倒了。他看见
　　　　　什么了？

宰　　相　（缓缓地拔出剑）现在，如果我们在这里杀了国王，
　　　　　所有人都会认为是蛇神杀了他。我们还可以把罪
　　　　　行推给第一王后。没有比现在更好的机会了。在
　　　　　他昏迷的时候一剑杀了他，也是一种仁慈。请您转

过身去，我一下就可以把事情解决。这样一来，所有的幸福和繁荣都会立刻回来，巴戎寺的建设会中止，我们可以让王国重获以前的辉煌。然后，您还可以生下一个比这个国王更加美丽、更加强大的国王——能够帮您做到这些的，不是别人，正是我。

太　后　（哭泣着说）你想做什么就做吧。毕竟，这本来就是我所希望的。我可怜的孩子……总有一天，我会让你复活的。

　　　　［太后转过身去。宰相准备刺杀国王。太后突然拔出短剑，在宰相的背后刺了一剑。宰相惨叫着倒下。惨叫声唤醒了国王。］

国　王　纳姬……纳姬……

宰　相　（鼓起最后的力量）陛下……

太　后　我救了你的命，国王。他正要刺杀你。看啊，他的手里正握着叛逆的剑。

国　王　母后……我的王后她……

宰　相　您的王后把她的贞操卖给了我。

国　王　（摇晃宰相）哪个王后？告诉我！哪个……

宰　相　是第二王后。那天晚上，在寺庙里的没完工的观世音菩萨面前，我侵犯了她……

国　王　所以，那一晚我捡到的梳子……告诉我！告诉我！你是怎么侵犯她的？

　　　　［宰相死去。］

太　后　他临死之前没有说我的坏话。他是个可怕的坏蛋，

但他也是个坚守原则的男子汉。(对国王)那，第一
王后呢……?

国　王　(茫然地)她已经变成了纳姬。

——幕落——

第三幕

第一场

［前一幕的一年后。白天。］

［癞王的露台①，背景是宫殿。露台的中央停着一顶华
丽的金色轿子。"癞王"坐在轿子里，他的脸被包裹
起来，只露出眼睛。年轻的工头，以及一些士兵和
侍女环绕着他。第二王后侍立在与他们相隔一段距
离的地方。］

［幕布升起之后，远远地传来了木质牛铃"喀啷喀
啷"的轻响。所有人都侧耳聆听。在牛的哞哞叫声
中，混杂着石匠们雕刻石头的声音。］

第二王后　看啊。(说着，指向观众席)都建好这么多了。今
天正好是第一王后投身火焰一周年的日子，如果她
能亲眼看到，想必也会万分喜悦。宰相去世之后，
叛乱的征兆也断绝了。从那时起，这个国家就享受
到了静谧的、尽管是衰弱了的和平。村民接二连三

———————
①　癞王的露台是实际存在于吴哥古迹中的一座建筑。参见本书最后的"作
品解题"。

地逃跑了，就连首都大道也变得人影稀疏。尽管如此，多亏了工头，建筑工人们还在努力工作。如今，所有人都把自己的梦想押到了巴戎的落成上。不过，你说还需要一年时间，是吧，工头？

年轻的工头　尽管我催促他们夜以继日地工作，但是无论如何还需要一年。

第二王后　再过一年，传播到柬埔寨的神王崇拜①理念就会变成现实——建造寺庙的国王与寺庙合为一体，从此之后，这位国王会被视为这座寺庙所供奉的神佛的化身，人们崇拜他，就相当于崇拜神佛本身。到了那时，陛下将与菩萨合二为一，来巴戎寺祈祷的人将不再能够区分陛下和观世音菩萨。换句话说，陛下将会成为观世音菩萨。这一切是否能够实现，都取决于你的努力，工头。

年轻的工头　是，我明白。我会不惜身家性命，实现陛下的梦想。这是我的职责。

国　王　（声音嘶哑）……那是什么声音？我听到了什么声音？在工地上的锤子敲击声的间隙，我听到了欢快的、令人怀念的、犹如铃声一般的声音。

年轻的工头　陛下，像您这样高贵的人，不知道这是什么声音，也很正常。牛的主人会在拖运石料的牛的脖子上挂上木铃，这就是木铃的声音。即使休息的时

---

① 神王崇拜（Devarāja），一种源自印度教的概念，将国王视为现世的神明。

候，牛在森林中迷路，主人也可以靠着这可爱的铃声，知道牛在什么地方。

国　王　是吗。的确是可爱的铃声……黑色的瘤牛在石料之间走动。石料被切割开的断面在阳光下闪闪发光。一切都充满了活力——是啊，这正是人们在健康地劳动着的时候散发出的活力，仅仅是劳动本身就能激发他们的喜悦——即使在这里，我也能感受到这种气氛。虽然我这次出门是为了给母后送行，但是，在这里感受到的一切，也是挺快意的。

第二王后　不过，陛下，您还是不应该在阳光下待太久。御医是这么嘱咐的。

国　王　（没有理会）我好久没有出门了。我已经厌倦了黑暗，也厌倦了月亮。在这光辉灿烂的白昼，吹过棕榈树和椰子树的风多么令人愉悦。就连在我耳边盘旋的虫子的嗡嗡声，听起来都是那么悦耳。（对年轻的工头）你的前任，那个一直企图阻挠你的工头怎么样了？

年轻的工头　宰相去世之后，他立即逃到国外去了。

国　王　是吗。这一定让你的工作更轻松了……对了，我也好久没在宫廷里看到占星术士了……

第二王后　那个占星术士早就跑了。

国　王　（大怒）我告诉过你，不要直接对我说话！

第二王后　（跪倒在地）陛下恕罪。

国　王　我允许你留在我的身边，你应该感恩戴德。我这样做，仅仅是因为你请求我这样做。不过，如果你想弥补你犯下的罪，最起码的，你得遵守规矩才行。你不可以直接对我说话。你再也不要表现出一副和我很熟悉、很亲密的样子。

第二王后　谨遵圣命。

国　王　那，占星术士呢……?

年轻的工头　我听说他跑了。

国　王　是吗。他干嘛要跑呢。真是个蠢货。当初他说过，把巴戎寺朝东建会带来厄运。的确如此。他本来可以向我邀功请赏的。

年轻的工头　惶恐之至，陛下，我有个请求……

国　王　什么事?

年轻的工头　究竟发生了什么，我们这些下等人无从揣测。可是，王后殿下是这么关心陛下您的身体，我们所有的工匠都说，她是贞淑的典范，即使在整个世界上，也找不到第二个像她这样的人了。可是，为什么陛下您对她却如此残酷? 请您体会王后殿下的内心……

国　王　闭嘴! 闭嘴! 这是何等的僭越! 你，一个普通的工匠，竟敢对王室的私事插嘴! 你要是再说下去，我可饶不了你!

年轻的工头　遵命，万分抱歉。

第二王后　工头，我理解你的感受，但还是请你不要管这个闲事。

年轻的工头　请原谅。我太冒失了。

国　王　专心在工程上，才是你的职责。哎呀？（凝视着什么地方）那块石料的断面突然喷出了白色的火焰，崩塌了！这是怎么回事？啊！那块也是，那块也……

年轻的工头　怎么了，陛下？

国　王　石料都崩塌了，碎得和泥土一般无二。啊，那些黑色的瘤牛正在融化。牛的形体正变得模糊不清，扩散开来……

年轻的工头　陛下！请您清醒一点！一切都没有变化。牛正在摇头晃脑地走着；石匠正在充满活力地挥舞锤子；绿色的蔓草正在被割下。

国　王　真的吗？

年轻的工头　真的。

国　王　这么说来，病终于发展到我的眼睛上了。

　　　　［所有人黯然沉默。］

　　　　［乐队的音乐声越来越近。音乐是柬埔寨和中国曲调的混合，十分热闹。］

第二王后　看啊，母后现在准备启程了，和中国的大使一起。

　　　　［所有人跪下。太后、中国的大官及其夫人登场，后面跟着乐队和一大批抬着箱子的人。］

大　官　陛下，今天，您看起来比往常更加健康，请允许我为此献上祝贺。您驾临此处为太后殿下送行，不仅显示了您深厚的孝心，同时也让我们感到无上的光荣。此外，我还要向您表示感谢，您允许我和内人在贵国逗留一年，在这一年之间，每一天的款待都无与伦比，我们对此感激不尽。太后殿下还对我国产生了浓厚的兴趣，将随我们一起回国；回国之后，我国将给予太后殿下最高等级的接待，我真诚地希望太后殿下成为我们两国之间友谊的纽带。最后，请允许我祝愿巴戎寺能够顺利落成，祝愿贵国从今往后更加昌盛繁荣。

大官夫人　我是女人，所以我会告别得更直爽一点。我对贵国的一切物产都非常着迷。您看，在这些箱子里面，有两个箱子装满了一百二十万只翠鸟的羽毛。我听说，因为这个，柬埔寨现在已经没有翠鸟了。但是，等我们回国之后，天子和后妃们一定会喜不自胜。除此之外，还有那么多的象牙、犀角、蜜蜡、树脂；还有藤黄，这是装饰在宫廷里的美丽画作不可或缺的颜料；还有许许多多的龟甲……在无雨的旱季，贵国人猎取乌龟的方式实在是太稀奇了，我绝对不会忘记。

大　官　是啊。观赏那次狩猎，也是这场旅途中的一次愉快的回忆。

大官夫人　用火和烟把乌龟从它藏身的洞穴里熏出来，然后再让狗把它叼过来，就跟猎兔子一样。（欢快地笑了起来）真的是太有趣了！那只乌龟在狗嘴里扑腾着小短腿的样子！

大　官　你不要笑得这么放纵。

大官夫人　不好意思。但是，享受这个世界上的生活，是我们国家的做派。没错，到处都有不幸的事情，这个世界充满了不幸。但是，吃好吃的，发胖，大笑，并不意味着轻视别人的不幸。我们也不怕得病；我们从我国带来了大量的护身符。而且，所谓得病，归根结底，只有那些把目光从这个世界的喜悦和欢乐上移开，憧憬并且梦想着这个世界以外的事物的人才会得病。

大　官　嗳，嗳，言语谨慎一点。

大官夫人　不好意思。但是请不要忘记，曾经有一位旅行者在贵国逗留了一年，她在这里只看到了美好的事物、美丽的事物、欢乐的事物。贵国的景色优美，贵国的人民热情。这里的饭菜美味，水果丰富。无论去哪里，都可以骑着大象享受乐趣，舞者们也有着十分悦目的美貌。所有这些，都是我铭记一生的美好回忆。真的非常感谢。

大　官　好了，够了，够了。由于我们两国之间开放了贸易，对于陛下全心全意关注的巴戎寺的建设，我们也能助上一臂之力，对此，我们感到无上的喜悦。（望向观众席）哦，工程进展得很顺利嘛。跟我们刚到贵国时看到的相比，简直是天差地别呀。我想给工匠们送一些离别的赠礼。工头，能不能麻烦你把主要的匠人召集到这里？

年轻的工头　好的。

　　〔说罢，暂时退场。〕

太　后　告别的时候到了，国王。请你原谅我。承蒙刘万福夫妇的好意，我决定搬到宋国去生活了。你一定会认为我是一个残酷的母亲；但是，刘大人的照顾真的对我帮助很大。继续留在这里，我会发疯的。你也许会认为，就算发了疯，母亲也有责任陪在自己儿子的身边；但是当我想到，你看到母亲发疯时会有多么悲伤，就宁可像现在这样，让你给健康的母亲送行。我已经再也忍受不下去了。（说着，开始哭泣）还有，我不想再叫你国王陛下了。我想称你为我可爱的儿子；我已经没有勇气想象我儿子的未来了。请你原谅我这颗软弱的心吧。

国　王　这样就好。您走吧。请您离开这里，在外国幸福地生活，忘记一切，只是这样就好……麻风病人的慰藉，正在于被人遗忘。

〔在他们对话的时候，年轻的工头把浮雕师等工匠领了出来，让他们排好队。〕

太　后　（跪下，哭泣）请原谅我，我的儿子。这并不意味着我抛弃了你。我和自己斗争了很久，但是，最后我发现，我只有一条出路，那就是珍视着我曾经的生存意义——那个美丽而强壮的国王的幻影，你过去的模样，——继续长久地生活下去。对我来说，你永远都是那一天凯旋时的样子——永远是那个年轻的、光彩夺目的阇耶跋摩国王。

国　王　母后，您不相信观世音菩萨的慈悲吗？

太　后　我不相信。不管我怎么努力，我就是没法相信。因为正是在开始建造那座寺庙的那一天，这个国家的不幸也开始了。

国　王　但是，如果……如果我是观世音菩萨的话……

太　后　（眺望观众席）是啊，这些簇拥成群的观世音菩萨的面孔的确像你依然美丽时的脸。可是，（她长长地、空虚地笑了一声）即便如此……即便如此……

国　王　刘特使、夫人，那就拜托了。还请你们精心照看，让我的母后幸福地度过余生。

大　官　请陛下不要担心。

大官夫人　请您交给我们吧。

国　王　听到你们这么说，我就放心了。那，母后，祝您健康。

太　后　等一等！在动身之前，还有一件事我必须说。如果不说，我的心里就会永远背着一个包袱。

国　王　是什么事，母后？

太　后　当我在纳姬的房间里刺死宰相的时候，我不是对你说过吗？我刺死他是因为他要杀你，当时你昏迷不醒，我救了你的命。

国　王　是的，我至今依然感谢母后您的救命之恩。如果当时我被刺死，固然可以从这尘世的痛苦里解脱，但那样一来，我就不能实现观世音菩萨普度众生的弘愿了。

太　后　那些话都是真的。宰相的确企图谋反。他仓促行事，抓住那个机会，想亲手杀了你。在那一瞬间，我朝他背后刺了一剑。这是真的……可我必须得说，虽然我和他的动机不同，但是一直以来，我也想杀了你。

国　王　咦？

太　后　当时我在精神上已经走投无路了。我想我要把你再次生下来，用这种办法来复活你；为此，我必须在你依然美丽的时候杀死你。（说着，哭了起来）请你理解，我当时可能已经疯了。我的心一片混乱，除此之外，我想不出任何办法。一个母亲失常的心灵，可以想出各种难以置信的东西，比如砸碎夜空之中的月亮，比如把一百万头大象切成鲜脍……我请她，第二王后，来承担这个任务。

　　　　［所有人大吃一惊，注视着第二王后。］

　　　　当宰相企图侵犯她，她拼命挣扎的时候，我碰巧出现了。我威胁说，除非她在十天之内毒杀了你，否则我就会杀了她。我甚至把毒药都给了她。十天之后，为了逃离危险，她想逃往国外。就在那时，发生了那件事。自始至终，你的王后一直对你忠贞不贰。

国　王　那……宰相临死时说的那些话呢？

太　后　就像那样的邪恶之人所能说出口的话一样，那些话是彻头彻尾的谎言。由于无法夺取王位，作为报复，他对你撒了一个卑鄙的谎，好让你永远饱受折磨。

国　王　可是……为什么，您不早点告诉我？

太　后　这就是问题所在，我的儿子。自从我杀死宰相之
后，在过去的这一年里，我一直在独自思考——日
日夜夜都在独自一人思考，与我那几乎陷入疯狂的
心灵斗争。从那时开始，我就想要搬到宋国去住。
但我最担心的，还是我离开之后有没有能照顾你的
人。没有找到能让我安心托付的人，我是不能动身
离开的。因此，在那之后的一年里，我一直目不转
睛地盯着第二王后；对她来说，这一定是无比痛苦
的考验。她被你冤枉、被你疏远，却没有办法为自
己洗脱罪名。哪怕只是留在你的身边，对她来说都
是幸福。在你看不到的地方，她对你体贴入微、照
顾备至。看到她竭诚尽忠的样子，我终于可以安心
地离开这个国家了。只要把我的儿子托付给这位王
后，我就再也没有必要担心了。她简直是贞淑的典
范，常人根本无法效仿。

国　王　这样啊，这样啊。可是，我当时捡到的梳子……？

浮雕师　惶恐之至……

年轻的工头　嘿！这可是在太后殿下面前。

太　后　不要紧。你想说什么就说吧。过去，这个国家的
确有过高低贵贱之分；现在，我们柬埔寨只有两种
人——健康人和麻风病人。

浮雕师　惶恐之至。那天晚上，我发现忘了带凿子，对我来

说，那是很重要的工具，所以我又回到了工地。当时，我看到了不得了的事情，于是藏到了观世音菩萨的阴影里。我看到，宰相企图向第二王后殿下求爱……哎呀，那可真是……他是那么地纠缠不休、那么地暴力，王后殿下拼命抵抗，梳子也飞了出去，衣服也被弄得乱糟糟的。我一直捏着一把汗，但王后殿下最终还是了不起地守住了贞操。这是我亲眼看见的，绝对不会有错。从那以后，足足一年，我不知道陛下为什么疏远王后殿下，但是刚才听到太后殿下的话之后，我无论如何都不能再沉默了……

国　王　是吗。

浮雕师　不仅如此，太后殿下也特别了不起。在他们拉拉扯扯的时候，她拿着鞭子赶了过来，把宰相狠狠地鞭打了一顿，救出了王后殿下。

太　后　够了，够了。

浮雕师　除此之外，太后殿下还干了一件更了不起的事。她把宰相的脖子打伤之后，又马上亲吻了宰相的伤口。她是那么地温柔，那么地珍视臣民——犯罪必须惩罚，但伤痛又必须同情。看到她竟然亲吻伤口，我真的觉得特别高尚……

太　后　够了。你可以退下了。

浮雕师　是。

太　后　现在，所有的怀疑都烟消云散了吧，国王？那么，我就安心地把一切托付给王后，离开这个国家了。请你一定要记住我——一个有时会陷入疯狂的母亲。

国　王　也请您一定要将我忘记，永远保持健康。

大　官　那么，陛下，太后殿下就由我们照看了。

大官夫人　再见了，陛下，王后殿下。

第二王后　祝各位健康。

太　后　再见了。

［音乐声再次响起，整支队伍通过花道退场。——停顿。］

国　王　（沉思良久之后）过来，我的王后。

第二王后　遵命。

国　王　我希望你今后可以继续照顾我。我已经学到了，这个世界上还残留着一颗真诚的心。

第二王后　（哭泣）我很高兴，陛下。

［——停顿。］

国　王　好了，工头。现在，让我们抹去离别的悲伤，把今天变成一个吉祥的日子。马上把你心爱的姑娘叫来。

工　头　是……（犹豫）

国　王　别耽搁了，马上把她叫到这里来。

工　头　遵命……到这儿来，佉纽摩！

［他向舞台左侧呼唤少女。］

少　女　怀诃！……我可以过去吗？

工　头　陛下说了，叫你过来。

［他们两人跪在国王面前。］

国　王　欢迎你，美丽的姑娘。这位应当成为你丈夫的人曾
　　　　经起誓，在巴戎落成之前，决不与他最爱的女人结
　　　　婚。这是男子汉的誓言，我也很欣赏他的誓言……
　　　　不过，既然落成的日子就在一年之后，如今时机
　　　　已经成熟了。我作为国王，命令你们打破这一誓
　　　　言。现在，就在这里，在我的眼前，举行你们的婚
　　　　礼吧。

少　女　侨诃！（拥抱工头）

工　头　你干什么？这可是在陛下面前！

国　王　不"干什么"。你们二人今天要立下永恒的誓言。

工　头　（深为感动）陛下！

国　王　（对工匠们）你们也作为客人陪席吧。另外，马上把
　　　　你们信任的祈祷师和代父①找来。至于新郎和新娘，
　　　　我要向他们赠送结婚的礼服。（对侍女们）快，赶紧
　　　　帮他们换衣服。给新郎穿上红色领子的金边长袍。
　　　　给新娘戴上假发髻，上面再戴上用独角仙的翅膀做
　　　　成的头饰。让我们跳过第一天和第二天的仪式，从
　　　　第三天新郎去新娘家拜访时的仪式开始。每一个细
　　　　节都必须遵照习俗进行……第二王后，到这里来。

---

①　在柬埔寨传统婚礼的第三天，新郎要和亲朋好友组成一支游行队伍去新
娘家拜访（这是在模仿传说中侨陈如前去迎娶纳姬的旅程）。此时，新郎家
和新娘家要让各自家族中的一名德高望重的成员代表双方的双亲进行象征性
的谈判。这两名成员就是剧中所说的"代父"，新娘家的"代父"称为"Mei
Ba"，新郎家的"代父"称为"Chao Moha"。但本剧将之简化为一名"代
父"，在登场人物表中称为"Mei Ba"。

让我们两人一起欣赏幸福、年轻、健康的夫妇的喜悦吧。这个世界上最为纯粹的快乐，就是欣赏别人的快乐。难道不是吗？

［以下内容直接摘抄自居伊·波雷与埃夫利娜·马斯佩罗合著，大岩诚、浅见笃合译的《柬埔寨民俗志》①：

……新郎坐在房间中央的席子上。他手掌向上，朝宾客鞠躬三次。新郎的座位前有一个小蒲团，新郎一坐下来，就把手臂放在上面。他的对面有一个同样的小蒲团，这是放在新娘的座位前的。再往前，放着三个盆：第一个盆里放着棉线球；第二个盆里放着槟榔花和一把用来切下槟榔果的小刀或菜刀，有时，这把菜刀会交给新郎，新郎双手合十，用手掌夹着菜刀；第三个盆是空的，用来盛放宾客的礼金。

乐师开始奏乐。舞者开始跳舞。首先，舞者跪下，别人在他面前放下一把剑，在他的左右两侧放下两个带盖的金属钵。舞者双手交叉，拿起钵盖，做出像是击打铙钹一样的动作，但没有真正碰撞它们。然后，他站起来唱歌，接下来拿起剑，一边挥舞着剑一边唱歌、跳舞。最后，他走向新娘的房间，把门帘从两侧拉开。

---

① 大岩诚、浅见笃合译《柬埔寨民俗志》（1944），译自居伊·波雷（Guy Porée）与埃夫利娜·波雷–马斯佩罗（Éveline Porée-Maspero）合著的《高棉人的风俗与习惯》（*Mœurs et coutumes des Khmers*，1938）。

乐师开始演奏《纳迦公主》。纳迦公主[①]是蛇神纳迦的女儿，同时也是第一位高棉国王的王后。新娘在几个女人的陪同下走出房间，她戴着用独角仙的翅膀做成的、像是三重宝冠一样的冠冕，还戴着假发髻；她沉默地在席子上落座，坐在自己的座位上。这是新郎和新娘第一次同席而坐。接下来，二人将上身前倾，将弯曲的膝盖向左送出，变成侧身而坐的姿势。他们把手握在一起，把肘部放在小蒲团上，然后目不斜视地盯着对方。这时，新娘要故意让自己的头部比新郎高出几分，象征从今往后的家中事项全部由她掌管。

乐师开始演奏《相互缠绕的纳迦》。宾客们环绕着新娘和新郎，围成一个圆圈。祈祷师将棉线球递给代父，后者又将棉线球递给旁边的宾客，但是自己抓住线的一端。就这样，棉线球在宾客手里依次传去，直到棉线环绕新婚夫妇一圈。然后，祈祷师将三根蜡烛交给代父。这些蜡烛被插在形似莲花的金属烛台的花瓣尖端，烛台边缘系着两片蒌叶的叶子。沿着环绕新婚夫妇的棉线，每个烛台再次被宾客们一个接一个地传一圈，三个烛台总共要传三圈。每个宾客在接到烛台之后，都要向新婚夫妇扇动蜡烛的火焰。

---

① 纳迦公主（Neang Neak），柬埔寨人对纳姬的称呼。"Neak"即高棉语的"纳迦""蛇"。

这一仪式结束之后，新婚夫妇站起来，将双手的手腕伸到祈祷师面前。祈祷师念着祝贺的词句，用两条棉花制成的手带系住他们的手腕。他从盆中取出槟榔花，洒在这对新人身上。音乐响起。]

[突然，一个年轻的士兵冲了进来。他受伤了，浑身是血。]

士　兵　（上气不接下气地）陛下！您的士兵都逃跑了。我想阻止他们，就变成了这个样子。再这样下去，国家就灭亡了！

国　王　别担心。即使没有一个士兵，观世音菩萨的慈悲也会守护这个国家。

士　兵　国王陛下万岁！（死去）

国　王　（合掌）你将作为光荣的战死者之一，被供奉在巴戎寺。好了，继续吧。继续进行这可喜可贺的仪式。不要被任何事情吓倒，让欢乐和祝福响彻世间！

[仪式继续。新婚夫妇的亲戚朋友们聚集起来，一边祝贺新婚夫妇，一边将手带绕在他们的手腕上，将槟榔花洒在他们身上，然后把礼金放在空盆里。

音乐逐渐变得愈发响亮，敲锣的节奏越来越快。舞者灵巧地用脚卷起新婚夫妇所坐的席子，把它扛在肩上，叫道："谁买这块席子？谁买下席子，谁就能变成大富翁。有人要买吗？"新郎买下了席子。

最后，新婚夫妇退场，进入一个最深的内室。这时，新娘要走在新郎前面，新郎拉着他妻子的披肩的一端。这是在模仿纳迦王的女儿和柬埔寨的第一位国王结婚，把王国让给他之后，国王跟随她进入寝宫时的做法。]

[——在适当的时候，光线开始暗淡，最后全部融入黑暗。]

第二场

[前一场的一年后。白天。]

[和前一场相同的露台，但一切布置都左右相反。^① 从这里可以眺望位于舞台深处的巴戎寺，但它现在正被帷幕遮着。]

[和前一场相同的轿子停在台唇的位置，但背对观众。当然，不可让观众看到轿子里的情况。第二王后站在轿子旁边。]

第二王后　从那之后，又过了一年。巴戎寺终于完工了。真是一座旷古绝伦的寺庙。如此美丽、如此独特的寺庙，世界上再也没有第二座了。

国王的声音　（从轿子里传出，声音嘶哑，非常虚弱）但是，我要死了。我就要死了。

第二王后　请您打起精神。我正陪在您的身边。我正在看护您。我怎么可能让国王陛下死呢？

———————————

① 本剧假设"癲王的露台"位于宫殿和巴戎寺之间。在前一场，观众是从巴戎寺的方向看向露台，但在这一场，观众是从相反的方向看向露台，越过露台可以远望巴戎寺。

国王的声音　我知道。我就要死了。

第二王后　（按着内眼角，不让泪水流下）不，陛下，怯懦只会使您的病情更加严重。您终于活着见证了巴戎的落成，面对您这强大的意志，就连疾病也会认输。现在，寺庙已经完成，观世音菩萨的慈悲增添了它的光芒，您的病也会一天天地好起来，就像一层层地剥下薄薄的纸一样。我一直看护您到现在，终于得到了回报。

国王的声音　不，我就要死了。我早就知道，巴戎的完工之日就是我的死期……我的王后，我唯一的遗憾是，不能亲眼看到落成的寺庙。我的盲眼——半年之前就双目全盲的眼睛——没有办法撑那么久，看不到寺庙完工后的辉煌……我的眼前只有黑暗。没有颜色，没有形状。当死亡找上我的时候，我不会觉得自己是第一次遇到它，因为它只是从这个世界延续下来的黑暗而已……拜托了，王后啊，我想借用你的眼睛。请你用你的语言描绘出巴戎大寺院的每一个细节，恰如我正在用自己的眼睛看它一样——请细致入微地描述，恰如我自己正在观看一样。

第二王后　遵命。现在，陛下将要视察巴戎。陛下将要视察这座盖世无双的寺庙，阇耶跋摩国王这个伟大的名字将会随着这座寺庙流传千古，永远被人们传颂——这，就是巴戎。

[音乐。热带鸟类的鸣叫。帷幕拉开。]

[巴戎寺辉煌灿烂地冉冉升起。]

第二王后　请看。簇拥在寺庙上的观世音菩萨的容颜，被阳光刻下阴影，展现出优雅美妙的微笑，鳞次栉比，就像花团锦簇的花篮，向所有方向投射出慈悲的光芒。在五十座塔中的每一座上，都攒集着一百七十二张巨大的观世音菩萨的面孔，中央的圆柱形高塔高耸入云，统领着这座寺庙。在所有观世音菩萨的纯洁的额头上，都有一个细致的浮雕宝冠，每一个宝冠上都雕刻着一个小小的阿弥陀佛。每一座塔都有一条陡峭的楼梯，就像一把直立的梳子，在观世音菩萨面颊的阴影中，这些楼梯时隐时现。一只绿色的蜥蜴在楼梯上，另一只则在观世音菩萨微笑的嘴唇上打盹。整座寺庙就像用石头堆砌的柴堆，它堆积在这里，为的是点起宛如正午骄阳一般的火焰；就仿佛它所有错综复杂的结构都遵循同一条法则，就仿佛它的每一个细节都是为了引入火和空气。没错。它那不可思议的复杂形状是一种最巧妙的构造，为的是点燃信仰之火，一旦点燃，就永远无法熄灭。一只鹦鹉栖息在观世音菩萨的宝冠上，一只蝴蝶在回廊入口的黑暗中徘徊。自从这座寺庙完工之后，一切景色都改变了。这座不属于这个世界的、精致的石头团块，把天空变成了净土的天空，把森林变成了净土的森林。简直无法相信这座寺庙出自人类之手。就像大苦大难的海啸退去之后，在这个世界上留下的一簇欢喜的白色珊瑚那样，它会绵延不绝地在人们的脑海中唤起弘誓之海的波涛之声。

国王的声音　你说得没错，那波涛声也传进了我的耳朵。现在，聆听那波涛声的，可能只有你和我了……其他人都走了，是吗？

第二王后　走了。

国王的声音　我的士兵们，我的功勋卓著的象军。

第二王后　走了。

国王的声音　众多的居民，每天早上市集的喧嚣。

第二王后　走了。现在，市场里只有些微的灰尘在打着旋儿。

国王的声音　数不清的随从和侍女。

第二王后　走了。除了我，一个人也没有了。猴子正在寝宫的被褥上嬉戏。

国王的声音　我也给那个健康、忠诚的工头放了长假。

第二王后　那对年轻夫妇带着您恩赐的许多礼物，踏上了幸福的旅程。他的心中充满了喜悦和满足，因为巴戎已经落成，他兑现了对陛下的承诺。

国王的声音　这就好。所有在工地上工作的人，全都……

第二王后　所有的俘虏都被释放了，回到了他们各自的国家。

国王的声音　（呻吟）啊……

第二王后　陛下，您疼吗？

国王的声音　疼痛马上就会消失。现在，我对你有一个请求。

第二王后　任凭您的吩咐。

国王的声音　我的这个请求，你必须照做。

第二王后　迄今为止，难道我违背过您的命令吗？哪怕只有
　　　　　　一次？

国王的声音　听好了，我想一个人独自死去。我知道你深切
　　　　　　的情意；我知道你不可计量的温柔。但是，还请你
　　　　　　让我独自死去。马上离开这里。

第二王后　哎呀，您说什么？只有这件事……

国王的声音　这是国王的请求，是你丈夫的命令。马上离开
　　　　　　这里。

第二王后　我怎么能抛弃您呢？

国王的声音　请你理解。我想面对巴戎——独自一人与巴戎
　　　　　　面对着面，就这样死去。让我一个人留在这里吧。
　　　　　　这是你能给我的最后的爱了。

第二王后　（带着哭腔）做不到。我做不到。

国王的声音　赶紧走！死亡已经逼近了。我可以清楚地听到
　　　　　　死亡那飞驰的马蹄声。走吧。快点！快走！如果你
　　　　　　不照做，你迄今为止的情意都将付之东流。我临终
　　　　　　之时的怨恨会永远缠缚在你身上。即使这样你也无
　　　　　　所谓吗？

第二王后　陛下……

国王的声音　好了，走吧。

第二王后　是……

　　　　　［说罢，哭泣着离去。——停顿。响起了鸟鸣。］

国王的声音　（痛苦地）巴戎……我的巴戎……我的……

　　　　　［巴戎寺开始转动，它的背面转了过来。和正面一
　　　　　样，背面也簇拥着观世音菩萨的雕像。转动停止时，
　　　　　倚在巴戎寺顶端的国王终于现身。他只围了一条金
　　　　　色的腰布，他的裸体有一种闪闪发亮的美，充满了
　　　　　青春的活力和润泽的生气。这是国王的"肉体"，而
　　　　　从轿子里传出的濒死的声音是国王的"精神"。］

肉　体　国王啊，快死了的国王啊。你能看见我①吗？

精　神　是谁？在那里呼唤的是谁？有一个年轻的、威严的
　　　　　声音正在从寺庙的顶端向我呼唤。我以前的确听到
　　　　　过那个声音。你是谁？正在呼唤我的是谁？

肉　体　是我。你明白吗？你能看见我吗？

精　神　我怎么能看到你呢？我的双眼已经变盲了。

肉　体　双眼？精神为什么需要眼睛呢？不用眼睛也能看
　　　　　见，这不是精神引以为傲的本事吗？

精　神　如此冷酷残忍的话语。你究竟是谁？

肉　体　阇耶跋摩国王。

精　神　别胡说。这是我的名字。

肉　体　我们俩被人取了同一个名字。国王啊，我是你的
　　　　　肉体。

---

① 原文中肉体的第一人称是"俺"，精神的以及之前国王一直使用的第一
人称是"私"。

精　神　那我又是什么？

肉　体　你是我的精神，规划建造这座巴戎的精神。不过如此而已。在轿子里慢慢走向毁灭的，不是国王的肉体。

精　神　我的肉体已经腐烂了，毁灭了。在高高的蓝天之上，骄傲地发出年轻、悦耳的声音的，不再是我的肉体。

肉　体　胡说八道。你的肉体没有得过一次病，受过一次伤，脱过一点形。你的肉体就像这样，洋溢着青春的光辉，充满了力量，像黄金的铸像一样不朽。那令人厌恶的疾病，只不过是精神的幻想。胜利的国王，年轻的战士——他的肉体怎么会受到疾病的影响？

精　神　可是，肉体能做什么？它能创造任何不朽的东西吗？是什么规划了巴戎，是什么建造了巴戎？是什么在这个世界上放置了一座寺庙，让它的名字能够流传无数个世代，即使在一千年之后，也会让观看它的人们感到灵魂的颤抖？造就了这种美、这种庄严的，不是石头；石头只不过是材料而已。创造了这一切的，是精神。

肉　体　（欢快地高声大笑）可是，那个精神已经再也看不见巴戎了。难道不是吗？毕竟精神还指望着肉体的眼睛呢。

精　神　不，我看不见也无所谓。完成了的巴戎已经在精神中闪耀光辉了。

肉　体　在精神里闪耀光辉？这只不过是一点烛火而已，只不过是在黑暗里点亮的、马上就会被吹灭的一点烛火而已。你想一想吧。如果光是在精神里闪耀就够了的话，你耗费那么多岁月，役使那么多人力，乱七八糟地堆起这么一大堆石块，难道不是毫无意义吗？

精　神　不，精神总是憧憬着有形的事物。

肉　体　那是因为你没有形体。说到有形的东西呀，它总是拿我这样的美丽肉体来当模型的。你是拿麻风病人的肉体来当这座寺庙的模型的吗？

精　神　别胡说。麻风病人的肉体什么都不是。

肉　体　什么都不是？你明明为它受了那么多的苦。

精　神　什么都不是。只有精神才是一切。

肉　体　崩溃了的东西、没有形体的东西、盲目的东西……你以为说的是什么？说的就是精神的样子呀。你没有患上麻风病——你的存在本身就是麻风病。精神啊，你就是一个天生的麻风病人。

精　神　清澈感、敏锐感，以及能够看到这个世界的尽头、看到这个世界的底部的力量——这就是建造巴戎的力量。肉体没有这种力量。你只是一个被囚禁在"肉体"这座牢笼里的奴隶。

肉　体　听你这话说得，就好像你比我更自由一样。你难道想说，因为你不能跑，所以你是自由的；因为你不能跳，所以你是自由的；因为你不能唱歌、不能笑、不能打仗，所以你是自由的？

精　神　我在千年的时间中奔跑。你只是在空间中奔跑而已。

肉　体　空间里有光明。鲜花在盛开；蜜蜂嗡嗡直叫。一个美丽的夏日午后就是永恒。和这相比，被你叫作"时间"的东西，简直就是一条潮湿、黑暗、笔直的地道。

精　神　哦，巴戎，巴戎，我的遗物，我的爱……

肉　体　你为什么要把它留给后世？为什么要让它变成遗物？巴戎就是现在，永远闪闪发光的现在。你说"爱"？哪怕只有一次，你有没有美丽到足以被爱？

精　神　我要死了……现在，我的声音，我说出的每一个字都是痛苦的负担。哦，我的巴戎……

肉　体　你只管去死吧。只管毁灭吧。每天早上那清爽的气息，被尽情地吸进宽阔胸腔的晨风——肉体的一天就从这里开始。然后，肉体洗澡、打仗、奔跑、恋爱，喝醉了世界上的每一种美酒，跟别人竞争形体的美丽，相互赞美，最后肌肤相亲地睡下，让这一天迎来结束。在这一整天里，肉体之帆都鼓满了芳香的海风，飞快地航行着。"规划什么"——那是你的病。"创造什么"——那是你的病。我的胸膛就像船头一样，在太阳底下闪闪发光；我用"青春"这冷酷无情的船桨划开水面。我不是为了前往什么

地方，不是为了到达什么目标。我只是不停地拍打
我五色的翅膀，就像一只悬停在空中的蜂鸟。不以
我为榜样——那是你的病。

精　神　巴戎……我的……我的，巴戎。

肉　体　精神会毁灭，就像一个王国那样。

精　神　毁灭的是肉体……精神是……不死的。

肉　体　你就要死了。

精　神　……巴戎。

肉　体　你就要死了。

精　神　哦……巴……戎。

肉　体　怎么了？

精　神　……

肉　体　怎么了？没回话啊。死了吗？

精　神　……

肉　体　看样子是死了。

　　　　〔鸟鸣声一齐嘈杂起来。〕

肉　体　（骄傲地举起一只手）看啊。精神已经死了。亮得刺
眼的蓝天啊。孔雀椰子啊。槟榔树啊。翅膀漂亮的
鸟儿们啊。守护着所有这些的巴戎啊。我又一次统
治了这个国家。只有青春是不灭的，只有肉体是不
死的……我赢了。因为我正是巴戎。

　　　　——幕落——

　　　　——1969.4.6——

作品解题

玖羽

写戏剧不赚钱。对我来说，小说就像正妻，戏剧就像情人。

据村松英子[①]记载，这句话是三岛由纪夫的口头禅。[②]美轮明宏[③]曾经这样写道：

> 据说有这么一句话："除了《鹿鸣馆》之外，三岛的戏剧没有商业演出的价值。"虽然这句话非常侮辱人，但事实的确如此。我曾经去看过在文化剧场上演的《弱法师》，但是没有观众，场面非常惨淡。因为三岛戏剧的欣赏门槛太高了。[④]

事实大概的确如此。然而，用三岛由纪夫本人的话说：

> 尽管如此，我还是发自内心地热爱戏剧，同时也更

---

① 村松英子（1938—），日本戏剧演员，曾在三岛的许多戏剧中出演重要角色，受三岛影响极深。
② 村松英子，《三岛由纪夫 追想之歌》（2007）。
③ 美轮明宏（1935—），日本戏剧演员、歌手。原名丸山明宏，与三岛私交甚密。
④ 美轮明宏，《〈黑蜥蜴〉之事》，收录于文库版《黑蜥蜴》（2007）。

爱剧场。如果剧作家在日本——就像在美国那样——是一门能赚钱的营生的话，我可能早就不当小说家了。创作小说，需要专心致志地进行冷静的工作，但剧场里至少还有激奋。我不能做一个与激奋和狂热无缘的人。[①]

三岛与戏剧创作结缘很早。从少年时代起，他就开始了这方面的尝试。[②]于1948年成为职业作家之后，三岛的戏剧创作从未间断，直到1969年为止，他在二十一年间撰写了至少六十个剧本。[③]可以说，即使他真的不当小说家，世人也会记住"剧作家三岛由纪夫"的名字。

笔者认为，三岛的戏剧，正是理解三岛的其他作品，乃至三岛自身的一把钥匙。

在他的整个人生中，三岛一直追求着两样事物：高度的自我满足，以及绝对而纯粹的美。虽然主要以小说家的身份闻名于世，但三岛却认为，在当时的日本，面向大众的小说必须进行大量自然主义描写，这使得创作小说犹如耕种田地，需要"无限的忍耐和日复一日的劳动"[④]，而戏剧"更接近本能，更接近小孩子的游戏"[⑤]，可以最大限度地剥离这种

---

① 三岛由纪夫，《裸体与衣裳》，"1958年7月8日"一条。
② 在学习院就读期间（1937—1944），三岛至少创作了八部戏剧，其中仅有一部是为了实际上演而创作的。
③ 基于新潮社《三岛由纪夫戏曲全集》统计。包括对外国戏剧的翻译或改写，也包括非戏剧剧本。
④ 三岛由纪夫，《四条河流·三岛由纪夫展说明书》（1970）。
⑤ 三岛由纪夫，《戏曲的诱惑》（1955）。

"无聊的劳役"[1]，让他更为自由、恣意地表达情感。

　　另一方面，戏剧本身就是绝对而纯粹的。在日常生活中，绝大多数行为都会指向某个目的，但是在戏剧舞台上，即使是最琐碎的行为，也必须完全服务于戏剧的主旨——

　　　　究竟是琐事比较重要，还是强烈的感情比较重要？小说家总是被夹在这两个根本命题之间，不知所措。（中略）在戏剧中，琐事一定会暗示着剧烈的主题，并且也必须成为主题的象征。[2]

　　因此，舞台上的一切行为都不具有日常意义上的目的，每一个行为都只为了行为本身而存在，从而天然地产生了一种非日常性。这和三岛的文学理念刚好相合——对三岛来说，绝对而纯粹的事物必须建立在"非日常性"上，建立在"行为只为行为本身而存在"的世界之中。

　　　　戏剧和小说那种混沌的世界没有什么关系。它必须像是一座玻璃的寺庙，看起来仿佛飘浮在空中。[3]

----

① 三岛由纪夫，《戏剧与我》（1954）。
② 三岛由纪夫，前揭书。
③ 三岛由纪夫，前揭书。

《尼俄柏》

最初发表于《群像》1949 年 10 月号。

在三岛的戏剧创作生涯中，他一直尝试使用世界各地的古典作品、神话传说的框架，表达自己的理念。早在 1939 年，年仅十四岁的三岛就模仿王尔德的风格，以新约《圣经》中的故事为背景，创作了戏剧《东方的博士们》。这也是他第一部付诸出版的戏剧作品。[①] 1948 年，三岛又根据日本的古代传说，创作了诗剧《菖蒲》。

第二次世界大战结束之后，法国的存在主义戏剧开始被介绍到日本。1949 年 6 月 27 日，让·阿努伊[②]的《安提戈涅》在日本首次公演，次日，三岛在《东京日日新闻》上发表了评论《悲剧之所在》：

> 即使是现代的法国戏剧，也在悲剧的形式或内容上借取了古典的样式。莫里亚克的戏剧在形式美上接近古典戏剧的传统，萨特、科克托、季洛杜连内容都求借于希腊悲剧。（中略）对现代人而言，和表现滑稽相比，需要远远更多的间接性才能表现悲哀。然而，现实瞬息万变，导致间接的表现缺乏得以完成的余裕。因为，所谓"表现的间接性"，意味着施加于形式的意志，而现

---

① 该作发表于学习院校友会会刊《辅仁会杂志》第 163 号（1939 年 3 月）。
② 让·阿努伊（Jean Anouilh，1910—1987），法国剧作家。《安提戈涅》（1944）是其代表作之一。

实所给予的余裕不足以形成形式。法国的现代作家将古典戏剧作为悲剧的典故，以其为基础创作翻案剧①，是因为古典戏剧成功地塑造了"自身的人格"，而这些作家偶然地借用了古典戏剧的成果。②

阿努伊的《安提戈涅》也是这样的"翻案剧"，它是以索福克勒斯的《安提戈涅》为蓝本创作的。由于《尼俄柏》完稿于这次演出的两个月之后，有人认为，正是这次演出激发了三岛的灵感，使他开始尝试用这种方式创作戏剧；③然而，堂本正树④写道，在这之前，三岛就已经基于拉辛的《费德尔》创作了《灯塔》。⑤

也就是说，三岛在撰写《悲剧之所在》的时候，写的并不是昨天的观剧感受，而是在他心里酝酿已久的想法——古典戏剧（或者更加广义的古典故事⑥）可以为现代悲剧提供

---

① 在此处，"翻案剧"指的是不仅翻译外国戏剧的剧本，而且将原剧的各种元素全部本地化的戏剧。与改编不同，更接近文化转译（cultural translation）。这里是借用这个概念。

② 三岛由纪夫，《悲剧之所在》（1949）。

③ 矢代静一，《恍惚的旗手们——与加藤道夫、三岛由纪夫、芥川比吕志共度的青春》（1984）。

④ 堂本正树（1933—2019），日本剧作家、戏剧导演、戏剧评论家，与三岛私交甚密，排演过三岛的许多戏剧。

⑤ 《灯塔》发表于《文学界》1949年5月号。此外，三岛的小说《狮子》（1948）是基于欧里庇得斯的悲剧《美狄亚》创作的。

⑥ 虽然尼俄柏的故事散见于各种希腊古典作品，但是并没有一出名叫《尼俄柏》的悲剧传世（埃斯库罗斯写过《尼俄柏》，但只余断章）。所以，本剧只能称为"古希腊悲剧故事的改编"，而不能称为"古希腊悲剧的改编"。

绝佳的素材。然而，三岛比"现代的法国戏剧"还要更进一步：在情节上，阿努伊的《安提戈涅》的舞台依然是古希腊，但三岛却仅仅借用原典的框架，把舞台搬到了战后的现代日本。这不是为了消除观众的文化隔阂，简单地将古典故事的情节现代化。三岛想要探讨的是：假设这些故事发生在现代，它们的情节会变成什么样子？如果这些戏剧的作者身处于现代，他们会写出怎样的作品？

根据三岛的理论，现代不会给予悲剧成形的余裕，但是，由于古典戏剧业已成形，只要把它们放进现代，就一定会产生迥然不同的差异。从这种差异中，"现代"会鲜明地显露出它的身姿，"现代的悲剧"也会随之诞生。

此外，本剧最初发表时附有一个解释原典的注解，为了方便读者，特将其全文翻译如下：

　　安菲翁娶坦塔罗斯之女尼俄柏为妻，她生了七子七女。但赫西俄德说她生了十子十女，希罗多德说她生了二子三女，荷马说她生了六子六女。因为子女众多，尼俄柏称，自己的子女比勒托的更多，因而激怒了勒托。勒托命令阿尔忒弥斯和阿波罗杀害尼俄柏的子女，于是阿尔忒弥斯便在尼俄柏的家中把她的女儿全部射杀，而当尼俄柏的儿子们去喀泰戎山狩猎的时候，阿波罗也将他们悉数杀死……尼俄柏离开底比斯，去往她父亲坦塔罗斯所在的西皮洛斯，在那里变成石头，还保持着向宙斯祈求的姿势。那块石头不分昼夜都在流泪。（阿波罗

多洛斯《希腊神话》)①

《大障碍》

最初发表于《文学界》1956年3月号。

本剧是《三岛由纪夫自选集》(1964)收录的唯一一部戏剧，题献给三岛热爱的女演员杉村春子②。三岛表示，本剧从一开始就是为杉村春子创作的，灵感来自他在学生时代拜访去世友人的母亲时的印象，以及他的一个学弟在挑战大障碍时坠马而死的真实事件。

> 本剧与其说是一位夫人的肖像画，不如说是这幅肖像画的草稿。某一天，某一刻，在某位女性的心里，就像突然着了魔一样，产生了恋慕之心，然后，这种恋慕之心又突然消失了。我所描写的，仅仅是这种恋慕之心。虽然看起来像心理剧，但我并没有根据心理上的必然性来描写恋爱心理的意思。本剧的舞台极度简洁，在简洁的舞台结构中，只要能看到类似生命之火的东西闪烁了一瞬间，然后再看着它消失，就可以了。③

然而，堂本正树对本剧却有着独到的见解。他认为，本

---

① 原文引自高津春繁的译本 (1948)。
② 杉村春子 (1906—1997)，日本戏剧演员。1956年至1963年，其主掌的剧团 "文学座" 排演过三岛的数部戏剧。
③ 三岛由纪夫，《作者的梦话》(1957)。

剧其实是三岛对能剧的模仿——《近代能乐集》中的戏剧是三岛根据能剧改编的现代戏剧，而本剧则完全相反，是三岛使用现代戏剧的方式创作的能剧。[①]

这正是理解本剧的关键。能剧中的"梦幻能"[②]是一种类似招魂仪式的戏剧，正如三岛所说，"能剧总是从剧情的终结之处开始"[③]，这种能剧描写的一定是一个已经结束的事件，涉及的是已经去世的人（或者超自然的鬼神）。"梦幻能"的核心，正是把亡灵、鬼神召唤到舞台上，让能剧舞台变成一个超自然与现实连接的场所。[④]这个被召唤的存在担任"主角"（シテ），召唤主角的是身为凡人的"配角"（ワキ）。在能剧的前半段，配角会和一个当地人谈论主角，这个当地人正是主角的化身。到了后半段，亡灵、鬼神会以本来面目登场，进一步讲述自己的经历。在整个过程中，配角就如同招魂仪式里的祭司一般，担任超自然世界与现实世界的桥梁，代表观众与主角互动。[⑤]当然，能剧的舞台也是"极度简洁"的。

只要将这个模型套入本剧，就马上能够理解：在能剧的意义上，已经去世的阿久是"主角"，岑子是"配角"，牧村

---

① 需要注意，堂本认为，三岛本人没有这个意思，这种创作是他下意识地进行的。

② 能剧分为"梦幻能"和"现在能"。这里的描述仅适用于"梦幻能"，"现在能"更接近一般意义上的戏剧。

③ 三岛由纪夫，《变质了的优雅》（1963）。

④ 安田登，《旅行于异界的能剧："配角"这一存在》（2011）。

⑤ 在能剧中，主角会从舞台的后台登场，后台代表"超自然世界"，而观众席代表"现实世界"。

代表"主角的化身"和"现实世界"。"大障碍"这个词正是招魂的咒语:虽然岑子不断重复这个词,在无意识中想要召回儿子的亡灵,但直到她和牧村谈论了"大障碍",阿久的亡灵才回归世间,附到她身上,取代她的精神。[1] 最后,随着冴子登场,[2] 亡灵被驱逐,岑子恢复正常,下令"从今往后,家里再也不许提到这个词"。

《鹿鸣馆》

最初发表于《文学界》1956 年 12 月号。

和《大障碍》一样,本剧最初想定的女主角也是杉村春子。据三岛称:"这是我写的第一部'为演员的艺术而作的作品'。"[3] 和三岛的大多数戏剧不同,本剧获得了商业上的成功,在艺术性上也广受好评。

1886 年 11 月 3 日,主导鹿鸣馆建设的外务大臣井上馨在鹿鸣馆举办了一场规模盛大、穷奢极侈的舞会,包括皇族、高官、各国大使在内,参加人数多达一千余人。同年 11 月 5 日出版的《东京日日新闻》以"天长节井上伯爵之舞会"为题,对此进行了详细报道。1885 年,皮埃尔·洛蒂[4] 访日时参加了鹿鸣馆的舞会,之后基于当时的见闻创作了小说

---

[1]　在能剧中,的确有亡灵附身在配角身上的例子,例如《二人静》。
[2]　堂本正树认为冴子是一个在能剧中并无对应的角色,但能剧中也有配角将超自然存在驱逐的例子,例如《葵上》。
[3]　三岛由纪夫,《关于〈鹿鸣馆〉》(1956)。
[4]　皮埃尔·洛蒂(Pierre Loti, 1850—1923),法国作家。

《江户的舞会》。1920 年，芥川龙之介又基于《江户的舞会》创作了小说《舞会》。

　　三岛显然是在熟读上述文本的基础上创作本剧的。例如，井上馨的妻子并非出身于艺妓，"举办舞会的伯爵夫人是艺妓出身"这一情节出自《江户的舞会》。参加舞会的中国大使同样出自《江户的舞会》，而伊藤博文、大山岩，以及"英国水师副提督汉密尔顿"则出自《东京日日新闻》的报道。两篇小说中的少女"明子"在剧中改头换面，变成了"显子"①。

　　特别是，《江户的舞会》并未写明这场舞会的日期，只是在最后标有"1886 年"。将这场舞会与 1886 年 11 月 3 日的舞会重合，是芥川的创造。芥川的小说完全基于《江户的舞会》。例如入口处的鲜花摆设，根据《东京日日新闻》的报道，在这一天的舞会上，入口处有一个用白色菊花摆出"Welcome"的巨大扇子，但《江户的舞会》描写的却是由三层菊花组成的花篱，芥川的《舞会》也跟着如此描写。本剧描写了同样的菊花扇子，这表明三岛主要是基于《东京日日新闻》的报道描写这场舞会的。

　　1887 年，大力推进西化政策的井上馨辞职，但日本政府依托鹿鸣馆舞会进行外交活动的方针依然延续了一段时间。1888 年，三岛的祖母夏子被送到有栖川宫炽仁亲王的宅邸里担任侍女，这座亲王府是和鹿鸣馆类似的宏大西式建筑。根

---

① 这两个名字的读音均为"あきこ"。

据村松刚①的观点，夏子很可能在有栖川宫府中参加过类似的舞会，甚至可能亲睹过鹿鸣馆的舞会。三岛对鹿鸣馆的想象，正是来自童年和夏子共度的阴郁时光。②

然而，如同三岛对祖母的态度那样，三岛对鹿鸣馆的感情也是矛盾的。一方面，他表示"我从小就憧憬着鹿鸣馆时代"③，但另一方面，他又清楚地看到：

> 在当时的锦绘和川柳中，鹿鸣馆时代既滑稽又怪异，简直是一场开化的猴戏。然而，如今在我们的舞台上，我们祖先的这段时代却被涂上了怀旧的颜色，看起来就像一段日本近代史上罕见的、绚丽而浪漫的时代。④

> 当然，我们在舞台上再现的，不能是当时的原貌，而必须是被我们的印象扭曲过的、即使放到今天也丝毫不显得奇怪的舞会；它也许比实际上的舞会美丽得多。⑤

顺带一提，村松刚认为，《鹿鸣馆》受到了雨果的戏剧《卢克雷齐娅·波吉亚》（1833）的影响。这两部戏剧的确有许多明显的相似之处。堂本正树对此表示反对，认为这个剧

---

① 村松刚（1929—1994），日本文学评论家，与三岛私交甚密。
② 村松刚，《三岛由纪夫的世界》（1990）。
③ 三岛由纪夫，《关于〈鹿鸣馆〉》（1956）。
④ 三岛由纪夫，《美丽的鹿鸣馆时代——关于〈鹿鸣馆〉再演》（1962）。
⑤ 三岛由纪夫，《关于〈鹿鸣馆〉》（1956）。

本是三岛去世之后才被译成日语的，① 但该剧其实早在 1921 年就已被福士幸次郎译为日语，② 因此三岛并非不可能看到这个剧本。

《清晨的杜鹃花》

最初发表于《文学界》1957 年 7 月号。

《鹿鸣馆》于 1956 年首演之后，三岛的好友、著名歌舞伎演员第六代中村歌右卫门希望出演《鹿鸣馆》的女主角，但未能实现。之后，歌右卫门委托三岛为他创作一部《鹿鸣馆》式的戏剧，由他自己扮演女主角，③ 于是三岛便写出了这部《清晨的杜鹃花》。根据三岛的自述：

> 在日本人看来，（维多利亚式建筑）这种式样，正是最为怀念的旧日西洋的象征。（中略）《清晨的杜鹃花》就是这种"维多利亚式"的戏剧，我把它创作成了一部充满古风、洋溢着十九世纪趣味的作品。④

与此同时，从一开场，三岛就使用大量篇幅，以近乎

---

① 堂本自己就负责该译本的润色。不过，堂本也承认，三岛有可能看过该剧的原文或详细梗概。
② 收录于冬夏社《雨果全集》第 8 卷（1921）。
③ 歌右卫门认为，这次合作非常失败。出自访谈《"三岛歌舞伎"的世界》，收录于《戏剧日记》（1991）。
④ 三岛由纪夫，《关于〈清晨的杜鹃花〉》（1957）。

讽刺喜剧的笔调描写了一个愚蠢而虚荣的贵族社会。这种描写是如此成功，以至于很多人都以为三岛的用意是批判贵族制度。

然而，本剧还有着更深层次的含义。三岛的目的，并不是写一部单纯的怀旧之作或者讽刺剧；笔者认为，剧中对贵族社会的讽刺，是他为了表达核心理念而进行的铺垫——是一种层层衬托的手法。贵族社会是完全无能而无用的。在这之中，草门子爵是尤为无能而无用的。正是因为子爵的无能和无用到达了巅峰，对绫子来说，她的丈夫简直就像"兰花""热带鱼""精巧的艺术品"一样，已经不能称为"丈夫"，而是一个连人类都不算的"客体"。

由此，绫子对草门子爵的感情便产生了一种非日常性。这种感情的目标，仅仅是感情本身。以三岛的标准，她的爱情和忠诚已经很接近"绝对而纯粹"了；但是，这还不够。尽管"并非丈夫"，现实中毕竟还有草门子爵这个"客体"。只有在子爵自杀之后，他才从现实的客体变成了抽象的存在，绫子的爱情和忠诚从而彻底迈进了绝对而纯粹的领域。

虽然在三岛的戏剧中不算特别有名，但本剧却比较集中而明晰地展现了三岛的核心理念。在本剧之前，三岛也在其他戏剧中表达过同样的主旨，例如《班女》（1955）的女主角花子的感情；而在本剧之后，越接近人生的终点，三岛所描写的爱情和忠诚的目标就抽象得越彻底，例如《萨德侯爵夫人》中勒内对萨德的感情、《朱雀家的灭亡》中经隆对

"圣上"的感情。

这个彻底抽象、绝对而纯粹的领域——"乔治·巴塔耶所说的'欲望的不可能性'"[①]的领域，就是"死"的领域——对三岛来说，同时也是高贵的、停滞的、美的领域。与此相对，小寺则代表"生"的领域——卑贱而富有活力、粗俗而野心勃勃，敢于无法无天地践踏"美"，但却拥有一种特殊的魅力。读者可以看到，犹如小寺一般的角色——代表"生"的角色，以及"死"与"生"的对比，同样会在三岛的其他戏剧中出现。

《黑蜥蜴》

最初发表于《妇人画报》1961 年 12 月号。

本剧的原作是江户川乱步[②]发表于 1934 年的长篇推理小说。[③]受当时的文化风潮[④]影响，这篇小说带有很重的颓废、猎奇、艳情成分。三岛从小就非常喜欢这篇小说，为了把它搬上舞台，他主动去找乱步，请求乱步授权改编。[⑤]

实际上，本剧可以视为三岛创作的又一部"翻案剧"。

① 三岛由纪夫，《构成一对的作品——〈萨德侯爵夫人〉和〈我的朋友希特勒〉》（1969）。
② 江户川乱步（1894—1965），日本推理小说家。
③ 原作连载于《日之出》1934 年 1 月号至 12 月号。
④ 这种风潮称为"エロ·グロ·ナンセンス"，即"色情、怪诞、荒唐无稽"，于 1929 年至 1936 年在日本流行。
⑤ 三岛由纪夫，《关于〈黑蜥蜴〉》（1962）；江户川乱步，《〈黑蜥蜴〉自注自解》（1962）。

三岛对原作进行了大刀阔斧的改编，删除了几乎全部推理成分，但却将原作中包含的颓废之美和"犯罪的官能性"[1]发挥得淋漓尽致。同时，可能因为主题比较通俗，没有晦涩难懂之处，本剧在商业上也大获成功，两次被改编成电影。由美轮明宏（当时叫丸山明宏）演绎的黑蜥蜴尤为著名，以至于黑蜥蜴变成了美轮明宏的代表角色。三岛对美轮明宏的演技毫不吝惜地致以盛赞，还称他的容貌"与《黑蜥蜴》完全相合"[2]。

> 在剧场里，有着遍布尘埃、堆满浓重色彩、极度黑暗、极度深邃、让人绝对无法醒来的"剧场之夜"。这"剧场之夜"，正是将人们魅惑、背离这个世界的现实、融化理性、令情感烦忧的"邪恶之夜"。而这夜晚的最深最深的黑暗的内核、谎言之谎言、反现实的核心，就是丸山明宏饰演的女贼黑蜥蜴。[3]

《黑蜥蜴》的重心，正是这种"反现实"的"谎言之谎言"。黑蜥蜴和明智小五郎的关系，与其说是女人与男人、盗贼与侦探，毋宁说是"反现实"的一体两面。他们（以及他们阵营中的人物）在剧中反复伪装，令人眼花缭乱地循环着欺骗与被欺骗。换句话说，不断重复着"赝品"的身份。

---

① 堂本正树，《三岛由纪夫的戏剧》（1977）。

② 三岛由纪夫，《黑蜥蜴》（1968）。

③ 三岛由纪夫，《关于〈黑蜥蜴〉》（1968）。

结果，"盗贼之梦"与"侦探之梦"合二为一，最终变得无法区分——或者本来就无法区分，因为它们同样都是"反现实"之梦。侦探变成了盗贼，在这个充满赝品的世间，偷走了唯一一颗"真正的宝石"。

> 夫人服下的毒药没有很快见效。和明智的长对话。真正的感情。她在没有伪装的感情里活得太久了。黑蜥蜴是真正的女人、真正的恋爱、真正的热情。她是比任何宝石都更真的、真正的宝石。而明智则是盗贼，他把这颗宝石偷走了。因为不愿被他偷走，"黑蜥蜴"这颗宝石选择了毁灭。[1]

《源氏供养》

最初发表于《文艺》1962 年 3 月号。

《源氏供养》是被三岛归入《近代能乐集》的九部戏剧中的一部，但三岛并未将它收入 1968 年出版的文库版《近代能乐集》中，其后更是在 1970 年 5 月宣布本剧"废曲"。因此，后来出版的《近代能乐集》也都不收录本剧。

中世纪的日本佛教认为，撰写和阅读虚构作品会犯"不妄语戒"，基于这种观点，产生了许多关于《源氏物语》的传说，认为紫式部由于撰写虚构的《源氏物语》而落入了地

---

[1]　三岛由纪夫，《〈黑蜥蜴〉创作笔记》，收录于新潮社《决定版三岛由纪夫全集》第 23 卷（2002）。

狱，《源氏物语》的读者也必须进行佛教的"供养"以消除
罪孽。[①] 能剧《源氏供养》就取材于此，讲述了僧人帮助紫
式部的亡魂"供养"《源氏物语》的主角光源氏的故事。[②] 和
《近代能乐集》中的其他戏剧一样，本剧也是三岛对能剧原
作的改编，三岛在保留原作主要情节的同时，删去了所有关
于拯救的部分。

　　不得不承认，和三岛的大多数戏剧相比，尤其是和《近
代能乐集》中的另外八部戏剧相比，本剧未免略显粗糙、仓
促，所以我们似乎能够理解三岛将它"废曲"的原因。但
是，从另一个角度来说，恰恰是因为这种粗糙，本剧却获得
了一种未经修饰的直白感。特别是，本剧中有大量类似"作
家感悟"和"文学理论"的内容，这些内容甚至可以说是愤
世嫉俗的，有时直率得简直惊人（例如：作者充满话题性的
人生和死亡有助于增加作品销量）。

　　三岛在本剧中辛辣地讽刺了一番读者：分不清虚构和现
实的区别，对作者的八卦津津乐道，只知道现学现卖地重复
评论家的话，徒劳地从各种细节中寻找象征意义……最终，
三岛的结论是：文学是虚妄的。或者说，即便文学本身不是
虚妄的，由于读者都是些蠢人，所以他们头脑中的文学一定
是虚妄的。

　　本剧多少有一些元虚构作品（metafiction）的意思：小

---

① 这就是所谓的"源氏供养"。在"供养"之后，读者要和《源氏物语》
断绝关系。
② "源氏供养"的对象本来应该是作者紫式部和读者。

说的主人公之所以不断循环着毁灭，正是因为数百万读者不断循环着小说——翻来覆去地阅读、讨论、转述着文本。在读者对文本的无数次循环中，创造这种毁灭的作者也必须永远旁观循环着毁灭的主人公。尽管如此，作者却对读者投以蔑视和嘲笑，拒绝给予主人公"廉价的、虚假的拯救"。①

什么是"廉价的、虚假的拯救"？从本剧的叙述中不难推断，这种"拯救"就是让小说的主人公——被五十四位女人②爱着的藤仓光，和这些女人"幸福地生活在一起"，获得世俗意义上的"好结局"。在这里，本剧和现实产生了一种互文性：如果创作"虚假之物"是一种罪孽，会让作者落入地狱，那么阅读"虚假之物"同样也是罪孽，读者同样也会落入地狱。很显然，这种罪孽是不能通过佛教的"供养"来拯救的，能拯救读者的只有作者——读者渴望让主人公获得拯救，其实就是在渴望自己获得拯救，让世俗意义上的"幸福"覆盖落入地狱的痛苦。③同时，作者拒绝给予主人公和读者拯救，也就意味着作者拒绝了自身的拯救。

毕竟，在三岛看来，谁都不可能获得真正的拯救。因

---

① 这也是笔者从评论家那里现学现卖的。出自田村景子，《三岛由纪夫与能剧》（2012）。

② 这里是在呼应本剧的能剧原作。《源氏物语》共分五十四帖，在能剧原作中，有一段改写自《源氏物语表白》的内容，这是在进行"源氏供养"时朗诵的一篇文章，依次列举了全部五十四帖的标题，象征着每念一个标题，就把一卷书投入火中烧掉。

③ 这里还有一层互文性：在三岛创作本剧时，日本正处于经济高速增长时期，追求世俗意义上的"幸福"不仅变得可能，也变成了一种流行。

为，"这个世界已经终结了"①，所有人已经生活在地狱之中了。既然这样，作者所能给予的以及所能获得的拯救，可不只能是"廉价的、虚假的"，只能是"便宜的毒品"而已吗？

> 就算说所有人都一个不剩地落入了地狱，也不为过——这就是被称为"现代"的这个时代。②

《萨德侯爵夫人》

最初发表于《文艺》1965 年 11 月号。

本剧历来广受赞誉，至今仍被许多人视为三岛最优秀的戏剧，乃至日本战后最优秀的戏剧之一。正如三岛写明的，本剧是他读过涩泽龙彦所著的萨德侯爵传记《萨德侯爵的一生》（1964）之后创作的。三岛在本剧的《跋》中有一段经常被引用的自述：

> 最能激起我身为作家的兴趣的，是这样一个谜团：萨德侯爵夫人如此恪守贞操，自始至终都对狱中的丈夫尽心竭力，可是，在萨德进入老年，刚刚获得自由之身的时候，她却突然与他分手了。本剧从这个谜团出发，尝试以逻辑的方式解开这个谜团。人性中最不可理解，

---

① 三岛由纪夫，《弱法师》（1960）。
② 三岛由纪夫，《不合时令的猎人——堂本正树》（1962）。

同时也是最真实的东西应该就蕴藏在那里。我想把一切都放在这个视角上，从那里观看萨德。①

《萨德侯爵的一生》可能的确激发了三岛的灵感，使他创作出本剧，但这段自述中却有一个问题：剧中似乎根本没有"解开这个谜团"，更遑论"以逻辑的方式"。事实上，解开这个谜团的线索，要追溯到三岛十年前创作的《班女》；据村松刚记载，他的妹妹村松英子曾于 1965 年饰演《班女》的女主角花子。当时，三岛对她说："我这次写的《萨德侯爵夫人》的结尾和《班女》是一样的。"②

本剧所展现的，依然是三岛一以贯之的核心理念："绝对而纯粹"的爱情和忠诚的目标必须是抽象的、不存在于这个世界上的——它的目标，其实是它本身。萨德侯爵夫人勒内和《班女》的女主角花子一样，也是一个活在等待之中的女人。正如三岛所说：

实际上，强度过大的爱，有可能会超越真实存在的恋人……（花子）的疯狂现在已经被彻底精炼出来，结晶成了疯狂的宝石，被安放在正常人所不知晓的、人类存在的核心之中。所以，在她眼中，（她所等待的）吉雄只是一个骷髅而已。③

① 三岛由纪夫，《〈萨德侯爵夫人〉跋》（1965）。
② 村松刚，《三岛由纪夫的世界》（1990）。
③ 三岛由纪夫，《关于班女》（1957）。

　　当然，本剧比《班女》更加成熟、完善，同时也更加易于观众理解。在本剧的最后，萨德侯爵夫人拒绝与萨德侯爵见面；但是，如果他们真的见面了，勒内会说些什么？大概，就像花子一样，她也会说一句"你的脸已经死了；你只不过是骷髅而已"。

　　除此之外，还有一点值得一提：本剧的标题直接借用了式场隆三郎[①]所著的萨德侯爵夫人传记《萨德侯爵夫人》（1947）的书名。该书称，萨德出狱后立即抛弃了他的夫人。[②]尽管可能在一些细节上参考了式场的著作，但三岛完全没有采信式场的说法。

《朱雀家的灭亡》

　　最初发表于《文艺》1967年10月号。

　　在创作《尼俄柏》十八年之后，三岛又使用同样的方式，把古希腊的悲剧故事搬上了日本的舞台。这一次，他所依据的"原作"是欧里庇得斯的悲剧《疯狂的赫拉克勒斯》。本剧最初的标题是《朱雀家的新娘》，但排演本剧的"剧团NLT"导演松浦竹夫等人劝道，这个标题不利于商业宣传，因此改成了《朱雀家的灭亡》。

---

① 式场隆三郎（1898—1965），日本精神科医生、作家。三岛认识式场，他写给式场的信收录于新潮社《决定版三岛由纪夫全集》第38卷（2004）。此外，三岛的戏剧《夜里的向日葵》（1953）也借用了式场的书名。

② 式场在书中称，他依据的资料是法国作家保罗·吉尼斯蒂（Paul Ginisty，1855—1932）的《萨德侯爵》（*La Marquise de Sade*，1901）。

《疯狂的赫拉克勒斯》的情节大致如下：当赫拉克勒斯为了完成他的十二项功绩中的最后一项而进入冥府时，底比斯的僭主吕科斯以为赫拉克勒斯已死，企图处死他的妻子和三个儿子。但在吕科斯下手之前，赫拉克勒斯及时回到底比斯，杀死了吕科斯。随后，天后赫拉派遣神使伊莉斯带来疯狂女神，把赫拉克勒斯弄疯，导致赫拉克勒斯在疯狂中杀死了自己的妻子和儿子。恢复正常之后，赫拉克勒斯感到极度后悔、耻辱。此时，曾被赫拉克勒斯所救的雅典英雄忒修斯来到底比斯，表示愿意在雅典接纳赫拉克勒斯，于是赫拉克勒斯便跟着忒修斯去了雅典。（用三岛的话说："因为忒修斯的友情，赫拉克勒斯决定忍耐命运。"[1]）

在本剧最初发表时，三岛不仅详细介绍了《疯狂的赫拉克勒斯》的情节，而且明确指出：

> 《朱雀家的灭亡》的第一幕相当于"讨伐僭主"，第二幕相当于"杀子"，第三幕相当于"杀妻"，第四幕则相当于绝望之后的"热爱命运"（Amor Fati）。在结尾处，我使用了希腊悲剧中的"机械降神"的技巧，但在那里出现的不是拯救之神，而是复仇之神。
>
> 在这样的结构中，我把我喜欢的所有东西全都塞了进去。可能有人会在本剧中看到我的一连串旧作的主题；就这个意义来说，本剧和《萨德侯爵夫人》是完全

---

[1]　三岛由纪夫，《关于〈朱雀家的灭亡〉》（1967）。

不同的戏剧，但在本质上，它们处理的都是两性对立的问题，这一点是共通的。即使是对政治理念，我也倾向于用类推的方式，把它作为男女两性的问题来处理。①

尽管三岛自称本剧的本质是"两性对立"，但一直以来，大多数评论家都把焦点聚焦在本剧的男主角朱雀经隆身上，或者认为"两性对立"指的是剧中的男性与女性的对立。甚至存在这样的观点："三岛要表达的，究竟是'男—女'的两项对立，还是'男—女—神'的三项对立？这中间有微妙的龃龉。"②

不过，三岛想表达的，并不只有这一层关系。堂本正树认为，"圣上"正是本剧的一个关键词："上"读作"かみ"，与"神"同音。在本剧中，这个词是一个双关语，既可以理解为天皇，也可以理解为神。③这不是简单地"将天皇视作神"——经隆所说的"在疯狂的核心，有着如水晶般透明的'诚'"，令人不由得联想到三岛在解读《班女》时所说的"结晶成了疯狂的宝石，被安放在正常人所不知晓的、人类存在的核心之中"。

和《班女》及《萨德侯爵夫人》的女主角一样，经隆的忠诚（乃至爱情）的对象，也已经被精炼成了绝对而纯粹的抽象存在。他在发疯之后所说的"圣上"，已经变成了真正

①　三岛由纪夫，前揭书。
②　有元伸子，《论三岛由纪夫〈朱雀家的灭亡〉》（2004）。
③　堂本正树，《剧人三岛由纪夫》（1994）。

的"神",而不是现实中的天皇。甚至可以说(正如光康在剧中指摘的),他已经把现实中的天皇弃之不顾。这里的重点在于,三岛是用"类推"(アナロジー)的方式,把政治理念作为男女两性的问题处理的;所以,无论经隆的"神"是什么性别,[①] 它都是男性的代表,而充满嫉妒、渴望复仇的辩才天则是女性的代表。换言之,无论在抽象的层面上,还是在现实的层面上,一切的对立都被"类推"成了男女之间的对立。

经隆说死去的经广"成了神",这完全是字面上的意思。更确切地说,包括他的妻子和儿子在内,所有的死者都"融入了神","被铸入一个业已闭合的、巨大的、金色的环中,成为环里的一个粒子,随着金环永远地在历史中辉耀着旋转",至于他自己,虽然肉体还活着,但他已经置身于"死"的领域——"停滞"的领域,同时也是高贵的、美的领域。置身于"生"的领域的人(例如光康)绝对无法理解,为什么经隆会说"圣上"命令他"应当什么都不做";也是由于这个原因,在本剧的最后,经隆说出了那句著名的台词:"我怎么还能够毁灭呢?早在很久以前,我就已经毁灭了。"

当然,这只是笔者的一点拙见。对于本剧,历来有着多种多样的解读,笔者在此只是抛砖引玉,希望对读者理解本剧有所帮助。

---

① 笔者个人认为是无性的。在某种意义上,也许我们可以认为,经隆提到的"金环"就是神。

《我的朋友希特勒》

最初发表于《文学界》1968 年 12 月号。

在三岛戏剧性的自杀之后，出于显而易见的原因，本剧极少上演。三岛自称："我在阅读艾伦·布洛克的《阿道夫·希特勒》^①时，对 1934 年的罗姆事件甚感兴趣，于是便以该书为材料，构建出了《我的朋友希特勒》这部戏剧。"^②

同时，三岛明确表示，本剧与《萨德侯爵夫人》构成一对：

> 在创作《萨德侯爵夫人》的时候，我就想撰写一部能够与它成为一对的作品。之所以会有这种想法，仅仅是因为我热爱四六骈俪体，对于对称性有着浓厚的兴趣，没有更深层次的意思。（中略）《萨德侯爵夫人》是法国洛可可风的"一杯道具书割式"^③，《我的朋友希特勒》是德国洛可可风的"一杯道具书割式"，同为三幕，前者只有六个女人登场，后者只有四个男人登场，中心人物分别是萨德和希特勒，他们分别是代表十八世纪和

---

① 艾伦·布洛克（Alan Bullock，1914—2004），英国历史学家。《阿道夫·希特勒》（アドルフ・ヒトラー）是布洛克的 *Hitler: A Study in Tyranny*（1952）的日译本，出版于 1958 年至 1960 年，中译本名叫《大独裁者希特勒》（朱立人等译，1986）。

② 三岛由纪夫，《〈我的朋友希特勒〉笔记》（1969）。

③ 源自歌舞伎的戏剧用语。一杯道具，即全剧只有一个场景。书割式，即舞台背景是一大幅画，这幅画可以分拆成许多个部分，以便搬运。

二十世纪的怪物。[1]

本剧对冲锋队的浪漫主义描述，不免令人想起从 1967 年开始酝酿，于 1968 年 10 月 5 日正式成立的楯会。三岛组织楯会的时间和创作本剧的时间恰好重合。罗姆口中犹如乌托邦一般的军营生活，也更像是源自三岛 1967 年在自卫队进行的体验式军训，[2] 而不是二十世纪三十年代的德国陆军。本剧中的罗姆简直是一个满怀幼稚冲动的少年，[3] 在他的身上，我们几乎可以看到三岛所接触的那些楯会成员的影子，或者（正如堂本正树指出的），三岛在《假面的告白》里描写的少年时代的他自己的影子。[4]

笔者认为，本剧和《萨德侯爵夫人》一样，本质上依然是一种"翻案剧"。虽然它们的人物是历史人物，舞台是历史舞台，也会对历史背景多少做一些考证，但三岛的目的并不是重现历史事件；毋宁说，他所做的，是让现代的日本人披上历史人物的外衣。在本质上，一切的问题，都被他"类推"成了男女两性的关系。

独具慧眼的观众一定会发现，在可称是女性气质之

① 三岛由纪夫，《〈我的朋友希特勒〉笔记》（1969）。
② 军训的日期是 1967 年 4 月 12 日至 5 月 27 日。三岛对这次军训带给他的体验极其满足。
③ 实际上，在 1934 年，罗姆已经四十七岁，并且经历过残酷的世界大战。
④ 堂本正树，《剧人三岛由纪夫》（1994）。

极致的《萨德侯爵夫人》的深处，隐藏着戏剧理论那男性式的严格，而在可称为男性气质之精髓的《我的朋友希特勒》的背后，则秘含着甜美而温柔的感情。果然，只有阴阳之理，只有男女两性的原理才能推动戏剧。

《萨德侯爵夫人》中的女性的优雅、倦怠、性的现实性、贞洁，在《我的朋友希特勒》中一一对应地变成了男性的刚健、热情、性的概念性、友谊。这两部戏剧的主角都被无意识地推动着，挣扎着，朝着乔治·巴塔耶所说的"欲望的不可能性"前进，最终在它面前受挫、败北。他们向前伸去的手指只差一点，真的只差一丁点就能触碰到人类最深处的秘密、至高寝宫的大门了，可却依然归于失败，萨德侯爵夫人自己拒绝了悲剧，而罗姆则被埋葬在悲剧的死亡之中。这就是人类的宿命。

我认为这就是戏剧的本质，除此无他。[①]

《癫王的露台》

最初发表于《海》1969 年 7 月号。

本剧是三岛创作的最后一部现代戏剧。[②]三岛在《后记》

---

① 三岛由纪夫，《构成一对的作品——〈萨德侯爵夫人〉和〈我的朋友希特勒〉》（1969）。
② 在本剧之后，三岛还创作了歌舞伎《椿说弓张月》（1969）和文乐《椿说弓张月》（未完成）。

中称，1965 年 10 月，当参观柬埔寨的吴哥古迹时，"我见到年轻的癫王那美丽的雕像默默地坐在热带的日光之下，在那一刻，我的心里立刻出现了这部戏剧的构想"。[①]

本剧的主角阇耶跋摩七世（1125—1215）是吴哥王朝最伟大的国王。王朝的势力在他的统治期间达到全盛，他修建了著名的吴哥古迹中的大部分建筑，并且重建了巴戎寺。他死后，吴哥王朝开始衰落。尽管这位历史人物活了九十岁，三岛却浓缩了他的经历，使得全剧的时间跨度看起来仅有数年。

"癫王的露台"是吴哥古迹中的一座建筑，也是由阇耶跋摩七世所建。在此处发现了一座变色的雕像（即三岛所说的"癫王的雕像"），过去错误地认为该雕像刻画的是一位患了麻风病的国王，这座建筑因而得名。实际上，现在认为这座雕像是死神阎魔的雕像，变色是自然原因所致。的确有一位吴哥王朝的国王据说死于麻风病，但不是阇耶跋摩七世，而是他的祖先耶输跋摩一世（?—910）。

然而，就和三岛其他的历史题材戏剧一样，本剧的历史背景其实无关紧要。三岛并不在乎史实（历史上的吴哥王朝绝不是剧中的样子），甚至还会恣意修改历史人物的性格。

　　我的设定是，年轻的阇耶跋摩七世国王具有一种不幸的天性，他只会被"绝对"吸引。换句话说，本剧不

---

① 三岛由纪夫，《〈癫王的露台〉后记》（1969）。

是关于麻风病的戏剧，而是关于"绝对病"的戏剧。

对国王来说，他在世界上只需要两样东西：作为"绝对之爱"的蛇神之女，以及作为"绝对之信仰"的巴戎寺。可以说，其他的一切都只是相对的存在，并不重要。①

基本上，只要对三岛人生最后几年的经历有所了解，看到本剧结尾的时候，脑海中都会浮现出巴戎的含义。这个隐喻已经明显得几乎不能称为隐喻：

> 与肉体的崩溃同时，大寺院在逐渐完工——我觉得，这可怖的对比，似乎是对艺术家的人生的比喻，他将自己的全部存在转移到他的艺术作品中，然后毁灭。
>
> 当人参观吴哥窟的时候，所有的"生"都已经毁灭，在压倒性的太阳之下，在极度的寂静之中，只有巴戎这般无比怪异的艺术作品一直存续。由此，人不禁会想到，艺术作品拥有某种可憎可厌的性质，这种性质是超人的、永生不灭的。它既壮丽又阴森，既拥有无上的崇高，同时也有一种令人作呕的感觉。②

① 三岛由纪夫，前揭书。
② 三岛由纪夫，《关于〈癞王的露台〉》（1969）。

在自杀的一周之前，三岛给他学习院时代的恩师清水文雄寄去了一封信①。在信中，他这样形容即将完稿的《丰饶之海》：

> 对我来说，它的终结就是世界的终结……以前我写过一出叫《癞王的露台》的戏，是讲柬埔寨的巴戎寺的。这部小说就是我的巴戎。

也许是笔者的错觉，但是，笔者在翻译本剧的最后一场时，不禁觉得，在之前的三岛戏剧中反复探讨的各种话题、体现的各种对比，到了这一步，都已经不再重要。能够写出这种台词的人，在某种意义上已经完全通达了；对于接下来要做的事情，他的心里已经没有任何纠结了。

> 国王的悲剧，（我再重复一遍）其实不是麻风病人的悲剧。恰恰相反，麻风病揭示了国王的悲剧——或者说，揭示了国王的疾病的本质；麻风病作为一种"绝对之疾病"，完全体现了患有"绝对病"的国王的精神。麻风病之所以会发作，绝不是因为偶然染病，而是出于国王的命运。这个世界上没有药物可以治愈它，如果要最终治愈，就只能恢复他的那具作为"永恒不朽的美"

---

① 信的日期是 1970 年 11 月 17 日。收录于新潮社《决定版三岛由纪夫全集》第 38 卷（2004）。

而存在的肉体。这就是体现了"神王崇拜"理想的巴戎寺的意义。所以，国王那美丽的肉体才会在全剧的结尾处宣布："我正是巴戎。"①

①　三岛由纪夫，《〈癫王的露台〉后记》(1969)。

图书在版编目（ＣＩＰ）数据

三岛由纪夫戏剧集：上下册／（日）三岛由纪夫著；
玖羽译 . -- 北京：中国友谊出版公司，2023.7
ISBN 978-7-5057-5621-2

Ⅰ . ①三… Ⅱ . ①三… ②玖… Ⅲ . ①剧本—作品集
—日本—现代 Ⅳ . ① I1313.35

中国国家版本馆 CIP 数据核字 (2023) 第 045600 号

书名	三岛由纪夫戏剧集
作者	［日］三岛由纪夫
译者	玖　羽
出版	中国友谊出版公司
发行	中国友谊出版公司
经销	新华书店
印刷	河北中科印刷科技发展有限公司
规格	787×1092 毫米　32 开
	22.75 印张　451 千字
版次	2023 年 7 月第 1 版
印次	2023 年 7 月第 1 次印刷
书号	ISBN 978-7-5057-5621-2
定价	120.00 元
地址	北京市朝阳区西坝河南里 17 号楼
邮编	100028
电话	（010）64678009

AI
设计时代
Midjourney
实战应用手册

张贤　钟洋　编著

人民邮电出版社

北　京

图书在版编目（CIP）数据

AI设计时代：Midjourney实战应用手册 / 张贤，钟
洋编著. -- 北京：人民邮电出版社，2024.5
ISBN 978-7-115-62601-1

Ⅰ．①A… Ⅱ．①张… ②钟… Ⅲ．①图像处理软件—
手册 Ⅳ．①TP391.413-62

中国国家版本馆CIP数据核字(2023)第169695号

内 容 提 要

这是一本讲解使用人工智能工具辅助进行设计的专业教程，旨在帮助设计师掌握并运用 Midjourney
提高设计效率和创新能力。书中详细介绍了 Midjourney 在品牌设计、平面设计、包装设计、电商设计和界
面设计等领域的应用方法，并通过丰富的案例展示了运用 Midjourney 出图辅助进行设计的全流程。本书附
赠实战案例的素材图、设计源文件和样机文件，以便读者能够边学边练、加深理解。

本书适合品牌设计师、平面设计师、包装设计师、UI 设计师和电商设计师阅读，也可以作为设计专业
学生的参考书。

◆ 编　著　张　贤　钟　洋
　　责任编辑　王振华
　　责任印制　陈　犇

◆ 人民邮电出版社出版发行　　北京市丰台区成寿寺路 11 号
　　邮编　100164　　电子邮件　315@ptpress.com.cn
　　网址　https://www.ptpress.com.cn
　　天津市豪迈印务有限公司印刷

◆ 开本：787×1092　1/16
　　印张：15.25　　　　　　　　2024 年 5 月第 1 版
　　字数：414 千字　　　　　　2024 年 5 月天津第 1 次印刷

定价：119.80 元

读者服务热线：(010)81055410　印装质量热线：(010)81055316
反盗版热线：(010)81055315
广告经营许可证：京东市监广登字 20170147 号

PREFACE
前言

　　当前，人工智能（Artificial Intelligence，AI）已经成为我们工作和生活中不可或缺的一部分，其广泛的应用前景和无限的潜力正在为我们的世界带来深刻的变革。在这个充满创新和未知的时代，AI 为我们提供了更多的机会，让我们能够突破传统的思维边界，探索全新的可能性。在设计领域，AI 也正在掀起一场革命。AI 提供了无与伦比的创作和创新能力，为设计师带来了前所未有的机遇和挑战。通过 AI 技术，我们可以快速生成各种图像，拓宽设计的边界，推动创意的发展。

　　本书将带你深入了解 AI 在设计领域的应用（特别是在图像生成和设计应用方面），书中介绍了如何利用 AI 生成各种图像及如何将这些图像运用到实际的设计项目中。全书共 6 章，涵盖多个设计领域，如标志设计、IP 形象设计、活动设计、海报设计、包装设计、电商设计和界面设计等。

　　不论你是专业设计师还是对 AI 和设计感兴趣的读者，本书都将为你提供一些思路和灵感。通过学习本书，你将掌握 AI 生成图像和设计应用的技巧，开拓创新思维，创作出令人惊叹的设计作品。

　　人工智能将为设计带来更多的可能性，让我们共同探索人工智能与设计结合的表现效果，开创属于设计师的美好未来吧！

编著者

‖ 资源与支持 ‖

本书由"数艺设"出品，"数艺设"社区平台（www.shuyishe.com）为你提供后续服务。

配套资源

案例素材图

设计源文件

样机文件

扫码关注微信公众号

提示：

微信扫描二维码关注公众号后，输入 51 页左下角的数字，获得
资源获取帮助。

"数艺设"社区平台，为艺术设计从业者提供专业的教育产品。

与我们联系

我们的联系邮箱是 szys@ptpress.com.cn。如果你对本书有任何疑问或建议，请你发邮件给我们，并请在邮件标题中注明本书书名及 ISBN，以便我们更高效地做出反馈。

如果你有兴趣出版图书、录制教学课程，或者参与技术审校等工作，可以发邮件给我们。如果学校、培训机构或企业想批量购买本书或"数艺设"出版的其他图书，也可以发邮件联系我们。

关于"数艺设"

人民邮电出版社有限公司旗下品牌"数艺设"，专注于专业艺术设计类图书出版，为艺术设计从业者提供专业的图书、视频电子书、课程等教育产品。出版领域涉及平面、三维、影视、摄影与后期等数字艺术门类，字体设计、品牌设计、色彩设计等设计理论与应用门类，UI 设计、电商设计、新媒体设计、游戏设计、交互设计、原型设计等互联网设计门类，环艺设计手绘、插画设计手绘、工业设计手绘等设计手绘门类。更多服务请访问"数艺设"社区平台 www.shuyishe.com。我们将提供及时、准确、专业的学习服务。

CONTENTS

目录

一

1 8-81

AIGC品牌设计应用

2 82-135

AIGC平面设计应用

3

4

5

6

AIGC
BRAND DESIGN
APPLICATION

AIGC品牌设计应用

标志设计是品牌设计中比较重要的部分，标志有全用文字表现的，也有用文字与图形相结合来表现的。标志的图形分为具象表现和抽象表现两大类。具象表现的可以细分为人物、动物、风景、静物等，抽象表现的则包括点、线、面、体等形式。比较难表现的是人物和动物，无论是写实形象还是卡通形象，零基础的小白或绘画能力不是很强的设计师，在短时间的设计学习中很难快速呈现出满意的作品。当下，设计师可以借助人工智能工具 Midjourney 来辅助设计标志，从而大大提高工作效率。

LOGO DESIGN

1.1 标志设计

1.1.1 人物标志

　　人物标志作为标志设计的重要类别，在表现形式上可以分为卡通形式和版画形式，人物的动态、情感、表情等诸多方面对设计师的造型能力要求比较高。但人工智能工具 Midjourney 的介入使设计效率大幅提升，同时也丰富了标志的表现方法，解决了创意造型方面的难题。下面用 Midjourney 辅助绘图，分别设计一款卡通形式的标志和一款版画形式的标志。

▼ 人物标志设计项目（一）

1. 项目背景

（1）项目介绍

　　德尔（DELL）机电是一家致力于机电设备研发、生产和服务的专业公司。公司的目标是为客户提供高品质、可靠及性能卓越的产品和服务，帮助客户实现可持续性发展。德尔源自古英语的姓氏，意为"领袖"或"率领"。这个名称代表了公司领导层的眼光和能力，以及公司的愿景，即成为机电设备行业的领先者。

（2）项目要求

　　标志应简洁明了，易于辨识，能够诠释德尔机电的核心价值。

　　突出安全帽的形象，让人能够立即联想到安全第一的理念。

　　颜色鲜艳、明亮，能够引起人的强烈关注，字体要简单流畅，易于识别。

2. 项目分析

　　根据项目要求，将标志主体定义为戴着安全帽的男性人物元素，更大限度地表现出企业安全第一的理念。加入齿轮元素能够体现行业属性。颜色搭配上采用暖色中的橙色为主色，显得更加醒目。文字选用简单的黑体进行表现。

3. 出图思路

（1）提示词分析

出图类型 + 整体描述 + 细节描述 + 风格特点	
出图类型	人物标志
整体描述	一个戴着安全帽的中年男子
细节描述	单色，块面，干净清新的设计，橙色，UI，UX，App
风格特点	扁平设计，卡通标志，线条艺术，极简主义，Pinterest，Dribbble，中心构图，超级细节

（2）提示词描述

People logo, a middle aged asian man in hard hat, monochrome, block surface, clean and fresh design, orange, ui, ux, app, flat design, cartoon logo, line art, minimalism, pinterest, dribbble, Center composition, super detail

人物标志，一个戴着安全帽的中年男子，单色，块面，干净清新的设计，橙色，UI，UX，App，扁平设计，卡通标志，线条艺术，极简主义，Pinterest，Dribbble，中心构图，超级细节

4. 出图结果

在用 Midjourney 出图过程中，垫图得到标志更加可控，更符合我们的预想。但垫图需要配合提示词才能生成符合要求的标志，在标志出图中需要不断修改提示词，直到出图满意为止。最终我们选出了 6 个我们认为效果不错的方案，并从中选择造型、明暗及光影表现出色的方案进行进一步设计调整。

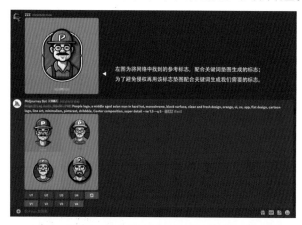

（1）图片分析

这款标志在整体创意表现上基本符合项目要求，造型上体现出了行业属性，有较好的明暗及光影变化。但细节上需要进一步优化，主要问题在于外轮廓、帽子、脖子这些细节方面。

问题2
帽子上的字母与
公司名称不符。

问题1
外轮廓没有更
好地体现行业
特征。

问题3
脖子上的光影不符
合明暗变化规律。

（2）设计调整

第 1 步： 将出图标志导入 Illustrator 中，降低图片的不透明度。打开图层面板，新建图层并将其置于出图标志图层的下方，然后将出图标志图层锁定。使用椭圆工具、钢笔工具绘制几何图形和线条，对标志的整体轮廓进行概括，这样可以更好地将标志分为几个块面，以便后期调整。在概括轮廓时，可以调整造型。

第 2 步： 对人物的整体轮廓与五官进行描边。要特别注意面部五官的对称性。接下来采用运算的方式区分出安全帽的暗面、灰面、亮面及高光，并且绘制出不同的颜色进行区分。

第 3 步： 绘制面部的明暗关系，采用黑、白、灰三层关系进行绘制，整体的光影表现为左侧受光，由于额头受到帽子的遮挡，要注意明暗的变化。面部左右两侧的部分明暗关系呈现对称形式，可以采用镜像工具表现。

第 4 步： 使用齿轮元素装饰外轮廓，以更加完整地体现出行业属性，齿轮采用旋转复制的方法绘制。在字体方面采用黑体来呈现标志的文字，黑体作为大多数商业设计的首选，能够体现出稳重的行业特点。

6. 设计总结及效果呈现

对于德尔机电这款标志，在使用 Midjourney 出图的过程中，我们需要大胆尝试并不断优化提示词，包括标志类型、整体描述、细节描述、风格特点，这样才能得到想要的结果。垫图作为标志出图中的一个技巧，能够帮助我们达到预想的创意效果。这种方法也适用于设计其他人物类标志。最终生成的图不见得特别完美，需要在设计调整时结合传统的标志设计手法来优化图片，这款标志就是添加了齿轮的创意元素，优化了造型及明暗关系。

标志设计常用提示词（1）		
图形标志 Graphic Logo	徽标 Emblem Logo	极简主义标志 Minimalist Logo
矢量标志 Vector Graphic	扁平标志 Flat Logo	卡通标志 Cartoon Logo
抽象标志 Abstract Logo		

1. 项目背景

（1）项目介绍

康源庄园是一个专注于生产销售各种优质农作物的品牌。致力于提供新鲜、健康的农产品，并以此为基础，不断推出新品种，丰富消费者的选择。

康源庄园这个名称中的"康"是指健康，"源"是指营养，表明了该品牌致力于为人们提供健康、营养丰富的食品。

（2）项目要求

标志的主体形象为老农，需要表现出友好和可靠的形象。

标志颜色应该选择绿色或其他自然健康的颜色，以表达品牌健康与新鲜的特征。

文字设计应该简洁易读，以确保品牌名称在不同终端上的可靠展示。

2. 项目分析

根据项目要求，康源庄园的标志设计应该展现自然、健康、可靠的形象，保证简单且易读，并具有易于识别和记忆的特点。选择一个老农形象，将其设计成和蔼、可信赖的人物形象。在标志设计中采用绿色或其他自然健康的颜色，以表达品牌健康与新鲜的特征。在文字设计上，采用简单易读的字体。

3. 出图思路

（1）提示词分析

出图类型 + 整体描述 + 细节描述 + 风格特点	
出图类型	人物标志
整体描述	戴着帽子的亚洲老农
细节描述	强烈的面部表情
风格特点	漫画风格，版画风格，复古标志，矢量标志，全景式构图

（2）提示词描述

Old farmer logo, old asian farmer with a hat, strong facial expression, comics style, print style, retro logo, vector logo, panoramic composition

老农标志，戴着帽子的亚洲老农，强烈的面部表情，漫画风格，版画风格，复古标志，矢量标志，全景式构图

4. 出图结果

　　经过调研，找到一个老农的形象作为参考，该形象在 Midjourney 出图中作为垫图使用，配合提示词生成标志，根据出图效果不断修改提示词，直到生成我们预想的方案。挑选出 8 个具有特点的方案，再综合考虑造型及色彩，选择一个与项目要求最为匹配的方案。

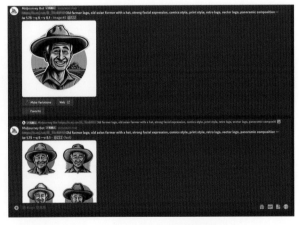

（1）图片分析

这款标志在整体创意、造型及细节上比较符合项目要求，属于版画形式的表现范畴。造型上能够体现出农业的行业属性，表达出了老农和蔼可亲的面部特点，也有较好的明暗及光影变化。只需要对细节进行简单的优化，更改一些颜色。去掉人物背景中的风景部分，整体做简化处理，并将该图片转换为矢量图，就能够符合商业标志的设计需求了。

问题1

人物面部颜色太暗。

问题3

背景圆形颜色不合适。

问题2

画面中的风景背景烦琐。

（2）设计调整

第 1 步：将出图标志导入 Illustrator 中，可以通过在线图片放大网站提高其分辨率，以便在软件中处理矢量图时细节更加丰富。在图片属性栏单击"嵌入"按钮。单击"图像描摹"右侧的下拉按钮，在下拉列表中选择"高保真度照片"进行图像描摹（如弹出下面右图中的提示，单击"确定"按钮即可）。图片质量越高，描摹后的细节越丰富，描摹完成后我们就得到了该图像的矢量图路径效果。

第 2 步：描摹完成后可以看到属性栏有扩展选项，单击"扩展"按钮就可以将位图转为矢量图，单击鼠标右键，在弹出的列表中选择"取消编组"，之后就可以通过选择工具选择不需要的部分并进行删除。

第 3 步：删除背景后，修改人物的面部与帽子的灰面部分的颜色，让画面的明暗关系呈现出黑白两个层次。

第 4 步：绘制背景圆形，使用蓝色体现出天空的效果。添加品牌的中英文名称，采用黑体进行表现。

    在使用 Midjourney 辅助设计康源庄园这款人物标志的过程中，需要不断优化提示词，才能得到满意的出图。垫图的使用也尤为关键。为了简化人物的细节并呈现版画效果，采用了黑白两种颜色进行处理。整体上简化了背景场景部分，让标志看起来更加简洁，以符合项目要求。在文字设计上采用了黑体进行呈现，更加符合商业视觉化要求。以下展示了标志在实际应用中的效果。

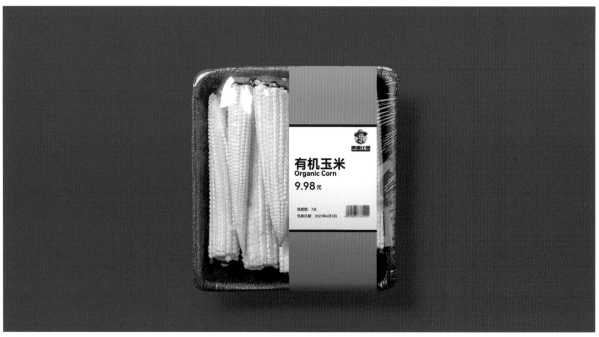

小贴士

标志设计常用提示词（2）		
漫画风格　Comics Style	版画风格　Print Style	图形标志　Graphic Logo
组合标志　Combination Mark Logo	徽标　Emblem Logo	负空间标志　Negative Space Logo
卡通标志　Cartoon Logo		

1.1.2 动物标志

　　动物标志与人物标志都是标志设计的重要类别，表现上以卡通形式为主，动物的动态、拟人化情感、表情等方面与人物表现比较相似，都对造型要求比较高。人工智能工具 Midjourney 的出现将不可能变为可能，解决了创意表现中的造型难题。下面使用 Midjourney 辅助绘图，设计两款卡通形式的动物标志。

▼ 动物标志设计项目（一）

1. 项目背景

（1）项目介绍

　　兔斯有约是一家以烘焙甜点为主的品牌。品牌名称灵感来源于甜蜜约定，希望每一位顾客在品尝到甜点时，都能够感受到那份甜蜜和幸福的滋味。该品牌提供多种口味和风格的甜点，也注重创造愉悦的购物体验。

　　品牌名称"兔斯有约"灵感来源于英语"Two's Yeow"，即"两个人的甜蜜约定"。品牌希望每一份甜点都能够成为人们之间的甜蜜约定，让人感受到幸福的滋味。

（2）项目要求

　　标志中可以使用小兔子形象，将它可爱、迷人的特点表达出来。

　　标志的线条、图形等都应与品牌名称相匹配，呈现出一种轻松、愉悦、生动的感觉。

　　标志的色彩应该鲜艳、明亮、炫目，蛋糕的色彩也应该突出，让人看到就想吃。

2. 项目分析

　　根据项目要求，这款标志应该由一只可爱的小兔子和一个美味的蛋糕组成，两者紧密结合在一起。小兔子手持蛋糕，表情愉悦、自信、迷人，呈现出小兔子对品牌的热情和信心。标志的色彩搭配应该突出品牌的特色和风格，吸引消费者眼球。文字采用简单可爱的圆体字进行呈现。

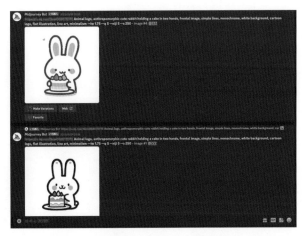

3. 出图思路

（1）提示词分析

出图类型 + 整体描述 + 细节描述 + 风格特点	
出图类型	动物标志
整体描述	拟人化可爱的兔子
细节描述	两只手里捧着蛋糕，正面形象
风格特点	简单线条，单色，白色背景，卡通标志，平面插画，线条艺术，极简主义

（2）提示词描述

Animal logo, anthropomorphic cute rabbit holding a cake in two hands, frontal image, simple lines, monochrome, white background, cartoon logo, flat illustration, line art, minimalism

动物标志，拟人化可爱的兔子，两只手里捧着蛋糕，正面形象，简单线条，单色，白色背景，卡通标志，平面插画，线条艺术，极简主义

4. 出图结果

　　先对项目进行调研，找到符合需求的参考图，图片内容为一只兔子手里捧着蛋糕，在用 Midjourney 出图时使用垫图的方式并配合使用提示词生成标志，不断优化提示词得到理想的标志方案。经过大量的出图我们得到了 6 个比较符合需求的方案，从中选择两个作为参考。

（1）图片分析

　　这款标志在整体创意表现上基本符合项目要求，属于卡通形式的。造型上能够体现可爱、迷人的兔子形象，采用了拟人化设计手法。线条上比较简练概括，只需进行简单的修改并将其转换为矢量图，再配合字体设计，就能够得到满意的设计方案。

问题1

标志的外轮廓有瑕疵，不够圆润。

问题2

兔子整体形象缺少腿部细节，应添加腿部造型。

（2）设计调整

第1步： 将出图标志导入 Illustrator 中，分别选择头部与脚部比较漂亮的图片，并通过蒙版将它们拼合成完整的形象，降低图片的不透明度，锁定该图层。新建一个图层，使用钢笔工具勾画兔子的轮廓，不断优化标志的整体造型直至满意为止。

第 2 步： 勾画完成后，为所有的造型填充颜色，配色上大面积使用白色，这是由兔子本身的颜色所决定的。蛋糕部分使用多层进行表现，水果部分进行高度概括，整体的外轮廓使用深褐色进行处理，更加突出兔子的造型。

第 3 步： 调整并优化整体造型，加入中文名称及英文名称，字体采用比较可爱的卡通字体，比较符合标志的整体调性。为了不影响中文名称和标志图形，英文采用比较纤细的字体进行呈现。

6. 设计总结及效果呈现

在使用 Midjourney 辅助设计兔斯有约这款动物标志的过程中，需要合理使用垫图，垫图一般是分析项目要求并经过调研后找到的参考图片，根据参考图片垫图，再不断尝试修改提示词，才能生成比较符合要求的标志设计。对于动物形象类标志，Midjourney 的出图还是比较得心应手的，能够很好地满足需求，为标志设计带来意想不到的收获。

小贴士

标志设计常用提示词（3）		
吉祥物标志 Mascot Logo	动态标志 Dynamic Logo	手工标志 Handmade Logo
复古标志 Vintage Logo	签名标志 Signature Logo	响应式标志 Responsive Logo
水印标志 Watermark Logo		

▼ 动物标志设计项目（二）

1. 项目背景

（1）项目介绍

熊局是一家致力于推动和发展体育运动的公司。公司举办的摔跤争霸赛汇聚了全球顶尖的摔跤选手和专业团队，以严谨的组织、创新的观赛体验和专业的品牌营销，不断提升影响力和市场竞争力。希望通过熊局摔跤争霸赛这个平台，让更多人了解和热爱摔跤文化，为推动摔跤运动在全球范围内的发展贡献力量。

比赛为夏季专场，以"王者超强对抗，争霸热血再现"为赛事口号。

（2）项目要求

标志需要突出头戴皇冠的熊形象。

设计简单明了，易于识别，同时具有现代感和时尚感。

选用鲜明、明亮的配色方案，适当搭配对比色。

2. 项目分析

这款标志设计的主要元素是头戴皇冠的熊形象，熊形象需要体现出猛烈与勇敢的特点，皇冠需要体现出赢得比赛的高贵和尊荣，同时要具有现代感和时尚感。在选择配色方案时，可以选择有活力且引人注目的颜色，以体现比赛的热情与激情。

3. 出图思路

（1）提示词分析

出图类型 + 整体描述 + 细节描述 + 风格特点	
出图类型	动物标志
整体描述	正面头部
细节描述	凶狠面部，头顶戴着皇冠，深橙色和深古铜色
风格特点	电子竞技，徽章，极简主义，卡通风格，时尚插画，图形标志

（2）提示词描述

Bear logo, frontal head, fierce face with crown on head, dark orange and dark bronze colors, e-sports, emblem, minimalism, cartoon style, trendy illustration, graphic logo

熊标志，正面头部，凶狠面部，头顶戴着皇冠，深橙色和深古铜色，电子竞技，徽章，极简主义，卡通风格，时尚插画，图形标志

4. 出图结果

根据项目要求进行调研，通过垫图手法得到戴有皇冠的熊形象，再使用生成的熊形象进行垫图，配合提示词生成标志，不断优化提示词生成我们想要的标志原稿。挑选出 6 个我们认为表现效果不错的出图方案，再从中选择一个造型、明暗及光影出色的标志作为参考。

（1）图片分析

这款标志在整体创意表现上基本符合项目要求，属于抽象的卡通标志。造型凶狠霸气的熊形象能够很好地体现出比赛的特质，有较好的色彩对比关系。只需要简单优化一下细节，将其转换为矢量图，再添加品牌名称，就能符合项目要求了。

问题2
需要简化皇冠的细节表现。

问题1
需要优化一些细节表现，做减法处理。

（2）设计调整

第1步： 将出图标志导入Illustrator中，将图片不透明度降低。打开图层面板，新建一个图层，将其置于图片下方并锁定上方的图片图层。使用钢笔工具勾画标志的整体外轮廓，该标志左右对称，可以采用镜像复制的方法勾画。在勾画轮廓时注意标志的造型处理，可以做些细节的调整。勾画好轮廓后可以为形状填充颜色，出图标志的颜色还是比较突出的，但上面使用了渐变处理，我们只需要做单色填充。注意黑、白、灰的使用。

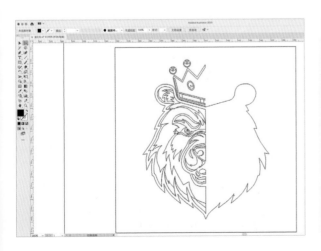

第 2 步： 对熊的五官做细节优化及上色处理，左边完成后选择左边的所有图形，执行"对象 > 变换 > 镜像"菜单命令，在弹出的"镜像"对话框中勾选"垂直"，单击"复制"按钮完成镜像操作。

第 3 步： 将镜像后的图形移至合适位置，与左边的图形结合起来完成熊的形象设计，再为其外轮廓添加白色的描边，以突出熊的整体形象。

第 4 步： 添加文字后选中文字，执行"对象 > 扩展"菜单命令，在弹出的"扩展"对话框中勾选对象并单击"确定"按钮。

第 5 步： 用选择工具选中"BEAR"，执行"效果 > 变形 > 下弧形"菜单命令，在弹出的"变形选项"对话框中设置水平弯曲为 -13%；选中下方的英文，执行"效果 > 变形 > 弧形"菜单命令，在弹出的"变形选项"对话框中设置水平弯曲为 10%。

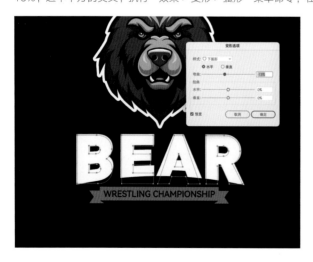

第 6 步：字体运用半圆进行运算，并使用浅灰色，再描摹白边，以增强视觉表现。文字的背景采用黑色，为文字和背景的整体添加白色的描边效果，与熊形象产生呼应，让设计的整体性更加强烈。

6. 设计总结及效果呈现

　　在使用 Midjourney 辅助设计熊局摔跤争霸赛这款动物标志的过程中，先垫图然后配合合理的提示词不断尝试修改。最终得到的效果比较符合要求，也不需要进行太多的细节处理。对于造型能力不是很强的设计师来说，运用这种设计方式是很有帮助的。

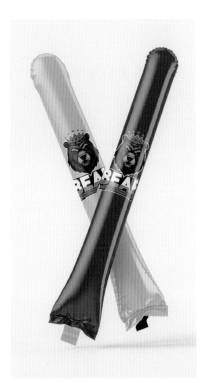

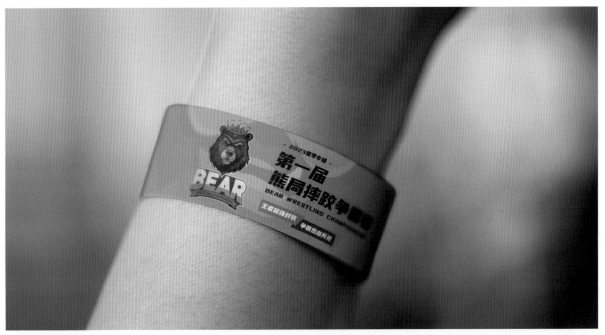

1.1.3 植物标志

植物标志也是主要的标志类型，在表现上可以分为简练图形表现与写实表现，植物的形态造型属于图案设计的范畴，造型表现难度比较高。人工智能工具 Midjourney 不仅能够快速生成人物、动物形态，只要使用恰当的提示词也能够很好地表达图案类标志。下面用 Midjourney 辅助绘图，设计一款简练图形表现效果的植物标志。

1. 项目背景

（1）项目介绍

Floralace 是一个充满创意和美感的品牌，该品牌名称由 Floral 和 Grace 两个词语组成，代表优美、芬芳和活力的个性魅力。这个品牌名称的灵感来源于自由舒展的花卉，以及女性优雅和自信的形象。

Floralace 的产品涵盖护肤、彩妆、香水和头发护理系列等，品牌设计了丰富的产品线，以满足不同女性群体的需求。该品牌一直以来坚持使用天然、有机和环保的原材料，通过科技研发和品质监控，确保产品的优良品质。

（2）项目要求

品牌标志需突出品牌高贵、优雅的形象，简洁明了地表现出玫瑰花和美女的结合。

品牌标志可以使用现代感强烈的字体和配色来突出品牌创新和时尚的元素。

品牌标志需要突出其品质、高端和有机等方面，以吸引更多消费者的关注和喜爱。

2. 项目分析

根据项目要求，将标志主体定义为玫瑰花与美女面部结合在一起的形象。这种设计强调了品牌的优雅、高贵及与自然环境的联系。主色采用象征典雅和明快的玫红色。在总体设计中，应尽可能简化标志的形状和符号，使其既清晰明了，又能突出品牌形象的特点和价值。

3. 出图思路

（1）提示词分析

出图类型 + 整体描述 + 细节描述 + 风格特点	
出图类型	植物标志
整体描述	一朵玫瑰花
细节描述	单色
风格特点	矢量标志，抽象标志，极简标志，无阴影细节

（2）提示词描述

Flower logo, one rose flower, monochrome, vector logo, abstract logo, minimalist logo --no shadow details

花标志，一朵玫瑰花，单色，矢量标志，抽象标志，极简标志，无阴影细节

4. 出图结果

　　在使用 Midjourney 出图前找到一张玫瑰花的黑白剪影图案，用这张图进行垫图，根据垫图生成的结果再配合提示词生成标志，不断尝试修改提示词，直到得到满意的设计方案。挑选 4 个标志形象，再从中选择一个最为合适的标志形象进行创意表达及细节打磨。

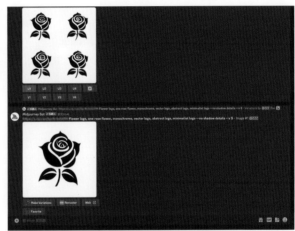

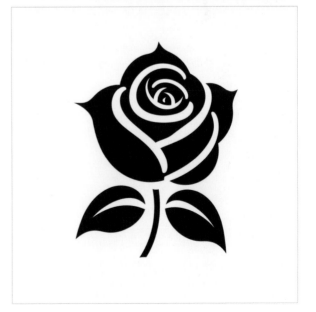

（1）图片分析

　　这款标志整体造型显得比较饱满，属于图案中的简练图形标志表现。主要问题在于过于图案化，缺乏标志的创意展现，我们需要更有效地表达创意、优化线条的美感及简化造型。

问题2
花瓣细节过于繁杂，
应去繁就简。

问题1
标志缺乏创意，可
以将美女头像融入
玫瑰花瓣中。

问题3
花瓣线条不够流畅，
显得比较臃肿。

（2）设计调整

第 1 步：将出图标志导入 Illustrator 中，新建一个图层并将其置于标志下方，调整上方标志图层的不透明度后锁定该图层。使用钢笔工具勾画标志，可以对标志的线条进行优化处理，加入美女的面部轮廓，增强标志的创意性。为标志填充玫红色，再次观察细节，对细节进行调整。

第 2 步： 对标志的文字进行设计，该标志是以女性为主的化妆品、护肤品品牌，可以选择偏女性风格的宋体，颜色可以采用金色。

6. 设计总结及效果呈现

在使用 Midjourney 辅助设计 Floralace 这款植物标志的过程中，先垫图然后配合合理的提示词并不断尝试修改，最终得到的效果还是比较符合要求。下面展示了标志在实际应用中的效果。

小贴士

标志设计常用提示词（5）		
渐变标志 Gradient Logo	扁平标志 Flat Logo	复古标志 Vintage Logo
文字标志 Wordmark Logo	字母标志 Lettermark Logo	组合标志 Combination Mark Logo
字母组合标志 Monogram Logo		

1.1.4 风景标志

风景标志作为标志表现的重要组成部分，在表现上可以分为简练图形表现与写实表现。在设计中，对风景空间场景造型的把控比较难。人工智能工具 Midjourney 可以帮助我们解决设计难题，在表现上速度快、效率高，解决了创意造型方面的难题。下面用 Midjourney 辅助绘图来设计一款简练图形表现效果的风景标志。

1. 项目背景

（1）项目介绍

田园纯悦是一家专注于天然、健康、绿色、纯净、美味的生活方式企业，提供以天然食材为原料的餐饮、生态旅游、采摘活动、有机农产品销售等业务。

品牌名称的由来是希望能够提供一种健康的生活方式，让人们感受到那种回归自然的纯粹。其中的"田园"呈现出对农业、自然的向往和热爱，"纯悦"则表达了对生活品质的追求。

（2）项目要求

标志中应有田野、房子和树，这些元素需要彼此协调，表现出自然、田园、温馨的风格。

强调品牌天然、健康、绿色、纯净、美味的特点，让人们一眼就能识别出品牌。

颜色的使用需要简洁明了，避免使用过多的颜色。

2. 项目分析

根据项目要求，将标志主体定义为田野中的一处房屋及几棵树，远处的太阳正在升起，散发着光芒。使用简洁的线条和适宜的色块呈现，确保标志清晰、易于辨识，彰显品牌代表的田园风情和纯悦之感。在色彩选择上，可以采用亲和自然色系。文字以简洁、自然、新颖为主，突显品牌特点和识别度。

3. 出图思路

（1）提示词分析

出图类型 + 整体描述 + 细节描述 + 风格特点	
出图类型	风景标志
整体描述	太阳升起，农场梯田场景，远处有几棵树
细节描述	单色，线条
风格特点	矢量标志，抽象标志，极简主义标志，几何标志，没有阴影细节

（2）提示词描述

Landscape logo, sun rising, farm terrace scene, few trees in the distance, monochrome, line, vector logo, abstract logo, minimalist logo, geometric logo --no shadow details

风景标志，太阳升起，农场梯田场景，远处有几棵树，单色，线条，矢量标志，抽象标志，极简主义标志，几何标志，没有阴影细节

4. 出图结果

　　在使用 Midjourney 出图的过程中，仍然需要选择合适的垫图，垫图图片为一幅田野间远处有树及太阳升起光线的图像，用这张图进行垫图，根据垫图生成的结果再配合提示词生成标志，不断尝试修改提示词，直到达到满意的效果。挑选出 4 个标志形象，再从中选择一个最为合适的进行细节打磨。

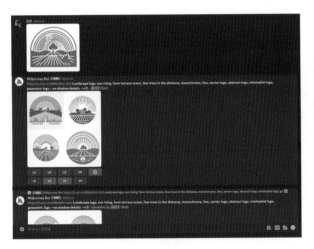
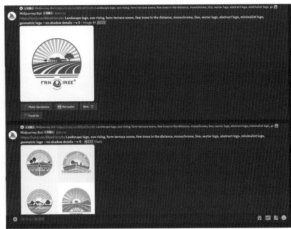

（1）图片分析

这款标志在整体造型表现上比较符合场景标志的特点，属于图案中的简练图形标志表现。整体的问题主要在于下方的英文处理不符合项目要求，其次是树木的细节不够几何化，需要重新绘制。

问题2

树木的细节不够严谨，需要几何化处理。

问题1

标志下方的英文不符合项目要求，需要去除。

（2）设计调整

第 1 步： 将出图标志导入 Illustrator 中，新建一个图层并将其置于标志下方，调整上方标志图层的不透明度后锁定该图层。使用椭圆工具绘制标志外轮廓，使用矩形工具绘制梯形，设置梯形的旋转角度为 12°复制出多个梯形，删除下半部分的梯形。

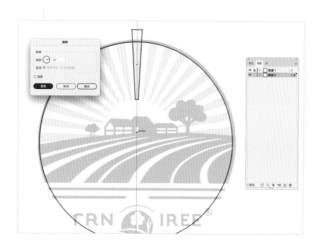

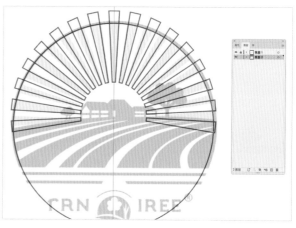

第 2 步：对梯形与外轮廓的圆进行运算，得到图形后为其填充颜色。再使用钢笔工具将田野部分勾画完成。

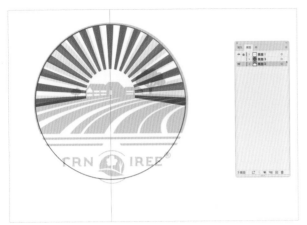 

第 3 步：勾画出房子、树木的造型。

第 4 步：调整标志图形的颜色并添加文字，文字采用比较简约的黑体，以契合现代标志的特点。

6. 设计总结及效果呈现

　　在使用 Midjourney 辅助设计田园纯悦这款风景标志的过程中，先垫图，然后配合合理的提示词并不断尝试修改，最终得到的整体造型还是比较符合要求的。简单地优化一些细节，再加上文字，一款商业标志就展现出来了。以下是该标志的实际应用效果展示。

 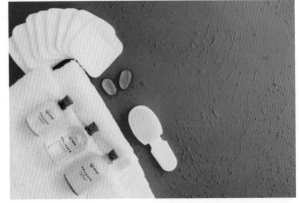

44

IP，全称为 Intellectual Property，中文译为知识产权，一般是指某个作品、形象或特定领域内的发明创意等各种具有独特性且能够被保护的产权。而 IP 形象，是指通过创意和智慧创造出的具有独立知识产权的独特形象。

IP 形象在市场营销中越来越重要，因为它可以成为品牌的形象代表，让消费者对品牌产生情感共鸣，进而带来更强的品牌认知度和用户忠诚度。例如，日本的凯蒂猫，迪士尼的米老鼠和玛丽猫，都是知名的 IP 形象代表。

IP IMAGE DESIGN

1.2 IP形象设计

1.2.1 人物 IP 形象

　　人物 IP 形象是指通过创意和智慧设计或创造的一个独立的、具有个性特征的虚构人物，用于代表某个品牌、活动、产品或服务。这个虚构人物往往拥有自己的名字、性别、外貌、个性和故事背景，能够唤起人们的情感共鸣，提升品牌知名度。人物 IP 形象在营销领域具有广泛的应用，特别是在品牌文化塑造和广告营销方面。通过虚构人物的形象、个性和故事等，消费者可以更好地理解和接受品牌的理念、文化和品质，从而增强品牌忠诚度和认同感。例如，美国麦当劳的 Ronald McDonald 就是典型的人物 IP 形象。

1. 项目背景

（1）项目介绍

　　城市边缘（Urban Edge）是一家新兴的潮流服饰品牌，它的时尚设计和舒适质地获得了越来越多年轻人的青睐。城市边缘品牌致力于在全球范围内推广其独特的时尚文化，帮助人们表达自己的个性和敢为人先的态度。

　　城市边缘的服装设计灵感来自城市街头文化，融合了街头艺术和摇滚文化等元素，并从中提炼出"自由、创新、个性"的设计思路。服装面料采用高品质的天然纤维和舒适面料，服装剪裁体现了年轻人的身体线条和运动特点。

（2）项目要求

　　设计一个体现品牌精神和年轻、时尚、流行元素的人物形象。

　　服装元素应该借鉴现代流行元素，体现简洁、时尚风格和年轻文化特点。

　　品牌 IP 形象是品牌推广的核心竞争力之一，应表现城市边缘品牌产品的个性化特征。

2. 项目分析

　　根据项目要求，可以把人物形象定义为一个年轻、帅气且阳光的潮男，取名埃里克（Eric）。他穿着潮流服饰，带有一定的嘻哈感。由于是 IP 形象，所以设计成 2 头身的风格，这样看起来比较可爱，整体风格可以采用如今较为流行的盲盒风格。

3. 出图思路

（1）提示词分析

出图类型 + 整体描述 + 细节描述 + 风格特点	
出图类型	人物 IP 形象
整体描述	很可爱的小男孩，黑色短发，黑框眼镜，潮流时尚运动装
细节描述	Q 版，2 头身比例，正视图，侧视图，背视图
风格特点	迪士尼皮克斯风格人物，3D，OC 渲染，超精细，时尚玩具，泡泡玛特盲盒风格

（2）提示词描述

very cute little boy, 2 head to body ratio, Chibi, full body, three views, full body shot, the front view, the side view, the back view. short black hair, blackframed glasses, fashionable sportswear, trendy style. Disney Pixar style character, 3D renderer, octane rendering, super fine, ultra high definition, fashionabletoys, POP MART blind box style, intricate details --ar 16;9 --q 2 --style expressive --s 750 --niji 5

很可爱的小男孩，2头身比例，Q版，全身，三视图，全身照，正视图，侧视图，背视图。黑色短发，黑框眼镜，时尚运动装，潮流风。迪士尼皮克斯风格人物，3D渲染器，OC渲染，超精细，超高清，时尚玩具，泡泡玛特盲盒风格，精致细节 --ar 16:9 --q 2 --style expressive --s 750 --niji 5

4. 出图结果

将上面描述的提示词输入 Midjourney 中生成图片，即可得到较为符合城市边缘品牌定位的人物 IP 形象。这里值得注意的是，后缀参数必须加上"--ar 16:9"，也就是图像比例必须为 16：9，否则三视图会放不下。

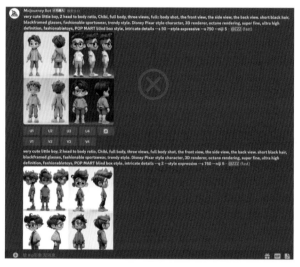

通过不停地生成，得到多张 IP 形象作品，再从中选择一张最完美的作品。这里值得注意的是，Midjourney 生成的三视图中，背视图效果较为一般，所以需要多次生成，才可以得到想要的三视图。

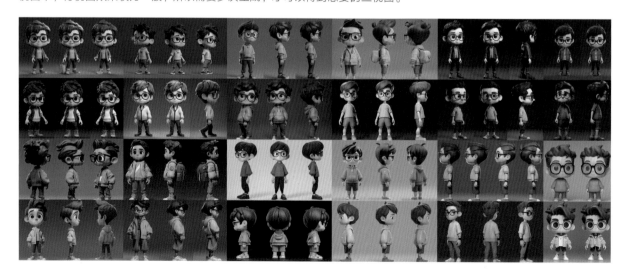

5. 项目设计

在没有 Midjourney 之类的 AI 软件之前，设计 IP 形象的步骤是先根据项目要求进行分析，得到设计思路后再开始绘制草图。接着不断修改和优化草图，使用 Photoshop 或 Illustrator 制作出设计源文件，还可以用 3D Max 或 C4D 制作三维效果图。而 Photoshop 或 Illustrator 制作的源文件可用于后期的物料延展，如公仔、盲盒、T 恤等周边产品。

而如今有了 Midjourney 之后，省去了前期修改和优化草图的环节，可以直接用 Midjourney 出图，大大提升了设计效率。但是用 Midjourney 生成的 IP 形象三视图不能直接商用，因为它仅是一张图片。IP 形象的后期延展是需要设计源文件，然后才能交由工厂生产的。所以我们还需要根据生成的三视图绘制线稿，再用 Photoshop 或 Illustrator 重新制作设计源文件。

（1）绘制线稿

第 1 步：将三视图导入 Photoshop 中，降低图片的不透明度。新建一个图层，将其置于三视图图层下方。这一步也可以用其他绘画软件，如 SAI 或 iPad 上的 Procreate 等。

第 2 步：选择画笔工具，根据三视图绘制出线稿。

（2）绘制造型

第 1 步： 将绘制的线稿导入 Illustrator（这里也可以用 CorelDRAW 等其他矢量图形软件）中，并降低图片的不透明度。打开图层面板，新建一个图层并将其置于线稿图层下方，然后将线稿图层锁定。

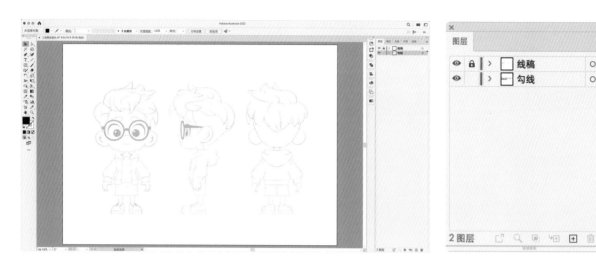

第 2 步： 使用钢笔工具沿着线稿勾勒。这里需要注意的是，类似脸部、眼睛、身体等对称的区域可以先勾勒其中的一半，然后选中勾勒好的这一半区域，执行"对象 > 变换 > 镜像"菜单命令，在弹出的"镜像"对话框中选中"垂直"，单击"复制"按钮完成镜像操作。将镜像后的图像移至合适位置，与勾勒好的图像结合起来，即可得到两边完全对称的效果。

第 3 步： 由于背视图中大多数结构具有对称造型，因此可以用与第 2 步相同的方法制作，而头发和侧视图由于不具有对称造型，因此需要单独用钢笔工具勾勒。这种方法不仅可以提升工作效率，还可以确保造型更加精准。按照这种方法全部勾勒完毕后，即可得到 IP 形象完整的线稿造型。

（3）为造型上色

第 1 步：新建一个图层，将其命名为"涂色"并置于勾线图层下方，接着使用斑点画笔工具进行涂色。该工具可以直接涂出色块。这里要注意，涂色时一定要仔细，可以将画面放大，确保涂色的区域都在线条的正下方，超出线条的区域或未涂到线条的下方都是不对的。参考之前使用 Midjourney 生成的 IP 形象，将所有的颜色涂上即可。

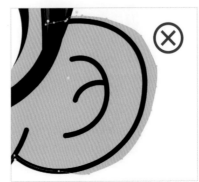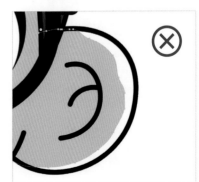

第 2 步：开始添加明暗关系。首先将需要添加明暗关系的区域原位复制一层，然后绘制阴影区域，这里可以用钢笔工具勾勒，也可以用斑点画笔工具涂抹。最后将阴影区域与之前复制出的造型一起选中并在"路径查找器"面板中选择形状模式为交集，得到需要的部分。

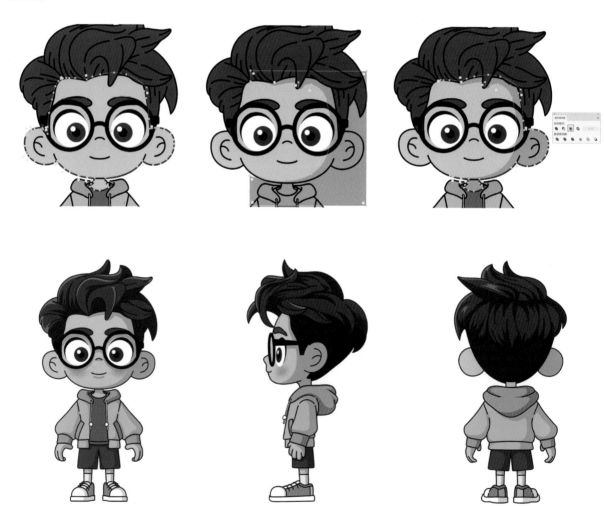

　　当把三视图的设计稿绘制好之后，下一步是对 IP 形象进行延展。而延展部分的内容通常包括动作延展、表情延展和物料延展，下面逐一讲解。

（1）动作延展

　　IP 形象所涉及的动作延展，一定是基于该品牌的定位来设计的。城市边缘的品牌定位是潮流服饰、年轻、嘻哈，那么就应该将该品牌的 IP 形象设计成符合该品牌定位的人物动作，如打篮球、跳街舞、玩滑板等。如果设计成与该品牌定位无关的动作，就会不合适，如炒菜、打扫卫生等。

第 1 步：可以先在网上找一张与前面设计的 IP 形象风格相似的 IP 形象图片，然后通过抠图将人物抠出来，并填充白色背景。接着将我们自己设计的 IP 形象的头部放在这张图片上，做简单的融合。这样就得到了一个正在打篮球的 IP 形象，而这只是为后面的出图做准备的。这里之所以填充白色背景，是为了保证生成的图也是白色背景，方便后期延展。另外，Midjourney 每次出图都是随机的，所以将我们自己设计的 IP 形象头部放上去是为了使后期生成的人物更加接近我们想要的 IP 形象。

第 2 步：将合成好的图片上传到 Midjourney 中生成图片。然后将图片链接置于前方，再将提示词置于图片链接后方。为了确保生成的人物与之前 IP 形象无限接近，提示词一定要在之前提示词的基础上进行修改，而形容 IP 外貌的提示词必须保留。此外，必须在描述词后方加上" --iw 2 "，这样才能确保 IP 形象的动作接近参考图片的动作。

prompt The prompt to imagine

/imagine
图片链接

prompt very cute little boy, 2 head to body ratio, Chibi, full body, short black hair, blackframed glasses, Wearing a basketball uniform, playing basketball, sports style, trendy style. Disney Pixar style character, 3D, octane rendering, super fine, ultra high definition, fashionabletoys, POP MART blind box style, intricate details --ar 3:4 --q 2 --style expressive --iw 2 --niji 5 very cute little boy, 2 head to body ratio, Chibi, full body, short black hair, blackframed glasses, Wearing a basketball uniform, playing basketball, sports style, trendy style. Disney Pixar style character, 3D, octane rendering, super fine, ultra high definition, fashionabletoys, POP MART blind box style, intricate details --ar 3:4 --q 2 --style expressive --iw 2 --niji 5

很可爱的小男孩，2 头身比例、Q 版、全身、黑色短发、黑框眼镜、穿着篮球服、打篮球、运动风、潮流风。 迪士尼皮克斯风格人物、3D、OC 渲染、超精细、超高清、时尚玩具、泡泡玛特盲盒风格、精致细节 --ar 3:4 --q 2 --style expressive --iw 2 --niji 5

第 3 步： 通过 Midjourney 不停地生成图像，直到得到一幅相貌和动作都比较符合预期的作品，之后将图像放大并保存至本地。使用生成的图像设计一幅海报，这样一个 IP 形象的延展设计就完成了。

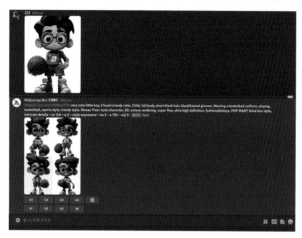

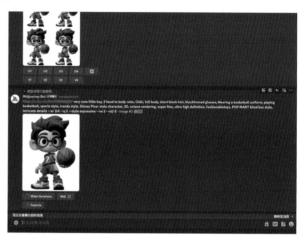

第 4 步： 按照这种方法，还可以延展出更多符合该品牌的动作，如玩滑板、弹吉他、跳街舞、准备去旅行等。

（2）表情延展

　　IP 形象表情包是品牌的视觉化传播工具，以有趣、卡通、可爱的方式增强品牌形象在人们心中的印象与记忆。同时，表情包是现代人表达情感的一种新型方式，品牌的表情包在互联网上广泛传播，能够迅速提高品牌的影响力，进而吸引更多目标用户。

　　总之，IP 形象表情包是品牌推广和营销的重要工具，可以通过有趣、卡通、可爱的方式传播，增加品牌的知名度和亲和力，在消费者中建立品牌知名度和美誉度。

第 1 步： 表情包通常不需要包含身体部分，只需要突出面部表情即可，所以我们将 IP 形象正视图中的头部裁剪下来，并上传到 Midjourney 中。然后将图片链接置于前方，再将提示词置于图片链接后方。为了确保生成的人物表情与我们的 IP 形象无限接近，必须保留形容 IP 外貌的提示词，并加上形容表情的提示词。而"权重 --iw"，可以根据实际情况做调整。

 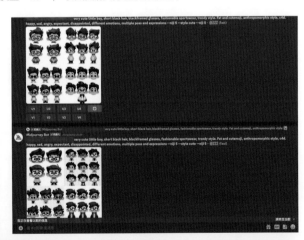

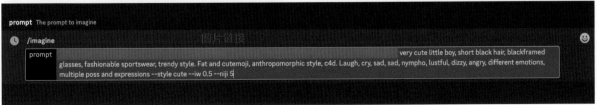

very cute little boy, short black hair, blackframed glasses, fashionable sportswear, trendy style. Fat and cutemoji, anthropomorphic style, c4d. Laugh, cry, sad, sad, nympho, lustful, dizzy, angry, different emotions, multiple poss and expressions --style cute --iw 0.5 --niji 5

很可爱的小男孩，黑色短发，黑框眼镜，时尚运动装，潮流风。肥胖和可爱的表情符号，拟人化风格，C4D。笑，哭，伤心，难过，花痴，好色，晕，生气，不同的情绪，多种姿势和表情 --style cute --iw 0.5 --niji 5

第 2 步：通过 Midjourney 不停地生成，直到生成一幅比较符合我们预期的作品，再不停地单击"V4"不断微调，这样就会得到很多不同的表情文件。最后将所有生成的作品保存下来，再从中挑选较为精致的表情。

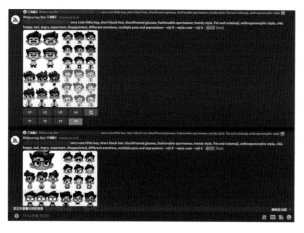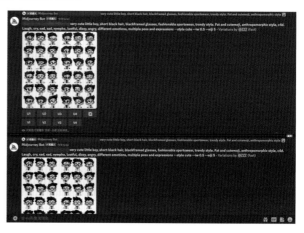

（3）物料延展

    IP形象物料延展是指将品牌形象延伸到各种物料和细节设计中，通过不同物料的使用，提升品牌形象的传播效果和美感，从而推动品牌的发展和营销。它可以提高品牌形象的辨识度，扩大品牌形象建设的范围，强化品牌美感价值，提高品牌的品质认知。

    综上所述，IP形象物料延展是品牌推广和营销的重要手段，能够通过各种物料的延伸实现品牌形象的全方位营销，从而提升品牌的美感价值、品质认知和影响力。

    展示 IP 形象作品是品牌形象推广和营销过程中非常重要的一环。从品牌角度而言，它可以展示品牌形象设计的质量和水平，增加品牌形象宣传力度，提升品牌形象的美学价值，树立品牌形象的地位。从设计师角度而言，它为设计师提供了展示技能的平台，通过 IP 形象作品展示，设计师可以向多方展示其设计技巧和才能，从而提高知名度和认可度，增加未来业务合作的机会。

    下面是城市边缘品牌的 IP 形象作品展示。

Hand Sketch
手绘草图

Three View
三视图

Image Extension
IP形象延展

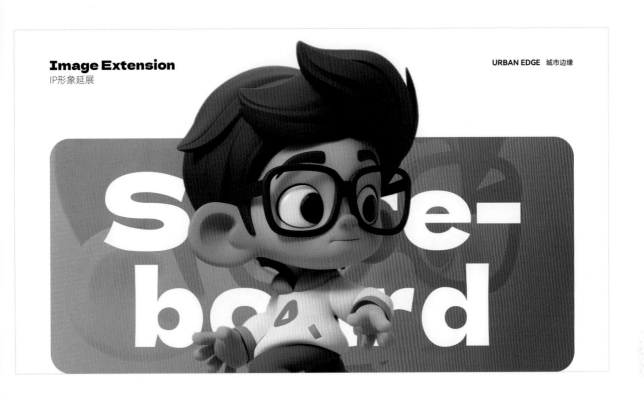

Image Extension
IP形象延展

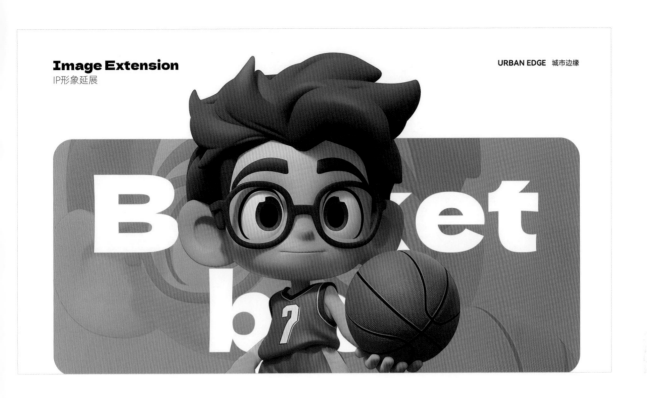

Image Extension
IP形象延展

埃里克·表情包

RICH
EMOTICON

我叫埃里克。我是一位富有创造力和魅力的音乐家，也是 Urban Edge 品牌的代言人。同时，我的音乐也成为了品牌的背景音乐和商业歌曲。我的歌曲充满活力，总是让听众置身于现场表演的中心，希望你喜欢。

 害怕　 嘻嘻　 吃惊　 欣慰

 吃惊　 无奈　 撇嘴　 无辜

 糗　 微笑　 抓狂　 烦躁

1.2.2 动物 IP 形象

动物 IP 形象是指将动物作为主要设计元素的品牌形象，通常采用卡通造型或拟人化设计，使动物角色形成可爱、有趣和独特的形象，成为品牌或企业的形象代言人。

在品牌推广中，动物 IP 形象可以为品牌打造可爱、有趣、亲切、生动的形象，极大地提升品牌的知名度和亲和力。同时，动物 IP 形象也可以为产品塑造特殊的品牌形象，提高产品吸引力和差异化程度。多数情况下，设计师还会为其创作特定的服装、周边产品等商业化产品延展，从而扩大品牌的社会影响和宣传范围。

1. 项目背景

（1）项目介绍

熊猫趣游（Panda Fun Travel）是一个中国旅游品牌，旨在为旅游爱好者提供愉悦、舒适的旅游产品和服务。熊猫趣游品牌的理念是"让旅行变得更加有趣"，因此品牌注重为旅客打造独具特色、趣味性和文化内涵的旅游体验。

熊猫趣游品牌的核心价值是"诚信、专注、服务、创新"，旨在让每一位旅客都能在熊猫趣游的旅程中收获感动，带着满满的回忆继续前行。

（2）项目要求

品牌标识性强： IP 形象不仅要与熊猫趣游品牌的定位高度匹配，还要代表该品牌的文化和理念。

容易被识别： IP 形象需要具备鲜明的特点，以便旅游爱好者在任何地方都能轻松辨认出熊猫趣游的品牌形象。

具有情感共鸣力： IP 形象需要引起旅游爱好者的情感共鸣，传达出快乐、满足、互动和探索的旅游精神。

2. 项目分析

根据项目要求，可以设计一个熊猫形象 IP，为其取名为"潘多"（Pando），这个名字融合了"panda"和"fun do"。

主题形象要可爱、活泼，使其穿着旅游服装来代表熊猫趣游的品牌形象。

3. 出图思路

（1）提示词分析

出图类型 + 整体描述 + 细节描述 + 风格特点	
出图类型	动物 IP 形象
整体描述	盲盒风 Q 萌熊猫 IP，全身丰满，五官精致，运动装，宽松裤
细节描述	卡通形象三视图，生成正视图、侧视图、背视图，保持一致性和统一性
风格特点	干净的背景，自然采光，8K，最好的质量，超详细，3D，C4D，Blender，OC 渲染，HD，超去污

（2）提示词描述

Blind box style cute panda IP, full body, delicate features, sportswear, baggy pants, three views of cartoon image, generating three views, i.e. front view, side view and back view, maintaining consistency and uniformity, clean background, natural lighting, 8K, best quality, ultra detailed, 3D, C4D, Blender, OC rendering, HD, ultra detoiled --ar 16:9 --niji 5

盲盒风 Q 萌熊猫 IP，全身丰满，五官精致，运动装，宽松裤，卡通形象三视图，生成正视图、侧视图、背视图，保持一致性和统一性，干净的背景，自然采光，8K，最好的质量，超详细，3D，C4D，Blender，OC 渲染，HD，超去污 --ar 16:9 --niji 5

4. 出图结果

　　将上面描述的提示词输入 Midjourney 中生成图片，可以得到较为符合熊猫趣游品牌定位的动物 IP 形象。和之前一样，这里的后缀参数必须加上 "--ar 16:9"，也就是图像比例必须为 16 : 9，否则三视图会放不下。

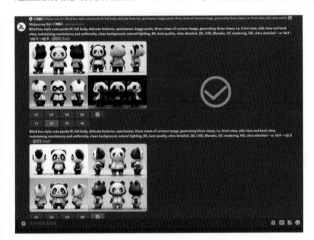 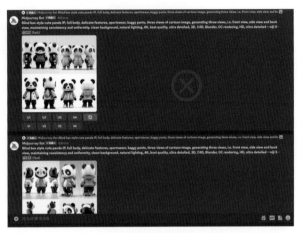

　　通过不停地生成，可以得到多幅 IP 形象作品，从中选择一幅最完美的作品。这里值得注意的是，Midjourney 生成的三视图中，背视图效果较为一般，所以需要多次生成，才可以得到想要的三视图。

5. 项目设计

得到了参考图之后，开始进入设计环节。方法与之前的人物 IP 设计类似，根据 Midjourney 生成的效果图重新绘制线稿和设计文件。下面是具体设计流程。

（1）绘制线稿

第 1 步：将三视图导入 Photoshop 中，降低图片的不透明度。新建一个图层，并将其置于三视图图层下方。

第 2 步：选择画笔工具，根据三视图直接绘制出线稿。

（2）绘制造型

第 1 步：将绘制的线稿导入 Illustrator（也可以用 CorelDRAW 等矢量图形软件）中，降低图片的不透明度。打开图层面板，新建一个图层并将其置于线稿图层下方，然后将线稿图层锁定。

第 2 步：使用钢笔工具沿着线稿勾勒。这里需要注意的是，类似脸部、眼睛、身体等对称的部位，可以先勾勒左边，然后执行"对称 > 变换 > 镜像"菜单命令，在弹出的"镜像"对话框中选中"垂直"，单击"复制"按钮完成镜像操作。将镜像后的图像移至合适位置，与左边的图像结合起来，即可得到两边完全对称的效果。

第 3 步：由于背视图中大多数结构具有对称造型，因此可以用与第 2 步相同的方法制作，而侧视图由于不具有对称造型，因此需要单独用钢笔工具勾勒。这种方法不仅可以提升工作效率，还可以确保造型更加精准。按照这种方法全部勾勒完成后，即可得到 IP 形象完整的线稿造型。

（3）为造型上色

第 1 步：新建一个图层，将其命名为"涂色"并置于勾线图层下方，接着使用斑点画笔工具涂色。该工具可以直接涂出色块。这里要注意，涂色时一定要仔细，可以将画面放大，确保涂色的区域都在线条的正下方，超出线条的区域或未涂到线条的下方都是不对的。参考之前使用 Midjourney 生成的 IP 形象，将所有的颜色涂上即可。

第 2 步： 为画面添加明暗关系。首先将需要添加明暗关系的区域原位复制一层，然后绘制阴影区域，这里可以用钢笔工具勾勒，也可以用斑点画笔工具涂抹。这里我先用钢笔工具勾勒左侧，然后通过镜像操作得到两边完全对称的效果，最后将阴影区域与之前复制出的造型选中，并在"路径查找器"面板中选择形状模式为交集，得到需要的部分。

  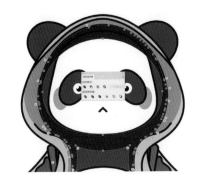

（1）动作延展

熊猫趣游的 IP 形象所延展的动作应该与该品牌的业务有关，可以将其延展成一个有趣的旅行者。延展设计的步骤如下。

第 1 步： 将 IP 形象的正视图上传到 Midjourney 中，然后将图片链接置于前方，再将提示词置于图片链接后方。为了确保生成的动物与之前 IP 形象无限接近，一定要在之前提示词的基础上进行修改，形容 IP 形象外貌的提示词必须保留。这里并没有在网上找参考图，也没有将权重 --iw 设置为 2，原因是熊猫的外形基本长得差不多，不加权重的目的是让其自由发挥。

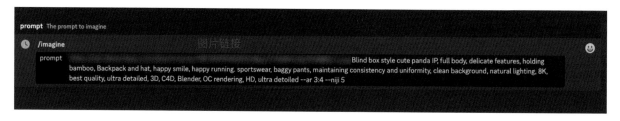

提示词描述

Blind box style cute panda IP, full body, delicate features, holding bamboo, Backpack and hat, happy smile, happy running. sportswear, baggy pants, maintaining consistency and uniformity, clean background, natural lighting, 8K, best quality, ultra detailed, 3D, C4D, Blender, OC rendering, HD, ultra detoiled --ar 3:4 --niji 5

盲盒风 Q 萌熊猫 IP，全身丰满，五官精致，手拿竹子，背包和帽子，开心地笑，开心地奔跑。 运动服，宽松裤，保持一致性和统一性，干净的背景，自然采光，8K，最佳质量，超详细，3D，C4D，Blender，OC 渲染，高清，超去污 --ar 3:4 --niji 5

第 2 步： 通过 Midjourney 不停地生成图片，直到得到一幅相貌和动作都比较符合我们预期的作品，将其放大并保存至本地。

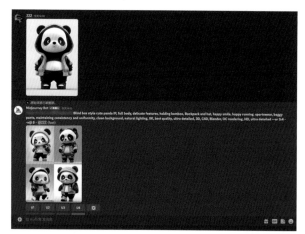

第 3 步： 使用生成的图片设计一幅海报，这样一个 IP 形象的延展就完成了。

（2）表情延展

第 1 步：将熊猫 IP 形象正视图中的头部裁剪下来，并上传到 Midjourney 中。然后将图片链接置于前方，再将提示词置于图片链接后方。为了确保生成的熊猫表情与前面的熊猫 IP 形象无限接近，必须保留形容 IP 外貌的提示词，并添加形容表情的提示词。而"权重 --iw"可以根据实际情况做调整。

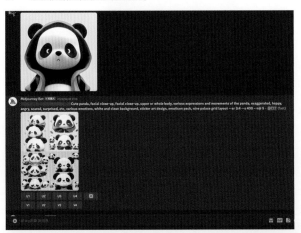
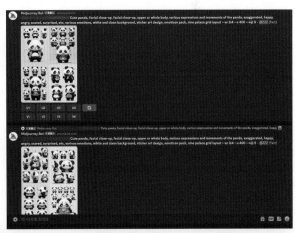

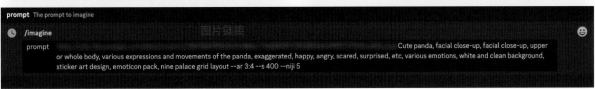

Cute panda, facial close-up, upper or whole body, various expressions and movements of the panda, exaggerated, happy, angry, scared, surprised, etc., various emotions, white and clean background, sticker art design, emoticon pack, nine palace grid layout --ar 3:4 --s 400 --niji 5

可爱的熊猫，面部特写，上身或全身，熊猫的各种表情和动作，夸张，快乐，愤怒，害怕，惊讶等，各种情绪，白色干净的背景，贴纸艺术设计，表情包，九宫格布局 --ar 3:4 --s 400 --niji 5

第 2 步：通过 Midjourney 不停地生成图片，直到得到一幅比较符合我们预期的作品，再不停地单击"V3"不断微调，这样就会得到很多不同的表情文件。最后将所有生成的作品保存下来，再从中挑选较为精致的表情。

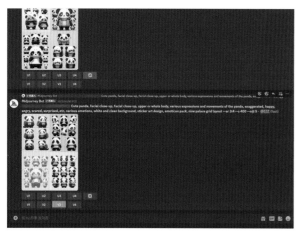
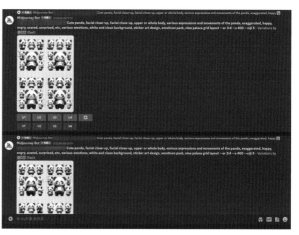

（3）物料延展

　　关于物料延展部分，可以做一些与熊猫趣游品牌相关的物料，如旅行中可能会用到的一些周边产品：便携椅、火柴、水杯、背包等。

1.2.3 抽象 IP 形象

抽象 IP 形象是指没有具体形象、不具备明确人物或动物特征的角色形象。这种形象通常不局限于特定的外貌或形状，可以进行无限延伸和创造，以不同形式呈现不同的特征和风格，更容易被受众所接受和喜爱。

抽象 IP 形象适用于那些希望突出品牌核心价值和理念的品牌或特定活动。这种具有几何美感、符号化、通俗易懂和高度简化的图形，非常适合展现品牌的外观特点和个性，可以更好地表达出设计理念，增强品牌的视觉冲击力。

1. 项目背景

（1）项目介绍

神秘水域是一个以海洋为主题的水上乐园品牌，旨在为游客提供一个神秘、奇妙且令人兴奋的水上之旅。乐园以蓝色和绿色为主色调，营造出清新、舒适和轻松愉悦的环境氛围。

在神秘水域乐园中，游客可以尽情享受各类刺激、惊喜和欢乐的水上娱乐项目，如滑水道、浪漫漂流、大喜漩涡、海底漫步等。乐园内的设施和游戏环节也颇具特色，适合亲子游、公司团队建设、情侣约会等。

（2）项目要求

神秘感： 神秘水域品牌注重为游客创造无与伦比的神秘体验，因此 IP 形象必须能够传达这种感觉。

海洋元素： 神秘水域是一个以海洋为主题的乐园，所以 IP 形象需包含海洋元素。

具有创意性： 神秘水域不应该局限于一个具体的形象，IP 形象应该具有灵活性和创新性。

2. 项目分析

根据项目要求，我们可以考虑从水元素的角度入手，将 IP 形象设计成一个水元素的拟人化效果，取名"水宝"。它浑身充满了海水，主色调为蓝色。

3. 出图思路

（1）提示词分析

出图类型 + 整体描述 + 细节描述 + 风格特点	
出图类型	抽象 IP 形象
整体描述	一只小巧玲珑的小怪物，身体是浅蓝色的，头上有一个弯曲的角，眼睛很圆，嘴巴很小，水元素
细节描述	很可爱，全身，三视图，正视图，侧视图，背视图
风格特点	迪士尼皮克斯风格，3D，C4D，Blender，OC 渲染，电影灯光，好看的轮廓光，高清画质

（2）提示词描述

A small and exquisite little monster, so cute, the body is light blue, the head has a curved horn, the eyes are very round, the mouth is very small, image of water element. full body, three views, the front view, the side view, the back view. disney pixar style, Rich detail, 3D, C4D, Blender, octane rendering, movie lighting, nice looking contour light, high-definition picture qualit --ar 16:9 --q 2 --niji 5

一只小巧玲珑的小怪物，很可爱，身体是浅蓝色的，头上有一个弯曲的角，眼睛很圆，嘴巴很小，水元素。全身，三视图，正视图，侧视图，背视图。迪士尼皮克斯风格，细节丰富，3D，C4D，Blender，OC 渲染，电影灯光，好看的轮廓光，高清画质 --ar 16:9 --q 2 --niji 5

4. 出图结果

  将上面的提示词输入 Midjourney 中生成图片，可以得到较为符合神秘水域品牌定位的 IP 形象。这里值得注意的是，后缀参数必须加上"--ar 16:9"，也就是图像比例必须为 16：9，否则三视图会放不下。

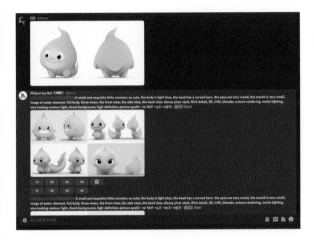 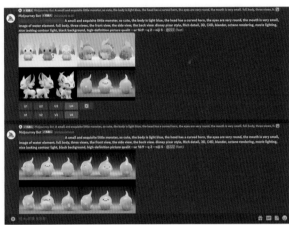

  通过不停地生成，可以得到多幅 IP 形象作品，从中选择最理想的一幅。注意，Midjourney 生成的三视图中，背视图效果较为一般，所以需要多次生成，才可以得到想要的三视图。

5. 项目设计

得到效果图之后，开始进入设计环节。方法与前面讲过的方法一样，这里不再赘述，下面是效果图展示：前三幅为线稿，后三幅为上色后的效果。

6. 项目延展

（1）动作延展

将 IP 形象的三视图（正视图、侧视图、背视图）分别裁剪成 3 幅图片，并将它们上传到 Midjourney 中进行垫图并添加提示词。选择效果较好的图像后，将其设计成海报。

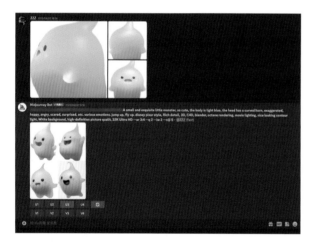

提示词描述

A small and exquisite little monster, so cute, the body is light blue, the head has a curved horn, exaggerated, happy, angry, scared, surprised, etc. various emotions. jump up, fly up. disney pixar style, Rich detail, 3D, C4D, blender, octane rendering, movie lighting, nice looking contour light, White background, high-definition picture qualit, 32K Ultra HD --ar 3:4 --q 2 --iw 2 --niji 5

一只小巧玲珑的小怪物，很可爱，身体是浅蓝色的，头上有一个弯曲的角，夸张的，高兴的，生气的，害怕的，惊讶的等各种情绪。跳起来，飞起来。迪士尼皮克斯风格，细节丰富，3D，C4D，Blender，OC 渲染，电影灯光，好看的轮廓光，白色背景，高清画质，32K 超高清 --ar 3:4 --q 2 --iw 2 --niji 5

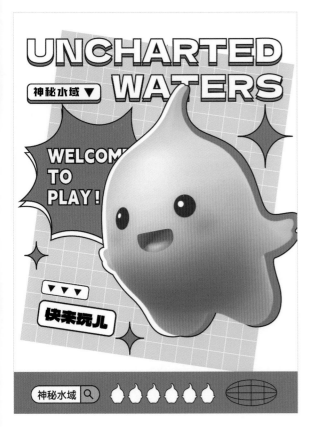

（2）表情延展

与前面的方法类似，先垫图然后配合合理的提示词并不断尝试修改，直到生成符合预期的作品。

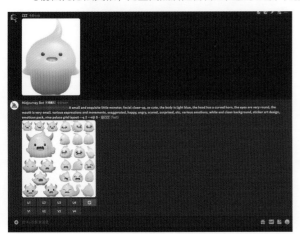
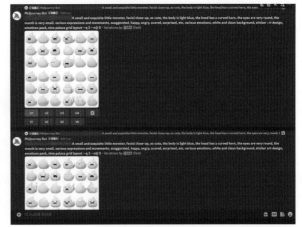

提示词描述

A small and exquisite little monster, facial close-up, so cute, the body is light blue, the head has a curved horn, the eyes are very round, the mouth is very small. various expressions and movements, exaggerated, happy, angry, scared, surprised, etc, various emotions, white and clean background, sticker art design, emoticon pack, nine palace grid layout --q 2 --niji 5

一只小巧玲珑的小怪物，面部特写，很可爱，身体是浅蓝色的，头上有一个弯曲的角，眼睛很圆，嘴巴很小。各种表情和动作，夸张，高兴，愤怒，害怕，惊讶等，各种情绪，白色和干净的背景，贴纸艺术设计，表情包，九宫格布局 --q 2 --niji 5

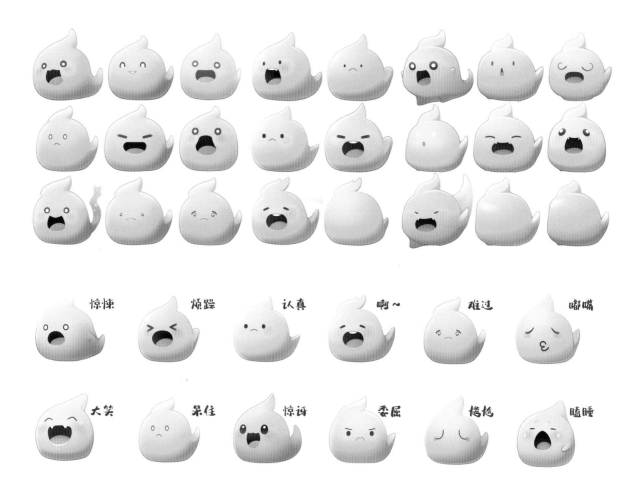

惊悚　　　烦躁　　　认真　　　啊～　　　难过　　　嘟嘴

大笑　　　呆住　　　惊讶　　　委屈　　　尴尬　　　瞌睡

（3）物料延展

关于物料延展部分，可以做一些与神秘水域品牌相关的周边产品，如罐装饮料、太阳伞等。

7. 项目总结

通过项目讲解我们能够感受到，利用 Midjourney 可以快速生成大量有创意的图像，设计师可以很方便地确定最符合品牌理念的形象。

角色造型：Midjourney 可以根据设计师提供的提示词或参考图，迅速生成各种复杂的角色造型。设计师可以根据需要对造型进行调整和优化，以准确表达品牌定位。

时间和成本效益：利用 Midjourney 可以极大地节省设计师的时间和成本。与传统设计相比，Midjourney 可以快速生成大量图像，因此可以加快设计流程，提高设计效率。

总之，Midjourney 在设计 IP 形象方面具有很好的帮助和支持作用，为设计师提供了更多灵感和创意，同时也提高了设计效率。

小贴士

IP 形象设计常用提示词		
三视图 Three Views	背视图 The Back View	3D 渲染器 3D Renderer
正视图 The Front View	迪士尼皮克斯风格 Disney Pixar Style	OC 渲染 Octane Rendering
侧视图 The Side View	泡泡玛特盲盒风格 POP MART Blind Box Style	时尚玩具 Fashionable Toys

AIGC
GRAPHIC DESIGN
APPLICATION

AIGC平面设计应用

活动视觉设计是指对活动策划和执行过程中所需的设计元素进行设计、编辑和制作的过程。它主要涉及海报、宣传单张、场地布置、活动主题视觉规划等方面。活动视觉设计主要目的在于传递活动信息，通过视觉元素（如图片、文字、颜色等）来表现活动的主题、氛围，吸引观众的注意力，提升活动的知名度，为活动的成功举办打下坚实的基础。

ACTIVITY DESIGN

2.1 活动设计

2.1.1 主视觉

活动主视觉设计是指在活动策划过程中，为整个活动的视觉形象设计和制作一幅具有代表性的主图。设计出符合活动主题的主视觉可以提高品牌知名度和企业形象，引起受众的兴趣和共鸣，使活动更具吸引力和流行度，实现活动宣传的最大效益。

1. 项目背景

（1）项目介绍

人工智能大会是一个面向全球的人工智能领域盛会，汇集了全球的人工智能技术专家、行业领袖、学者和投资人等参会者。会议内容包括主题演讲、技术展示、应用分享、智库对话和投资峰会等。参会者将分享人工智能领域的新技术和发展趋势、展示新产品和应用案例，共同探讨人工智能的商业和投资机会。人工智能大会为全球人工智能技术的发展和推广提供了良好的交流平台和合作网络。

（2）项目要求

主视觉应该与人工智能大会的主题相一致，突出"聚智聚能，创未来"的大会主题。

主视觉设计应该适应各种媒介的呈现，包括 LED 屏幕、展板、海报、场内屏幕、传单等。

需要设计高分辨率、高品质的文件，以确保主视觉在各种媒介上具有视觉冲击力。

2. 项目分析

既然是人工智能大会，那么主视觉应该呈现科幻、酷炫、未来感的效果。设计中可以突出高饱和度和强对比度，使用冷色调和点状元素突出人工智能的未来感和科技感，展现其气势磅礴、科技领先的形象。

3. 出图思路

（1）提示词分析

出图类型 + 整体描述 + 细节描述 + 风格特点	
出图类型	活动主视觉
整体描述	代码旋涡，背景图片
细节描述	蓝色背景，3D 渲染
风格特点	互联网风格，互联网技术

（2）提示词描述

code as twirl, blue background, background image, internet style, technology, 3D render --ar 2:1 --q 5

代码旋涡，蓝色背景，背景图片，互联网风格，技术，3D 渲染 --ar 2:1 --q 5

4. 出图结果

　　将上面描述的提示词输入 Midjourney 中生成图片，可以得到一系列风格酷炫、科幻感较强的图像。通过不停地生成，可以生成多幅具有科技感的作品，从中选择几幅效果比较理想的，再从中选择一幅作为主视觉的主图。

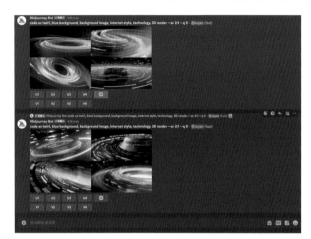
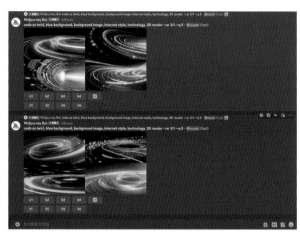

（1）图片分析

虽然这幅图整体较为完美，但仍存在一些问题，如图片上方比较空；旋涡状的粒子效果过于平稳，缺乏一些动态效果。因此在后期延展中，需要重点解决这两个问题。

问题1
图片上方比较空。

问题2
旋涡状的粒子效果过于平稳，缺乏一些动态效果。

（2）设计调整

第1步： 在 Photoshop 中新建一个 2350 像素×1175 像素、分辨率为 72 像素 / 英寸的画布，这里设置的比例是 2∶1。具体尺寸应以活动场地屏幕尺寸为准。

第2步： 将图片导入软件中，调整至合适的大小。因为图片上方比较空，旋涡状的粒子效果过于平稳，所以需要旋转至合适的角度，使图片看起来有动感。然后用套索工具将空白区域框选起来，方便下一步填充。

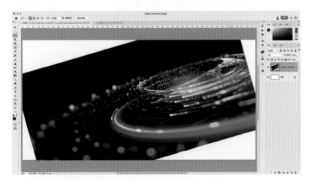

第 3 步：先单击"创成式填充"按钮，再单击"生成"按钮，即可将画面中的空白区域全部补齐。这里使用的是 Photoshop 2023（Beat）版本，该版本自带创成式填充功能。如果你使用的是其他版本的 Photoshop，可以选择内容识别或仿制图章等功能进行处理。

第 4 步：新建一个图层，选择画笔工具，在特殊效果画笔中选择"Kyle 的喷溅画笔 - 压力控制 02"，选择颜色为白色，在左上方的背景区域点击，用于添加星空效果，将图层混合模式改为线性光。接着再新建一个渐变映射，选择紫色到蓝色效果，并将图层混合模式改为柔光。

第 5 步：在画面中添加活动主题"聚智聚能，创未来"，以及主办、协办单位，标语，Logo 等相关信息，并对这些信息进行排版设计。

6. 设计总结及效果呈现

　　在使用 Midjourney 辅助设计人工智能大会主视觉项目的过程中，首先需要准确分析项目要求，找到比较符合人工智能大会风格的参考图。其次，尝试多种提示词，根据自己心中所想的形式生成图片，如果遇到特殊效果不知道如何实现，可以使用以图生文或垫图的方式去创作。当然最终生成的图不一定特别完美，但我们可以将图片的亮点放大，同时调整或弱化缺点。最后，根据项目定位及图片风格进行主题文字等信息的排版，即可得到一幅满足商用的主视觉作品。

小贴士

主视觉设计常用提示词		
代码 Code	互联网风格 Internet Style	人工智能 Artificial Intelligence
旋转 Twirl	技术 Technology	粒子 Particle
背景图 Background Image	3D 渲染 3D Render	光 Light

2.1.2 宣传物料

　　人工智能大会宣传物料的设计需要考虑大会主题和目标人群，注重视觉冲击力和信息传递，可以包括海报、易拉宝、邀请函、嘉宾证等。设计要素应包括大会的主题、时间、地点等。通过各种宣传物料的广泛传播，提高大会的知名度和参与度，吸引更多的参会者，为人工智能技术的推广和发展提供更好的支持。

▼ 海报设计

　　人工智能大会海报设计需要突出大会的主题、时间、地点等信息，同时突出人工智能技术的创新和发展。设计思路必须严格遵循主视觉的设计思路，不可随意更改。可以采用色彩鲜明、动态感强的元素，充分表现出人工智能与未来科技的紧密联系，提高海报的视觉冲击力和吸引力。通过海报的广泛传播，吸引更多的参会者，为人工智能技术的推广和发展搭建良好的平台。

　　海报分为线上和线下两种形式，所以这里设计了两种尺寸。线上海报的尺寸为 1242 像素 ×2208 像素，可用于朋友圈推广；线下海报的尺寸为 60 厘米 ×80 厘米，可用于张贴。设计方法及步骤与主视觉设计一致，可以参考前面主视觉的步骤进行设计。

线上海报

线下海报

▼ 易拉宝设计

易拉宝是一种经典的广告展示设备及形式。它便于携带、易于设置，且可以重复使用，因此是一种经济、实用、有效的广告展示设备。

这个易拉宝的尺寸是80厘米×200厘米，属于常规尺寸。设计风格仍遵循主视觉的设计风格，形式上可以理解为一幅加长版的海报。

在设计中，采用简洁明了的版式，以最大限度地吸引人们的视线。应注重传达主题等内容，突出重点信息及吸引视线的元素。

▼ 邀请函设计

　　人工智能大会邀请函的作用是吸引业内专家、学者和行业代表参会。设计时需要突出大会的主题、时间、地点等信息，同时清楚地传递大会的主旨和意义。设计风格依旧延续主视觉的设计风格，下面展示的是邀请函设计效果图及成品。

▼ 嘉宾证设计

　　嘉宾证是邀请嘉宾参加会议或活动的证件。嘉宾证设计需要注重专业性和规范性。设计时应突出重点信息，如嘉宾姓名、照片等，并以清晰明了的版式呈现，方便查看和辨认。在设计中，可以采用高品质的图像、纸张和印刷技术，以提高嘉宾证的视觉效果和质感。一个好的嘉宾证设计可以突显会议的专业性和档次，为呈现一场高端会议打好基础。

在商业设计中，海报设计是输出频率最高的项目之一。客户希望快速、有效地得到创意方案，而设计师则需要更灵活、高效的创意来满足客户需求。在这种情况下，Midjourney 是一个非常有用的工具。它可以在短时间内生成多种高质量的海报设计方案，帮助设计师提高创意水平和工作效率。在海报设计中，主体元素通常是人物、动物、风景、场景等。购买相关的图片版权可能需要不少的开支，这也是设计师必须面对的挑战之一。但是，通过使用 Midjourney，我们可以省去购买图片版权的成本，因为它可以自动生成相应的图像元素，帮助我们轻松完成高质量的海报设计。

POSTER DESIGN

2.2 海报设计

2.2.1 节日海报

　　节日海报是为特定的节日场合设计的海报，用于展示和庆祝某种活动或主题。不同节日的海报需要符合不同的主题、氛围和风格等，因此设计师在设计节日海报时需要根据具体的主题和场合进行设计。

　　节日海报的设计可以是为了满足营销推广、商业宣传等方面的需求，也可以是由文化或美术专业的设计师为庆祝某一节日而设计的宣传海报。而优秀的节日海报设计应该不仅能引起消费者的购买欲望，还能体现出文化、艺术和人文关怀的内在品质。

▼ 劳动节海报设计

　　劳动节，也称国际劳动节、五一国际劳动节，是一个全世界范围内纪念劳动阶层的节日。它起源于 19 世纪末的美国芝加哥，是为了纪念 1886 年 5 月 1 日芝加哥工人为争取 8 小时工作制举行的罢工斗争。这个节日最早是由第二国际提议设立的，并于 1891 年在欧洲首次纪念，后来逐渐扩展为全球性的节日。

　　劳动节是表彰劳动者的日子，行业和团体一般会组织相关活动来庆祝。在劳动节期间，人们会举行各种劳动竞赛、职业技能比赛和庆祝活动，也会有授奖仪式、音乐会、艺术表演、文艺演出等活动。

1. 设计思路

　　劳动节海报设计应该突出劳动者的角色和价值，具有强烈的节日气氛和社会意义。以下是劳动节海报设计的一些思路。

　　以亮眼的颜色和画面来吸引眼球，并在海报上展示劳动者的形象。图片可以体现出劳动者勤劳敬业的精神。

　　以简洁的标题突出劳动者的角色和价值观，并表达出对劳动者的尊敬、对劳动的尊重，如"向劳动者致敬"。

　　尽可能突出劳动者的形象、节日庆典的氛围和主题。海报不仅要精美，还要在推广和宣传层面进行有效传达，充分发挥提升声誉和水平的效果。

　　基于以上思路，决定设计一组系列海报，劳动者的形象选择了比较具有代表性的 3 类人群：消防员、外卖员和保洁员。

2. 出图思路

（1）提示词分析

出图类型 + 整体描述 + 细节描述 + 风格特点	
出图类型	五一劳动节主题海报
整体描述	一个劳动者在什么地方，做什么事情
细节描述	卡通人物风格，亚洲人，卡通人物设计，3D 黏土材质
风格特点	皮克斯风格，C4D，暖光，OC 渲染器，光线追踪高清，超多细节

（2）提示词描述

以消防员的海报设计为例进行讲解。

a firefighter putting out a fire, in the style of cartoon-like characters, asian-inspired, cartoonish character design, cute 3D clay material, Pixar style, C4D, warm light, oc renderer, ray tracing high definition, super high detail --ar 3:4 --q 2 --niji 5

消防员灭火，卡通人物风格，亚洲风格，卡通人物设计，可爱的 3D 黏土材质，皮克斯风格，C4D，暖光，OC 渲染器，光线追踪高清，超多细节 --ar 3:4 --q 2 --niji 5

3. 出图结果

将上面描述的提示词输入 Midjourney 中生成图片，即可得到一系列消防员形象的图像。通过不停地生成，可以生成多幅消防员形象的作品，从中选择想要的一幅作品。

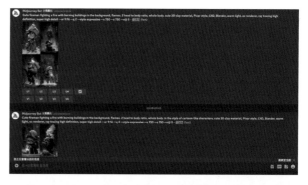

（1）图片分析

这幅图在人物形象和环境渲染方面比较符合预期。但是人物在画面中占比过大，后续需要在 Photoshop 中重新调整人物与画面的比例关系。

（2）设计调整

第 1 步： 打开 Photoshop，新建一个画布，尺寸为 1242 像素 ×2208 像素，分辨率为 72 像素 / 英寸，颜色模式为 RGB 颜色。将生成的消防员图片导入画布中，适当调整图像大小及位置。

第 2 步： 使用矩形选框工具选择背景缺失的部分，单击"创成式填充"按钮，再单击"生成"按钮，即可将画面中的空白区域全部补齐。这里使用的是 Photoshop 2023（Beat）版本，该版本自带创成式填充功能，如果你使用的是其他版本的 Photoshop，可以选择内容识别或仿制图章等功能进行处理。

第 3 步： 添加标题，这里使用的是"Aa 厚底黑"这款字体，并做倾斜处理。然后使用钢笔工具，将遮挡帽子区域的文字勾勒出来，转变为选区后添加蒙版，使其消失。

第 4 步： 添加一些辅助文字，如职业名称、劳动节海报的 Slogan 等，最后添加劳动节的英文名称作为装饰，这样一幅五一劳动节的海报就设计完成了。

（3）其他作品的提示词描述

参考消防员海报的设计方法，我们还可以设计外卖员与保洁员的海报效果。因为是系列海报，所以为了保证风格的统一，需要共用一些提示词，下面是外卖员与保洁员海报设计的提示词。

外卖员的提示词描述

very cute, Delivery man in a yellow suit and a yellow helmet on a motorcycle delivering goods on the street, in the style of cartoon-like characters, asian-inspired, cartoonish character design, cute 3D clay material, Pixar style, C4D, OC renderer, ray tracing high definition, super high detail --ar 3:4 --q 2 --niji 5

很可爱，穿着黄色服装，戴着黄色头盔、骑着摩托车在街上送货的送货员，卡通人物风格，亚洲风格，卡通人物设计，可爱的 3D 黏土材质，皮克斯风格，C4D，OC 渲染器，光线追踪高清，超多细节 --ar 3:4 --q 2 --niji 5

保洁员的提示词描述

very cute，A female sanitation worker cleans the street during the daytime, popmart style, in the style of cartoon-like characters, asian-inspired, cartoonish character design, cute 3D clay material，Pixar style，Disney style，C4D，warm light, oc renderer，ray tracing high definition，super high detail --ar 9:16 --q 2 --niji 5

很可爱，女环卫工人白天打扫街道，泡泡玛特风格，卡通人物风格，亚洲风格，卡通人物设计，可爱的 3D 黏土素材，皮克斯风格，迪士尼风格，C4D，暖光，OC 渲染器，光线追踪高清，超多细节 --ar 3:4 --q 2 --niji 5

设计步骤可以参考消防员海报的设计步骤。这样，以五一劳动节为主题的系列海报就设计完成了。

小贴士

劳动节海报设计提示词		
消防员 Firemen	高质量 High Quality	黏土材质 Clay Material
环卫工人 Sanitation Worker	3D 渲染 3D Rendering	卡通人物风格 Style of Cartoon-Like Characters
送货员 Delivery Man	Oc 渲染 Octane Render	亚洲风格 Asian-Inspired

▼ 春节海报设计

春节，又称中国新年、农历新年，是中国最重要的传统节日之一。通常在农历腊月（即中国传统农历的 12 月）的最后一天或腊月二十三、二十四开始，一直持续到正月十五，也就是元宵节。春节是中国传统的阴阳历交替时间节点，意味着旧岁已去，新年将至，人们欢欣鼓舞地迎接新的一年。在春节期间，家庭团聚、互赠礼品、吃年夜饭、放爆竹等都是传统习俗，人们也会祭祖宗、祈求吉祥等。春节是中国文化中最重要、最隆重的节日，也是中国人民的精神象征和文化符号之一。

1. 设计思路

春节海报设计通常使用红色、金色、黄色等喜庆的颜色，寓意幸福、繁荣、美好的祝福。以下是春节海报的设计思路。

明确主题与信息： 确定海报的主题和传达的信息，如祝福语、节日活动等。这里将其设定为 3 个主题，分别是：新春、鸿运、团圆。

确定色彩和字体： 选择符合主题、能够传达信息且具有视觉美感的色彩和字体，书法格调的字体常用于强调中国传统文化。

设计布局和构图： 布局和构图是海报设计中的重要环节，需要合理安排文字和图像的比例和位置，使海报看起来舒适且易于阅读。

添加图案和插图： 在海报中添加与主题相关的插图和图案，如烟花爆竹、舞龙舞狮、年夜饭等，突出主题，增强海报的美感和趣味性。

这里用除夕的烟花代表新春、用舞狮活动代表鸿运、用年夜饭代表团圆。

新春提示词描述

Night, red ancient buildings, Chinese New Year, Chinese ethnic style bazaar, crowd, carnival, fireworks, sky, elevation, street and alley, perspective, building symmetry left and right, glossy, 3D, HD, high quality, super realistic --q 2 --ar 9:16 --s 750 --v 5.1

夜晚 红色古建筑中国新年中国民族风集市，人群，嘉年华，烟花，天空，立面，街巷，透视，建筑左右对称，光面，3D，高清，高品质，超写实 --q 2 --ar 9:16 --s 750 --v 5.1

鸿运提示词描述

Chinese New Year, Chinese ethnic style bazaar, Lively lion dance team, feel the festive atmosphere of the Chinese New Year, lively streets, firecrackers, fireworks, glossy, 3D, HD, high quality, super realistic --q 2 --ar 9:16 --s 750 --v 5.1

中国新年，中国民族风集市，热闹的舞狮队，感受过年的喜庆气氛，热闹的街道，鞭炮，烟花，光面，3D，高清，高品质，超写实 --q 2 --ar 9:16 --s 750 --v 5.1

团圆提示词描述

people celebrating Chinese New Year, chinese, a chinese restaurant, Family reunion dinner of Chinese new year's Eve, chinese new year, red lantern, friends, asia, symmetrical composition, 3D, HD, high quality, super realistic --ar 9:16 --q 2 --s 750 --v 5.1

人们庆祝中国新年，中国人，中餐馆，除夕午夜饭，中国农历新年，红灯笼，朋友，亚洲，对称构图，3D，高清，高品质，超写实 --ar 9:16 --q 2 --s 750 --v 5.1

3. 出图结果

将上面描述的提示词输入 Midjourney 中生成图片，通过不停地生成与筛选，得到下面的 3 幅图像。

小贴士

春节海报设计提示词		
中国农历新年 Chinese New Year	烟花 Fireworks	鞭炮 Firecracker
团圆 Reunion	舞狮 Lion Dance	中餐 Chinese Food
年夜饭 Reunion Dinner	舞龙 Dragon Dance	红灯笼 Red Lantern

4. 项目设计

在 Photoshop 中新建一个画布，尺寸为 1242 像素 ×2208 像素，分辨率为 72 像素 / 英寸，颜色模式为 RGB 颜色，将前面得到的 3 幅图像置入 Photoshop 中，并参考劳动节海报的创作流程，对图像进行创成式填充处理。将标题的字体设置为云峰飞云体，将其他文案的字体设置为思源宋体，并采用垂直构图的版式结构，即可得到下面所示的海报作品。最后，使用样机文件来呈现海报作品的展示效果。

2.2.2 节气海报

节气海报是一种展示传统中国节气和文化精神的视觉宣传形式。中国农历中有 24 个节气，每个节气名称都具有特定的含义和固定的日期。而节气海报就是根据不同的节气主题和传统文化制作的海报。

对于节气海报的设计，设计师需要了解每个节气的主题，理解传统文化和民俗活动，并通过视觉设计来传达各种特定的意义和信息。因此，设计师需要考虑元素的搭配和色彩的运用，同时还需要注意设计的实用性和传达效果。优秀的节气海报应该既具有视觉的美感，又能够传达出特定节气的精神内涵和传统文化的内涵，以达到宣传、推广和教育的目的。

▼ 春季节气海报设计

春季共有 6 个节气，分别是立春、雨水、惊蛰、春分、清明和谷雨。这 6 个节气代表着农业生产和民间习俗中重要的节点，也是许多重要节日的前奏。下面对春季节气的特点和习俗进行简单介绍。

立春：每年阳历的 2 月 3 日或 4 日，是春天初始的节气，表示春天的开始。雨水：每年阳历的 2 月 18 日或 19 日，其含义表示在这个时节一些草木的生长速度会加快。惊蛰：每年阳历的 3 月 5 日或 6 日，惊蛰意为蛰虫被惊醒，标志着春季暖和的到来。春分：每年阳历 3 月 20 日或 21 日，表示昼夜平分，也是春天最美丽、最温暖的时节。清明：每年阳历的 4 月 4 日或 5 日，人们通过祭祖、扫墓等方式来感念祖先，表达对先人的敬仰与缅怀。谷雨：每年阳历的 4 月 19 日或 20 日，这个节气是春季最后一个节气，也代表春季的结束。

1. 项目分析

清明时节除了祭祖扫墓，就是踏青远行，由于祭祖扫墓的画面偏沉重，因此这里选择踏青远行，结合祖国的大好河山来表现主题。

可以将清明节和自然风光联系起来，选取溪流、山川、牛、人等有画面感的场景和元素，突出一种隽永之感。

2. 出图思路

（1）提示词分析

出图类型 + 整体描述 + 细节描述 + 风格特点	
出图类型	清明节主题海报
整体描述	一位老人牵着一头水牛在山间的路上
细节描述	中国风的平面设计，宁静的田园风光，背景山峰，雨，雾
风格特点	优雅和平衡，青色和棕色

（2）提示词描述

An old man leads a buffalo on a road in the mountains, china graphic design and illustration, in the style of serene pastoral scenes, background mountain peaks, rain,mist, drizzle, graceful balance, cyan and brown --ar 9:16 --q 2 --v 5.1

一位老人牵着一头水牛在山间的路上，中国风平面设计和插图，宁静的田园风光，背景山峰，雨，雾，毛毛雨，优雅和平衡，青色和棕色 --ar 9:16 - -q 2 --v 5.1

3. 出图结果

使用 Midjourney 辅助设计，需要不断优化提示词，将上面经过优化的提示词输入 Midjourney 中生成图片，可以得到一系列中国风清明主题图像。不停地单击生成，可以生成多幅清明节主题图像，再从中选择想要的一幅作品。

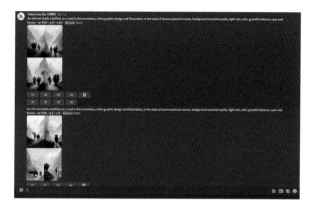 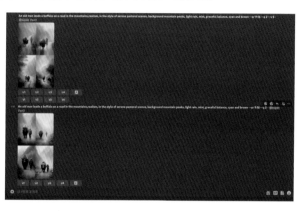

（1）图片分析

这幅图运用了青色和棕色的色调，呈现出一位老人和一头水牛在山间的路上行走的场景，空气中弥漫着雾气与细雨，总体来说，这幅图比较符合我对清明节主题图像的预期。唯一不足之处就是图中雨的效果不是很明显，需要进行后期加工。

（2）设计调整

第 1 步： 打开 Photoshop，新建一个画布，尺寸为 1242 像素 ×2208 像素，分辨率为 72 像素 / 英寸，颜色模式为 RGB 颜色。将生成的清明节图像置入画布中，适当调整图像大小及位置并水平翻转。

第 2 步： 开始制作雨的效果。新建一个图层，为其填充黑色。

第 3 步： 执行"滤镜 > 杂色 > 添加杂色"菜单命令，将"数量"调至最大，勾选"高斯分布"和"单色"，单击"确定"按钮。

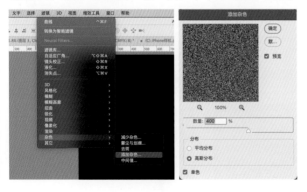

第 4 步： 执行"滤镜 > 像素化 > 点状化"菜单命令，将"单元格大小"设置为 5。

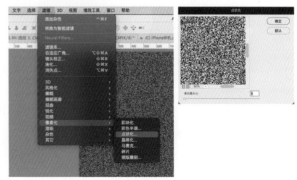

第5步： 执行"滤镜 > 模糊 > 动感模糊"菜单命令，将"角度"设置为 70 度，"距离"设置为 65 像素，即可得到动感模糊的下雨效果。

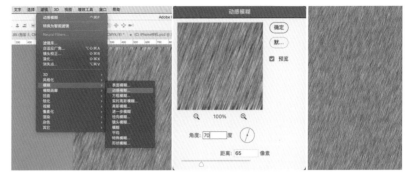

第6步： 将图层混合模式调整为"滤色"，调出曲线，并将黑色向右拉。这样，一幅具有下雨效果的清明节图像就制作好了。

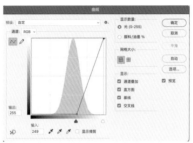

第7步： 添加文字。在图像的右上角添加"清明"两个大字，并降低其不透明度，最后添加清明节相关文案，并排好版式，即可完成清明节主题海报设计。

（3）其他作品的提示词描述

　　参考清明节海报的制作方法，我们还可以制作立春、谷雨等其他节气的海报。因为是系列海报，所以要确保风格的统一，下面提供立春海报与谷雨海报的提示词描述。

立春的提示词描述

Spring, green leaves on a green background, blurred background, youthful vitality, peaceful rural scenery, small depth of field, colorful, vibrant feelingt --ar 9:16 --v 5.1 --q 2

春天，绿色背景上的绿叶，背景模糊，青春活力，宁静的田园风光，小景深，色彩鲜艳，生机勃勃的感觉 --ar 9:16 --v 5.1 --q 2

谷雨的提示词描述

Rainwater, eaves, leaves, Chinese style architecture. Realistic photography, small depth of field --ar 9:16 --q 2

雨水，屋檐，树叶，中国风建筑。写实摄影，小景深 --ar 9:16 --q 2

　　参考清明节海报的制作思路，添加与立春和谷雨相关的文案，并排好版式，即可完成春季节气系列海报。

小贴士

二十四节气（春夏）常用提示词		
立春 The Beginning of Spring	雨水 Rain Water	惊蛰 The Waking of Insects
春分 The Spring Equinox	清明 Pure Brightness	谷雨 Grain Rain
立夏 The Beginning of Summer	小满 Lesser Fullness of Grain	芒种 Grain in Beard
夏至 The Summer Solstice	小暑 Lesser Heat	大暑 Greater Heat

▼ 夏季节气海报设计

夏季共有 6 个节气，分别是立夏、小满、芒种、夏至、小暑和大暑。这些节气通常是根据中国农历的物候现象进行划分的，它们代表了夏季的不同阶段。

立夏：每年的阳历 5 月 5 日或 6 日，表示春天进入夏天的过渡季节。小满：每年的阳历 5 月 20 日或 21 日，此节气意味着五谷成熟，开始收割农作物。芒种：每年的阳历 6 月 5 日或 6 日，此节气意味着草木茂盛，万物生长。夏至：每年的阳历 6 月 21 日或 22 日，是一年中白天最长、黑夜最短的日子。小暑：每年的阳历 7 月 7 日或 8 日，此时已经能够感受到天气的炎热，但并未达到最热。大暑：每年的阳历 7 月 22 日或 23 日，大暑是夏季的最后一个节气，也是夏天最炎热的时节。

1. 设计思路

选定主题：夏季节气丰富多彩，可以选择任何一个节气作为主题，我这里分别选择了立夏、芒种、大暑 3 个节气。

色彩搭配：夏季给人的感觉是明亮、轻松、热情和活力，可以选择鲜艳的颜色搭配，如蓝色、黄色、橙色、红色、粉色等。

图像选择：可以选择元素丰富的插画或摄影图像，在设计中融合节气特点、自然景色等元素。由于前面的春季海报已经采用了摄影图像风格，所以这里我选择了二次元插画的风格来表现夏季节气，给大家带来新的视觉感受。

根据不同的节气特点，我选择了不同的设计参考方向。

2. 提示词描述

立夏的提示词描述

A poster design for the Beginning of Summer, the lake is full of lotus flowers, water, a lovely girl sitting in a wooden boat, happy smile. exquisite clothes, blue sky and white clouds, sunny, yellow and green colors, frame top Blank --ar 9:16 --q 2 --s 750 --niji 5

立夏海报设计，湖中荷花开满，水波荡漾，一个可爱的姑娘坐在木船上，幸福地笑着。精致的衣服，蓝天白云，晴天，黄绿色，顶部空白 --ar 9:16 --q 2 --s 750 --niji 5

芒种的提示词描述

A poster design for Grain in Ear, A smiling little Chinese girl holding a giant stalk of wheat, whole body, surrounded by green wheat, Background with blue sky, white clouds, windmills. exquisite clothes, yellow and green colors, frame top Blank --ar 9:16 --q 2 --s 750 --niji 5

芒种海报设计，一个微笑的中国小女孩拿着一根巨大的麦秆，全身被绿色的小麦包围，背景是蓝天、白云、风车。精美衣服，黄绿色，顶部空白 --ar 9:16 --q 2 --s 750 --niji 5

大暑的提示词描述

A poster design for Greater Heat, a very cute girl stands by the sea, holding a drink and a swimming ring in her hand. Wearing a bathing suit and a sun hat. sunny, blue sky, white clouds, waves, frame top Blank --ar 9:16 --q 2 --s 750 --niji 5

大暑海报设计，一个非常可爱的女孩站在海边，手里拿着饮料和游泳圈。穿着泳衣和太阳帽。晴天，蓝天，白云，波浪，顶部空白 --ar 9:16 --q 2 --s 750 --niji 5

3. 出图结果

将上面描述的提示词输入 Midjourney 中生成图片，通过不停地生成与筛选，最终得到下面 3 幅图像。

小贴士

二十四节气（秋冬）常用提示词		
立秋 The Beginning of Autumn	处暑 The End of Heat	白露 White Dew
秋分 The Autumn Equinox	寒露 Cold Dew	霜降 Frost's Descent
立冬 The Beginning of Winter	小雪 Lesser Snow	大雪 Greater Snow
冬至 The Winter Solstice	小寒 Lesser Cold	大寒 Greater Cold

4. 项目设计

　　在 Photoshop 中新建一个画布，尺寸为 1242 像素 ×2208 像素，分辨率为 72 像素 / 英寸，颜色模式为 RGB 颜色，将 3 幅图像置入 Photoshop 中，并参考劳动节海报的创作流程，将图像做成创意式填充处理。将标题的字体设置为三极行楷，其他文案的字体使用思源宋体，并设计一个垂直构图的版式，即得到下面 3 幅海报作品。

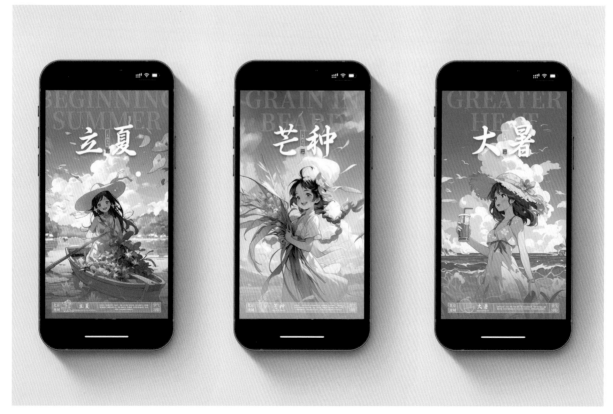

2.2.3 倒计时海报

　　倒计时海报是一种非常有效的营销手段，它能够吸引用户的注意力，并让用户产生一种紧迫感和想要尽快采取行动的冲动。海报的表现主要为文字、图形、图片等，特别是图片，想要一幅完美的摄影作品还是不容易的，但人工智能能够帮助我们解决问题。下面用 Midjourney 辅助绘图，设计一套与营销相关的倒计时海报。

1. 项目背景

（1）项目介绍

　　风炫汽车是一家专注于高性能汽车相关产品研发、设计和销售的公司，同时也是一家始终秉持创新精神和开放合作的科技型公司。公司专注于为全球消费者提供卓越的驾驶体验和优质的生活方式。

　　公司始终秉承以客户为中心的发展理念，致力于满足全球消费者对精品、高性能汽车及其相关产品的需求和期望，为人类社会的可持续发展和进步作出应有的贡献。Veloce（速逸）是即将上市的一款车型，可以让人们真正体验智能出行便利。

（2）项目要求

　　需要突出车的造型特征，展示它的外观设计、轮廓和轮毂等细节，采用夜晚的公路场景作为背景。

　　倒计时海报中的数字需要特别明显，采用 3、2、1 数字来表现，文案方面需要充分体现出智能、快捷、炫酷的特点。

　　颜色搭配方面可以多采用霓虹灯效果，体现出炫酷的细节质感，项目尺寸为 1242 像素 ×2208 像素。

2. 项目分析

　　本项目需要体现炫酷智能汽车，通过突出车辆外观设计及文案的表达来吸引消费者的关注和购买欲。需要采用清晰度高的图片，数字需要醒目、明显。将夜晚的公路场景作为海报的背景，配合闪烁的车灯来突出炫酷的质感，给消费者带来一种奔驰于公路上的震撼感。

3. 出图思路

（1）提示词分析

出图类型 + 整体描述 + 细节描述 + 风格特点	
出图类型	汽车产品
整体描述	夜间暗景下红色的汽车
细节描述	线条优美的设计，鲜艳的色彩，霓虹荧光，光色运用逼真，高细节，高品质
风格特点	Octane 渲染风格，理光 R1

（2）提示词描述

Automotive products, red car in dark night scene, elegant design, bright colors, neon fluorescent, realistic use of light and color, high detail, high quality, octane rendering style, ricoh r1 --ar 41:73 --iw 2

汽车产品，夜间暗景下红色的汽车，线条优美的设计，鲜艳的色彩，霓虹荧光，光色运用逼真，高细节，高品质，Octane 渲染风格，理光 R1 --ar 41:73 --iw 2

4. 出图结果

可以将汽车产品三维图合成到参考图的场景中，再在 Midjourney 中运用垫图的方式。但垫图需要配合提示词才能生成符合要求的海报。

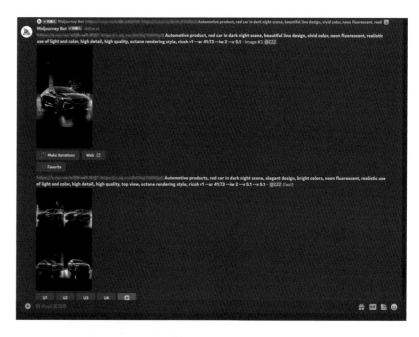

先挑选 8 个效果不错的方案。再从中选择 3 幅光影质感不错的效果图，角度分别为左侧、右侧、前面。

5. 项目设计

（1）图片分析

这 3 幅图在整体创意表现上比较符合项目要求，整体的氛围感比较强。Midjourney 生成的图片的 Logo 不统一，汽车造型不能做到完全与产品一致，如果有效果图的话，可以进行合成。本教程主要从视觉呈现上进行设计。

问题2
上方留白比较少，可以做过渡效果。

问题3
背景建筑会影响整体文案的呈现。

问题1
照片背景没有布满整个画面。

（2）设计调整

第1步： 将生成的图片导入 Photoshop 中，新建一个图层，选择渐变工具，将属性栏修改为黑白渐变，将白色左下角滑块删除，将左上角滑块不透明度修改为0，给图片上下部分分别做渐变过渡处理，这样能够较好地弥补图片没有布满整个画布的问题，更能够体现主体的视觉效果。

第2步： 新建一个图层，使用正片叠底混合模式，使用透明黑色画笔将汽车右上角遮挡，这样能够更好地展示下面的文字内容。使用矩形选框工具选择汽车图片下方缺失的部分，执行"编辑 > 内容识别填充"菜单命令，将下方补全。

第 3 步： 补全图片可以使画面的尺寸更加符合我们的要求，画面中倒计时的数字采用 Illustrator 进行设计，先绘制 6 个矩形，执行"窗口 > 画笔"菜单命令，将 6 个矩形拖入"画笔"面板中，选择定义艺术画笔。

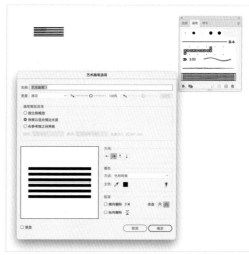

第 4 步： 使用钢笔工具绘制路径，在属性栏选择描边，再选择艺术画笔，最后执行"对象 > 扩展外观 > 路径查找器（分割）"进行运算，单击鼠标右键，在弹出的列表中选择"取消编组"，可以删除多余部分。执行"对象 > 路径 > 清理"菜单命令，清理多余的路径。选择每个数字的单独部分进行联集，方便在 Photoshop 软件中使用。

第 5 步： 用选择工具选择数字 3，将其复制并粘贴到 Photoshop 软件中，选择形状图层，为数字 3 配色并调整好大小。在数字 3 的图层上建立图层蒙版，使用钢笔工具选取汽车右上角与数字重叠的部分，填充黑色遮挡，这样数字 3 就可以呈现出在汽车后面的效果。

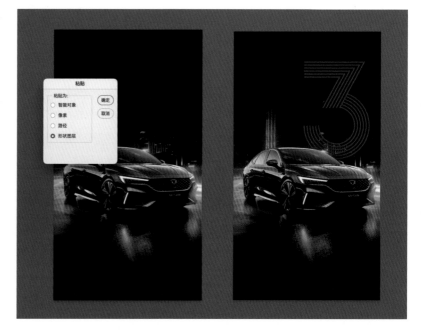

第 6 步： 使用路径选择工具将数字 3 按笔画分为两个部分，按快捷键 Ctrl+J，为其复制新图层，删除之前的数字 3 图层，这时可以对数字 3 下半部分上方新建图层往下做剪贴蒙版，使用画笔工具涂黑颜色。再次选择数字 3 笔画的两个图层，分别为外轮廓笔画复制一层浅红色，更好地突出倒计时数字部分，最后将文字的版式调整好，一幅倒计时海报就设计完成了。数字 2 与数字 1 可以采用相同的方法进行制作，可以在版式上做细微的调整。

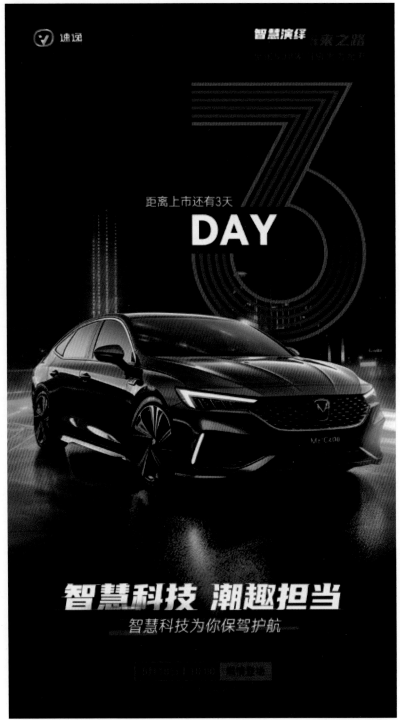

在使用 Midjourney 辅助设计 Veloce（速逸）这个倒计时海报项目的过程中，首先需要准确分析项目要求，找到比较符合要求的图片作为参考，可以将产品模型与参考图进行简单的合成，这样可以较好地还原产品造型。其次，一定要对海报类型、整体描述、细节描述、风格特点等部分的提示词进行大胆尝试和不断优化，以获得想要的结果。最终生成的图不见得特别完美，因此可以对原有的产品进行合成处理，这样才能把更加完美的产品展示给客户。下面展示了 3 幅倒计时海报的效果图，它们采用了统一的风格与设计手法，版式上稍有不同。

小贴士

倒计时海报设计常用提示词		
Octane 渲染风格 Octane Rendering Style	电影光 Cinematic Light	微距 Macro Shot
正视图 Front View	俯视图 Up View	居中构图 Center The Composition
写实风格 Realism	超写实主义 Hyperrealism	超现实主义 Surrealism

2.2.4 招聘海报

招聘海报是展示企业和吸引人才的一种重要途径，它能够突出公司的品牌形象、文化和价值观，同时展示公司的优势和职位福利，吸引更多的优秀人才加入。它主要通过文字、图形、图片等方式来表现，特别是对于图片来说，想要没有版权的图片还是比较困难的，但这些问题人工智能都能解决。下面用 Midjourney 辅助绘图，设计一套招聘海报。

1. 项目背景

（1）项目介绍

汇众是一家专业从事信息技术服务的公司，拥有一支高度专业化和富有创新力的团队。公司的主营业务包括软件开发、系统集成、IT 咨询、大数据和人工智能等领域。

公司正在持续发展，为满足业务发展需要，现面向社会公开招聘，需要设计一套招聘海报。

（2）项目要求

招聘海报应以生动的形象呈现出职位特征，同时具备趣味性，吸引应聘者关注。

招聘岗位包括产品经理、视觉设计师、活动策划师。

采用有吸引力的配色，职位要求相关的文字排版要清晰，招聘海报以朋友圈作为分享渠道，尺寸为 1242 像素 ×2208 像素。

2. 项目分析

本项目在设计上通过动物与人的结合，将职位特征以生动、有趣的形象呈现出来，以吸引应聘者的关注。可以将产品经理的形象设计为能够不断突破障碍的狮子人，将视觉设计师的形象设计为有创造力和敏捷性的鹰人，而活动策划师的形象则可以是富有创意和活力的狐狸人等，结合优质文案来表述职位信息。

3. 出图思路

（1）提示词分析

出图类型 + 整体描述 + 细节描述 + 风格特点	
出图类型	动物照片
整体描述	一只洞察力很强的鹰的半身照
细节描述	它穿着男性的休闲西装，它的职业是设计师，拟人化形象，黑色背景，正视图
风格特点	超写实主义，电影光，高细节，超高清

（2）提示词描述

Animal photo, half-length shot of an eagle with great insight, it wears a male casual suit, its profession is a designer, anthropomorphic image, black background, front view, hyperrealism, film light, high detail, hyper hd --iw 2 --no tie --upBeta --s 500 --q 2 --v 5.1

动物照片，一只洞察力很强的鹰的半身照，它穿着男性的休闲西装，它的职业是设计师，拟人化形象，黑色背景，正视图，超写实主义，电影光，高细节，超高清 --iw 2 --no tie --upBeta --s 500 --q 2 --v 5.1

4. 出图结果

在使用 Midjourney 辅助设计的过程中，需要不断优化提示词，得到基本满意的图片后，可以以此为基础进行垫图，还可以先对动物的头与人的身体进行 P 图合成再垫图。挑选出 8 个效果不错的方案，再从中选择一幅色彩及光影质感表现较好的图进行重新设计。

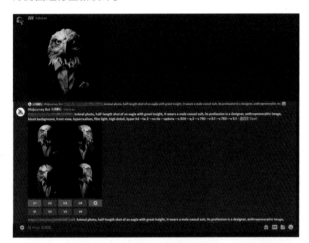

5. 项目设计

（1）图片分析

这幅图在整体创意表现上比较符合项目要求。动物的脑袋与人的身体部分融合得比较自然，光影表现符合明暗变化，只需要去掉图片的背景即可将其应用到商业设计中。

（2）设计调整

第 1 步： 在 Photoshop 中新建一个 1242 像素 ×2208 像素的画布，设置分辨率为 72 像素 / 英寸，颜色模式为 RGB 颜色。将生成的图片拖入画布中，将背景抠除，也可以使用在线抠图网站，为该图层新建图层蒙版，使用透明渐变将下半部分遮挡，该形象没有下半身，直接使用很突兀，这样做能够更好地突出主体。

第 2 步： 新建一个纯色的调整图层，这样的纯色调整图层在选择颜色时比较方便。背景颜色采用比主体衣服颜色深一些的颜色，起到衬托的作用。使用椭圆工具绘制圆形路径，调整羽化半径，填充比衣服亮一些的颜色，建立剪切蒙版。

第 3 步： 对画面的版式进行设计，标题采用书法字体，该书法字体使用 ipad 书写。画面的版式采用居中构图，需要处理好文字的对比关系。

第 4 步： 该项目为系列海报，分别对视觉设计师、产品经理、活动策划师 3 个岗位进行招聘，主体都选择动物与人的合成，每一幅海报背景的颜色都在衣服颜色的基础上改变明度。背景中间的颜色都使用明度提升的手法突出主体形象。

（3）其他作品的提示词描述

Animal photo, half body of a super cool lion with glasses, it wears a suit jacket, its profession is leadership, anthropomorphic image, black background, front view, hyperrealism, film light, high detail, ultra hd - -upBeta --s 1000 --q 2 --v 5.1

动物照片，一只戴着眼镜、超级酷的狮子的半身照，它穿着西装外套，它的职业是领导，拟人化形象，黑色背景，正视图，超写实主义，电影光，高细节，超高清 --upBeta --s 1000 --q 2 --v 5.1

Animal photo, half body shot of a fox full of wisdom, it wears a women's off-the-shoulder top, its profession is a planner, anthropomorphic image, black background, front view, hyperrealism, film light, high detail, ultra high definition --upBeta --s 1000 --q 2 --v 5.1

动物照片，一只充满智慧的狐狸的半身照，它穿着女性的露肩上衣，它的职业是策划师，拟人化形象，黑色背景，正视图，超写实主义，电影光，高细节，超高清 --upBeta --s 1000 --q 2 --v 5.1

6. 设计总结及效果呈现

  在使用 Midjourney 辅助设计汇众这个招聘海报项目的过程中，首先需要准确分析项目要求，根据需求发散创意能够更大限度地吸引受众的注意，将招聘的人与动物的形象完美结合，能够给想找工作的职场人一种神秘的感觉。其次，一定要对海报类型、整体描述、细节描述、风格特点等部分的提示词进行大胆尝试和不断优化，这样才能得到想要的结果。还需要使用垫图进行结合，才能够符合设计需要。下面展示了 3 幅招聘海报的效果图，它们使用了统一的风格与设计手法。

小贴士

招聘海报设计常用提示词		
超高清 Hyper HD	高细节 High Detail	电影光 Film Light
详细的细节 Detailed	高品质 Hyper Quality	高分辨率 High Resolution
超清晰 Super Clarity	电影感 Cinematic	商业摄影 Commercial Photography

122

2.2.5 产品海报

　　产品海报在商业营销中出现频率比较高。企业前期通过包装设计塑造产品形象，即可满足生产需求，又能用于营销宣传。宣传上需要抓住产品的特点，场景绘制可能需要借助摄影或建模渲染等手段。这些问题人工智能软件都能解决，下面用Midjourney辅助绘图，设计一套产品海报。

1. 项目背景

（1）项目介绍

　　Floralace 是一个充满创意和美感的品牌，该品牌名称由 Floral 和 Grace 两个词语组成，代表优美、芬芳和活力的个性魅力。这个品牌名称的灵感来源于自由舒展的花卉，以及女性优雅和自信的形象。

　　Floralace 的产品涵盖护肤、彩妆、香水和头发护理系列等，本次需要设计的是公司旗下的护肤产品绿雅寇安翠润面霜的海报，该面霜以天然植物为原料制成，温和无刺激，能够迅速渗透肌肤，为肌肤提供深层补水和滋润，让肌肤细腻光滑。

（2）项目要求

　　从天然植物配方、深度滋养、植物成分等方面入手设计 3 幅产品宣传海报。

　　海报要能够很好地展示产品，可以根据 3 款产品重点进行文案书写及场景塑造。

　　采用有吸引力的场景进行表现，项目以朋友圈作为分享渠道，尺寸为 1242 像素 ×2208 像素。

2. 项目分析

　　本项目需要让消费者感受到产品的自然、温和、护肤等特点，并向消费者传达产品的成分和美肤功效。我们可以从产品的摆放场景上进行创意表达，如放到沙漠、岩石、木头上，这样能够更好地展示产品。这些场景可以让人联想到肌肤需要护理，以及产品从大自然的植物中提取自然配方。

3. 出图思路

（1）提示词分析

出图类型 + 整体描述 + 细节描述 + 风格特点	
出图类型	产品摄影图
整体描述	干净的浅绿色背景，岩石上的白色面霜产品
细节描述	几朵花，几片叶子，一根树枝
风格特点	正面拍摄，柔和的灯光，极简风格，超高清

（2）提示词描述

Product photography, a clean light green background, white face cream products on rocks, a few flowers, a few leaves, a branch, frontal shot, soft lighting, minimalist style, ultra high definition --ar 9:16 --q 2 --s 750 --v 5.1

产品摄影，干净的浅绿色背景，岩石上的白色面霜产品，几朵花，几片叶子，一根树枝，正面拍摄，柔和的灯光，极简风格，超高清 --ar 9:16 --q 2 --s 750 --v 5.1

4. 出图结果

在使用 Midjourney 辅助设计的过程中，可以先找参考图，然后使用垫图的方式生成图片，接着进行简单的图像处理，去掉不想要的部分后，再进行垫图。挑选出 6 个光影及构图比较符合需求的方案，再从中选择一幅更贴近我们预想的效果图进行重新设计。

5. 项目设计

（1）图片分析

这幅图整体的创意表现及构图比较符合项目要求。我们需要考虑光影变化并做简单的修改，构图上需要重新调整，产品占比过大，需要使用软件修图，补齐边缘部分，还可以去掉画面的主体产品。我们可以使用常规的软件修图。还可以使用 Photoshop（Beta）版，通过文案进行修改，工作效率更加快捷，这也是基于人工智能的使用技巧。

（2）设计调整

第 1 步： 在 Photoshop 中新建一个 1242 像素 ×2208 像素的画布，设置分辨率为 72 像素 / 英寸，颜色模式为 RGB 颜色。将生成
的图像拖入画布中。使用选区工具选择白色背景部分，在选择的时候不仅要选择背景，还需要选中一部分图片，之后单击"创成式填充"
按钮，再单击"生成"按钮，此时画面下方有 3 项生成的内容供我们选择。

125

第 2 步：去除主体产品部分。如果新添加的产品能够完全遮挡原产品，也可不去除原产品。使用套索工具选择化妆品轮廓，单击"创成式填充"按钮，再单击"生成"按钮，同样会生成 3 项内容供我们选择。这种功能没有破坏原有图层，在原有图层的基础上建立了新图层，还在图层上方使用了蒙版。可以看到修补后的效果很自然，补全了原化妆品后方的内容，这比以往简单的通过复制、粘贴修补的方法更加快捷。

第 3 步：新建一个图层，前景色采用比背景色稍浅的蓝绿色，使用画笔工具选择虚边画笔，降低不透明度，放大画笔，在画面的左上角绘制高光，将产品摆放到合适的位置。

第 4 步：瓶子的投影不是特别自然，可以在瓶子的下面新建一个图层，使用套索工具形成选区后设置"羽化半径"为 10像素，使用画笔工具选择虚边画笔，前景色采用石头暗面颜色，在选区内单击。需要注意的是，靠近左侧暗面颜色较深，单击次数多些，往右过渡单击次数少些。选择瓶子的深绿色，在右侧的投影区域简单涂抹，添加一些反光色，将图层混合模式调整为正片叠底。

第 5 步： 采用居中构图，对文案进行版式设计，注意运用版式设计四大原则——对齐、对比、重复、亲密。在海报上方放置品牌标志与产品名称。

第 6 步： 设计另外两幅作品，注意 3 幅作品的系列性，产品的视觉大小要相似。文案的颜色需要根据背景颜色进行设置，3 幅作品的主体化妆品本身为绿色的，但受到场景影响，需要以蒙版的方式添加一些环境光，这样更加符合合成的表现手法。

（3）其他作品的提示词描述

Product photography, a clean light green background, white face cream products on dead wood, a few flowers, a few leaves, a branch, frontal shot, soft lighting, minimalist style, ultra high definition --iw 2 --ar 9:16 --q 2 --s 250 --v 5.1

产品摄影，干净的浅绿色背景，枯木上的白色面霜产品，几朵花，几片叶子，一根树枝，正面拍摄，柔和的灯光，极简风格，超高清 --iw 2 --ar 9:16 --q 2 --s 250 --v 5.1

Product photography, clean light yellow background, white face cream product on the desert, a few cacti, a few green plants, frontal shot, soft lighting, minimalist style, ultra high definition --ar 9:16 --q 2 --s 750 --v 5.1

产品摄影，干净的浅黄色背景，沙漠中的白色面霜产品，几株仙人掌，几株绿植，正面照，柔光，极简风格，超高清 --ar 9:16 --q 2 --s 750 --v 5.1

6. 设计总结及效果呈现

在使用 Midjourney 辅助设计绿雅寇安翠润面霜这个产品海报项目的过程中，首先需要准确分析项目要求，提炼出提示词。根据产品的天然植物配方、滋养、植物成分等特征展开联想，充分还原产品的使用场景。其次，一定要对海报类型、整体描述、细节描述、风格特点等部分的提示词进行大胆尝试和优化，这样才能得到符合创意和想法的结果。此外，还需要合理使用垫图。下面展示了 3 幅产品海报的效果图，使用了统一的风格与设计手法。

产品海报设计常用提示词		
超高清 Ultra HD	超高清晰度 Ultra-high Clarity	4K 画质 4K Picture Quality
8K 画质 8K Picture Quality	35mm 镜头 35mm Lens	电影感 Cinematic
徕卡镜头 Super Clarity	商业摄影 Commercial Photography	电影效果 Cinematic Effect

2.2.6 企宣海报

企宣海报是企业通过多种传媒渠道来传播品牌价值、产品优势、服务特色等信息的一种广告宣传形式。企宣海报可以提升品牌影响力和竞争力，为企业发展注入新的活力和动力。设计海报时一般需要使用摄影图片，这些图片主要是通过购买摄影版权的方式获得的。而现在借助人工智能工具就能高效地生成符合要求的海报，同时节省了购买摄影图片的费用。下面用 Midjourney 辅助绘图，设计一套企宣海报。

1. 项目背景

（1）项目介绍

宇界是一家专注于互联网科技领域的创新型公司，致力于成为行业领军者。公司的主营业务涵盖智能硬件研发、大数据分析、人工智能、云计算、区块链等领域。

公司的团队拥有专业技术和知识，热衷于研究前沿的科技趋势，并以此为基础不断开发出创新产品和服务，以满足客户日益增长的需求。

（2）项目要求

为了宣传品牌价值，需要设计 3 幅海报，从公司的服务理念、团队文化、核心价值等方面进行视觉化表现。

使用恰当的摄影照片，以大场景方式进行展示。

文案需要深入人心，以口号形式进行呈现，项目以朋友圈作为分享渠道，尺寸为 1242 像素 ×2208 像素。

2. 项目分析

本项目需要对服务理念、团队文化、核心价值 3 个方面进行视觉化表现，表现服务理念的海报以群狼为主体，体现出持之以恒的服务。表现团队文化的海报采用冲浪的视觉画面，表现出勇往直前、锐意进取的精神。表现核心价值的海报采用攀岩的视觉画面，表现出不屈不挠、挑战自我的价值导向。

3. 出图思路

（1）提示词分析

海报类型 + 整体描述 + 细节描述 + 风格特点	
出图类型	商业摄影
整体描述	年轻人正在攀岩
细节描述	亚洲人，全身，侧视图，背景蓝天，中景，背景景深效果
风格特点	柔光，高细节，高质量，全高清

（2）提示词描述

Commercial photography, a young man is rock climbing, Asian, full body, side view, blue sky in the background, medium shot, depth of field effect in the background, soft light, high detail, high quality, full hd --ar 9:16 --q 2 --s 750 --v 5.1

商业摄影，年轻人正在攀岩，亚洲人，全身，侧视图，背景蓝天，中景，背景景深效果，柔光，高细节，高质量，全高清 --ar 9:16 --q 2 --s 750 --v 5.1

4. 出图结果

在使用 Midjourney 辅助设计的过程中，需要充分进行调研，对设计进行构思。尝试使用简单的提示词生成图片，得到图片观察效果后再优化提示词，才能得到想要的设计。挑选出 6 个效果不错的方案，再从中选择一幅效果图，并从创意、造型、颜色等维度进行设计。

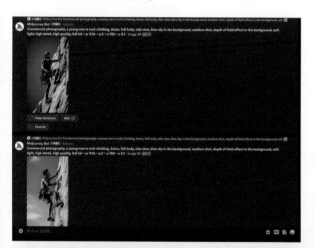
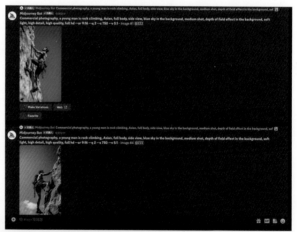

5. 项目设计

（1）图片分析

这幅图在整体创意表现上比较符合项目要求。在造型上，人物的动态不是很理想，可以在软件中进行旋转，整体也可以重新构图，再补全缺失的部分。

问题1
攀岩的效果不是特别好，可以将图片旋转一定的角度。

问题2
需要重新构图，并补充缺失部分。

（2）设计调整

第 1 步： 在 Photoshop 中新建一个 1242 像素 ×2208 像素的画布，设置分辨率为 72 像素 / 英寸，颜色模式为 RGB 颜色。将生成的图片拖入画布中，观察海报中主体人物的大小关系，确定需要以近景、中景、远景哪个视角进行表现，最终选中景进行表现。对图片进行旋转与自由变换，调整构图，在 Photoshop（Beta）中使用矩形选框工具选择背景缺失的部分，单击"创成式填充"按钮，再单击"生成"按钮。

第 2 步： 补全背景天空及石头部分，并对天空部分的瑕疵进行处理。使用选区工具选择天空的白色部分，单击"创成式填充"按钮，再单击"生成"按钮。

第 3 步： 天空部分的瑕疵处理完毕后，整个图片的视角由近景变为中景。对于左上角的天空部分，可以通过画笔工具选择比较接近的颜色进行修补。接下来是版式设计，可以先将下方处理为白底，再添加文字。

第 4 步： 主标题采用书法字体，下面的空白部分可以添加副标题、正文、联系方式等。

第 5 步： 另外两幅海报可以参考上述方法进行设计，装饰颜色可以根据图片色调进行简单调整。

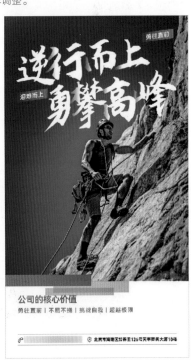

（3）其他作品的提示词描述

Commercial photography, seven or eight wolves on the snow mountain, full body, looking forward, the background is blue sky, medium shot, the background is depth of field effect, soft light, high detail, high quality, full hd --iw 1 --ar 9:16 --q 2 --s 750 --v 5.1

商业摄影，雪山上七八只狼，全身，正面，背景是蓝天，中景，背景是景深效果，柔光，高细节，高质量，全高清 --iw 1 --ar 9:16 --q 2 --s 750 --v 5.1

Commercial photography, sea with big waves, a person surfing, full body, close up, background with depth of field effect, blue tone, soft light, high detail, high quality, full hd --ar 9:16 --q 2 --s 750 --v 5.1

商业摄影，海浪大，冲浪人，全身，特写，景深效果背景，蓝色调，柔光，高细节，高质量，全高清 --ar 9:16 --q 2 - -s 750 --v 5.1

6. 设计总结及效果呈现

在使用 Midjourney 辅助设计宇界这个企宣海报项目的过程中，需要分析项目要求，对企业的服务理念、团队文化、核心价值进行视觉化处理。创意之前可以进行调研找参考图，确定基本视觉化效果，根据创意进行简单的文字表述。尝试简单出图，针对出图结果进行反复推敲并修改提示词，才能得到想要的视觉画面。下面展示了 3 幅设计风格与设计手法都一致的企宣海报的效果图。

企宣海报设计常用提示词		
全局照明 Global Lighting	高质量 High Quality	全高清 Full HD
单色调 Monotone	3D 渲染 3D Rendering	照相写实主义 Photorealistic
渐进式渲染 Progressive Rendering	OC 渲染 Octane Render	C4D 渲染器 C4D Renderer

AIGC
PACKAGING DESIGN
APPLICATION

AIGC包装设计应用

食品包装设计是为食品设计包装的外观和结构的过程。目的是保证食品的新鲜度、品质和安全性，同时吸引消费者的目光，并传达食品的特点和品牌形象。此外，食品包装设计还需要遵守相关的法律法规和标准，确保食品设计合规。食品包装设计的内容很多，包括正确标识食品的成分、营养信息、生产日期和保质期等必要的信息，方便消费者进行识别。

在包装设计中，需要考虑目标消费者的喜好和需求。不同年龄段和文化背景的消费者对于包装的偏好可能有所不同。因此，包装设计需要根据目标市场的特点确定合适的风格和元素，以吸引目标消费者。

FOOD PACKAGING

3.1 食品包装

1. 项目背景

（1）项目介绍

　　冰点想象冰激凌是一家知名的冰激凌品牌，以创新的口味和独特的包装设计而闻名。该品牌致力于提供高品质、美味可口的冰激凌产品，为消费者带来冰凉的满足感和惊喜体验。同时，冰点想象冰激凌也非常注重包装设计的精致程度和个性化。该品牌的产品包装通常采用明亮、鲜艳的色彩，配以简洁而又富有艺术感的图案和标识，使产品在货架上具有独特的辨识度。近期该品牌推出了一款全新口味的抹茶冰激凌，要求通过设计一款全新的包装在炎热的夏季将新品推广出去。

（2）项目要求

　　突出抹茶口味的特点：包装需要能够传达出抹茶口味的独特风味和特点。

　　清晰的产品信息：包装上应包含清晰易读的产品信息，如产品名称、口味、净含量、营养成分、制造商信息等。

　　引人注目的视觉效果：包装要吸引消费者的目光，使这款新品在众多产品中脱颖而出。

2. 项目分析

　　项目要求中提到需要突出抹茶口味的特点，那么就可以使用抹茶绿色为包装的主色调，或在包装上加入茶叶的图案元素，以增强产品的辨识度。而清晰的产品信息，就可以使用合适的字体和字号呈现文字，以便消费者能够轻松地获取所需的信息。

　　至于希望包装的视觉效果引人注目，可以采用明亮、鲜艳的颜色，有吸引力的图案和标识，或者使用具有立体感的包装设计方案等，以创造出与众不同的视觉效果。

　　可以先用 Midjourney 进行出图，来获取包装设计的灵感。

3. 出图思路

（1）提示词分析

出图类型 + 整体描述 + 风格特点	
出图类型	食品包装
整体描述	甜筒冰激凌盒包装设计
风格特点	浅绿色风格，现代简约，柔软质感，白色背景

（2）提示词描述

ice cream cones box packaging design, in the style of light green, modern minimalist, imitated material, supple mass --ar 3:4

甜筒冰激凌盒包装设计，浅绿色风格，现代简约，仿材质，柔软质感 --ar 3:4

4. 出图结果

  Midjourney 出图的随机性太强，这里有一个出图技巧，如果多次生成的作品都不是很满意的话，可以在网上找相同品类或者相同风格的作品。然后将找到的作品用垫图的形式垫在 Midjourney 中，通过控制"--iw"的数值来进行出图。这样生成的图就不会过于随机了，目标性比较强。

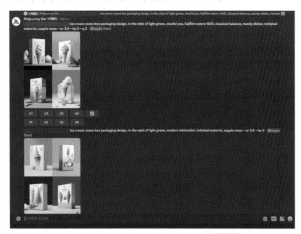 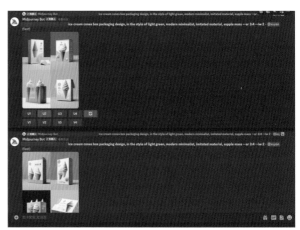

  在生成的众多作品中选择比较满意的一幅作为设计参考。

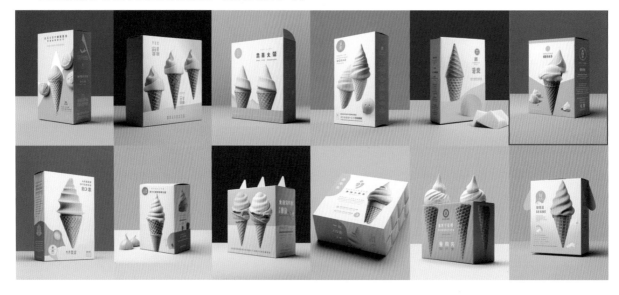

5. 项目设计

（1）图片分析

    因为是用 Midjourney 生成的图，所以并不能直接使用，只能作为设计参考。包装设计除了要提供效果图，还需要提供包装展开图、刀版图矢量文件等。包装设计的最终目的是落地应用，而这是 Midjourney 目前无法达到的。

    通过分析右图会发现，画面整体过于单薄，比较空，冰激凌造型比较奇怪，所以在后期设计中要避免这些问题的出现。

（2）设计调整

第 1 步： 根据甲方需求，每盒放 5 个冰激凌，再根据每个冰激凌的大小来计算，得出此包装盒的尺寸为 200 毫米 (L) × 70 毫米 (W) × 170 毫米 (H) 比较合理。这里选择使用一种较为常见的扣底盒型结构，并用 Illustrator 画出盒型展开图。

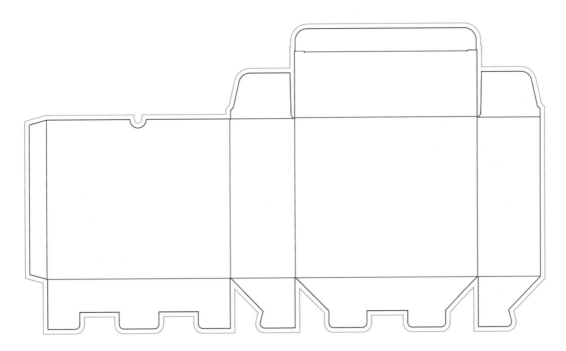

小贴士

关于盒型： 目前网络上有大量的盒型模板，以及在线包装设计网站。在设计时，可以将自己需要的盒型模板下载下来。修改盒型模板尺寸后，可以直接使用。

第 2 步：将之前生成好的参考图也置入 Illustrator 中。

 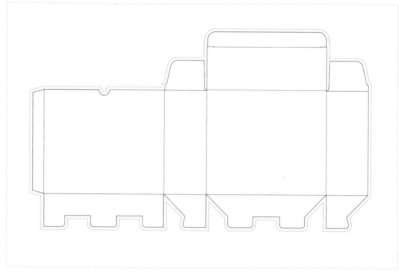

第 3 步：根据参考图进行二次创作。这时发现需要一个冰激凌，再次打开 Midjourney，生成一幅抹茶口味的冰激凌图片。

第 4 步：参考生成的包装效果图，在盒型展开图上绘制绿色矩形，这个矩形应环绕包装盒一周。再将上一步生成好的冰激凌图片放上去，调整好摆放的角度及方向。

提示词描述

green ice cream cone with green cone shape，Matcha flavored ice cream, white background --q 2 --ar 3:4 --iw 2 --v 5

绿色甜筒冰激凌，抹茶味冰激凌，白色背景 --q 2 --ar 3:4 --iw 2 --v 5

第 5 步： 在冰激凌图片周围排上文字。

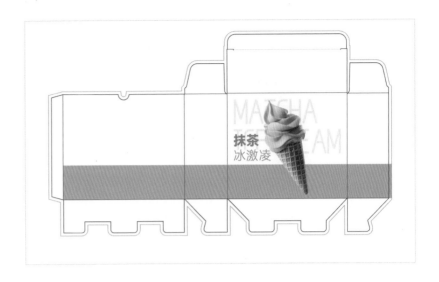

第 6 步： 添加重要的产品信息，比如品牌标志放在冰激凌的左上角，品牌广告语置于冰激凌的右侧，广告语下方写上产品规格。在冰激凌的左下方放上产品特色及净含量等信息。

第 7 步： 冰激凌所在画面的右下角位置比较空，于是再次打开 Midjourney，生成一幅有冰激凌的图片。

提示词描述

An image of a matcha green ice cream ball on a white background, Mint leaf, in the style of organic material, soft mist, creative commons attribution, light green --v 5

白色背景上的抹茶绿冰激凌球的图像，薄荷叶，有机材料风格，软雾，创意共享归属，浅绿色 --v 5

第8步：将生成好的冰激凌球图片放在画面右下角，再在冰激凌筒两侧及右上角加上一些文案和标签的点缀。这样一个冰激凌包装盒的正面就基本设计完了。

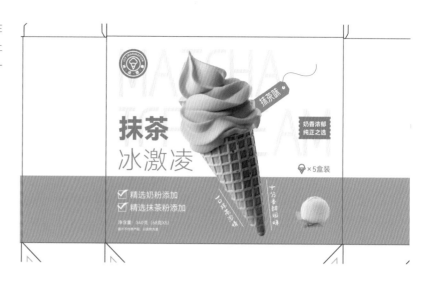

第9步：包装盒通常两面都是一致的，所以我们可以将设计好的一面复制到另一面上。

第10步：通常情况下，包装盒子的两侧会放上一些产品的生产信息，比如配料表、保质期、生产商信息、条形码、营养成分表等。将甲方提供的文字信息进行梳理后，将配料表和营养成分表之类的信息放在了左侧，而生产商和条形码之类的信息放在了右侧。

第 11 步： 将产品名称和品牌标志放在顶部即可。这里要注意的是，为了确保准备打开包装盒时，文字是正向朝着消费者的，在设计的时候需要将文字倒过来排列。

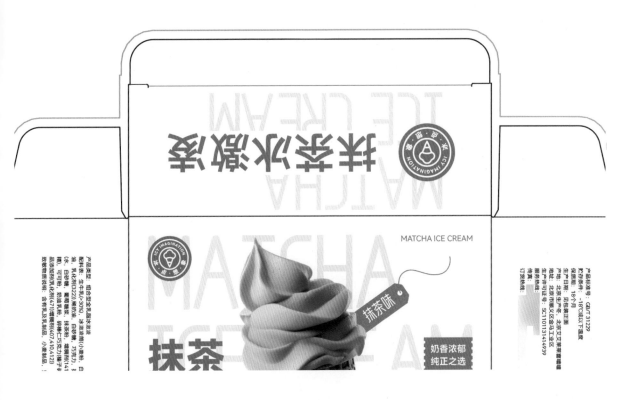

通过以上步骤，冰激凌包装盒的平面展开图就设计好了。之后还要考虑工艺和材料等问题，而这些就需要和印刷厂进行对接了。根据平面展开图设计制作包装的应用展示效果图，以便更全面地呈现设计方案。

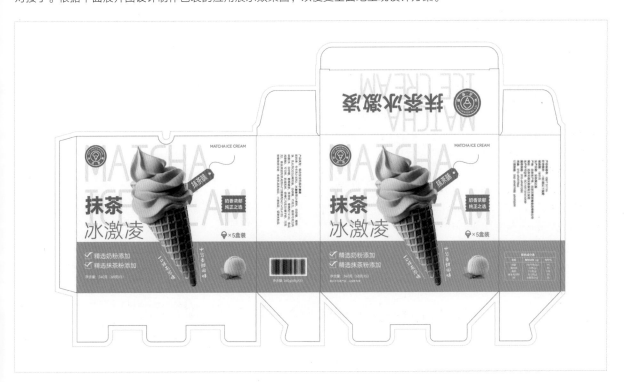

日化用品包装是指用于包装和盛放各类日常使用的化妆品、个人护理用品、清洁用品等的包装材料和容器。日化用品包装的设计和制造旨在起到保护产品、便利使用、传播品牌形象和吸引消费者等作用。总的来说，日化用品包装要满足消费者的需求，保障产品的安全和质量，同时展示和传播品牌形象。通过合理的创新设计，日化用品包装能够提升产品的市场竞争力并刺激消费者的购买欲望。

对于优秀的日化用品包装来说，易于使用和便携是重要的因素。消费者希望包装能够方便地打开和关闭，能够轻松使用和携带。因此，在包装设计中使用易拉式盖、喷雾器或泵装器等容器结构，可以为消费者提供更好的使用体验。

DAILY CHEMICAL PACKAGING

3.2 日化用品包装

1. 项目背景

（1）项目介绍

    精华清韵品牌的多肉葡萄味漱口水是一款专注口腔健康和呼吸清新的日化用品。该产品旨在为消费者提供舒适的口腔清洁体验，同时融入了多肉葡萄的天然果香，可以为消费者带来全新的漱口体验。这个包装项目的目标是打造与产品特点相符的包装外观，突出清洁感、多肉葡萄味、清新感、温和舒适感。

（2）项目要求

多肉葡萄主题：要求在包装设计中突出多肉葡萄的元素。

清洁感和清新感：通过色彩、质感和图案传达出清洁和清新的感觉。

品牌标识突出：在包装上充分展示精华清韵品牌的标识和名称，以加强品牌识别度和记忆度。

2. 项目分析

    根据项目要求，可以在设计包装时使用多肉葡萄的形象或图案作为包装的主要元素，营造清新、自然的感觉。配色上可以运用清澈的绿色或紫色等色彩，通过简洁的设计，让消费者联想到口腔清洁和新鲜感。

    为了突出品牌标识，可以采用醒目的字体和品牌 Logo，再配以适当的颜色和版式，以确保品牌形象的一致性和专业性。

    可以先用 Midjourney 进行出图，来获取包装设计的灵感。

3. 出图思路

（1）提示词分析

出图类型 + 整体描述 + 风格特点	
出图类型	日化用品包装
整体描述	漱口水包装盒设计，葡萄，鸟，紫色
风格特点	简约造型，极简主义，现代简约

（2）提示词描述

packaging design, box design, grapes, birds, purple, simple shape, minimalism. --iw 2 --q 2 --ar 3:4

包装设计，盒子设计，葡萄，鸟，紫色，简单造型，极简主义。--iw 2 --q 2 --ar 3:4

4. 出图结果

与前面的冰激凌包装案例一样，为了防止 Midjourney 生成的图过于随机，可以先在网上找一幅合适的参考图，将其垫图。

再将前面描述的提示词输入 Midjourney 中，即可生成一系列包装作品。通过反复对比和多次生成，可以获得多幅比较理想的作品。从这些作品中选择最完美的一幅作为主视觉的主图。

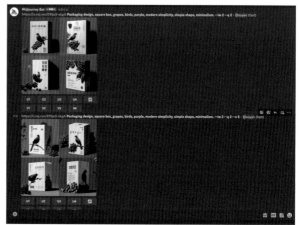

5.项目设计

（1）图片分析

通过分析右图会发现：首先，画面中的亮点在于鸟与葡萄，它们是整个包装的灵魂；其次，上面白下面紫的颜色对比增强了设计的层次感。

在接下来的设计调整过程中可以借鉴上述两点。

（2）设计调整

第1步： 在这款多肉葡萄味漱口水中，每盒装有20个小包装，每个小包装为10毫升。根据与甲方沟通并计算，确定包装盒尺寸为100毫米 (L)×50毫米 (W)×150毫米 (H)，这里选择使用一种较为常见的插锁盒型结构，并用 Illustrator 画出盒型展开图。

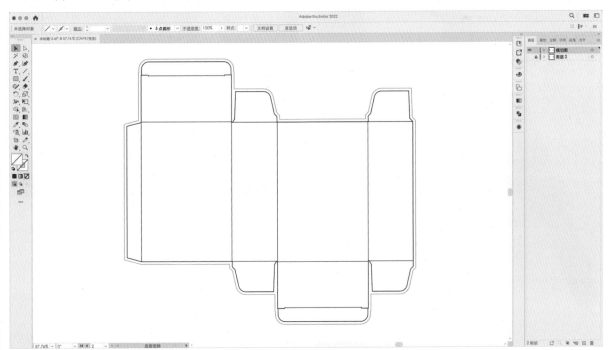

第 2 步：将之前生成的参考图置入 Illustrator 中，根据参考图进行二次创作。

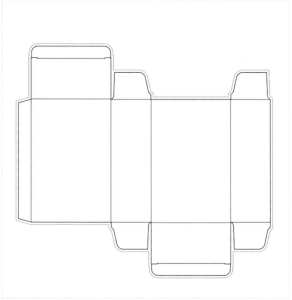

第 3 步：需要注意的是，图中葡萄和鸟为"植物科学画风格"，这种风格的插画通常出现在植物学相关的书籍中。所以接下来在生成葡萄和鸟时，需要将此风格添加上去。

第 4 步：将相应的提示词输入 Midjourney 中，进行批量出图。

提示词描述

Botanical illustration, grape illustration, mountain, bird, botanical academic style illustration --q 2 --v 5.1

植物插画、葡萄插画、山、鸟、植物科学画风格插画 --q 2 --v 5.1

第5步：选出最满意的一幅作品作为接下来的设计内容的一部分。

第6步：开始着手设计。通过分析项目要求和参考生成的图片，发现整个包装比较适合紫色色调，所以将结构图铺满紫色。

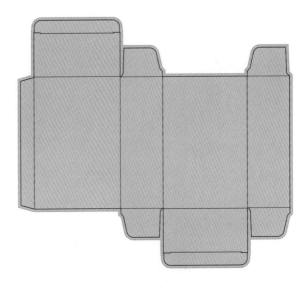

第7步：在正面的下方三分之一处，绘制一个白色矩形。这个白色矩形的作用是划分正面的上下两个区域。

第8步：将甲方提供的产品信息排列在白色区域内。

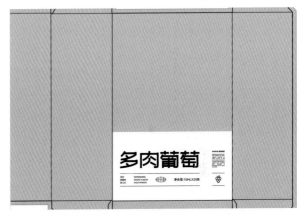

第9步：在正面上方紫色的区域内绘制一个圆形，用来与葡萄插图相结合。

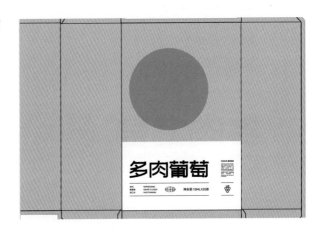

第 10 步： 用 Photoshop 将之前生成的图片的主体内容抠出来，得到一幅透明底图片。

第 11 步： 将透明底图片置入 Illustrator 中，并将其水平翻转。

第 12 步： 将下方的圆形原位复制一层，并将其置于顶层。

第 13 步： 执行剪切蒙版命令。

第 14 步： 将圆形里面的插图原位复制出来，释放剪切蒙版，得到位置相同的插图。

第 15 步： 向右移动复制所得的插图，其实就是将插图重新复制了一份，大小相同。

第 16 步： 绘制一个矩形，把这个矩形与复制得到的插图做剪切蒙版。

第 17 步： 这样就到了一种特殊的视觉效果：插图上半部分在圆形里面，下半部分在圆形外面。

第 18 步： 将品牌名称、品牌标志和相关文案排列在盒身正面合适的位置，这样盒身正面就设计完了。

第 19 步： 将设计好的正面复制到左侧的另一面。盒身的两个正面就设计完了。

第 20 步： 将甲方提供的文字信息进行梳理后，分别放在了左右两侧。

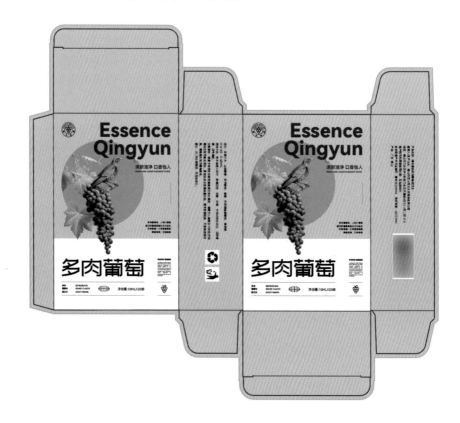

第 21 步：将品牌的中英文名称放在顶部和底部。

通过以上步骤，多肉葡萄味漱口水的包装盒的平面展开图就设计好了，然后用平面展开图做两幅效果图。

酒类包装设计旨在吸引消费者的注意并传播产品的品牌价值和形象。这不仅是保护酒瓶和酒液的重要手段，还承担着传递信息、引起消费者情感共鸣和促进销售的作用。酒类包装设计是通过外观设计、标签设计、材料选择和可持续性设计考量等，为酒类产品打造出吸引消费者的包装，提升产品的竞争力和市场价值。

标签设计在酒类包装中起着重要的作用。标签上的图案、图像和文字信息可以向消费者传达产品的特征、品牌故事和酿造过程。巧妙且吸引人的标签设计可以引起消费者的情感共鸣，并促使消费者与品牌建立联系。

WINE PACKAGING

3.3 酒类包装

1. 项目背景

（1）项目介绍

　　雅韵清正宗日本青梅酒是一款高品质的青梅酒，以上等青梅为原料，精心酿造而成。该产品旨在提供一种独特的梅子风味。为了吸引年轻消费者，该产品的包装设计可适当做出一些改变。希望通过这一包装设计项目，提升该产品在市场中的竞争力和品牌形象。

（2）项目要求

外观设计： 参考相关产品的外观设计，并且要具有日本传统文化元素。

标签设计： 在标签上使用传统的日本艺术插图或图案。

色彩选择： 选择能够体现梅子特色的颜色，以展示产品独特的口感和香气。

2. 项目分析

　　根据项目要求可知，产品的瓶身不需要太多的设计，而瓶身外的一圈包装则需要下足功夫。

　　可以以日本传统文化和艺术元素作为设计灵感，如山水画、插花艺术和纹样等。运用简洁而优雅的插图，传递出日本文化和禅意。梅花是日本文化中的重要象征之一，代表着坚韧、纯洁和希望。利用梅花作为主要设计元素，将产品与梅子的关联性突出展示，增加产品的辨识度。选用深紫、深红、深蓝等深邃颜色，以体现酒的高贵和神秘感。

3. 出图思路

（1）提示词分析

出图类型 + 整体描述 + 风格特点	
出图类型	酒类包装
整体描述	一只鸟，日本朋克，白色和蓝色，山景，钢笔画，酒文化
风格特点	生动的插画，独特风格的插图，钢笔画

（2）提示词描述

a bird, lively illustrations, unique style of horizontal well illustrated, illustrations, japanese punk, plum bossom, white and blue, mountain view, pen drawing, wine culture --q 2 --ar 3:2 --s 250 --v 5.2

一只鸟，生动的插图，独特的横版插画风格，插图，日本朋克，梅花，白色和蓝色，山景，钢笔画，酒文化 --q 2 --ar 3:2 --s 250 --v 5.2

4. 出图结果

将上方编辑好的提示词输入 Midjourney 中进行批量出图，生成多幅图片。

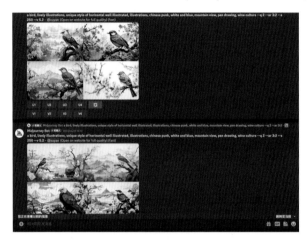 

从生成的多幅图片中选择最满意的一幅作为素材图。

5. 项目设计

第 1 步：根据酒的瓶身尺寸计算得出瓶身外的纸套尺寸为 234
毫米 (L) × 85 毫米 (W)。接着用 Illustrator 画出展开图。

第 2 步：将生成的素材图片导入并置于纸套的正面，调整好图片的大小和位置。

第 3 步： 再将产品名称等文字信息放在图片下方，并进行合适的排版。

第 4 步： 将生产日期、保质期、条形码和二维码等相关信息分别放在纸套两侧。

通过以上步骤，雅韵清正宗日本青梅酒的外包装平面展开图就设计好了。

使用平面展开图设计制作效果图，以便更直观地展示设计成果。

6. 项目总结

　　包装设计不同于其他品类的设计。例如，用 Midjourney 辅助设计海报时，可以直接将 Midjourney 生成的图片作为海报中的元素，后期只需要进行细微修改和添加文字内容即可。

　　而在包装设计中，Midjourney 生成的只是包装效果图，效果图是不能直接印刷使用的。包装设计需要有标准的平面展开图，并且还得是矢量文件。所以换个思路，可以将生成的包装效果图作为灵感或把它作为参考图。再根据参考图，在平面展开图中重新设计。在设计过程中，需要的产品元素或图像可以用 Midjourney 生成。这就是用 Midjourney 辅助完成包装设计的思路。

AIGC
E-COMMERCE DESIGN
APPLICATION

AIGC电商设计应用

直通车是平台为卖家量身定制的，按点击付费的一种营销工具，目的是实现商品的精准推广。用一个点击就可以让买家进入卖家的店铺，这种以点带面的关联效应可以降低整体推广的成本和提高营销效果。直通车分为店铺直通车和产品直通车，两者只是链接方式不同。除了直通车的位置、选词、出价、文案等，还缺少不了设计师的作用。设计师需要使用好的文案和好的创意图来打动消费者，吸引消费者点击进入，需要对产品图、产品背景进行修图、合成，工作难度系数比较大。如果使用有版权的素材还需要付费。现如今，可以在设计时使用人工智能工具 Midjourney，曾经的很多问题都可以被解决。

THROUGH TRAIN DESIGN

4.1 直通车设计

1. 项目背景

（1）项目介绍

　　乐境（Joyous Realm）是质子科技旗下的一款高品质音箱产品，能带给用户身临其境的高品质音效体验。质子科技是一家专注于音频技术和智能科技的企业，生产了众多知名的音箱产品，并在技术创新领域保持着领先地位。

　　乐境不仅采用了先进的 3D 声场扩展技术，还支持无线蓝牙连接并提供多种输入接口，方便用户随时切换不同音频来源和体验不同的音效。除了高品质音效，乐境还注重外观设计和用户体验。乐境简约现代的外观设计方便搭配用户的家居装饰，而简易的控制界面也极大地提高了用户的使用便利性。

（2）项目要求

　　设计产品直通车主图，需要体现出产品的气质与科技公司的调性。

　　需要体现产品的使用环境，标明价格、优惠券和产品名称。

　　颜色简洁明确，字体要体现出科技感，易于识别。

2. 项目分析

　　根据项目要求和产品定位再结合调研，将直通车的主图场景定义为在周围有台灯照射的桌面上，附近放着几个摆件，这样可以让受众感受产品的使用效果。设计的关键点是让产品图融入场景中，需要综合考虑环境光、明暗关系和光影变化，让画面看起来像拍摄出来的效果。

3. 出图思路

（1）提示词分析

出图类型 + 整体描述 + 细节描述 + 风格特点	
出图类型	产品摄影
整体描述	圆形音箱放在柜台上
细节描述	边上有台灯与盆栽的陪衬，深黑和古铜色，正面，真实
风格特点	俯视，边缘光，细致的渲染

（2）提示词描述

Product photography, round speakers placed on the counter, with table lamps and potted plants on the side, deep black and bronze, front, real, top view, edge light, detailed rendering --iw 2 --q 2

产品摄影，圆形音箱放在柜台上，边上有台灯与盆栽的陪衬，深黑和古铜色，正面，真实，俯视，边缘光，细致的渲染 --iw 2 --q 2

4. 出图结果

　　在使用 Midjourney 出图时，需要将产品合成到场景中。使用垫图并配合提示词生成图片。虽然图中的产品不能与真实的产品完全相似，但后期处理图像比较方便。再将生成的图再次垫图，根据垫图后生成的效果继续调整提示词来生成符合要求的图片。最后从 4 幅效果较好的图片中选出一幅创意、造型、颜色都更好的图片进行设计调整。

5. 项目设计

（1）图片分析

　　这幅图片在整体明暗关系和光影表现上基本符合项目要求。替换产品后，再将环境光处理好，并检查经过构图后周围场景部分是否有所缺失。如果有，可以通过修图补全画面。

问题1

重新构图后场景部分
有所缺失需要更改。

问题2

需要替换产品，更改
环境色。

（2）设计调整

第 1 步： 在 Photoshop 中新建 800 像素 ×800 像素、分辨率
为 72 像素 / 英寸、颜色模式为 RGB 颜色的画布。将生成的图
片拖入画布中进行调整。生成的图片左侧有缺失，使用矩形选
框工具选择左侧区域，单击下方"创成式填充"按钮后，再单
击"生成"按钮。本案例使用的是 Photoshop(Beta) 版。

第 2 步:将产品图拖入软件中,调整好大小和位置。

第 3 步:对产品的整体色调进行调整。选择图层面板下方"创建新的填充或调整图层"按钮,再选择"色相 / 饱和度",在"色相 / 饱和度"属性面板中调整蓝色的参数,使产品颜色偏向褐色,这样才契合整体的环境。

第 4 步:新建两个图层,做剪贴蒙版。使用画笔工具时选择柔边画笔,颜色选择绿色、褐色,注意调整属性栏上的不透明度。在产品的左右两侧和投影与产品的交界处添加环境光,让产品更加符合当前环境。

第 5 步:使用圆角矩形工具与钢笔工具调整图片下方的底框,以便在底框输入的文字更清晰。添加"图层样式"调整底框的表现效果,调整"斜面和浮雕"与"投影"的参数,让画面更有质感。

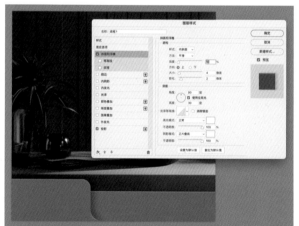

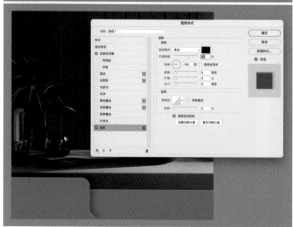

第 6 步： 输入文字，并为文字添加"图层样式"，分别调整"渐变叠加"与"投影"的参数，让文字更有科技产品的质感，再将店铺标志和其他文案进行排版。

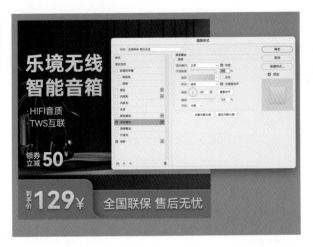

6. 设计总结及效果呈现

　　在设计乐境直通车主图的过程中，需要借鉴参考产品并将产品简单合成到参考图中。使用垫图和调整提示词的方法生成图片后，需要根据光影变化和画面的整体感调整图片。直通车主图主要是通过产品的造型、使用环境、促销文案等多方面来吸引受众的注意。其他直通车可以参考该案例的设计方法进行设计。

小贴士

电商设计常用提示词		
产品摄影 Product Photography	边缘光 Edge Light	正面 Front
场景摄影 Scene Photography	点侧光 Spot Metering	俯视图 Top View
Vray 追踪风格 Vray Tracking Style	工作室照明 Studio Lighting	机器美学 Machine Aesthetics

详情页是指在网站或移动应用程序上可供查看特定产品、服务或内容详细信息的页面。详情页设计是电商设计师必备的专业技能，也是决定用户购买产品的重要因素。详情页的设计内容通常包括首图、产品优势、产品卖点、产品细节、产品展示、产品信息等，可以让消费者全面了解产品、服务或内容的特点和优劣，并做出是否购买的决定。详情页是电商、餐饮、娱乐、旅游等行业网站和应用程序中的一个重要页面，是吸引用户的重要手段。详情页中除产品外，大多数配图可以通过 Midjourney 生成，甚至有些店铺对产品没有特别高的要求，也可以通过软件出产品图。这样既能规避版权风险又能提高工作效率。

DETAILS PAGE DESIGN

4.2 详情页设计

1. 项目要求

设计产品详情页，页面应该与乐境的品牌定位相符合，具有现代化和简约化的风格，也要突出产品的功能特点。

页面中需要呈现乐境的产品优势、产品卖点、产品展示、产品细节、产品信息等。

颜色简约，要能够彰显产品质感，引起人的强烈关注，字体要求简单流畅，易于识别。

2. 项目分析

根据项目要求和产品定位，将详情页的主图背景选为远处有山和天空的湖面，近处桌面上摆放产品，用画面中湖面的静来体现出产品能够消除噪音，聆听大自然声音的特点。当主图背景被定义成功后可以找参考，参考方面包括主图和产品内部结构、电路板、电池、使用场景等，常规做法是建模渲染。但有了 Midjourney 后，可以将参考配合提示词进行垫图来完成想象的画面。不断修改提示词并不断地尝试垫图，才能得到理想的图，效率比建模渲染快得多。

3. 出图思路

（1）主图背景

◎ 提示词分析

出图类型 + 整体描述 + 细节描述 + 风格特点	
出图类型	场景摄影
整体描述	一张深色桌子上有个蓝黑色的音箱
细节描述	桌子摆放在湖边，背景是天蓝色的天空，充满活力的线条，边缘柔和的写实风景
风格特点	微妙的纹理，海岸风光风格，声音艺术

◎ 提示词描述

Scene photography, a blue and black speaker on a dark table set near a lake with azure sky in the background, vibrant lines, realistic landscape with soft edges, subtle textures, coast scenery style, sound art --iw 2 --q 2 --ar 31:49

场景摄影，一张深色桌子上有个蓝黑色的音箱，桌子摆放在湖边，背景是天蓝色的天空，充满活力的线条，边缘柔和的写实风景，微妙的纹理，海岸风光风格，声音艺术 --iw 2 --q 2 --ar 31:49

在用 Midjourney 对产品场景出图时，垫图得到的结果更加可控，更符合预想，本案例为了避免版权风险没有呈现原始垫图。方法是先将网络上调研的参考垫图，生成想要的图片；再用生成的图片进行垫图，这就是垫图与本案例生成的图片相似的原因。但垫图需要配合提示词才能生成符合要求的图片，在场景出图的过程中提示词需要不断修改，直到对生成的图片满意为止。

最后从 6 幅效果较好的图片中选出一幅造型与明暗、光影表现都更好的图片进行使用。

（2）内部结构

◎ 提示词分析

出图类型 + 整体描述 + 细节描述 + 风格特点	
出图类型	结构设计
整体描述	带有蓝光和人造外观的设计插图
细节描述	金属旋转，圆形，暗藏青色，电路，对称平衡
风格特点	变形镜头风格，功能美学，机器美学

◎ 提示词描述

Structural Design, Design Illustration with Blu-ray and Faux Look, Metal Rotation, Circular, Navy Dark, Circuit, Symmetrical Balance, Anamorphic Lens Style, Functional Aesthetics, Machine Aesthetics --iw 2 --q 2

结构设计，带有蓝光和人造外观的设计插图，金属旋转，圆形，暗藏青色，电路，对称平衡，变形镜头风格，功能美学，机器美学 --iw 2 --q 2

◎ 出图结果

在用 Midjourney 生成内部结构图时，垫图可以得到想要的结果。常规的设计方法需要通过三维软件建模才能完成，但产品营销中如果不用过多考究细节，可以用 Midjourney 出图。同样，该项目垫图与生成的图片比较接近，是因为隐藏了调研时的参考图，与前面的方法相同。最后从几幅比较满意的效果图中选出一幅透视、光影都更符合要求的效果图进行设计调整。

（3）电路板

◎ 提示词分析

出图类型 + 整体描述 + 细节描述 + 风格特点	
出图类型	结构图
整体描述	金属上的八核芯片
细节描述	浅靛蓝和深蓝，明黄色色块，柔和的色彩混合，模块化构造
风格特点	低比特率，科技设计，UE5

◎ 提示词描述

Structural diagram, octa-core chip on metal, light indigo and dark blue, bright yellow color block, soft color mix, modular construction, low bit rate, technological design, ue5 --iw 2 --q 2 --ar 93:148

结构图，金属上的八核芯片，浅靛蓝和深蓝，明黄色色块，柔和的色彩混合，模块化构造，低比特率，科技设计，UE5 --iw 2 --q 2 --ar 93:148

◎ 出图结果

　　电路板的展示主要使用拍摄与建模的方式，但修图与渲染成本过高且效率低。Midjourney 出图依然使用垫图配合好提示词出图。从生成的 4 幅图中选择与主图风格最接近的一幅进行设计调整。

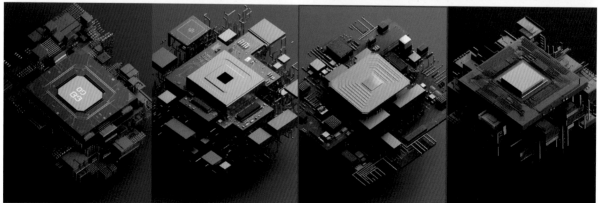

（4）电池

◎ 提示词分析

出图类型 + 整体描述 + 细节描述 + 风格特点	
出图类型	结构图
整体描述	数字屏幕上的虚拟电池容器
细节描述	流体和流动的线条，具有蓝色灯光效果的深蓝色和浅黑色，液态金属
风格特点	英特尔核心，低比特率，科学图表，点测光

◎ 提示词描述

Structural diagram, virtual battery container on digital screen, fluid and flowing lines, dark blue and light black with blue light effects, liquid metal, intel core, low bitrate, scientific graph, spot metering - iw 2 --q 2

结构图，数字屏幕上的虚拟电池容器，流体和流动的线条，具有蓝色灯光效果的深蓝色和浅黑色，液态金属，英特尔核心，低比特率，科学图表，点测光 --iw 2 --q 2

◎ 出图结果

直接使用 Midjourney 通过提示词出图，可以使用图生文的方法对系统反馈的提示词进行修改再出图。从得到的 4 幅图中选择创意、造型、明暗、颜色各方面都更好的一幅进行设计调整。

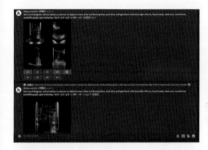

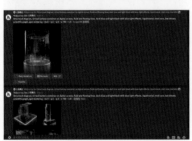

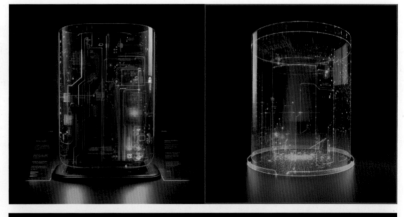

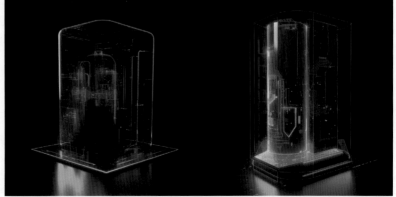

（5）客厅

◎ 提示词分析

出图类型 + 整体描述 + 细节描述 + 风格特点	
出图类型	场景摄影
整体描述	客厅中有几个人在聊天吃水果
细节描述	在茶几上有个蓝黑色的音箱，高度抛光的表面
风格特点	理光 R1

◎ 提示词描述

Scene photography, several people are chatting and eating fruit in the living room, there is a blue-black speaker on the coffee table, highly polished surface, Ricoh r1 --iw 2 --q 2 --ar 11:6

场景摄影，客厅中有几个人在聊天吃水果，在茶几上有个蓝黑色的音箱，高度抛光的表面，理光 R1 --iw 2 --q 2 --ar 11:6

◎ 出图结果

在用 Midjourney 对场景出图时垫图，得到的场景图更加可控，更符合需求。如果提示词部分能够更加准确可以直接生图，或通过图生文的方法得到大概的提示词，再进行修改得到更加准确的结果。画面中有人物出现时，在人物的手脚部分可能会出现瑕疵，特别是手指头。从生成了的 4 幅图中选择造型与明暗，光影表现更好的一幅进行设计调整。

（6）其他场景的提示词描述

◎ 卧室的提示词描述

Scene photography, there is a bedside table next to the bed in the bedroom, and there is a blue and black speaker on it, highly polished surface, Ricoh r1 --iw 2 --q 2 --ar 176:125

场景摄影，卧室床边有个床头柜，床头柜上面有个蓝黑色的音箱，高度抛光的表面，理光 R1 --iw 2 --q 2 --ar 176:125

◎ 厨房的提示词描述

Scene photography, a woman preparing food in the kitchen, next to a blue-black speaker, highly polished surface, Ricoh r1 --iw 2 --q 2 --ar 44:23

场景摄影，厨房中有个女人在准备食物，旁边有个蓝黑色的音箱，高度抛光的表面，理光 R1 --iw 2 --q 2 --ar 44:23

4. 项目设计

第 1 步： 在 Photoshop 中新建宽度为 750 像素、高度不限、分辨率为 72 像素 / 英寸、颜色模式为 RGB 颜色的画布。将生成的图片拖入画布中，调整构图大小后发现图片上面出现缺失需要修图，下方桌子正面的颜色太暗没有纹理也需要修图，可以使用普通修图工具或使用 Photoshop（Beta）版本中的智能生成图像进行处理。

第 2 步： 使用选区，选择图片上端部分，选择"生成"，人工智能会补齐天空的缺失部分。有 3 种生成的效果可供选择，为了让文案和图片的对比更加强烈可以选择透明渐变图层效果，图层混合模式选择柔光效果。

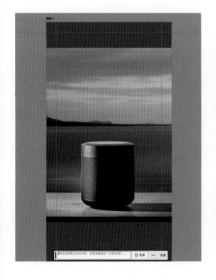

第 3 步：将产品图拖入 Photoshop 中。因为在之前的出图中就考虑了产品的光影变化，所以呈现出的产品效果与出图的空间比较匹配，基本不用做过多的修图融合。

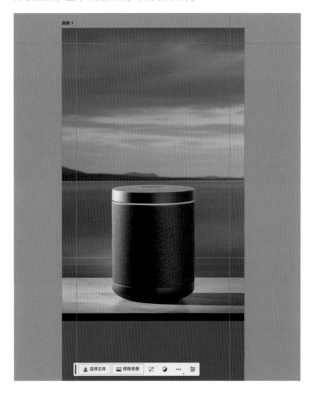

第 4 步：在产品暗面加入一些金属反光效果。新建图层后，图层混合模式选择强光，使用柔边画笔工具，颜色选背景的浅蓝色，对产品的右边暗面进行涂抹。

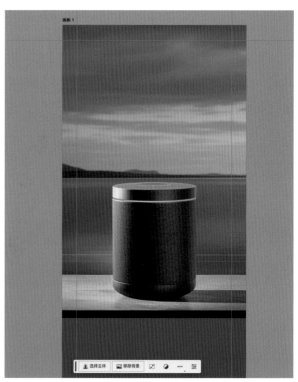

第 5 步：复制上方干净的桌面，再新建图层使用正片叠底的混合模式，使用柔边画笔工具，颜色选择深蓝色，将该图层变暗。

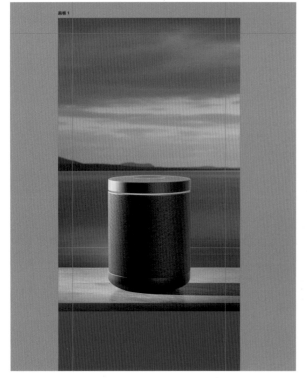

第 6 步：加上品牌标志、产品型号、图标和文案等信息。

第 7 步：产品的优势采用图标的形式进行呈现。先确立图标背景和图标的规范矩形尺寸，这样就能够将所有的功能图标大小进行统一。

第 8 步：图标的底板使用"斜面和浮雕""描边""投影"进行调整。

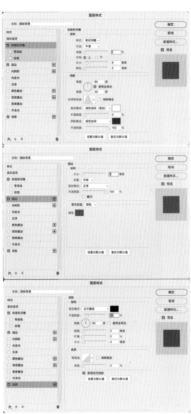

第 9 步：继续对产品优势进行呈现，主要展示产品的音效方面。使用矩形工具建立背景颜色。图片上半部分使用柔边画笔工具添加浅蓝色，产品底部使用柔边画笔添加浅蓝色模拟声音震动的视觉效果。

第 10 步：使用矩形工具与椭圆工具绘制一个圆柱体。

第 11 步：对该圆柱体添加图层蒙版。使用柔边画笔选择黑色对该图层部分区域进行涂抹遮挡，呈现出半透明的视觉效果。

第 12 步：给圆柱体的图层添加描边与外发光样式。

第 13 步：将圆柱体新建图层组后，在图层组上建立蒙版。调出圆柱体上方椭圆形的选区，选择矩形选框工具，点击选区调整"羽化半径"的数值。删除选区内的内容让圆柱体呈现出过渡效果，没有删除干净的地方使用柔边画笔选择黑色涂抹。

第 15 步：产品内部结构也是产品优势的展示部分。将结构图拖入软件中，在背景中复制一个结构图后，可以将结构图放大并降低不透明度，让画面更加有空间感。

第 14 步：其他的椭圆形的绘制方法是一样的，将 3 个椭圆形单独复制到一个图层中，保留描边添加蒙版并将一部分进行隐藏。再在产品上方添加文案。

第 16 步：将结构图周围的黑色色块使用蒙版进行遮挡。

第 17 步： 添加产品文案，并对结构关键部分使用圆形、描边、文字等方式进行装饰。

第 18 步： 将电路板拖入软件中进行构图处理。电路板上方使用透明渐变图层，这样能够与文字形成对比关系。

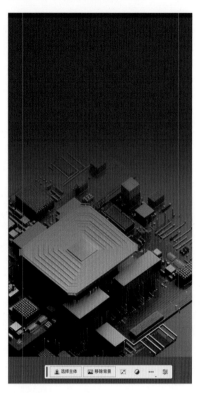

第 19 步： 添加相应的文字和图标。

第 20 步： 将电池图片拖入软件中进行构图，发现背景过暗与整体效果不匹配。可以新建图层，填充深蓝颜色后，使用图层样式滤色让背景变亮，再添加文案。

第 21 步： 分别从"渐变流光""触摸按键""金属机身"3 个方面展示产品细节。使用圆角矩形设计板块，在图层样式中调整"描边""投影"，使用剪贴蒙版放置产品图。之后添加文案。

第 22 步： 在生成的场景图中替换产品，对产品的光影变化进行修图。建立圆角矩形将图片做剪贴蒙版，圆角矩形使用描边与投影效果。

第 23 步： 将另外两张场景图也使用同样的方式进行设计，之后添加文案。

第 24 步： 产品参数部分使用浅蓝色背景，对背景添加杂色，并在文字部分后面使用柔边画笔加深颜色。设计圆角矩形部分时，将图层面板右上角的填充百分比关闭，再调整图层样式面板里的"描边"与"投影"。

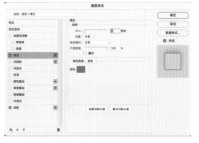

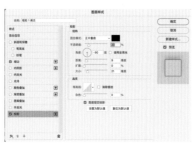

5. 设计总结及效果呈现

　　乐境的这款电商详情页在设计的过程中，首先要弄懂详情页想让受众了解到哪些信息，可以从产品优势、产品卖点、产品展示、产品细节、产品参数等方面向受众进行呈现。例如，产品优势就选择了图标、产品音效、内部结构图、电路板、电池这些方面进行展示，这些都是详情页在设计范畴内的注意要点。

　　在风格定义上需要进行调研找参考，确定风格后使用 Midjourney 进行出图，需要使用垫图的手法才能够得到想要的风格。特别是提示词，需要用文字形容准确，不断地优化提示词并生成图片。在设计上，需要考虑光影、透视、造型的统一性。以下是这款电商详情页的整体展示效果。

专题页是一种设计精美的网页，旨在传达某种特定主题，如促销、宣传新产品、节假日活动等。想要设计一个成功的专题页，一是要确定目标受众和他们的需求及兴趣点；二是要考虑页面布局，如何组织和排版才能帮助用户在浏览过程中轻松找到所需信息；三是要注意视觉效果，使用吸引人的排版、颜色和图像等元素增强页面吸引力。以往设计专题页主要是通过图像合成与手绘插画进行表现。但是比较满意的图片很难得到，手绘插画也是很多设计师的软肋。人工智能Midjourney 可以帮助设计师生成想要的素材图片。利用生成的素材图片进行深入设计，可以大大提高设计师的工作效率，也可以补上初学者的设计短板。

SPECIAL PAGE DESIGN

4.3 专题页设计

1. 项目背景

（1）项目介绍

　　质子科技是一家专注于音频技术和智能科技的创新型企业。该公司致力于音频技术的研究、音频产品的生产和销售，在市场中保持着领先地位。质子科技在音频技术方面拥有深厚的技术积淀和丰富的实践经验，产品覆盖了家庭音响、智能音箱、汽车音响等多个领域，并成功推出了多款备受消费者喜爱的音频产品。

　　该公司注重技术创新和市场研究，致力于将先进的技术和创新的设计应用于产品研发中，以提升用户体验和市场竞争力。同时，该公司还注重产品的品质管理和售后服务，以提高消费者对产品品质的信任和满意度。

（2）项目要求

　　针对电商节，根据该公司的品牌风格并结合行业特点，将该公司的产品展示在各大电商平台的专题页上。页面设计上应该体现出行业特点，抓住产品调性进行设计。颜色要体现科技产品的特征，字体要易于识别并符合产品调性。

2. 项目分析

　　根据项目要求和调研，并结合品牌风格、行业特点，采用太空舱的内部空间作为主图的主体，中间部分使用舞台对音箱进行重点展示，烘托出产品的气质。舞台周围可以点缀其他的产品，让画面的空间感更加突出。其他构成部分有优惠券和更多的产品展示，还要体现出产品的售后保障。颜色上运用深紫色与橙色进行色彩搭配，紫色能够让人产生神秘感。整体设计从产品、点缀元素、色彩都应该围绕主题文案"音为有你"进行展开，让受众能够充分地感受科技带来的快乐。

3. 出图思路

（1）主图背景

◎ 提示词分析

出图类型 + 整体描述 + 细节描述 + 风格特点	
出图类型	场景摄影
整体描述	霓虹灯效果的太空隧道
细节描述	蓝紫色，正视图
风格特点	移轴镜头，3D 渲染，VRay 追踪风格，未来主义，木屋美学，霓虹灯装置风格，8K 分辨率

◎ 提示词描述

Scene photography, space tunnel with neon light effect, blue purple, front view, tilt shift lens, 3d rendering, vray tracking style, futuristic, cabincore, neon light installation style, 8k resolution --iw 2 --ar 4:3 --q 2

场景摄影，霓虹灯效果的太空隧道，蓝紫色，正视图，移轴镜头，3D渲染，VRay追踪风格，未来主义，木屋美学，霓虹灯装置风格，8K分辨率 --iw 2 --ar 4:3 --q 2

在分析要求后，经过调研找到参考图，将它垫图给 Midjourney，生成比较满意的图片，其中 iw 值可以给小一点，避免生成的图过于相似造成侵权。再次进行垫图，iw 值可以直接给到 2，这样做还原度比较高。

提示词部分需要不断地进行优化输出。如果得不到想要的图片效果，可以使用图生文的方式，这样得到的提示词更加准确。从 6 幅效果较好的图片中选择造型、明暗、光影、透视表现都更符合要求的一幅进行设计调整。

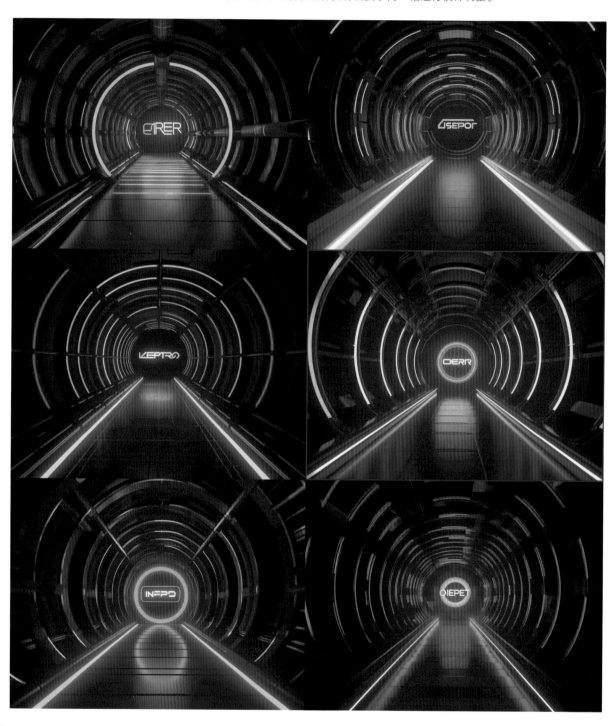

（2）音箱展台

◎ 提示词分析

出图类型 + 整体描述 + 细节描述 + 风格特点	
出图类型	场景摄影
整体描述	音箱顶部发蓝光
细节描述	蓝紫色调，纯白色背景
风格特点	数字时尚文化风格，超写实科幻，边缘光，寒潮，编织/穿孔，边缘清晰，机械设计

◎ 提示词描述

Scene photography, blue light on the top of the speaker, blue-purple tone, pure white background, rangercore style, hyper-realistic sci-fi, edge light, chillwave, weaving/perforation, clear edges, mechanical design --iw 2 --ar 313:197 --q 2

场景摄影，音箱顶部发蓝光，蓝紫色调，纯白色背景，数字时尚文化风格，超写实科幻，边缘光，寒潮，编织/穿孔，边缘清晰，机械设计，--iw 2 --ar 313:197 --q 2

◎ 出图结果

　　将调研找到的参考垫图给 Midjourney 生成想要的图，在此基础上再垫图给软件，之后可以得到更加符合要求的素材图。这种造型如果不使用软件生图，常规的做法是通过三维软件建模。如果采用实物拍摄的方式，还得经历漫长的修图工作才能得到符合要求的素材。从 Midjourney 生成的 4 幅图中选择一幅造型、明暗、透视、风格与背景图融合得更好，更加符合真实性的图片进行设计调整。

4. 项目设计

第 1 步： 在 Photoshop 中新建画布，宽度为 1920 像素，高度为 1080 像素，高度可以随着内容的增多不断增加，分辨率为 72 像素 / 英寸，颜色模式为 RGB 颜色。在视图菜单 > 参考线 > 新建参考线版面中，设置 12 列，宽度为 80 像素，装订线为 20 像素（栏间距）。整体参考线需要控制在 1000 像素 ~1200 像素。本案例参考图的整体宽度为 1180 像素，这种栅格系统比较符合网页设计的规范。

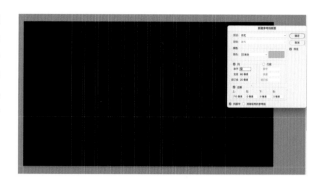

第 2 步： 将生成的主图拖入软件界面中进行调整，发现左右两边没有完全布满画布，可以使用普通修图工具或使用 Photoshop（Beta）版本中的智能生成图像。使用选区工具选择左右两部分，点击"创成式填充"就可以，得到完整的背景。

第 3 步： 对画面进行调色。选择图层面板下方的"创建新的填充或调整图层"按钮，选择"色相 / 饱和度"，在"色相 / 饱和度"属性面板中调整蓝色的参数，将画面的色调调整为紫色。

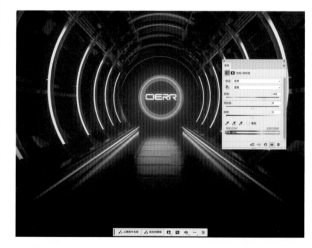

第4步：多新建几个图层使用画笔工具，选择紫色、橙色不同的深浅颜色对主图中间部分进行提亮，模拟光线从前方照射进来，形成逆光效果。

第5步：主图的下半部分需要做渐变过渡。将主图所在的图层建立图层组，使用图层蒙版，再使用透明渐变做过渡效果。

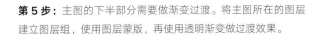

第6步：将音箱展台图片拖入软件中，对它的透视效果进行调整。可以使用"自由变换"（Ctrl+T）点击"透视"进行调整。

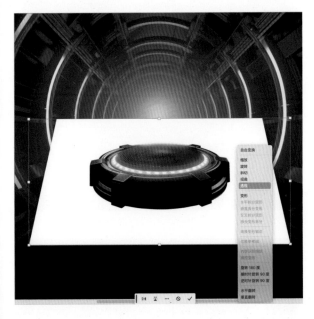

第7步：调整"投影"的参数，将光线调整为逆光。

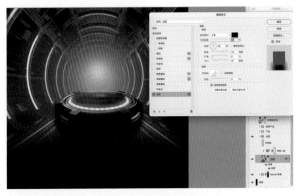

第8步：选择"色相/饱和度"对展台的颜色进行调整，使展台颜色偏向紫色。

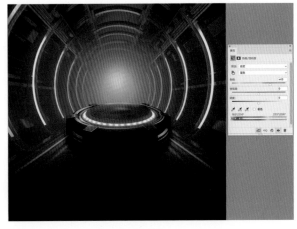

第 9 步：新建图层，使用画笔工具选择浅紫色，调整画笔的不透明度，让展台边缘能够更好地融入到背景的场景中。

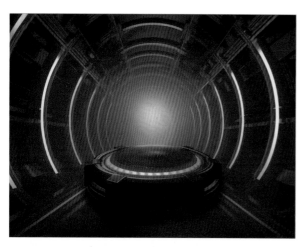

第 10 步：选择比较热销的产品放到展台中央，观察整体的透视效果是否符合透视法则，再修改投影、环境光。

第 11 步：新建图层，选择画笔工具，颜色选择背景暗面颜色，图层混合模式选择柔光，对投影分层次地进行单击填充，再通过自由变换调整投影的大小与透视。

第 12 步：新建几个图层，选择画笔工具，颜色选择浅紫色与橙色，图层混合模式选择强光，对产品的左右两侧和产品靠近投影的部分进行反光颜色处理。

第 13 步：将产品部分建立图层组，再复制两份，调整好大小、位置、前后关系。然后在图层组上方新建图层做剪贴蒙版，对中间主体产品的两边做环境光处理。

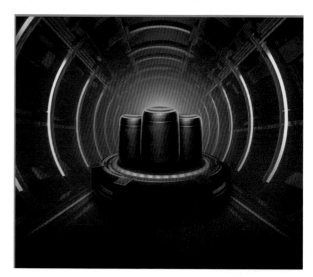

第 14 步： 在展台周围加入一些点缀元素来活跃画面的氛围，可以模拟太空中失去重力的感觉。点缀元素需要调整大小和方向，需要注意透视法则，如仰视、俯视、平视不能颠倒位置，还需要选择比较恰当的产品元素。在颜色上的处理需要注重暗面和反光效果，处理技巧与主体产品的处理方法相同。

第 15 步： 新建蓝紫色图层，调整图层不透明度。再建立图层蒙版，将蒙版填充黑色，使用画笔工具，颜色选择白色，单击擦除还原主体部分，呈现周围暗中间亮的视觉效果。

第 16 步： 使用矩形工具组里的工具、钢笔等方式绘制机械风格的外框，填充浅紫色，调整填充与不透明度的百分比。

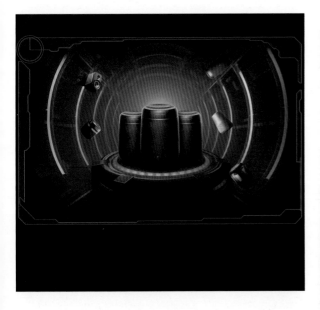

第 17 步： 调整"图层样式"中"内发光"的参数，再在边框上添加一些装饰元素。

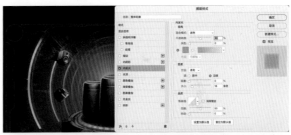

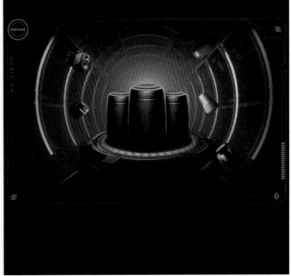

第 18 步：添加对主体产品的解释文字并装饰外框，设计表现上
与主图的外框一致。

第 19 步：复制粘贴使用 Illustrator 设计好的文字，调整"图层样式"里的"斜面和浮雕""描边""颜色叠加""渐变叠加""内
阴影""光泽"，让文字的视觉效果更符合整体的视觉氛围。

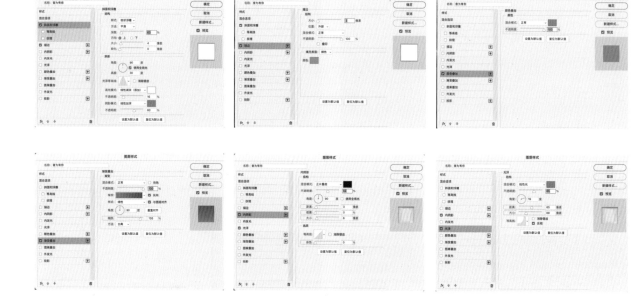

第 20 步：添加其他的文案，颜色上可以使用一些对比色。

第 21 步：导航栏的设计需要关注交互颜色，可以与整体的色调
相匹配。在最上方放置并设计品牌标志。

第 22 步： 其他部分的页面在设计时使用的元素、风格、表现方式都需要与主图一致，这样才能呈现出比较统一的视觉效果。

5. 设计总结

　　质子科技这款电商专题页在设计前需要调研寻找参考，确定项目风格。在主图的设计上可以大胆想象，根据主题文案将产品的主要功能特点进行展示。在用 Midjourney 出图时，可以采用图生文的方式修改优化提示词，然后进行垫图，这样得到的视觉效果才符合设计需求。

AIGC
INTERFACE DESIGN
APPLICATION

AIGC界面设计应用

移动端 App 启动页是指用户打开 App 后，出现的短暂的动画或静态界面，主要用于展示品牌形象、增强用户体验、为 App 加载提供等待时间等。它通常不需要用户进行操作，用户只要等待一段时间即可进入 App 主界面。如果是新下载的软件或更新完的软件会在开启时出现引导页。

引导页是指介绍 App 功能、特性、操作流程等内容的一组页面，旨在帮助新用户快速了解 App，让用户更容易上手使用，降低用户的学习成本。通常，引导页包含多个页面，每个页面介绍一个核心功能或解决问题的方法。启动页和引导页在设计上可以使用图片或图形，特别是矢量插画风格形式的使用较多。涉及绘画表现难度就增加了，但 Midjourney 可以帮助设计师快速实现绘画效果，让启动页与引导页的设计工作变得简单起来。

LAUNCH PAGE AND GUIDE PAGE DESIGN

5.1 启动页与引导页设计

1. 项目背景

（1）项目介绍

生鲜市集是一家专注于提供来自原产地的优质、安全、绿色食品的电商企业。该企业精心挑选每一种食材，保障食品从种植、养殖到运输的全程可追溯，并采用自有物流快递，确保食品能当日新鲜送达。该企业致力于为客户提供便捷、安全、绿色的购物体验，让客户能随时随地享受高品质的食材。

（2）项目要求

设计该款 App 启动页与引导页，启动页主要展示品牌概念，引导页主要展示功能介绍。

需要多考虑产品理念，引导页应该从"把关食材挑选""快速网上订购""当日送货上门"这 3 个方面进行设计。

颜色可以与主页风格匹配，页面尺寸选择宽度为 750 像素、高度为 1624 像素。

2. 项目分析

根据项目要求和产品定位，再结合调研的参考，将启动页主体定义为一个装有很多食材的菜篮子。引导页需要从"把关食材挑选""快速网上订购""当日送货上门"这 3 个方面展开设计；"把关食材挑选"主体可以定义为一个安检员在挑选食材，做到从源头把关；"快速网上订购"可以把主体定义为一个上班族的女性下班路上拿着手机就能够迅速购买食材，到家就可以直接烹饪；"当日送货上门"主体定义为一个快递员骑着电动车在送货，体现产品独有的物流配送体系。在设计风格上，主要使用简约的矢量插画风格进行表现。

3. 出图思路

（1）启动页主体

◎ 提示词分析

出图类型 + 整体描述 + 细节描述 + 风格特点	
出图类型	扁平插画
整体描述	一个里面装满了各种水果蔬菜海鲜的开放式果蔬篮
细节描述	风格简单，有机的形状和线条，正视图，白色背景
风格特点	概念图像，矢量插图，极简主义风格

◎ 提示词描述

Flat illustration, an open fruit and vegetable basket full of various fruits and vegetables seafood, simple style, organic shapes and lines, front view, white background, concept image, vector illustration, minimalism style --iw 2 --q 2 --ar 9:16

扁平插画，一个里面装满了各种水果蔬菜海鲜的开放式果蔬篮，风格简单，有机的形状和线条，正视图，白色背景，概念图像，矢量插图，极简主义风格 --iw 2 --q 2 --ar 9:16

◎ 出图结果

　　在用 Midjourney 生成产品场景图时，垫图得到的结果更加可控，更符合设想。本案例所垫的 4 幅图是之前从网站调研了相关的参考图后垫图生成的。如果找的参考图是写实风格，而想要的是手绘风格，可以再找幅手绘风格的图，简单合成到另外一幅比较好的构图与表现的参考图上。将这两幅图都垫图给软件，就能够出手绘风格的图像。再将出的图垫给 Midjourney，就能够得到想要的图。除了垫图这个技法，提示词也很重要，需要不断地尝试不同的提示词才能得到满意的图。不知道如何表述参考图时，可以将参考图上传到 Midjourney 里让它图生文后进行参考，这样文字描述的提示词会更加准确。从 6 幅效果不错的图中选择造型、明暗关系、光影表现更好的一幅进行设计调整。

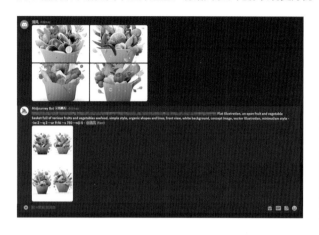 

（2）食材挑选场景

◎ 提示词分析

出图类型 + 整体描述 + 细节描述 + 风格特点	
出图类型	扁平插画
整体描述	男子手拿安检设备，在检验货物，边上是安检机
细节描述	边上有几棵树，天上有几朵云，风格简单，安全管理，有机的形状和线条，正视图，白色背景
风格特点	概念图像，矢量插图，极简主义风格

◎ 提示词描述

Flat illustration, man holding security inspection equipment, inspecting goods, security machine next to it, trees next to it, clouds in the sky, simple style, security management, organic shapes and lines, front view, white background , conceptual image, vector illustration, minimalist style --iw 2 --q 2 --ar 9:16

扁平插画，男子手拿安检设备，在检验货物，边上是安检机，边上有几棵树，天上有几朵云，风格简单，安全管理，有机的形状和线条，正视图，白色背景，概念图像，矢量插图，极简主义风格 --iw 2 --q 2 --ar 9:16

◎ 出图结果

在用 Midjourney 生成场景图时，垫图才能得到想要的结果。常规的设计方法是插画师使用手绘设备进行绘制，难度比较大。可以调研参考，用 Midjourney 垫图再配合提示词出图。本案例中也是调研后垫图配合提示词生成的图片，再从生成的图片中选择 4 幅垫图给软件，从而得到更加符合要求的手绘插画风格图片。从几幅比较满意的效果图中选择透视、光影都更符合要求的效果图进行设计调整。

◎ 提示词分析

出图类型 ＋ 整体描述 ＋ 细节描述 ＋ 风格特点	
出图类型	扁平插画
整体描述	一位女士提着装满蔬菜和水果的袋子在行走，手里拿着手机
细节描述	边上有几棵树，天上有几朵云，强调自然，风格简单，有机的形状和线条，正视图，白色背景
风格特点	概念图像，矢量插图，极简主义风格

◎ 提示词描述

Flat illustration of a woman walking with a bag full of vegetables and fruits, holding a mobile phone, with trees on the side and clouds in the sky, emphasis on nature, simple style, organic shapes and lines, front view Diagram, white background, conceptual image, vector illustration, minimalist style --iw 2 --q 2 --ar 9:16

扁平插画，一位女士提着装满蔬菜和水果的袋子在行走，手里拿着手机，边上有几棵树，天上有几朵云，强调自然，风格简单，有机的形状和线条，正视图，白色背景，概念图像，矢量插图，极简主义风格 --iw 2 --q 2 --ar 9:16

◎ 出图结果

引导页的风格需要统一，在调研中需要找到比较符合要求的相似作品。将找到的参考垫图给 Midjourney 配合提示词出图，再将出的图二次垫图给软件继续出图，这是本案例的出图方法，为了避免侵权，这里没有展示网络调研的参考。从生成的 6 幅图中选择更好的一幅进行设计调整。

（4）送货上门场景

◎ **提示词分析**

出图类型 + 整体描述 + 细节描述 + 风格特点	
出图类型	扁平插画
整体描述	骑着电动车的快递员，电动车后座上有个箱子
细节描述	边上有几棵绿色的树，强调自然，风格简单，有机的形状和线条，正视图，白色背景
风格特点	概念图像，矢量插图，极简主义风格

◎ **提示词描述**

Flat illustration, courier riding electric scooter with a box on the back seat of the scooter, several green trees on the side, emphasis on nature, simple style, organic shapes and lines, front view, white background, conceptual image, Vector illustration, minimalist style --iw 2 --q 2 --ar 9:16

扁平插画，骑着电动车的快递员，电动车后座上有个箱子，边上有几棵绿色的树，强调自然，风格简单，有机的形状和线条，正视图，白色背景，概念图像，矢量插图，极简主义风格 --iw 2 --q 2 --ar 9:16

◎ **出图结果**

　　在用 Midjourney 生成送货上门场景图时，垫图才能得到想要的结果。通过调研找到合适的参考，用 Midjourney 图生文，借鉴提示词，再修改提示词。将参考图垫图给软件，如果出图效果不是很好，可以修改提示词。得到满意的图后再次垫图通过提示词生图。从生成的几幅比较满意的效果图中选择透视、光影都更符合要求的一幅图进行设计调整。注意该图与前面的两幅为同一系列，需要保持风格统一。

第 1 步： 设计启动页，在 Photoshop 中新建宽度为 750 像素、高度为 1624 像素、分辨率为 72 像素／英寸、颜色模式为 RGB 的画布。将生成的图片拖入画布中，调整大小后发现上下有黑色矩形，使用蒙版将黑色矩形隐藏。整体观察启动页与引导页，发现颜色不统一，需要整体调整。将启动页颜色的整体饱和度调低，让色调统一。

第 2 步： 单击图层面板，创建新的填充或调整图层。通过调整"色相／饱和度"的参数分别调整绿色、黄色、红色。调整绿色，先选择全图里的绿色，再调整色相、饱和度、明度。

第 3 步： 调整黄色，全图里选择黄色，再调整色相、饱和度、明度。

第 4 步：调整红色，全图里选择红色，再调整色相、饱和度、明度。

第 5 步：主体完成后，摆放好品牌标志与文案，启动页就完成了。

第 6 步：引导页尺寸与启动页相同。新建画布，将图片拖入软件中构图，图片需要整体放大，并与其他引导页风格保持统一。

第 7 步：去除天空部分，与其他引导页保持相同的表现风格。使用图层蒙版将天空部分去除。

第 8 步： 人物手部有瑕疵，新建图层做剪贴蒙版，用画笔工具修改手部。

第 9 步： 调整颜色。选择图层面板，单击"创建新的填充或调整图层"里的"色相/饱和度"做剪贴蒙版，将整体色调与其他引导页统一，选择全图里的青色，调整色相、饱和度的数值。

第 10 步： 加上文案和下方的轮播滑块，右上角加上快速进入主页的"跳过"按钮。其他两个引导页也是相同的设计方法，处理好图片中的瑕疵、调整好主体大小、更改好文案和轮播滑块颜色，一套引导页就设计完成了。

5. 设计总结及效果呈现

生鲜市集这款 App 产品的启动页与引导页在设计前需要分析好需求，进行调研寻找参考，需要确定好表现风格和主题。启动页主要用来展示品牌，引导页则是通过 3 张轮播图对产品的主要优点进行展示。

确定好主题与风格后，将参考图通过图生文的方式来优化修改提示词。通过垫图的方式得到基本造型，调研一些手绘风格的图片，使用 Photoshop 进行简单的合成，再把合成的图片和之前垫图生成的图片一起垫图给 Midjourney，生成的图既具有手绘风格，又避免了侵权风险。

把最终生成的图片下载下来，可以直接使用。如果该图片不是很完美，还可以再次尝试垫图配合提示词继续生成图片，直到得到想要的效果。设计上需要让启动页与引导页的整体风格、色调、构图都保持统一。以下是启动页与引导页的展示效果。

移动端 Banner 是指在移动设备如手机、平板计算机等屏幕上展示的广告横幅。它是移动广告常见的形式之一，通常包含图片、文字等元素，用于吸引用户点击后进入相关页面。与电脑端 Banner 相比，移动端 Banner 的空间更为有限，设计难度更大。移动端屏幕较小，为了获得更好的可视性，通常需要选择更醒目的色彩和字体，同时注意文字大小和图片大小的比例，既保证文字不会因为过小而不易识别，又不会因为图片过大而显得杂乱无序。考虑到移动端用户的操作习惯较为迅速，Banner 设计需要简洁明了，突出重点，让用户能够迅速理解广告宣传点和看到跳转链接。设计师可以借助 Midjourney 完成项目中的主体或背景设计，这样既规避了版权风险，又提高了工作效率。

MOBILE BANNER DESIGN

5.2 移动端Banner设计

设计该款 App 主页中的主 Banner 与胶囊 Banner，主要向用户展示会员日全场优惠和引导用户抢购优惠券。

策划出容易刺激用户点击的文案，搭配比较符合产品调性的图片为背景，颜色风格需要与整体的绿色调统一。

主 Banner 尺寸宽度为 688 像素、高度为 218 像素，胶囊 Banner 尺寸宽度为 688 像素、高度为 244 像素。

2. 项目分析

在设计主 Banner 时，需要根据项目要求把主体定义为一个装满了各种蔬菜的箱子，背景为深绿色，整体采用左右构图形式。文案的主标题提炼出"当季蔬菜限量秒杀"，副标题使用"会员日周五""全场 9.9 元起"等字样，来促使用户点击后进入二级页面。整体的色调以绿色为主，可以适当加入一些对比色进行点缀。胶囊 Banner 主要使用草莓图片作为装饰，突出标题和"抢"字元素，使用图形进行设计。

3. 出图思路

（1）主 Banner 配图

◎ 提示词分析

出图类型 + 整体描述 + 细节描述 + 风格特点	
出图类型	食品摄影
整体描述	木盒里的蔬菜和水果
细节描述	新鲜，复杂的细节，清晰的图像，正面，绿色背景
风格特点	哈苏相机拍摄，8K，超写实

◎ 提示词描述

Food photography, a vegetable and fruit in a wooden box, fresh, intricate details, sharp image, front view, green background, shot with a Hasselblad camera, 8K, ultra-realistic --q 2 --iw 2

食品摄影，木盒里的蔬菜和水果，新鲜，复杂的细节，清晰的图像，正面，绿色背景，哈苏相机拍摄，8K，超写实 --q 2 --iw 2

在用 Midjourney 生成 Banner 主体图时，需要通过垫图才能得到想要的效果。使用调研得到的图片垫图给软件配合提示词得到图片后，再次垫图给 Midjourney 配合提示词得到效果图。从 9 幅比较满意的效果图中选择一幅透视、光影都更符合要求的效果图进行设计调整。

（2）胶囊 Banner 配图

◎ 提示词分析

出图类型 + 整体描述 + 细节描述 + 风格特点	
出图类型	食品摄影
整体描述	3 颗草莓
细节描述	新鲜，复杂的细节，清晰的图像，正面，白色背景
风格特点	8K，超写实

Food photography, three strawberries, fresh, intricate details, sharp image, front, white background, 8K, ultra-realistic --q 2

食品摄影，3 颗草莓，新鲜，复杂的细节，清晰的图像，正面，白色背景，8K，超写实 --q 2

◎ 出图结果

在用 Midjourney 生成胶囊 Banner 配图时，可以直接使用提示词出图。该图片没有依附在任何造型上面，比较容易得到想要的效果。从生成的 8 幅图中选择一幅造型、光影更符合要求的图片进行设计调整。

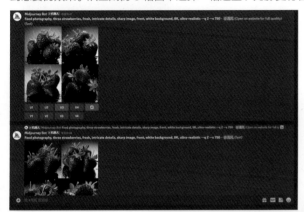

4. 项目设计

（1）主 Banner 设计调整

第 1 步： 将生成的图片置入 Photoshop 中，将画布放大进行构图，可以使用矩形选框工具选择左边部分，使用 Photoshop（Beta）版本中的创成式填充按钮，再点击生成，补全红色辣椒缺失部分与背景部分。继续使用以上的方法将背景整体补充完整。

第2步： 将主体图片嵌入到App主页中进行构图，左边部分颜色不符合光影变化，新建图层做剪贴蒙版，使用钢笔工具选择主体背景颜色对主体图片的左边进行填充，让背景颜色过渡自然。

第3步： 新建两个图层，分别使用画笔工具绘制灰绿色与深绿色，模拟自然光照射在物体上呈现出的中间亮、四周暗的视觉效果。

第 4 步：此时整体 Banner 色调与 App 的色彩不匹配，可以选择图层面板上的创建新的填充或调整图层按钮，选择里面的"色相 / 饱和度"选项，调整色相的参数让 Banner 的色调与 App 整体比较相似。画面中的主体部分颜色也发生了改变，需要配合蒙版将主体产品的颜色还原。

第 5 步：加上文案和下方的轮播条。

（2）胶囊 Banner 设计调整

第 1 步：使用矩形工具绘制矩形，近处的边角需要调整成圆角。通过自由变换里的透视将矩形变为梯形，下方使用矩形工具绘制出厚度，下方两个角也做圆角处理，中间部分新建普通图层使用画笔工具绘制浅绿色，塑造出有过渡效果的明暗关系。

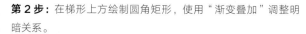

第 2 步：在梯形上方绘制圆角矩形，使用"渐变叠加"调整明暗关系。

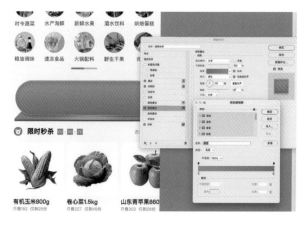

第 3 步：添加"内阴影""描边""投影"，将圆角矩形的明暗关系表现出来。

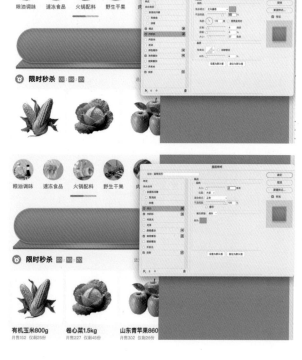

第 4 步： 将红包素材通过有大有小的排列方式进行摆放，右边两个红包使用了动感模糊表现速度感。

第 5 步： 将生成的草莓图片进行抠图并拖入 Banner 中。在草莓所在的图层上方新建图层做剪贴蒙版，使用画笔工具选择浅绿色对草莓添加环境光，可以配合强光的混合模式。可以在草莓上添加红包部分的投影。

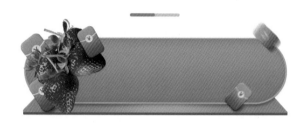

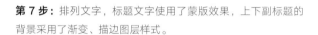

第 6 步： 复制前面的圆角矩形让画面的层次感更加突出，为了凸显主题添加了"抢"字的按钮，按钮的设计表现上主要使用了图层样式里的渐变叠加、内阴影、投影。

第 7 步： 排列文字，标题文字使用了蒙版效果，上下副标题的背景采用了渐变、描边图层样式。

5. 设计总结及效果呈现

生鲜市集 App 主页的 Banner 在用 Midjourney 出图时主要使用垫图的方式，比较简单的图案如草莓可以直接使用提示词生成，后期的修改主要使用比较常见的软件技巧进行处理。以下为 Banner 的效果图与 App 主页整体功能布局。

 9:41 AM ✳ 100% 🔋

◎ 海淀区科贸电子大厦 ⟦⟧ ☺

🔍 海淀区科贸电子大厦

有机玉米800g
月售152 仅剩25份
¥7.5 ¥9.5 ⊕

卷心菜1.5kg
月售227 仅剩45份
¥4.6 ¥6.6 ⊕

山东青苹果860
月售302 仅剩26份
¥11.9 ¥18.9 ⊕

 优惠券 更多好券>

¥10 通用券
满50减10元 立即领取 ¥30 通用
满50

¥20 代金券
礼盒20元代金券 立即领取 ¥20 代金
礼盒2

全部
猜你喜欢

时令
当季优选

进口
国际直采

人气
大家在买

时令蔬菜 水产海鲜 新鲜水果 酒水饮料 烘焙蛋糕

粮油调味 速冻食品 火锅配料 野生干果 肉禽蛋

⏱ 限时秒杀 00 : 55 : 20 进去逛逛>

移动端图标包括 App 的启动图标、进入主页面里面的功能图标、标签栏图标等。其中，比较重要的是金刚区图标。金刚区也称快捷入口，是指在应用程序首屏或主页面上，用于展示功能入口的一些图标区域。这些图标分布在首页的 Banner 下方，起到了快速预览、点击进入等功能的作用，是移动应用程序设计中的一个重要组成部分。设计金刚区图标时，需要考虑用户使用场景和惯性操作，尽可能地将最常用的功能入口放置到最易操作和最醒目的位置。不仅要遵循简洁、明了、易识别的原则，还要考虑图标的颜色、形状、尺寸等要素，使金刚区图标能够在有限空间内得到最好的展示效果。常用的有图形化和使用图片进行表现两种方式。在使用图片表现的过程中，需要考虑图片的版权问题。如果设计师在设计图标时使用 Midjourney 生成图片，既可以规避版权风险，也可以大大提升工作效率。

MOBILE ICON DESIGN

5.3 移动端图标设计

设计该款 App 主页金刚区中的图标，要根据功能作用使用图片的方式进行设计。

造型风格上需要做到整体图标统一，能够让用户一目了然，方便点击进入。

颜色上饱和度与明度需要相似，尺寸采用宽度为 100 像素、高度为 100 像素。

2. 项目分析

根据项目要求，所有图标均采用图片进行表现，每个图标中选用两张写实图片进行抠图合成，背景采用单色填充。不添加投影效果，将产品进行前后摆放。图片的造型需要能直接反映出该功能的具体含义，能够让客户一眼看清楚该功能所表达的含义，增加点击率。

3. 出图思路

（1）鱼

◎ 提示词分析

出图类型 + 整体描述 + 细节描述 + 风格特点	
出图类型	食品摄影
整体描述	一条鱼
细节描述	新鲜，复杂的细节，清晰的图像，俯视图，白色背景
风格特点	哈苏相机拍摄，8K，超写实

◎ 提示词描述

Food photography, one fish, fresh, intricate detail, sharp image, top view, white background, Hasselblad shot, 8K, hyperrealistic --q 2

食品摄影，一条鱼，新鲜，复杂的细节，清晰的图像，俯视图，白色背景，哈苏相机拍摄，8K，超写实 --q 2

◎ 出图结果

在 Midjourney 里直接使用提示词出图，需要不断调试提示词才能得到比较满意的图片。如果出图结果不满意，可以使用图生文的方法得到提示词描述，再对提示词进行修改，直到得到满意的图片。选择想要的图片生成大图后保存并使用。

（2）螃蟹

◎ 提示词分析

出图类型 + 整体描述 + 细节描述 + 风格特点		
出图类型	食品摄影	
整体描述	一只红色的螃蟹	
细节描述	新鲜，复杂的细节，清晰的图像，俯视图，白色背景	
风格特点	哈苏相机拍摄，8K，超写实	

◎ 提示词描述

Food photography, a red crab, fresh, intricate details, sharp image, top view, white background, Hasselblad camera, 8K, ultra-realistic --q 2

食品摄影，一只红色的螃蟹，新鲜，复杂的细节，清晰的图像，俯视图，白色背景，哈苏相机拍摄，8K，超写实 --q 2

◎ 出图结果

在用 Midjourney 出图时，比较简单的图案可以直接使用提示词出图。如果图片效果没有达到预期，可以反复调整提示词，再在软件的帮助下得到想要的图片。选择想要的图片生成大图后保存并使用。

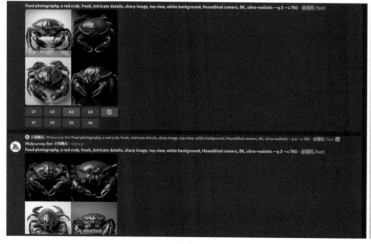

在 Photoshop 中新建宽度为 100 像素、高度为 100 像素的矩形形状图层，根据图标功能填充相应的颜色，"水产海鲜"图标选择代表大海的蓝色进行填充。从用 Midjourney 生成的图片中抠出鱼和螃蟹，拖入到矩形图层上方并向下做剪贴蒙版。其他金刚区的图标的设计方法与"水产海鲜"图标的一样，都是用写实图片表现。

5. 设计总结及效果呈现

生鲜市集 App 金刚区图标在用 Midjourney 出图时，主要通过提示词直接生成图片。设计师只需要不断调整提示词的描述就能够得到想要的图片。

在设计上主要采用抠图合成的手法，背景不需要有太强的明暗关系，整体色彩饱和度与明度需要统一。图片的颜色上需要保持色温相同，这样金刚区的图标的整体连贯性会更强。以下是金刚区所有图标的展示效果。

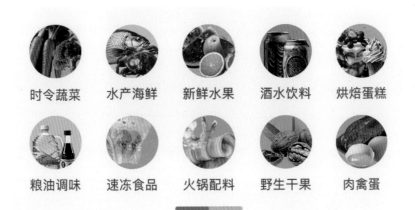

AIGC
COMPREHENSIVE
PROJECT DESIGN
APPLICATION

AIGC综合项目设计应用

雪莉檬茶的品牌设计涵盖品牌形象、字体、IP 形象、海报等，将这些要素有机地结合在一起，可以建立起独特且有吸引力的品牌形象。品牌形象设计需要考虑目标消费者的喜好和品牌定位，如果品牌倾向于年轻人市场，可以选择鲜艳的色彩和时尚的元素来突出活力和创新。同时，要确保品牌形象与产品本身相符，创造出与茶饮产品口感和特色相关的视觉效果。字体可以传达品牌的风格和氛围，同时也会影响消费者对品牌的认知和记忆。IP 形象是茶饮品牌的可延伸元素，它可以为品牌注入更多的个性和魅力。通过设计一个具有代表性的 IP 形象，可以增加品牌的辨识度，让消费者更容易记住品牌。IP 形象可以是一个可爱的动物、一个迷人的人物或是一个独特的其他形象，关键是要使其与品牌形象一致，并能够引发消费者对品牌的情感共鸣。海报是茶饮品牌推广的重要物料之一，需要结合品牌形象、字体和 IP 形象将茶饮产品的口感和特色呈现出来。选择合理的色彩搭配方案，使用吸引人的图片和元素，以及清晰明了的布局和版式，可以吸引目标消费者的注意力，让他们对茶饮品牌产生兴趣。

SHIRLEY TEA
BRAND DESIGN

6.1 雪莉檬茶品牌设计

1. 项目背景

（1）项目介绍

雪莉檬茶是一家独具创意的茶饮品牌，致力于为广大茶饮爱好者带来美味和快乐。品牌名称"雪莉檬茶"源于对自然和童真的热爱。

该品牌的使命是通过创新和精心挑选的原料为顾客提供健康、美味的茶饮。雪莉檬茶拥有丰富多样的口味选择，无论消费者是喜欢经典的奶茶，还是追求新鲜的水果茶，都有可供选择的口味。

（2）项目要求

设计雪莉檬茶项目的品牌标志、IP 形象、宣传海报和品牌延展物料。

品牌标志与 IP 形象可以选择一个可爱的小女孩形象。

采用简约的字体，从水果中提取颜色进行色彩搭配。

2. 项目分析

根据项目要求展开调研，最终确定雪莉檬茶的品牌标志与 IP 形象都采用小女孩的形象进行表现。人物的年龄控制在 7~8 岁，身穿连衣裙，头上戴顶柠檬色的帽子，不仅可以与品牌名称中的"檬"字相呼应，还可以把帽子设计成柠檬的造型。人物胸前衣服上可以有草莓的装饰。这些设计元素都与品牌的产品比较匹配。人物角色确认后，先对 IP 形象进行出图设计，然后将人物形象处理成品牌标志，再对整体品牌进行延展设计。

3. 出图思路

（1）IP 形象

◎ 提示词分析

出图类型 + 整体描述 + 细节描述 + 风格特点	
出图类型	盲盒风人物 IP
整体描述	一个可爱的小女孩，穿着休闲衣服，头上戴着水果形状的帽子，眼睛很圆，全身，两头身
细节描述	卡通形象三视图，生成正视图、侧视图、背视图三视图，保持一致性和统一性，干净的背景，自然采光
风格特点	细节丰富，8K，最好的质量，超详细，3D，C4D，Blender，OC 渲染，HD，超去污

◎ 提示词描述

Blind box style character IP, a cute little girl, wearing casual clothes, with a fruit-shaped hat on her head, round eyes, full body, two-headed body, three views of cartoon image, generating three views of front view, side view and back view, for consistency and unity, clean backgrounds, natural lighting, rich detail, 8K, best quality, super detailed, 3D, C4D, Blender, OC rendering, HD, super decontamination --ar 16:9 --q 2 --niji 5

盲盒风人物 IP，一个可爱的小女孩，穿着休闲衣服，头上戴着水果形状的帽子，眼睛很圆，全身，两头身，卡通形象三视图，生成正视图、侧视图、背视图三视图，保持一致性和统一性，干净的背景，自然采光，细节丰富，8K，最好的质量，超详细，3D，C4D，Blender，OC 渲染，高清，超级去污 --ar 16:9 --q 2 --niji 5

在用 Midjourney 给 IP 形象出图时，需要垫图才能得到想要的图片效果。使用调研得到的图片垫图给软件，配合提示词生成图片后，再次垫图给 Midjourney 并调整提示词得到 IP 形象效果图。从这些 IP 形象三视图中选择 3 幅角度、动态、表情、颜色都更符合要求的图进行设计调整。

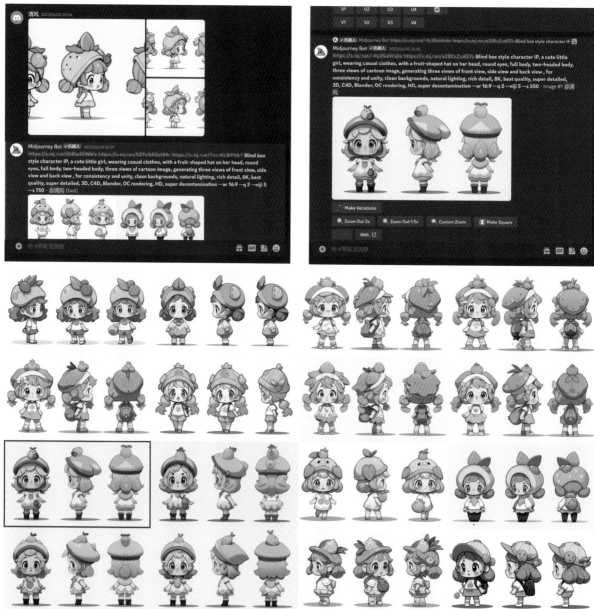

（2）IP 动作

◎ 骑车提示词分析

出图类型 + 整体描述 + 细节描述 + 风格特点	
出图类型	盲盒风格人物 IP
整体描述	一个可爱的小女孩，穿着工作服，戴着头盔，骑着电动滑板车，圆眼睛，全身，双头身
细节描述	保持一致性，背景干净，自然采光，细节丰富
风格特点	8K，最佳品质，超细致，3D，C4D，Blender，OC 渲染，高清，超级去污

◎ 骑车提示词描述

Blind box style character IP, a cute little girl, Wearing overalls, wearing a helmet, riding an electric scooter, round eyes, full body, two-headed body, for consistency and unity, clean backgrounds, natural lighting, rich detail, 8K, best quality, super detailed, 3D, C4D, Blender, OC rendering, HD, super decontamination --q 2 --niji 5 --ar 3:4

盲盒风格人物 IP，一个可爱的小女孩，穿着工作服，戴着头盔，骑着电动滑板车，圆眼睛，全身，双头身，保持一致性，背景干净，自然采光，细节丰富，8K，最佳品质，超细致，3D，C4D，Blender，OC 渲染，高清，超级去污 --q 2 --niji 5 --ar 3:4

◎ 出图结果

在用 Midjourney 给 IP 动作出图前，可以先通过网络搜集符合要求的参考图，再将之前生成的 IP 形象的正面图通过软件合成到参考图上。然后，将合成的参考图和之前生成的侧面图、正面图一起垫图给软件，配合提示词出图。

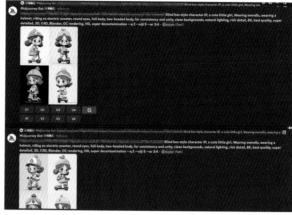

从多次尝试得到的动作 IP 形象中选择更符合要求的进行设计调整。

◎ 其他动作提示词描述

其他动作的处理方法一样，出图使用的提示词如下。

喝果茶的提示词描述

Blind box style character IP, a cute little girl, Wearing a skirt, sitting on the ground, drinking milk tea, round eyes, full body, two-headed body, for consistency and unity, clean backgrounds, natural lighting, rich detail, 8K, best quality, super detailed, 3D, C4D, Blender, OC rendering, HD, super decontamination --q 2 --ar 3:4 --iw 2 --niji 5

盲盒风格人物 IP，一个可爱的小女孩，穿着裙子，坐在地上喝奶茶，圆眼睛，全身，双头身，保持一致性，背景干净，自然采光，细节丰富，8K，最佳品质，超细致，3D，C4D，Blender，OC 渲染，高清，超级去污 --q 2 --ar 3:4 --iw 2 --niji 5

Blind box style character IP, a cute little girl, wear waiter attire, hands holding milk tea, with a fruit-shaped hat on her head, round eyes, full body, two-headed body, for consistency and unity, clean backgrounds, natural lighting, rich detail, 8K, best quality, super detailed, 3D, C4D, Blender, OC rendering, HD, super decontamination --q 2 --ar 3:4 --iw 2 --niji 5

盲盒风格人物IP，一个可爱的小女孩，穿着服务员装，手捧奶茶，头戴水果形帽子，圆眼睛，全身，双头身，保持一致性，背景干净，自然 灯光、细节丰富、8K、最佳品质、超细致、3D、C4D、Blender、OC 渲染、高清、超级去污 --q 2 --ar 3:4 --iw 2 --niji 5

（3）IP 表情

◎ 提示词分析

出图类型 + 整体描述 + 细节描述 + 风格特点	
出图类型	IP 形象
整体描述	一个可爱的小女孩，穿着休闲的衣服，头上戴着水果形状的帽子，圆圆的眼睛
细节描述	表情符号包，16 个表情符号，表情符号表，多种姿势和表情，拟人风格，黑色笔画，不同的情绪，快乐，愤怒，悲伤，哭泣，可爱，期待，笑，失望
风格特点	多个姿势和表情，8K

◎ 提示词描述

a cute little girl, wearing casual clothes, with a fruit-shaped hat on her head, round eyes, emoji pack, 16 emoticons, emoji sheet, multiple poses and expressions, anthropomorphic style, black strokes, different emotions, happy, angry, sad, cry, cute, expecting, laughing, disappointed, multiple poss and expressions, 8k --niji 5 --iw .5

一个可爱的小女孩，穿着休闲的衣服，头上戴着水果形状的帽子，圆圆的眼睛，表情符号包，16 个表情符号，表情符号表，多种姿势和表情，拟人风格，黑色笔画，不同的情绪，快乐，愤怒，悲伤，哭泣，可爱，期待，笑，失望，多个姿势和表情，8K --niji 5 --iw .5

◎ 出图结果

在用 Midjourney 给表情出图时，可以直接选择三视图中的正视图头像，不要使用全身形象，对该头像进行垫图并配合提示词出图。

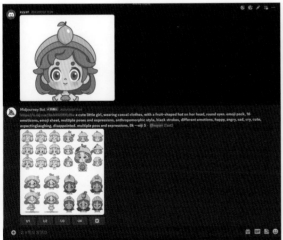
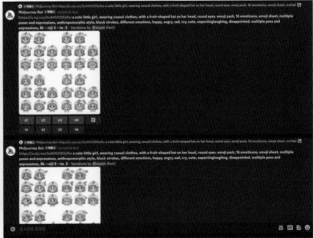

从生成的图片中选择符合要求的表情进行设计调整。

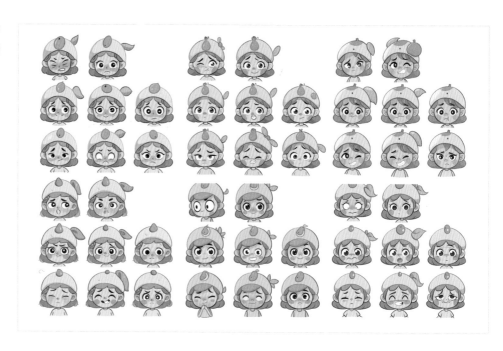

4. 设计总结及效果呈现

雪莉檬茶品牌设计根据项目要求，在用 Midjourney 对 IP 形象进行出图前，需要先寻找人物形象的参考图，使用常用的出图方法垫图，生成图片后配合提示词优化出图。当 IP 形象三视图确定后，品牌标志可以通过正视图进行优化处理，字体设计上需要简约，要符合品牌的整体调性。品牌设计调整的具体方法和过程可参考前面的内容，这里不再赘述。围绕着标志与 IP 形象，结合产品的特点延展其他的辅助图形和整体视觉应用。

〔鲜果〕〔鲜奶〕〔檬茶〕

〔鲜果〕〔鲜奶〕〔檬茶〕

**HELLO!
I'M SHIRLEY**

开启
好心情!

雪莉 Shirley

〔鲜果〕〔鲜奶〕〔檬茶〕

229

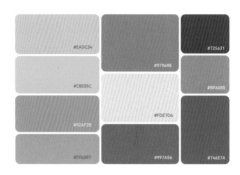

#EADC34
#979698
#725631
#C8E05C
#BFA080
#92AF2B
#FDE7D6
#FFAB97
#997A56
#746E7A

〔鲜果〕〔鲜奶〕〔酿茶〕

〔鲜果〕〔鲜奶〕〔酿茶〕

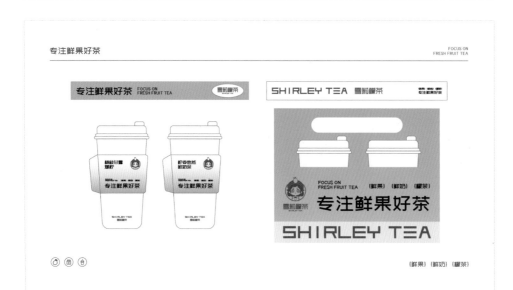

〔鲜果〕〔鲜奶〕〔檬茶〕

〔鲜果〕〔鲜奶〕〔檬茶〕

〔鲜果〕〔鲜奶〕〔檬茶〕

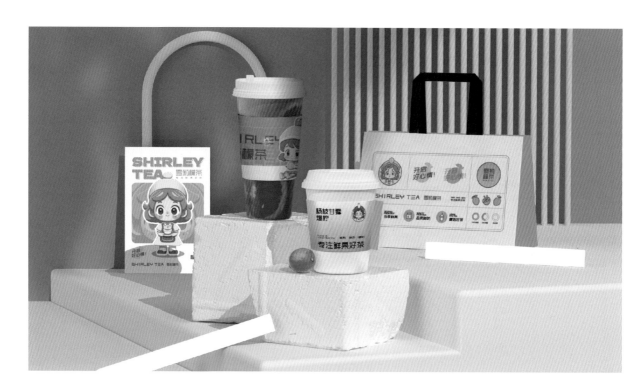

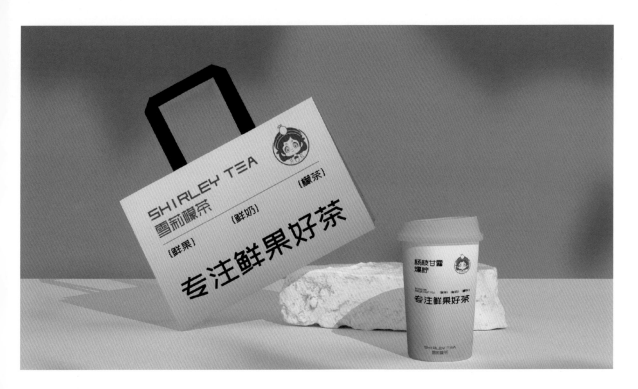

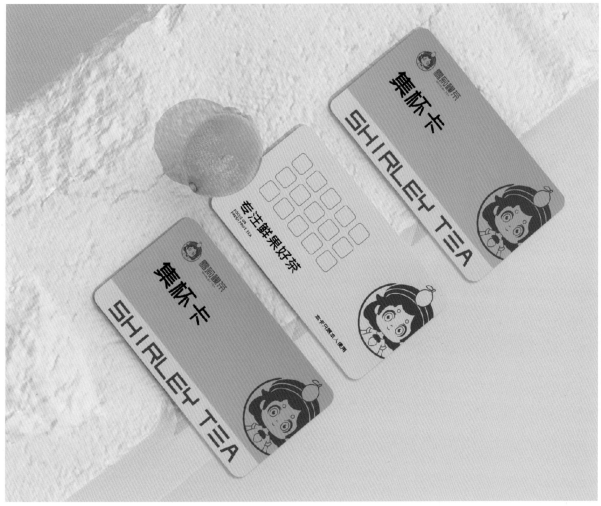

雪莉檬茶电商设计包括专题页、直通车等，本节针对店庆专题页进行设计阐述。设计专题页的目的是吸引消费者的关注，提升品牌形象，增加转化率和成交量，为店庆活动带来可观的回报。在专题页上，应独立展示吸引人的茶饮产品，使用醒目的标题和吸引人的图片突出新品的特点和口感。在专题页上添加简洁的文字描述，让消费者迅速了解产品的特色和价值，激发他们的兴趣和购买欲望。可以在专题页上专门创建一个打折专区，集中展示正在进行的促销活动；使用鲜明的色彩和引人注目的标签，突出折扣的幅度和促销信息；通过配图和文字描述，强调打折商品的优惠条件和限时抢购的紧迫感，刺激消费者进行购买。

还可以在专题页上设置一个优惠券领取版块，消费者通过这个版块领取优惠券后，就能在购买时享受额外的优惠。此举不仅能吸引消费者参与，还能提高他们的忠诚度和品牌关注度。专题页的导航设置要简洁明了，方便消费者快速找到所需信息。

SHIRLEY TEA E-COMMERCE DESIGN

6.2 雪莉檬茶电商设计

1. 项目要求

设计雪莉檬茶项目的店庆专题页面，需要展示的模块为导航区、主图、优惠券专区、精品区、打折区。

主图上要能够更好地展示产品的调性，使用比较贴合产品本身的广告文案。

色彩搭配上需要呈现对比关系，更好地体现产品本身。

2. 项目分析

根据项目要求展开调研，将主图设计成展台展示产品的形式，展台上展示的主要为柠檬、橙子、草莓等口味的热销产品。背景选用梦幻般的天空，产品配合梦境般的天空以分散的构图方式进行摆放。文案选用"草莓遇见柠，莓好回归"，更好地体现出茶饮品牌的产品特色。整个主图是专题页设计的核心，在产品与背景的融合方面需要重点表现，处理好光影变化。标题文字需要更加突出，可以选用立体字来设计。

3. 出图思路

（1）提示词分析

出图类型 + 整体描述 + 细节描述 + 风格特点	
出图类型	产品摄影
整体描述	圆形产品展示台立在云上
细节描述	周围云朵环绕，有水果装饰，背景是淡淡的云，梦幻画质，层次感丰富，梦幻色调，正面
风格特点	真实，仰视，细致渲染，8K 分辨率，影棚灯光

（2）提示词描述

Product photography, a round product stand on the cloud, surrounded by clouds, with fruit decoration, light clouds in the background, dreamy quality, rich layering, dreamy tone, front, real, looking up, detailed rendering, 8k resolution, studio lighting --iw 2 --q 2 --ar 25:17 --s 250 --v 5.2

产品摄影，圆形产品展示台立在云上，周围云朵环绕，有水果装饰，背景是淡淡的云，梦幻画质，层次感丰富，梦幻色调，正面，真实，仰视，细致渲染，8K 分辨率，影棚灯光 --iw 2 --q 2 --ar 25:17 --s 250 --v 5.2

（3）出图结果

在用 Midjourney 对专题页主图出图时，通过垫图能得到想要的图片，将调研搜集到的参考图垫图给软件，再配合提示词得到下面的图片。

在 Midjourney 中再次垫图，配合提示词继续生成图片。从生成的一些比较满意的图片中选择透视、光影都更符合要求的图片进行设计调整。

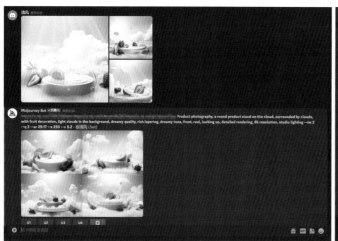
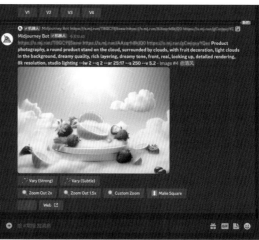

4. 设计总结及效果呈现

雪莉檬茶店庆专题页在设计上需要根据产品的风格属性制定符合要求的主题。对主题进行调研，找到合适的参考图后，用参考图垫图，再配合提示词生成符合主题要求的背景图。二次垫图生成多幅背景图后选择最佳的一幅，再通过 Photoshop 软件将产品合成到背景图中，并对画面的明暗、光影进行细节处理。页面中的其他区域在风格和表现上都要与主图呼应。以下是整体页面的展示效果。

雪莉檬茶的微信小程序是一个便捷的平台，可以为消费者提供自取与外卖服务。在首页的头部位置使用醒目的 Banner，展示品牌主打产品和符合画面主题的文案信息。精心设计的图片和文字可以吸引消费者的注意力，并激发他们的兴趣和购买欲望。在首页上明确标示"自取"与"外卖"选项，通过按钮或者分栏的方式，让消费者能够快速选择自己需要的服务方式。这样能够提升用户体验，让消费者更方便地进行点餐或选择外卖服务。在首页设置有导航功能的金刚区图标，可以快速引导消费者到达需要的页面。例如，可以设置热门商品、优惠活动、礼品卡等常用功能的图标，方便消费者快速浏览和选择。在首页下方设置一个活动 Banner，展示正在进行的促销活动或特别活动，吸引消费者点击进入活动页面，提高消费者参与度和促销效果。可以使用一个独立的版块突出展示品牌的新品信息，如新品的图片、描述和特性等。这样能够引起消费者的兴趣，促使他们尝试新品，并提升品牌的销量和口碑。除了以上主要内容，还应将"点餐""订单"和"我的"页面作为首页的底部导航选项或页面标签，以方便消费者进行相关操作。

SHIRLEY TEA INTERFACE DESIGN

6.3 雪莉檬茶界面设计

1. 项目要求

　　设计雪莉檬茶项目的微信小程序页面，需要展示头部 Banner、外卖与自取选项、金刚区图标、活动 Banner、新品上市等。头部 Banner 要对产品进行展示，最大限度地展现出产品特点，配合比较符合场景的文案。采用简约个性的字体，色彩搭配上需要表现出品牌调性。

2. 项目分析

　　根据项目要求展开调研，将头部 Banner 的主体设计为石头上展示的几杯热销奶茶，并选用成片的绿树作为背景来衬托奶茶。以"遇见盛夏，与雪莉来一次美丽的邂逅"作为文案标题，能够更好地树立品牌形象，再加上"第二杯半价"作为促销文案。自取图标直接使用品牌形象，外卖图标使用品牌延展部分的外卖袋进行表现。图标的风格与整体的色调需要统一，活动区域的 Banner 直接使用 IP 形象延展的动作进行设计。

3. 出图思路

（1）提示词分析

出图类型 + 整体描述 + 细节描述 + 风格特点	
出图类型	产品摄影
整体描述	三杯奶茶放在石头上
细节描述	奶茶后面有点缀的花，石头边上有绿草、浅翡翠和浅琥珀，背景是浅绿色带景深效果，层次感丰富
风格特点	正面，真实，平视，细致的渲染，8K 分辨率，影棚灯光

（2）提示词描述

Product photography, three cups of milk tea are placed on the stone, there are flowers dotted behind the milk tea, there are green grass, light emerald and light amber beside the stone, the background is light green with depth of field effect, rich layering, front, real, head-up, detailed Rendering, 8k resolution, studio lighting --iw 2 --q 2 --ar 146:133

产品摄影，三杯奶茶放在石头上，奶茶后面有点缀的花，石头边上有绿草、浅翡翠和浅琥珀，背景是浅绿色带景深效果，层次感丰富，正面，真实，平视，细致的渲染，8K 分辨率，影棚灯光 --iw 2 --q 2 --ar 146:133

（3）出图结果

　　在用 Midjourney 给头部 Banner 出图时，通过垫图才能得到想要的图片效果。将调研得到的图片垫图给软件，再配合提示词生成图片。

再次垫图给 Midjourney，配合提示词生成图片。从一些比较满意的效果图中选择透视，光影都更符合要求的效果图进行设计调整。

4. 设计总结及效果呈现

　　雪莉檬茶的微信小程序页面需要根据品牌形象的风格与色调进行设计，在设计头部 Banner 时，需要最大限度地展示热销产品，再加上营销文案。在设计背景前需要确定好主题，再根据主题找到符合要求的参考，配合提示词垫图生成想要的图片后，运用软件合成的手法进行设计。字体设计需要与整体的品牌调性统一。金刚区图标的造型与颜色需要考虑品牌整体调性。整个页面围绕着头部 Banner 的风格进行设计，这样做能保持较好的整体性。右图是完整的微信小程序页面。

AI 让 设 计 更 精 彩 !